CHRISTINA PISHIRIS
This is (NOT) a Love Song

AF177122

atb aufbau taschenbuch

CHRISTINA PISHIRIS

This is
NOT
a Love Song

ROMAN

Wer glaubt schon noch an Liebe?

Aus dem Englischen
von Annette Hahn

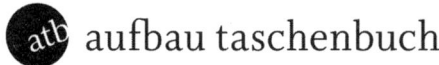 aufbau taschenbuch

Die Originalausgabe unter dem Titel
Love Songs For Sceptics
erschien 2019 bei Simon & Schuster UK Ltd.

MIX
Papier aus verantwor-
tungsvollen Quellen
FSC® C083411

ISBN 978-3-7466-3699-3

Aufbau Taschenbuch ist eine Marke
der Aufbau Verlag GmbH & Co. KG

2. Auflage 2020
© Aufbau Verlag GmbH & Co. KG, Berlin 2020
© Christina Pishiris, 2019
Published by Arrangement with
Simon & Schuster UK Ltd., London WC1X 8HB, England
Gesetzt aus der Chaparral Pro durch die LVD GmbH, Berlin
Druck und Binden CPI books GmbH, Leck, Germany
Printed in Germany

www.aufbau-verlag.de

Kapitel 1

 The First Cut is the Deepest

Dass ich nicht mehr an die Liebe glaube, würde ich so nicht sagen, aber meine letzte Beziehung dauerte ganze zwölf Tage.

Vielleicht wären es sogar zwei Wochen geworden, wenn ich nicht einen Wochenendtrip vorzeitig abgebrochen und ihn mit der Hand in der Bluse einer Barfrau erwischt hätte.

Ein Jammer, wirklich. Es war meine Stammkneipe, und samstagabends servieren sie da zwei Mojitos zum Preis von einem.

Wenn jemand fragt, sage ich immer, meine einzig wahre Liebe sei die Musik. Denn mal ehrlich: Wenn es etwas gibt, das mich durch endlose Tage und einsame Nächte hindurch tröstet, dann ist es Musik. Eigentlich höre ich fast alles, das Einzige, was ich absolut nicht ausstehen kann, sind schnulzige Lovesongs.

Und nun will mein Bruder in ein paar Wochen heiraten und hat mich um einen Tipp für den Eröffnungstanz gebeten. Ich habe ihm »Love's a Slap in the Face« von Kiss empfohlen.

Liebe als Ohrfeige? Den Vorschlag fand er weniger gut – und sucht noch immer den perfekten Song.

Aber kein Song ist perfekt. Genau deshalb hören wir ja immer wieder hin. Wer will schon Perfektion? Ich habe ihm geraten, seinen eigenen Song zu schreiben, aber das ist ihm wohl zu viel Arbeit.

Ich hingegen habe so einige Erfahrung damit, mir Sachen auszudenken und aufzuschreiben. Bevor ich Musikjournalistin wurde – manchmal muss ich mich da immer noch kneifen –, habe ich meinen eigenen persönlichen Rockstar erfunden. Auf diese Weise wurde ich Präsidentin des »Zak Scaramouche Fanclub«, der bei der letzten Zählung aus exakt zwei Mitgliedern bestand: mir und Simon Baxter.

Als Simon und ich zwölf Jahre alt waren, haben wir uns Zak Scaramouche ausgedacht, wobei wir die Initialen unserer Namen verwendeten: »Z« für Zoë und »S« für Simon. Wir stellten ihn uns als eine Art Geheimagenten-Rockstar vor – James Bond mit Lidstrich sozusagen.

Simon war es, der unbedingt wollte, dass Zak Geheimagent ist. Im Kino lief gerade *GoldenEye*, und er war ein Riesenfan von Pierce Brosnan. Zak wusste beide Rollen mühelos in sich zu vereinen: Er spielte Akkorde auf seiner Les Paul und hatte dabei die geladene Walther PPK diskret im Schulterholster stecken. Ich stellte ihn mir immer wie Marc Bolan von T. Rex vor: mit wilden Locken und einem stechenden Blick aus kajalumrandeten Augen. Was wäre eine bessere Tarnung für einen Spion als ein Image als Glamrocker mit einem Hang zu übermäßig viel Make-up? Wer würde auch nur ahnen, dass sich unter dem aufgeknöpften Hemd und der Schlangenlederhose die Lizenz zum Töten verbarg?

Zak legte seine Konzerttermine immer so, dass sie mit seinen Aufträgen zusammenfielen, und mit seinen Auftraggebern kommunizierte er über den Fanclub.

Wenn einer von uns in den Urlaub fuhr, schrieb er dem anderen Postkarten von Zak. Auf Simons erster Karte sah man vorn unter dem *Grüße aus Lanzarote!* einen Esel mit Sonnenbrille. Die Rückseite war von oben bis unten mit seiner sauberen Handschrift bedeckt.

Liebes Fanclub-Mitglied,

für ein Open-Air-Konzert bin ich gerade an der Playa Blanca von Lanzarote. Die Proben laufen gut, aber scheiße nochmal: Der blöde Sand kriecht einfach überall rein!

Ich bin wahnsinnig beschäftigt. Nach meinem zehnten Album und der vierten Scheidung hab ich jetzt Baccara gelernt - und mich als echtes Naturtalent gezeigt. Bei der Gelegenheit habe ich im hiesigen Casino Royale doch glatt den internationalen Waffenhändler The Crook gesichtet, nicht weit von der Playa Blanca entfernt.

So weit für heute, lieber Fan.

Tanz den Fandango!

Diese Postkarten bedeuteten mir alles. Ich war jung und voller Hoffnung und außerdem absolut sicher, dass die Bösen immer ihre wohlverdiente Strafe bekamen und Liebe aus Herzchen und Blümchen bestand. Doch dann wurde ich älter, und die Postkarten wurden weniger, und ich verlor meinen Glauben an die Romantik. Und nach Simons Heirat kamen gar keine Postkarten mehr. Ich gab dem Internet die Schuld. Wer schickte überhaupt noch irgendwas per Post? Auch die Liebe hat das Internet ruiniert. Dating-Apps fordern dich auf, binnen weniger Sekunden über einen Menschen zu urteilen. Was ist aus dem langsamen Kennenlernen geworden? Für so was ist das Leben mittlerweile viel zu schnell.

Vor etwa einem Jahr kam dann die Einladung, dem »Zak Scaramouche Fanclub« auf Facebook beizutreten, was unseren juvenilen Geheimbund wiederbelebte. Sonst hatte sich allerdings nichts geändert. Wir waren noch immer die einzigen beiden Mitglieder, und Zak reiste noch immer durch die Weltgeschichte und begeisterte seine Fans, während er nebenher Halunken fing.

Und was Simon und mich betraf: Wir tanzten weiter den Fandango und benutzten einen imaginären Rockstar, um um unsere
Gefühle füreinander herumzulavieren, ohne die richtigen Schritte
zu wagen.

Kapitel 2

 You're So Vain

Ich saß dem Mann gegenüber, der für Millionen Schulmädchen der erste Schwarm ihres Lebens war.

Zu einem gewissen Grad konnte ich es sogar nachvollziehen – allein die glückliche Kombination seiner Gene qualifizierte ihn dafür, Mitglied einer Boygroup zu sein: Er war ein hübscher Kerl mit weit auseinanderliegenden blauen Augen und harmlos weichen Wangen, die nicht jeden Morgen mit einer Rasierklinge abgeschabt werden mussten. Seine Haartolle war lang genug, um rebellisch zu wirken, gleichzeitig kurz genug, um Mittelschichteltern nicht zu beunruhigen. Das ist nämlich die Krux bei einem Teenieschwarm: Sich die heimliche Fummelei unter der Bettdecke mit ihm vorzustellen mag verlockend sein, in Wahrheit aber möchten wir ihn immer heiraten.

Im Moment allerdings entsprach Jonny Delaney – alias »Der Süße« der Boygroup Hands Down – nicht unbedingt dem Bild des Traumlovers; er sah eher aus, als hätte er Verstopfung. Seine gezupften Brauen stießen in der Mitte fast zusammen, während er akribisch sämtliche Gründe aufzählte, aus denen unsere Rezension der neuen Platte seiner Band »total arschmäßiger Schwachsinn« war. Ich versuchte, Interesse vorzutäuschen, nippte an meinem Champagner und nickte, tatsächlich suchte ich jedoch den Raum

9

nach jemand anderem ab: Patrick Armstrong, dem Mann, der hier am heutigen Abend gefeiert wurde.

Die Bar war dunkel, deshalb konnte ich die Gesichter nicht richtig erkennen. Wände und Decke waren mit schwarzem Velours bespannt, und die einzige Beleuchtung bildeten Kandelaber aus Plexiglas, die auf verspiegelten Tischen standen. Ich kam mir vor, als würde ich in Ozzy Osbournes Schlafzimmer sitzen, während mich eins von Sharons Schoßhündchen ankläffte.

Das Einzige, was ich klar erkennen konnte, waren Jonny Delaneys Zähne. Sie waren bläulich weiß und so symmetrisch wie zwei Reihen Kaugummidragees. Die mussten falsch sein – kein Mensch in London hatte von Natur aus solche Zähne.

Er schnappte sich eine Flasche Bier vom Tablett des nächstbesten Kellners und legte zum Trinken den Kopf in den Nacken. Ein Schimmer Grau ließ mich hoffen: War das etwa eine Amalgamfüllung? Wenn er den Mund nur ein bisschen weiter aufmachen würde …

»Hören Sie mir überhaupt zu, Zadie?«

Zadie? Sollte er etwa *Zähne zeigen* von Zadie Smith auf dem Nachttisch liegen haben? Na, das passte ja.

Ich korrigierte meine Blickrichtung und sah ihm in die Augen. »Natürlich höre ich Ihnen zu.«

»Es ist das beste Album, das wir je gemacht haben. Sie müssen das noch mal neu besprechen.«

»So läuft das nicht.«

»Dann sehen Sie zu, dass es so läuft – Sie sind doch Chefredakteurin.«

Dass ich die Chefredakteurin war, bedeutete noch lange nicht, dass alles so lief, wie ich es wollte. Ich hatte mir den Mund fusselig geredet, um meinen Verleger zu überzeugen, dass eine Boygroup wie Hands Down in unserem Magazin grundsätzlich nichts zu suchen hatte, doch man sieht ja, was dabei herausgekommen ist. Allerdings triggerte der Artikel dann so viele Kommentare auf unserer Webseite, dass der plötzliche Datenverkehr fast unsere Server gekillt hätte. Und auch die Printausgabe profitierte: Nach fast zwei Jahren rückläufiger Verkaufszahlen war der Absatz zum ersten Mal wieder gestiegen.

Aber weder unsere Stammleser noch die Neukunden waren glücklich: In meinem Mailpostfach stapelten sich Hassmails aus unserem Stammleserbezirk Hackney, während ich auf Twitter von erbitterten Teenagermädchen angefeindet wurde, natürlich in Großbuchstaben.

In dieser Woche hassten mich offenbar alle – bis auf meinen Verleger.

Ich klinkte mich wieder in Delaneys Frequenz ein, der sein angetrunkenes Gejammer lautstärkenmäßig weiter hochgefahren hatte. Sein Atem schlug mir entgegen – und er stank allen Ernstes nach gammligem Knoblauch. Der heißeste Küsser des Planeten – zumindest nach Aussage der Yellow Press – litt unter üblem Mundgeruch.

»Ich wette, Sie haben es sich nicht mal angehört, Sie blöde Kuh.«

Wow. Dachte er etwa, es würde ihn weiterbringen, mich zu beschimpfen?

Ich hätte mich nicht wundern sollen. Vor mir stand jemand, dessen ausgefeilteste Formulierung persönlichen Danks im CD-Booklet aus Emojis bestand.

In einer Hinsicht hatte er allerdings recht: Ich hatte das Album nicht gehört. Ich hatte noch nicht einmal die Rezension geschrieben. Aber das wollte ich ihm nicht auf die Nase binden; lieber wollte ich mir einen kleinen Spaß erlauben.

»Das brauchte ich auch nicht«, sagte ich. »Das dritte Album einer Boygroup ist immer das ›Erwachsenenalbum‹. Ihr schreibt an jedem Song selbst mit, weshalb sich jede Nummer um Sex dreht. Ihr holt euch ein paar Gast-Rapper mit krimineller Vorgeschichte dazu, die euch Glaubwürdigkeit verleihen sollen. Auf dem Cover zeigt ihr eure frisch gestochenen Tattoos, und der einzige Song, der nichts mit Sex zu tun hat, handelt davon, welch hohen Preis ihr für euren Ruhm bezahlen müsst. Nächstes Jahr um diese Zeit wird einer von euch ein Kind haben, einer wird sich als schwul outen, und einer hat zu Jesus gefunden. Keiner von euch wird je wieder ein Album aufnehmen.«

Delaney blieb der Mund offen stehen, und weil ich nicht auf den nächsten Schwall heißer Luft und schlechten Atems warten wollte, machte ich mich schleunigst davon. Erst nachdem ich etliche Personen zwischen mich und den Traumprinzen für Minderbemittelte gebracht hatte, holte ich wieder Luft. Ich strich mein Chiffonkleid glatt und entspannte meine Hand, die immer noch das Champagnerglas umkrampft hielt.

Professionell gesehen, hatte ich gerade keinen Glanzauftritt hingelegt, aber das war mir egal. Von diesem Idioten würde ich mir nicht verderben lassen, wofür ich heute eigentlich hier war: den Ruhestand von Patrick Armstrong zu feiern, einem der bedeutendsten Manager in diesem Business und zugleich mein Freund und Mentor.

Als Patrick vor vielen Jahren seine *Armstrong Associates* gründete, mietete er ein Büro über dem Restaurant meiner Eltern im Stadtteil Acton und holte sich bei ihnen seine tägliche Ration Keftedes und Zaziki. Damals arbeitete ich in den Ferien immer ab Mittag hinter der Theke und hasste es, weil meine Mum mir genau die Sachen nie zutraute, die Spaß machten, etwa, Spirituosen per Dosierer aus den an der Wand montierten Flaschen einzuschenken oder Irish Coffee zuzubereiten – obwohl ich heimlich geübt hatte, die Sahne über einen Löffelrücken zu gießen, um die perfekte Schichtung hinzukriegen. Aber nein: Alles, was meine Mühe mir einbrachte, waren ein knallrotes Gesicht vom Dampf der Spülmaschine und halb taube Ohren von all dem griechischen Siebziger-Jahre-Pop, den mein Vater unbedingt spielen und zu dem meine Mutter auch noch singen musste, vorzugsweise einen halben Ton daneben.

Patricks Besuche waren da ein Highlight, und wir kamen ins Reden. Ich war von seiner Arbeit fasziniert, und später, als ich mit der Uni fertig war, stellte er mich ein paar Musikjournalisten vor, die mir anboten, mal eine Rezension zu schreiben. Es war also Patrick, dem ich meine Karriere verdankte. Er kannte jeden im Geschäft und war dafür bekannt, um den Hals stets eine Fliege und in der Hand meist ein Glas *Gordon's* zu tragen. Zwanzig Jahre und unzählige Gins später standen nun zweihundert Leute in diesem Privatclub in Fitzrovia, Londons einstigem Bohème-Viertel, um ihn angemessen in den Ruhestand zu verabschieden.

Seine Firma war irgendwann aus der kleinen Bude im Außenbezirk in ein dreistöckiges Bürogebäude in der Innenstadt umgezogen, aber jetzt hatte er sie an *Pinnacle Artists* verkauft, einen Medienkonzern, dessen zentral gelegenes Hauptbüro wegen seiner stachligen Stahlfassade schon den Zorn von Prince Charles auf sich gezogen hatte.

Während ich an der Theke entlangging, hielt ich nach anderen mondgesichtigen Boygroup-Mitgliedern Ausschau – für den Fall, dass ihr Radar angeschlagen hatte, weil ich einen von ihnen beleidigt hatte. Aber die Luft war rein.

Patrick stand in einer kleinen Gruppe an einem Stehtisch neben der Bar. Ich fing seinen Blick auf, als eine Bedienung im Bleistiftrock sich gegen ihn lehnte, ihm ins Ohr flüsterte und etwas in seine Jackentasche schob. Man hätte auf die Idee kommen können, dass sich da etwas Anrüchiges abspielte, doch ich erkannte es als das, was es war: Eine geschäftstüchtige Jungmusikerin wollte ihr Demotape an den – unbestritten einflussreichsten – Mann bringen. Patrick nickte, die Bedienung verabschiedete sich mit kokettem Lächeln, und er wandte sich zu mir um.

»Nie sind es hübsche junge Männer, die mir etwas ins Ohr hauchen«, bemerkte er.

»Ich bezweifle, dass heute Abend überhaupt welche hier sind. Aber wenn ich einen sehe, schicke ich ihn zu dir.«

Er stieß mit seinem Gin- an mein Champagnerglas, und wir tranken beide einen Schluck. Meiner war – dank Delaney – deprimierend warm.

»Ich hätte dich fast nicht erkannt«, sagte er. »Du trägst ja ein Kleid.«

»Alles zu deinen Ehren, Patrick.«

»Noch dazu siehst du darin sehr gut aus. Mir ist aufgefallen, wie dieser Hands-Down-Typ dich beäugt hat.«

»Das war vor Wut und nicht vor Wonne«, sagte ich. »Was hat der hier überhaupt zu suchen?«

»Pinnacle vertritt die Band. Ich habe die Verkaufszahlen gesehen. Du wirst nicht glauben, was die für Umsätze machen.« Er schüttelte den Kopf. »Meine Patentochter hat mich gebeten, ihr zum zehnten Geburtstag Konzerttickets zu besorgen.«

Ich rümpfte die Nase. »Zehn scheint mir ein bisschen jung für diese Jungs. Hast du mal deren Texte gehört? Das Anzüglichste, was die Beatles über Sex singen durften, war ›I Want to Hold Your Hand‹. Aber Hands Down jaulen von Rammeln und Stoßen, ohne jeden Versuch einer Metapher, und sie werden für zehn- bis zwölfjährige Mädchen vermarktet. So was gefällt mir nicht.«

»Sind das nicht einfach nur Liebeslieder?«

Ich verdrehte die Augen. »Diese Jungs würden Liebe nicht mal erkennen, wenn sie ihnen in die gewaxten Ärsche beißt.«

Patrick zwinkerte. »Vielleicht sollte ich ihr stattdessen lieber ein Abo von *Re:Sound* kaufen?«

»Gute Idee!« Ich drückte ihm liebevoll die Hand. »Ach Patrick, ich werde dich vermissen. Bist du sicher, dass du aufhören willst?«

Er lächelte erfrischend nikotingefärbt. »Die schwerste Entscheidung, die ich je getroffen hab.«

»Du bist fünfundsechzig und hast dir eine Belohnung für gutes Betragen verdient. Eine Chance, dieses Haupt mit dem verdächtig vollen Haar öfter mal aufs Ruhekissen zu betten.«

Er fuhr mit der Hand durch besagtes Haar, das mir bei jedem Treffen voller vorkam. »Ich weiß nicht, worauf du anspielst. Kann sein, dass Elton mir mal den Namen eines Spezialisten genannt hat, aber mehr verrate ich nicht ...«

»Du hättest Diplomat werden sollen«, sagte ich. Und fügte völlig undiplomatisch hinzu: »Von Marcie hast du wohl noch nichts gehört?«

Er schüttelte den Kopf, und ich bekam ein flaues Gefühl im Magen. Marcie Tyler zog sich notorisch vor der Öffentlichkeit zurück, aber ich hatte fest darauf gebaut, dass ich sie für unser Magazin interviewen könnte. Sie hatte 150 Millionen Alben verkauft, war angeblich die Inspiration für David Bowies »Heroes« gewesen und gerade frisch aus dem Entzug entlassen. Nachdem Patrick jahrelang ihr Manager gewesen war, hatten wir gehofft, sie würde heute Abend aufkreuzen, allerdings hatten die beiden sich irgendwann zerstritten und seit zehn Jahren nicht mehr miteinander gesprochen. Gerechterweise muss ich hinzufügen, dass sie in den letzten zehn Jahren mit fast niemandem gesprochen hatte – vor allem nicht mit Journalisten. Doch nun munkelte man, dass ein lang ersehntes Album in Vorbereitung sei. Ein Interview mit dieser Ikone wäre ein spektakulärer Coup und würde meinem Verleger beweisen, dass meine Vision für unser Magazin die richtige war. Abgesehen von der *klitzekleinen* Tatsache, dass sie keine Interviews gab.

»Ich bin sicher, du findest einen Weg, mit Marcie zu sprechen«, sagte er. »Du warst schon früher kreativ, wenn es darum ging, eine Lösung zu zaubern.«

Patrick fand immer die richtigen Worte, doch bevor ich ihm für sein Vertrauen danken konnte, stieß Justin zu uns, sein fester Freund seit dreißig Jahren. »Sorry, Zoë, ich muss dir Patrick leider entreißen.«

Patrick zwinkerte mir zu. »Oje, das klingt, als wäre ich in Schwierigkeiten.«

Er zog sein Portemonnaie aus der Tasche und entnahm eine Visitenkarte. »Meine neuen Kontaktdaten. Über Weihnachten bin ich auf diesem Weingut auf Kreta. Komm uns da besuchen, dann betrinken wir uns und suchen dir einen netten griechischen Mann, so wie deine Eltern es sich schon immer gewünscht haben.«

Ich hatte es aufgegeben, mir einen netten Mann zu suchen, ob nun griechisch oder sonst was. Die Musik war eine tolle Branche, um darin zu arbeiten, gab als Kontaktbörse aber nicht viel her. Vor ein paar Jahren hatte ich mal was mit dem Nachrichtenredakteur von *NME*, aber der wollte immer wissen, was ich in den Nächten trieb, in denen ich ohne ihn unterwegs war – und das nicht etwa aus Eifersucht. Ich hätte ja über eine Story stolpern können, die ihm entging, weil er in Unterhose auf dem Sofa saß und eine Folge *Star Trek* nach der anderen glotzte.

Single zu sein passte mir ganz gut. Es bedeutete, dass ich, wenn es mich überkam, ebenfalls einfach zu Hause bleiben und serienweise das stärkste Schiff der Föderation bewundern konnte. In Unterhose.

Aber Patrick war einer der Guten, und ich würde ihn vermissen. Mir verschwamm die Sicht, und ich fuhr schnell mit einem Finger unter den Augen entlang. Gott, was war nur mit mir los? In dieser Stimmung konnte ich genauso gut nach Hause gehen – das Letzte, was ich wollte, war, hier in Tränen auszubrechen.

Ich bahnte mir den Weg zur Garderobe und gab dem Typen dort meine Marke, aber anstatt hinter den Samtvorhang zu verschwinden und mir meinen Mantel zu bringen, lehnte er sich vor und grinste.

»Echt cool, wie Sie dem Popstar-Dödel einen vor den Latz geknallt haben.«

»Jonny Delaney? Das haben Sie bis hierher gehört?«

Er schüttelte den Kopf. »Ich habe vorhin Drinks serviert und hab einfach zugehört. Auf Kellner achtet keiner, das ist, als hätte man eine Tarnkappe auf.« Er deutete über meine Schulter und schnitt eine Grimasse. »Leider hat es der da auch gehört.«

Ein großer Mann in dunklem Anzug kam auf mich zu. Im Gegensatz zum Garderobier wirkte er weniger amüsiert. Seine markant gewölbte Stirn warf einen Schatten auf sein Gesicht, und im Gehen blitzte angriffslustig rotes Seidenfutter aus seinem Jackett. Er blieb neben mir stehen, sagte jedoch weder etwas, noch wandte er mir den

Kopf zu; er legte seine Hände nur flach auf die Theke, was der Jackenwart als Signal verstand, sich hinter den Vorhang zu verziehen.

Der Typ war wohl in meinem Alter und hatte ein Profil, wie man es sonst nur in Marmor verewigt in Museen sah. Die Linie, die seine Stirn, Nase und Kinn bildeten, hätte Pythagoras sicher aufjubeln lassen: gutes Aussehen nach mathematischen Gesetzen.

»Sie sind Zoë Frixos, Chefredakteurin bei *Re:Sound*.«

Seine Stimme klang feindselig – er fragte nicht, sondern stellte fest.

Kampfbereit straffte ich die Schultern. »Werden Sie mir gleich noch meine Körbchengröße und Blutgruppe mitteilen?«

»Ich bin Nick Jones.«

Der Name sagte mir nichts. »Schön für Sie.«

Jetzt sah er auf mich herunter. In seinen flaschengrünen Augen brodelte Ungeduld. »Ich bin der PR-Manager von Hands Down und würde es begrüßen, wenn Sie bei Gesprächen mit meinen Künstlern etwas mehr Professionalität an den Tag legen würden.«

Wow. Noch so ein aufstrebender Edelknabe, der sich für was Besseres hielt. Ich mochte wetten, dass er morgens Ewigkeiten brauchte, um diese akkurat rechtwinkligen Koteletten zu trimmen. Ich verlagerte mein Gewicht, um seine Schulter aus meiner Schutzzone zu entfernen.

»Wie ich sehe, haben Sie Ihre Manieren auf derselben Schule gelernt wie Jonny Delaney.«

Nun richtete er sich zu voller Größe auf. Er musste über eins neunzig sein – aber ich bin eins achtundsiebzig ohne Absätze; so schnell schüchtern große Männer mich nicht ein.

»*Sie* wollen mit mir über Manieren reden? Von Ihren war in dem Gespräch mit Jonny aber nichts zu merken.«

Na, der hatte Nerven – stand da in seinem Designeranzug und machte einen auf selbstgerecht.

»Tja, hätten Sie Ihren Job gemacht, hätten Sie Ihrem Schützling zwischen Milchfläschchen und Mittagsschlaf erklären können, dass wir keine Kritiken umschreiben, nur weil sich jemand in seinen Gefühlen verletzt sieht.«

»Sie meinen, *ich* hätte *meinen* Job nicht gemacht? Das sagt die Frau, die Alben rezensiert, ohne sie vorher anzuhören?«

In Sachen Aussehen mochte er vielleicht überreich beschenkt worden sein, sein Verstand hingegen zeigte deutliche Defizite – womit er wiederum gut zu seinem Klienten passte.

»Ich habe schon seit Monaten keine Rezension mehr geschrieben. Dafür habe ich eine Rezensentin. Aber ich wollte Delaney nicht sagen, wer sie ist, weil er sonst seine zigtausend minderbemittelten Twitter-Follower auf sie losgelassen hätte, und ich habe ein dickeres Fell.« In den sozialen Netzwerken angegriffen zu werden gehörte zum Job, aber Hands-Down-Fans konnten besonders rabiat sein. »Als Chefredakteurin stehe ich aber natürlich hinter unserer Kritik.«

»Das war keine Kritik – das war ein Verriss.«

»Von den Musikbloggern und Teenie-Webseiten mögen Sie die Rezensionen ja kaufen können, wir gehören jedoch zur ernst zu nehmenden Presse.«

Ich sah, wie er die Kiefer zusammenbiss. Das hatte offenbar gesessen. »Sie sitzen moralisch auf einem ziemlich hohen Ross. In Ihrer Rezension steht, ich zitiere: ›Die beste Stelle auf dem Album sind die zwei Minuten Stille zwischen dem letzten Song und dem Hidden Track‹.«

Ich verkniff mir ein Grinsen. Schon als Lucy den Text abgab, hatte ich mich köstlich über diesen Satz amüsiert, und ich fand ihn immer noch witzig.

»Es ist *eine* schlechte Kritik. Das können Sie Ihrem waidwunden Rehbubi doch sicher klarmachen, oder? In allen anderen Rezensionen wird das Album schließlich in den höchsten Tönen gelobt. Ach, Moment mal ... alle anderen Rezensionen wurden ja auch von der Plattenfirma bezahlt.«

Am liebsten hätte ich mich jetzt umgedreht und wäre triumphierend davongestapft, aber ohne meinen Mantel war das eine schlechte Idee.

»Ihr bei *Re:Sound* seid nicht so besonders, wie Sie vielleicht meinen«, sagte er. »Es muss nicht unbedingt Geld fließen, damit Tauschgeschäfte zustande kommen.«

Wollte er mich jetzt mit seinem Wirtschaftsabiturwissen beeindrucken? Darauf hatte ich nun wirklich keinen Bock. Glücklicherweise ratschte in diesem Moment der Vorhang zurück, und der Garderobier erschien mit meinem Mantel. Ich bedankte mich, schwang das Teil über die Schulter und zog ohne ein weiteres Wort von dannen.

7

Die Begegnung hatte mich in widerspenstige Stimmung versetzt. Als mir dann auch noch irgend so ein Anzugtyp – wahrscheinlich ein mittelwichtiger Plattenboss – das Taxi, das ich herbeigewinkt hatte, vor der Nase wegschnappen wollte, baute ich mich vor ihm auf und zwang ihn mit meinem fiesesten Blick zum Rückzug. Dann schob ich mich auf den Rücksitz, knallte die Tür hinter mir zu und ließ mich vom Fahrer nach Shepherd's Bush fahren.

Anmaßende PR-Manager waren ein Fluch. Sie hatten keinen Sinn für Perspektive. Ihre Mails waren mit *DRINGEND* oder *WICHTIGE NEUIGKEITEN* übertitelt, doch der Inhalt war meist *DUMM* oder *SCHNEE VON GESTERN*. Zum Glück hatte ich nicht vor, jemals wieder Hands Down oder irgendeine andere autogetunte Newcomerband in unserem Magazin zu besprechen.

Wir ließen das West End hinter uns und fuhren durch Notting Hill und Holland Park. Eingeklemmt zwischen Bussen, umrundeten wir den kleinen Park in Shepherd's Bush, dann dirigierte ich den Fahrer in meine Straße, wo meine Wohnung im obersten Stockwerk einer stuckverzierten Stadtvilla mit unzähligen Rissen im Putz lag.

Snowy, die Nachbarskatze, lauerte auf dem kleinen Mauersims, doch sobald sie mich sah, streckte sie sich und wollte gestreichelt werden. Ich kraulte ihr das weiche weiße Fell unterm Kinn, und sie schnurrte. Man sollte meinen, eine Katze namens Snowy müsse weiß sein, aber sie war grau mit ein paar weißen Flecken – also ziemlich genau die Farbe von Londoner Schnee.

Ich schloss die Wohnung auf und knipste das Licht an. Während ich über den Stapel Werbesendungen auf dem Boden balancierte, stach mir zwischen den Prospekten für Doppelglasisolierung und Lieferpizza etwas ins Auge.

Ich bückte mich und hob es auf. Es war eine Postkarte aus New York: Das Chrysler Building glänzte vor indigoblauem Himmel. Ich drehte die Karte um und las.

Liebes Fanclub-Mitglied,

tolle Neuigkeiten!

Die Gerüchte über mein Ableben waren restlos aus der Luft gegriffen – ein paar Kugeln können mich doch nicht aufhalten! Zwi-

schen zwei Aufnahmen von Gitarrensoli hat mir ein netter Chirurg
in meinem Heimtonstudio die bösen blauen Bohnen aus dem Kör-
per gepflückt.

Ach, übrigens: Meisterdieb Vladimir Terribol wurde in Moskau
beim Boarden in ein Flugzeug nach Heathrow beobachtet, des-
halb mache ich mich auch dahin auf die Socken – ich komme
nach London, Baby.

Tanz weiter den Fandango!

x Zak

Wann war die Karte abgeschickt worden? Ich studierte den Stem-
pel auf der Briefmarke, um das Datum zu entziffern, aber da war
nur blaue Schmiere zu sehen. Ich las den Text noch einmal, um sicherzugehen, dass ich ihn richtig verstanden hatte. Ich hatte Simon
seit Jahren nicht mehr gesehen, und jetzt kam er nach London?
Mein Puls beschleunigte von Viertel auf Achtel, während ich langsam begriff:

Simon war auf dem Weg nach London.

Kapitel 3

 Nothing Compares 2 U

Mein Wecker klingelte üblicherweise um acht, aber schon um Viertel nach sieben wachte ich erfrischt und energiegeladen auf. Das ergab keinen Sinn – ich hatte nicht einmal fünf Stunden geschlafen. Und noch während ich mich im Bett rekelte und streckte und mit den Zehen wackelte, wurde es mir schlagartig bewusst.

Ich war glücklich.

Ich war schon lange nicht mehr glücklich gewesen. Der Stress in meinem Job hatte mich dafür viel zu sehr im Griff. Jetzt auf einmal merkte ich es – wieso war mir das nicht schon früher aufgefallen? Eine einzige Postkarte, und es war, als hätte jemand den Soundtrack von Radiohead zu Motown gewechselt.

Schon immer hatte Simon diese Wirkung auf mich gehabt. Wir wuchsen Tür an Tür auf, obwohl ich erst einmal ziemlich skeptisch gewesen war, als er in unsere Straße zog. Nach zehn Jahren im krawalligen Kokon einer griechischen Großfamilie wusste ich mit einem blonden, blauäugigen Einzelkind, dessen Eltern sich anschwiegen, nicht viel anzufangen.

Meine Mum lud Simon direkt am Einzugstag zu uns ein. Sie sah die gestressten Gesichter der Eltern, die die endlose Parade der Pappkartons ins Haus dirigierten, zog Simon sanft aus dem Schatten des schräg in unserer Ealinger Sackgasse geparkten Umzugswagens und direkt in unseren Garten. Sie schlug vor, ich könne ihm doch den Gemüsegarten zeigen, weshalb ich mein Fahrrad – einen Raleigh Chopper mit abgefahrenen Reifen – mitten auf dem Rasen fallen ließ und mit Simon pflichtschuldig ans hintere Gartenende trottete, wo meine Eltern Gurken, Artischocken und Kürbisse anbauten sowie ein Blattgemüse, dessen englischen Namen ich zu der Zeit noch nicht kannte. Mit der griechischen Bezeichnung *Láchana* erntete ich nur verständnislose Blicke. (Später erfuhr ich, dass man es Spinat nannte.)

Die Baxters waren Amerikaner, aber das sagte mir nichts, bis mein Bruder Pete auftauchte, bei Simons Akzent große Augen bekam und immer wieder nachfragte, ob er die Cousins Duke aus *The Dukes of Hazzard* und den *Knight Rider* Michael Knight persönlich kenne. Der arme zehnjährige Simon sagte irgendwann Ja, nur um einen neuen Freund zu gewinnen.

Simon ging nicht zur Hazelwood-Grundschule, wie ich es tat. Seine Eltern oder besser: das Ingenieurbüro seines Vaters karrte ihn jeden Tag den weiten Weg zu einer feinen katholischen Privatschule in Hammersmith. Klar, dass es ihm da nicht gefiel und er nie richtig Anschluss fand. Sein Akzent – so cool er für meinen Bruder auch gewesen sein mochte – disqualifizierte ihn stets als Außenseiter. Und so hing er nach der Schule mit mir ab.

In den ersten drei Jahren lief alles prima – bis wir dreizehn wurden und sich alles änderte. Zumindest für mich. Es war um die Zeit, als ich meinen ersten BH kaufte: Ich brauchte gleich einen mit B-Cups, weil ich – als »Jungsmädchen« – meinen Busen so lange wie möglich verleugnet hatte. Und die neuen Hormone brachten noch eine weitere Komplikation mit sich: Ich fing an, mich in Simons Nähe unwohl zu fühlen.

Eines Tages Anfang September, nachdem ich von meiner jähr-
lichen Urlaubsreise zu Verwandten in Zypern zurückgekehrt war,
lehnte er am Torpfosten und wartete auf mich. Er wirkte größer,
seine Schultern schienen breiter, und irgendwie legte sich in mir ein
Schalter um. Ich *stand* plötzlich auf ihn. Verglichen mit den Jungs,
die ich den ganzen Sommer um mich gehabt hatte, war er James
Dean. Nach all den verklemmten Schwarzhaarigen war Simon nicht
nur dunkelblond, sondern vor allem ... relaxt. Er trug weder taillen-
hohe Jeans noch weiße Frotteesocken – seine Levi's saßen tief auf
der Hüfte, und seine abgerissenen Converse waren einfach lässig.

»Hey, Frixie«, rief er, als ich zu ihm in den Vorgarten kam.

Gott sei Dank benahm immerhin er sich wie immer, denn ich
wusste auf einmal kaum mehr, wie man einen Fuß vor den anderen
setzte.

»Hi, Si«, murmelte ich und wagte nicht, ihn anzusehen.

Er richtete sich auf, und der Duft seines Deos schwappte zu mir
rüber. Warum machte mich das auf einmal so an? Ich war dabei
gewesen, als er es gekauft hatte, verdammt nochmal.

»Irgendwas ist anders«, sagte er.

Ich bekam Panik und musste mich zwingen, ihn anzusehen. Waren seine Wimpern schon immer so lang gewesen?

»Und – was unternehmen wir?«, fragte ich, ohne auf seine Bemerkung einzugehen.

Er lehnte sich zu mir, und ich nahm eine weitere Woge seines
Antitranspirants wahr. Mein eigenes versagte gerade: Meine Ach-
seln waren spürbar feucht, zum Glück trug ich mein schwarzes
Nirvana-T-Shirt.

Er musterte meine Nase, und ich dachte: Wenn da jetzt Schnodder
dranhängt, bringe ich mich um.

Er grinste. »Sind das etwa Sommersprossen?«

Ich grinste zurück, unsäglich erleichtert. In allen Teenie-Liebesromanen, die ich bislang gelesen hatte, hasste die Heldin ihre Sommersprossen. Ich dagegen mochte meine, weil sie mich so überaus normal machten – immerhin hatten alle meine englischen Freundinnen auch welche. Normalerweise waren meine blass, doch nun hatte die Mittelmeersonne sie hervorgelockt.

Und es war nicht nur meine Haut, die anders aussah. Der Sommer hatte mich verändert. Vielleicht hatte es irgendwas mit meinem ersten Besuch in einem Nachtclub zu tun (*Careless Whispers* am Strand von Lacarna) oder meinem ersten alkoholischen Cocktail (einem *San Francisco*, der laut meiner Cousine Elena toll schmecken sollte – was nicht der Fall war). Es war das pure Klischee, aber im Verlauf eines Sommers hatte ich die drei revolutionären Höhepunkte meines Teenagerdaseins durchlebt: Sex (einen Zungenkuss am Strand mit Elenas Kumpel Dimitri), Drogen (der Schuss Tequila in meinem *San Francisco*) und das Erwachen in einem anderen Körper (das BH-Größen-Aha-Erlebnis mit der Messtabelle bei Marks & Spencer). Warum hatte ich nicht *vor* Zypern schon gemerkt, dass mir mein Bikini zu klein geworden war? Ich hatte unanständig ausgesehen. Kein Wunder, dass Dimitri so begeistert gewesen war.

Nach meiner Rückkehr nahm ich Simon nun auf neue Weise wahr. Wo ich sonst einen scheuen, einsamen Sonderling gesehen hatte, entdeckte ich plötzlich einen unverstandenen, rebellischen Einzelgänger. Wieso war mir nicht schon früher aufgefallen, wie cool er wirkte, wenn er den Kragen seiner Bikerjacke hochklappte? Wie hatte ich ablehnen können, als er mir mal vorgeschlagen hatte, die Schule zu schwänzen und stattdessen *Almost Famous* im Kino anzuschauen – in der letzten Reihe? Zum Glück hatte er mir keine meiner unbedachten Absagen übel genommen. Für ihn war ich immer noch die beste Freundin, aber »beste Freundin« klang jetzt irgendwie schal. Ich wollte mehr.

Was die Sache für mich besiegelte, war unsere Tanzaufführung in der neunten Klasse. Bis dahin hatte mir unser alljährlicher Auftritt vor der ganzen Schule immer gefallen, und in der achten Klasse hatten wir noch zu einem wirklich originellen Medley aus Beatles-Songs getanzt. Zwölf Monate später war unsere Lehrerin allerdings schwer verliebt und plante fleißig ihre Hochzeit, was der einzig nachvollziehbare Grund sein konnte, weshalb die sonst so coole und sogar nasenberingte Miss Farrell uns diesmal zu Céline Dions »My Heart Will Go On« tanzen ließ.

Gab es in der Musikgeschichte auch nur einen einzigen Song, der noch kitschiger war als dieser?

Nein. Definitiv nicht.

Ich weiß noch, wie ich bei Simon darüber ablästerte, während wir diese Folge von *Friends* sahen, in der alle mitkriegen, dass Monica und Chandler zusammen sind – übrigens meine Lieblingsfolge, nicht nur wegen des *Friends-to-Lovers*-Themas. Aber selbst das konnte meine schlechte Laune nicht vertreiben.

»Na komm, so schlimm ist der Song nun auch wieder nicht.«

Ich verdrehte demonstrativ die Augen.

Daraufhin holte Simon seine Gitarre und sang im schönsten Falsett zur geklimperten Melodie von »My Heart Will Go On«. Da wir aber dreizehn und in puncto Humor leicht zufriedenzustellen waren, änderte er den Text zu »My *Fart* Will Go On« und beschwor so eine dauerpupsende Céline herauf.

Wir krümmten uns vor Lachen.

Ich wünschte, mein einziges Problem bei dem Auftritt wäre die Wahl des Songs gewesen. Denn es kam noch schlimmer. Nach einer Drehung knickte ich unglücklich um und verstauchte mir den Knöchel, musste aber bis zum bitteren Ende weiterhumpeln, begleitet vom hämischen Kichern der in der ersten Reihe sitzenden Siebtklässler.

Die kleinen Scheißer.

Simon war für mich da, zu Hause angekommen lachten wir darüber, und er besah sich meinen Fuß. Es waren seltsam befangene Minuten, während ich meinen Strumpf auszog, das Hosenbein hochrollte und er vorsichtig die empfindliche Stelle betastete.

Ich weiß noch, wie ich dachte: *Bitte, lieber Gott, lass meinen Fuß nicht stinken.* Dicht gefolgt von: *Bitte, lieber Gott, lass dieses einzelne schwarze Haar, das manchmal auf meinem großen Zeh wuchert, heute einfach nicht da sein.* Griechischer Abstammung *und* in der Pubertät zu sein, war eine besonders schwierige Kombination.

Wie hätte ich mich nicht Hals über Kopf in ihn verlieben können? Er brachte mich zum Lachen, er ließ mich meine Demütigung vergessen, und er kümmerte sich mit derselben bedächtigen Sexyness um meinen geschwollenen Knöchel wie Doctor Ross aus *Emergency Room*.

Nur zu gern würde ich jetzt davon erzählen, wie Simon meine Gefühle schlussendlich erwiderte und sich in mich verliebte, während er mir zu dem legendären Grunge-Sound der Pearl-Jam-Zeile »Oh I, oh, I'm still alive« in die Augen sah, doch das Schicksal warf sich uns auf brutalste Weise in den Weg: Sein Vater wurde befördert, seine Eltern ließen sich scheiden – was möglicherweise damit in Verbindung stand –, und ein paar Tage vor seinem sechzehnten Geburtstag sagte mir Simon, sie würden nach Amerika zurückziehen, um näher bei seinen Großeltern zu leben, nun, da er eine alleinerziehende Mutter habe.

Er verließ mich also, und ich versank in einen Liebeskummer, so abgründig, dass er jede meiner Beziehungen bis Ende zwanzig überschatten sollte.

Niemand kam an Simon heran. An den »heiligen Simon«, wie meine beste Freundin Georgia ihn bald nannte.

Vielleicht sollte mich das heute, mit 34, nicht weiter behelligen, aber diese frühen Jahre unserer romantischen Laufbahn sind nun einmal prägend.

Die erste Liebe ist grausam.

7

Selbst die morgendliche Rushhour in der Central Line konnte meine Stimmung nicht trüben. Beschwingt verließ ich um 9:30 Uhr am Oxford Circus die U-Bahn und fühlte mich charakterfest genug, um auf meinen üblichen Americano bei Starbucks zu verzichten und mir stattdessen im Café neben der Redaktion frischen Orangensaft zu besorgen.

Ich holte meine Schlüsselkarte hervor, um ins Gebäude zu gehen, wo Jody bereits am Empfang saß. Mit ihren perfekten glatten Haaren, die sich niemals kräuselten, egal, wie feucht die Luft war, sah sie immer makellos gepflegt aus. Ich brauchte eine Regenwolke nur anzugucken, schon hatte ich Topfwolle auf dem Kopf.

»Hattest du gestern einen schönen Abend?«, erkundigte ich mich.

Sie wurde rot. »Stuart will am Wochenende mit mir nach Paris fliegen.«

Ich grinste. »Oh, là, là.«

Jody hatte bei Beziehungen nicht immer ein gutes Händchen bewiesen, aber ihr neuer Typ – Stuart – klang nach einem, der es ernst meinen könnte.

Ich bog ins Treppenhaus ab und nahm zwei Stufen auf einmal. Unsere Redaktion lag im vierten Stock, aber ich mied den Aufzug, weil er zu oft kaputtging. So müde ich auch sein mochte: Es war das Risiko nicht wert, stecken zu bleiben.

Die Redaktionsräume hätten dringend einen neuen Anstrich gebraucht, der Teppich war abgelaufen, und es gab keine Klimaanlage. Kaum zu glauben, was aus *Re:Sound* geworden war, seit die Zeitschrift 1966 in der Carnaby Street gegründet worden war. Damals spielte Jimmy Page noch auf den Weihnachtsfeiern, und der Verleger stellte Keith Richards seinen ersten Dealer vor. In manchen Versionen dieser Geschichte *war* der Verleger sein erster Dealer.

Doch in Zeiten des Internets war es für Printmedien schwierig geworden. Als eines der größten monatlichen Musikmagazine hatte *Re:Sound* eine treue Leserschaft, aber die Verkaufszahlen litten merklich unter den frei zugänglichen Online-Artikeln. Das letzte Jahr war ein vorläufiger Tiefpunkt gewesen, wir mussten die Frequenz unserer Ausgaben zurückfahren und Mitarbeiter entlassen, weshalb neue Teppiche und vernünftige Klimaanlagen unbezahlbarer Luxus waren. Ebenso wie dreilagiges Klopapier, das ich dennoch immer wieder in unser Budget schmuggelte – Zoë Frixos, die Schutzheilige der Hintern.

Die Musik, die ich beim Reinkommen hörte, stammte von einer Band, die mein Chef Gavin am vorigen Samstag in Brighton entdeckt hatte. Heute war Freitag, und er hatte noch nicht erlaubt, dass jemand auch nur ein einziges Mal ein anderes Album anmachte. Sein Monitor leuchtete, doch er saß nicht am Schreibtisch.

Lucy, die Redakteurin für Rezensionen, fehlte ebenfalls.

Aber es war auch gerade erst zehn Uhr und der entspannteste Tag des Monats. Gestern war die jüngste Ausgabe in Druck gegangen, was bedeutete, dass wir heute unsere Schreibtische aufräumen, die nicht so dringenden E-Mails beantworten und uns erst einmal locker machen konnten, weil wir wussten, dass die nächste Deadline vier wohlige Wochen entfernt lag.

Ich setzte mich an meinen Platz und fuhr den Mac hoch. Noch während ich die Post-its von meinem Monitor entfernte – alles für die Ausgabe, die wir gerade fertiggestellt hatten – und in den Papierkorb warf, kam Lucy ins Büro.

»Morgen, Boss«, sagte sie und schleuderte die Umhängetasche neben ihrem Schreibtisch auf den Boden. Lucy war dreiundzwanzig und so was wie ein Wunderkind. Dass sie in ihrem zarten Alter schon Redakteurin war, bewies ihr erstaunliches Talent. Sie war wie die Journalistinnenlegende Caitlin Moran, nur mit rosa Haaren.

Mit zwanzig hatte sie angefangen, uns Rezensionen von Konzerten zu schicken, und nach der fünften Publikation bot ich ihr eine feste Stelle an. Ihre reichen Eltern waren entsetzt, dass sie lieber Karriere als Musikjournalistin machen wollte, anstatt zu studieren, und warfen sie prompt aus dem Haus.

»Wie war Patricks Abschiedsfeier?«

»Ganz okay«, meinte ich. »Als die Reden anfingen, wurde er ein bisschen sentimental, aber davon abgesehen, wirkte er ganz glücklich.«

»Ich hab gehört, Jonny Delaney hat sich bei dir beschwert?«

Ich kippte gerade den letzten Rest meines O-Safts hinunter, und Lucys Bemerkung ließ mir das Zeug in die falsche Kehle geraten. Panischer Husten, bis ich wieder Luft bekam. »Woher weißt du das? Hat er online was geschrieben?«

Sie wurde rot, fast im selben Ton wie ihre Haare.

»Ich hab beim Reinkommen zufällig Mike getroffen.«

»Und woher wusste der das?«

»Er hatte Jonnys neuen PR-Typen dabei. Wie heiß ist der denn bitte schön?«

»Nick Jones war hier?«

»Ja, bei Mike.«

Als Verleger kümmerte sich Mike vor allem um die wirtschaftlichen Belange, mit den Inhalten des Hefts hatte er im Grunde nichts zu tun. Aber vor sechs Wochen war unser Magazin von der *Octagon*-Gruppe gekauft worden, einem Unternehmen, das Softdrinks herstellte, und unsere neuen Obermuftis interessierte nur das Resultat am Ende des Jahres. Man hatte uns versprochen, es würde sich nichts ändern, aber natürlich hatte es das trotzdem. Unsere Ausgaben wurden haargenau überwacht und sämtliche Gehaltserhöhungen auf Eis gelegt. Am schlimmsten war jedoch, dass Mike mich seitdem beständig anhielt, mehr kommerzielle Bands in der Zeitschrift zu besprechen und sich stärker auf den Mainstream zu fokussieren. Bisher hatte ich mich geweigert – es widersprach genau dem, weshalb unsere Leserschaft uns seit so vielen Jahrzehnten treu geblieben war. Bei Hands Down hatte ich schließlich nachgegeben, und die gesteigerten Verkaufszahlen dieser Ausgabe bewiesen – frustrierenderweise –, dass Mike recht gehabt hatte.

Mein achtzehnjähriges Ich hätte die heutige Zoë eine Verräterin genannt. Allerdings musste mein Teenager-Selbst auch nie Miete für eine Wohnung in der Londoner City zahlen.

Mein Telefon klingelte. Mikes Name erschien auf dem Display, aber ich ließ es klingeln. Hier war ein Gespräch unter vier Augen gefragt.

Mikes Büro lag zwischen den Toiletten und dem Notausgang. An den Wänden hingen seit 1970 unverändert Teakpaneele, und die Fensterscheiben waren mit diesem feuerfesten Drahtnetz durchzogen, das mich sofort an Schule erinnerte.

Als ich reinkam, zog er an einer nicht aktivierten E-Zigarette. Da hätte er genauso gut an einem Kugelschreiber saugen können.

»Lucy hat mir von deinem morgendlichen Besucher erzählt.«

Er nahm die Zigarette aus dem Mund und warf sie in eine Schublade. »Du wirkst verärgert.«

»Lass mich raten: Er will mehr Berichte über seine blöde Boyband.« Mike wollte etwas erwidern, aber ich war noch nicht fertig. »Das war nicht in Ordnung, Mike. Du hättest ihn nicht treffen dürfen. Du weißt, dass du dich nicht ins Redaktionelle einmischen darfst.« Ich stand nun direkt vor seinem Schreibtisch, dessen grüne Lederoberfläche mit Tintenflecken und Kratzern übersät war.

»Ich dachte, unter den gegebenen Umständen mache ich mal eine Ausnahme.«

»Welcher Umstand könnte wohl rechtfer...«

»Er ist gerade zu Marcie Tylers PR-Manager ernannt worden.«

»Scheiße – nicht dein Ernst!«

Das musste irgendein kosmischer Witz sein. Haha, Universum, der war gut ... Mike beäugte mich misstrauisch. Er war fünfundzwanzig Jahre älter als ich und mit einer Spezialeinheit bei den Falklandkriegen dabei gewesen. Er kannte sich mit Befragungsmethoden aus und konnte praktisch aus jedem eine Antwort herauskitzeln, indem er nur eine Augenbraue hochzog.

In diesem Moment war es die linke. »Irgendetwas, das ich wissen sollte, Zoë?«

»Wir sind gestern Abend ein bisschen aneinandergeraten.«

»Was ist passiert?«

Ich war überrascht, dass Nick ihm nichts erzählt hatte – oder vielleicht hatte er das sehr wohl, und Mike wollte nun meine Version der Geschichte hören.

»Er fand, ich wäre Jonny Delaney von Hands Down gegenüber unhöflich gewesen.«

»Warst du das?«

»Wir hatten einen offenen und ziemlich deutlichen Meinungsaustausch.«

Mike schüttelte den Kopf, doch die erwartete Rüge blieb aus. »Glaubst du, die Sache könnte unsere Chancen bei Marcie beeinträchtigen?«

Ich nickte.

Er nahm einen Füller und balancierte ihn gedankenverloren auf der Spitze eines Zeigefingers. Selbst die Schwerkraft beugte sich seinem Willen. Als sich der Schildpattfüller auf eine Seite zu neigen begann, brachte Mike ihn mit seinen militärisch scharfen Reflexen wieder ins Gleichgewicht. »Er schien mir ein ganz umgänglicher Typ zu sein. Tatsächlich meinte er, dass Marcie mit dem Gedanken spielt, ihr erstes Interview seit fast zehn Jahren zu geben, und unser Magazin hält er dabei für ziemlich geeignet.«

Ich traute meinen Ohren nicht. »*Ziemlich?* Wir sind das geeignetste Magazin weit und breit!« Ich sah den vierseitigen Artikel schon vor mir: künstlerisch anspruchsvolle Fotos von Marcie in einem alten Landhaus, ihr wildes schwarzes Haar kontrastreich vor verwittertem südenglischen Kalkstein ...

»... im Tausch gegen ...«

Ich schaltete den Film in meinem Kopf auf Pause. »Gegen was?«

Mike lächelte verkniffen.

Ich stöhnte. Nicks Lektion über Tauschgeschäfte ergab plötzlich einen Sinn. »Er will, dass wir die Rezension über Hands Down revidieren? Ich habe ihm gesagt ...«

Mike ließ den Füller auf den Tisch fallen. »Ein Feature – doppelseitig, plus Cover.«

Ich kniff mir in die Nasenwurzel. »Verstehe. Wird er uns auch noch sagen, welchen Schrifttyp wir verwenden sollen?«

»Du hast doch gesehen, was bei nur einer Rezension zu Hands Down mit den Verkaufszahlen passiert ist. Warum sollen wir immer nur alten Größen wie Marcie hinterherjagen, die quasi ein Phantom ist?«

»Weil sich *Re:Sound* nie mit Boygroups abgegeben hat. Erkennst du nicht die Ironie an der Sache? Hands Down will, dass unsere Authentizität auf sie abfärbt, aber mit jedem Artikel, den wir über sie bringen, geht sie uns ein Stück flöten. Ich kann mich nicht hinstellen und mit ansehen, wie die Zeitschrift, die ich liebe, seit ich dreizehn bin, zu einem Klatschmagazin verkommt.«

»Das kann ich absolut nachempfinden, aber hier steht mehr auf dem Spiel als nur unsere Authentizität. Es geht ums Überleben. Ich tue, was ich kann, um Octagon glücklich zu machen, aber wenn unser Umsatz nicht deren Zielvorgaben erreicht, ziehen sie den Stöpsel.«

»Drohen sie etwa, uns dichtzumachen?«

Mike nickte.

Natürlich hatte ich gewusst, dass genau das auf uns zukommen würde, aber immer versucht, nicht darüber nachzudenken. Ich hatte gehofft, der Ruf unseres Magazins würde ausreichen, um Octagon für eine Weile ruhigzustellen. Doch jetzt war der Alptraum einer drohenden Schließung plötzlich grausame Realität.

»Ich habe ihnen gesagt, wir hätten einen Sensationsbericht in petto, für die Septemberausgabe, aber wir müssen schon vor ihrer Vorstandssitzung in zwei Monaten eine Steigerung der Anzeigenverkäufe und höhere Absatzzahlen vorweisen.«

»Na, da haben wir ja gar keinen Druck.«

Ich versuchte, mich durch die Tragweite seiner Ankündigung nicht einschüchtern zu lassen. Wichtig war, sich auf den nächsten Schritt zu konzentrieren: das Interview mit Marcie.

»Wie war dieser Nick denn so bei dir?«, erkundigte ich mich in möglichst unverfänglichem Tonfall.

»Schien ein ganz netter Kerl zu sein«, sagte Mike.

Ich verdrehte innerlich die Augen. Nick Jones war selbstherrlich, ungehobelt und arrogant. »Nett« war nun wirklich nicht das Adjektiv, das einem bei ihm sofort in den Sinn kam.

»Was hat er eigentlich vorher gemacht?«, wollte ich wissen. »Wieso habe ich nie von ihm gehört?«

»Er war in Südamerika, wo er für Pinnacle Artists wahre Wunder gewirkt hat. Spricht Spanisch wie ein Einheimischer. Französisch und Italienisch wohl auch. Ist also dreisprachig.«

»Aber klar doch«, brummte ich.

Mike runzelte die Stirn. »Wenn man allerdings Englisch mitzählt, sind das sogar vier Sprachen. Wie nennt man es dann?«

»Wichser.«

Er grinste.

»Klingt, als würde er viel umherziehen.« Meine Stimmung besserte sich. »Vielleicht bleibt er gar nicht lange in London.«

»Sei nett zu ihm, Zoë. Zeit ist ein Luxus, den du nicht hast.«

7

Während ich Mikes Büro verließ, klangen mir seine Worte noch im Ohr. Sollte unsere Zeitschrift dichtmachen müssen, hätte nicht nur ich keinen Job mehr, sondern das gesamte Team. Sie hatten Loyalität bewiesen, indem sie bei mir geblieben waren, obwohl nichts in diesem gottverdammten Büro ordentlich funktionierte – die Drucker hatten regelmäßig Papierstau, die Klimaanlage gab ab einundzwanzig Grad den Geist auf. Ich konnte sie auf keinen Fall damit konfrontieren, dass ihr Opfer umsonst gewesen sein sollte.

Plötzlich erfasste mich eine Angst, die meine Füße auf dem Nylonteppich festkleben zu lassen schien. Ich musste mich an der Wand neben der staubigen Yuccapalme abstützen und rutschte langsam zu Boden. Die wachsartigen grünen Blätter waren länger hier als ich. Ich erinnerte mich, dass ich die Pflanze schon an meinem ersten Tag zehn Jahre zuvor gesehen hatte. Ich hatte einen Job bei einer renommierten Tageszeitung ausgeschlagen, die mir fast das Doppelte gezahlt hätte. Aber meine Liebe zu *Re:Sound* wog mehr als Geld. Ich war mal mitten beim Essen von einem Blind Date abgehauen, weil der Typ angewidert die dicken Brauen zusammengezogen und gesagt hatte, über Musik zu schreiben sei doch wohl ziemlich belanglos. Im Gehen stieß ich »versehentlich« an den Tisch, so dass sich sein Getränk über sein sehr unappetitliches Stück Schweineschwarte ergoss, dessen Speckränder er schmatzend verschlungen hatte. Lieber belang- als kulturlos, hätte ich am liebsten gesagt.

Meine Beziehung zu *Re:Sound* war die längste meines Erwachsenenlebens – länger als jede mit einem männlichen Wesen.

Die Zeitschrift hatte mich nie enttäuscht, und nun war ich an der Reihe, mich loyal zu zeigen. Ich musste für das kämpfen, wofür sie stand. Auf meinem Stuhl hatten vor mir schon zwölf andere Chefredakteure gesessen, und ich spürte das Gewicht ihres Erbes auf meinen Schultern lasten. Ich war Nummer dreizehn.

Wenn das kein Glück brachte.

7

Wieder am Schreibtisch, schob ich einen Stapel Korrekturfahnen und zwei leere Coladosen aus dem Weg und stupste an die Maus, um meinen Computer aufzuwecken. Ich musste mehr über meinen Feind erfahren.

Nick Jones in Google einzugeben war sinnlos. Da es ein so gewöhnlicher Name war, erhielt ich über eine Million Treffer. Zusammen mit *Pinnacle Artists* ergaben sich jede Menge Fehlanzeigen, weil es in Verbindung mit der Musikmanagement-Firma unzählige *Nicks* und *Jones* gab. Facebook und Twitter brachten mich ebenfalls nicht weiter – ich hätte mich durch endlose Listen von *Nick Jones* scrollen können. Die einzige einigermaßen nützliche Information war ein zweispaltiges Profil auf der Webseite von Pinnacle, das allerdings überholt war, weil er ganz offensichtlich nicht mehr in Mexiko wohnte. Von den Künstlern, die er dort betreut hatte, hatte ich noch nie gehört, und Hands Down oder Marcie Tyler wurden mit keinem Wort erwähnt. Das einzig Aufschlussreiche war, dass er seit etwas über zehn Jahren für die Firma arbeitete.

Ich schloss den Browser und ärgerte mich über die Zeitver-schwendung. *Vergiss Nick Jones und konzentrier dich darauf, Marcie ohne ihn zu finden!*

7

Eine Stunde später saß ich mit Dawn Reynolds – Patricks Nummer zwei, die seine Firma jetzt als Tochterunternehmen von Pinnacle Artists leitete – beim Mittagessen. Sie war eine Meile von mir ent-fernt in Ealing aufgewachsen, allerdings fünf Jahre älter. Als Patrick uns vor sechs Jahren miteinander bekannt machte, verstanden wir uns auf Anhieb, unter anderem wegen einer gemeinsamen Leiden-schaft für Krimis mit schmierigen Schnüfflern als Ermittler. Som-mers wie winters trug Dawn Schwarz, so wie sie auch ihre Liebe zu The Smiths nie ganz verloren hatte.

Während wir unsere Caesar Salads mümmelten, fragte ich sie, was sie über Marcies neues Team wisse.

»Ich hatte heimlich gehofft, dass Marcie jetzt, wo Patrick raus ist, zu uns zurückkommt«, sagte Dawn. »Wir könnten ihr das Beste aus zwei Welten bieten – wir sind eine kleine persönliche Agentur mit der Power einer großen Firma hinter uns, aber Marcie will sich wei-terhin selbst managen und Pinnacle nur für ein paar Publicity-Sa-chen einspannen.«

»Das tut mir leid, Dawn. Damit wären wir schon zwei, die zu viele Hoffnungen in sie gesetzt haben.«

Sie spießte ein Salatblatt und einen Croûton auf ihre Gabel und tunkte alles in ein Schüsselchen mit Extra-Caesar-Soße, das sie im-mer dazubestellte. »Wir geben ein feines Paar ab.«

Mir war der Appetit vergangen, und ich trank den Rest meines Weins in einem Zug. »Was weißt du über Nick Jones?«

39

»Nicht viel«, gab sie zu. »Aber meine Kontakte in Südamerika sagen, dass er da drüben Wunder gewirkt hat.«

»Wie, um alles in der Welt, ist er an Marcie gekommen?«

Dawn zog eine Augenbraue hoch. »Ich schätze, er hat einfach eine Menge Süßholz geraspelt.«

»Meinst du etwa das, was ich denke, das du meinst?«

»Marcie ist auch nur ein Mensch aus Fleisch und Blut, und er sieht wie ein junger Rock Hudson aus – bis hin zu dem kleinen Grübchen im Kinn. Wer hätte einen wie ihn nicht gern um sich?«

Ich, zum Beispiel. »So oberflächlich ist Marcie nicht.«

»Ich sehe keinen anderen Grund. Marcie hat schon seit Jahren keinen PR-Manager mehr gewollt. Du weißt, wie sehr sie die Presse hasst.«

Dawn hatte mich auf eine Idee gebracht. »Wenn ich schon nicht als Journalistin mit Marcie sprechen kann, dann doch vielleicht von Frau zu Frau. Fällt dir dazu nicht eine Möglichkeit ein?«

Sie legte die Stirn in Falten. »Ihr Haus ist wie ein Bunker – ohne Security geht sie nicht raus, und es gibt keine Fotos von ihr mit Freunden oder Familie. Offenbar gibt es niemanden, über den man an sie rankäme.«

»Sie muss einsam sein.«

»Wie ich gehört habe, ist sie tatsächlich eine ziemliche Einsiedlerin. War nie verheiratet, keine Kinder. Alles, was sie je interessiert hat, war die Musik.«

Wir plauderten noch ein Weilchen und verabschiedeten uns nach einem Hindernislauf durch die Rauchergruppe draußen vor der Tür.

»Sehen wir uns am Dienstag?« Das war mein einziger regelmäßiger Sporttermin, und verabredet zu sein, war vermutlich die Hauptmotivation für mich, dort hinzugehen.

»Tut mir leid, Zoë, ich kann nicht. Da ist das Klaviervorspielen am Schuljahresende – ich hab versprochen, die Kinder hinzufahren.« Sie erstarrte.

»Ist schon gut, Dawn, ich komme klar. Du brauchst nicht so schuldbewusst zu gucken.«

»Nein, mir fällt gerade ein: Ich hab von jemandem bei Pinnacle gehört, dass Marcie Klavierunterricht nehmen will.«

»Willst du etwa vorschlagen, dass ich mich als Klavierlehrerin ausgebe?« Ich lachte. »Das wäre ziemlich Inspektor-Clouseau-mäßig.«

Sie tätschelte meinen Arm. »Nein, aber sie will einen Flügel kaufen – mein Kontakt hat einen privaten Termin im Steinway-Laden in Marylebone für sie organisiert. Den ersten Termin hat sie gecancelt, aber jetzt haben sie einen neuen. Irgendwann in den nächsten Tagen. Ich finde es für dich raus.«

Das klang vielversprechend. Das Geschäft würde vermutlich für normale Kunden geschlossen sein, aber ich könnte mich bestimmt irgendwie hineinmogeln. Und dazu brauchte ich noch nicht mal einen Deal mit Nick.

Mit spürbar besserer Laune setzte ich mich nach der Mittagspause wieder an den Schreibtisch. Wenn das mit Dawns Tipp funktionierte, könnte ich möglicherweise mit Marcie persönlich einen Interviewtermin vereinbaren.

Beflügelt machte ich mich daran, die Flut meiner angestauten E-Mails zu beantworten. Hätte dabei nicht andauernd mein Telefon geklingelt, hätte ich das sogar geschafft.

Ein besonders nerviger Anruf kam von einer PR-Dame, die sich beschwerte, weil wir ihren Klienten als »Engländer« bezeichnet hatten.

»Er ist Waliser«, bemerkte sie schroff.

Ich sagte, ich werde mich darum kümmern, und legte schnellstmöglich auf.

»Gavin!« Ich reckte den Hals, um über meinen Monitor zu spähen. »Du hast den Leadsänger von Stepping Stones als Engländer tituliert.«

»Ist das gesetzeswidrig?«

»Er ist Waliser.«

»Blödsinn. Der klingt englisch, wenn man mit ihm redet.«

»Sag einfach immer ›britisch‹, das erspart uns eine Menge Ärger.«

Lucy sah auf. »Typisch Gavin, die Waliser zu verunglimpfen!«

Gavin drehte seinen Stuhl in ihre Richtung. »Was redest du da? Ich hab nichts gegen Waliser.«

»Hast du doch. Was ist mit der Geburtstagskarte, die du mir letztes Jahr geschenkt hast? Da war ein Cartoon-Schaf drauf, und als stolze Waliserin war ich natürlich beleidigt.«

»Du bist aus Leamington Spa«, sagte Gavin. »Damit bist du ungefähr so walisisch wie Lenny Kravitz.«

»Meine Oma ist zur Hälfte Waliserin.«

»Das wusste ich nicht«, brummte er. »Außerdem hast du gesagt, dir hätte die Karte gefallen.«

»Das war, bevor ich gemerkt habe, dass du ein Rassist bist.«

»Ich bin kein Rassist.« Er stand abrupt auf. »Ich geh Kaffee trinken.«

»Einen weißen – mit viel Milch?«, rief Lucy ihm hinterher. Gavin blieb stehen, und man sah, wie sich seine Schultern verspannten.

»Das war ein Witz, Gavin«, meinte ich lachend.

Er zuckte die Achseln und ging.

Lucy krümmte sich kichernd über ihre Tastatur. »Er macht es einem aber auch einfach.«

»Sei vorsichtig mit ihm, Lucy. Er ist sensibler, als du vielleicht denkst.«

Sie schnaubte. »Gavin und sensibel? Ich bitte dich!«

Gavin mochte wie ein harter Typ wirken – rasierter Schädel, breites Kreuz und Augenbrauen-Piercing –, aber er hatte früh seine Mutter verloren und war am Boden zerstört gewesen, als vor ein paar Jahren seine Oma starb. Lucy hatte damals noch nicht bei uns gearbeitet, ich hingegen erinnerte mich an mehr als einen Abend, an dem ich mit ihm im Büro blieb und ihn sich ausweinen ließ, weil seine Freundin nicht fassen konnte, wie ein 27-jähriger Mann den Tod seiner Großmutter so anhaltend betrauern konnte. Überflüssig, zu erwähnen, dass die Beziehung nicht mehr lange hielt. Seitdem war er Single. Gavin sprach nie über Frauen, aber in letzter Zeit war mir aufgefallen, dass sich seine Körperhaltung in Lucys Gegenwart änderte – er schien die Schultern mehr zu straffen und sich aufzurichten.

Vielleicht hatte er aber auch nur ein YouTube-Video über gesunde Körperhaltung gesehen.

Zum Glück verging der restliche Nachmittag ohne weitere Beschimpfungen oder Verarschungen, und um drei bekam ich eine SMS von Dawn, die mir eine Gänsehaut verursachte:

Heut ist dein Glückstag – Marcie geht 18:30 zu Steinway!

Heilige Scheiße! Dies sollte der große Tag sein, an dem sich die Chance böte, mit Marcie zu sprechen? Ich wollte es dem Team schon lautstark verkünden, aber dann ließ ich es doch lieber bleiben. In einer zweiten SMS schrieb Dawn, dass das Geschäft früher schließen und Marcie mit Security auffahren werde. Wie sollte ich da auch nur ansatzweise in ihre Nähe kommen?

Mein Telefon klingelte – Anrufer unbekannt –, aber ich nahm trotzdem ab für den Fall, dass es was mit Marcie zu tun hatte.

»Zoë Frixos.«

»Oh, Entschuldigung, ich muss mich verwählt haben.«

Irgendetwas hielt mich davon ab, sofort den Hörer aufzulegen, da war irgendetwas Vertrautes in der Stimme. »Sie sind mit *Re:Sound* verbunden. Kann ich Ihnen helfen?«

»Das hoffe ich doch«, erwiderte die Männerstimme. »Ich suche nach einer Miss Zoë Frixiebux.«

Es war lange her, seit mich jemand so genannt hatte. Und es gab nur einen Menschen, der es je getan hatte.

»… Simon?«

»Hey, zum Teufel, wie geht's dir?«

Ich spürte eine Hitze in mir aufsteigen, die nichts mit unserem stickigen Büro zu tun hatte. »Gut geht's mir. Zak meinte, du kommst nach London?«

»Richtig. Ich bin heute Morgen gelandet.«

»Das ist ja phantastisch! Wo wohnst du?«

»*The Halson* in Soho. Ich bin gerade dort angekommen.«

»Das ist ja gleich hier um die Ecke.«

»Ich weiß.« Er sagte eine Weile nichts, während ich aus dem Hintergrund gedämpfte Stimmen hörte. »Ich bin in der Bar, und gerade eben wurde ein mindestens dreißig Zentimeter hoher Früchtebecher an mir vorbeigetragen. Willst du blaumachen und dir einen mit mir teilen?«

»Jetzt?«

»Jetzt.«

Simon und Eiscreme – ich schluckte. Lag die erhöhte Speichel-produktion an der Aussicht auf Eis oder auf Simon?

»Ich bestelle auch extra Schlagsahne ...« Seine Stimme klang voll und verführerisch.

»Bin in zehn Minuten da.«

Kapitel 4

 Damn! I Wish I Was Your Lover

Ich legte auf. *Himmelherrgott – erst Marcie, und jetzt das?* Irgendwer lächelte heute auf mich herab. Ich blickte kurz in die Runde, um zu checken, ob jemand mitbekommen hatte, dass die Chefredakteurin gerade hyperventilierte. Aber alles scharte sich um Ayisha, unsere Social-Media-Redakteurin, die das Video eines schlafenden Hundebabys zeigte, dessen Ohren von einem Tischventilator verzwirbelt wurden. Was mich anging, konnte sie am Arbeitsplatz so viel surfen, wie sie wollte, weil die Besucherzahlen unserer Webseite raketenartig in die Höhe geschossen waren, seit sie den Job vor drei Monaten übernommen hatte. Ihre frühere Position als meine Assistentin war bei der Übernahme durch Octagon gestrichen worden. Letzten Monat hatte sie es geschafft, dass unser Artikel über Festivalfood viral ging – und zwar so sehr, dass es sogar eine Erwähnung im *Telegraph* gab.

Anstatt gleich das Büro zu verlassen, ging ich erst mal zur Toilette. Nachdem ich sichergestellt hatte, dass alle Kabinen leer waren, nahm ich die hinterste und rief meine beste Freundin Georgia an. Seit der Uni war sie diejenige, die meine endlosen Schwärmereien über Simon ertragen musste, und sie war die Einzige, die wusste, was ich für ihn empfand.

»Fuck«, war ihre erste Reaktion, als sie die Neuigkeit hörte. »Simon Baxter, der alte Sack. Scheiße nochmal.«

Seit der Geburt ihrer Zwillinge vor zehn Monaten hatte Georgia das häusliche Fluchen eingestellt, dafür fluchte sie bei der Arbeit umso mehr. Ich weiß nicht, wie glücklich ihre Anwaltskanzlei über diese Veränderung war, aber da sie gerade ihre Wochenstunden erhöht hatte, ging das wohl in Ordnung.

»So was in der Richtung dachte ich auch«, sagte ich.

»Wann trefft ihr euch?«

Ich sah auf die Uhr. »In ungefähr fünf Minuten.«

»Was verschwendest du dann deine Zeit mit Telefonieren? Komm in die Hufe, Mädchen!«

Für Georgia war alles immer nur schwarz oder weiß: Du magst jemanden, du sagst es ihm, der andere mag dich auch – wumms! Und dann heiratest du. So zumindest war es mit ihr und Dean passiert. Erster Kuss auf dem Erstsemesterball – seitdem waren sie zusammen.

Wir verabschiedeten uns, und ich legte auf und warf einen prüfenden Blick in den Spiegel. Ich war noch nie der Typ gewesen, der sich groß zurechtmacht, schon gar nicht für die Arbeit, aber ich wollte mich zumindest vergewissern, ob ich vorzeigbar aussah.

Mit der schwarzen Cargohose und dem weißen T-Shirt mit V-Ausschnitt war ich noch zufrieden, mit meinen Haaren eher weniger. Ich hatte am Morgen keine Zeit gehabt, sie zu waschen, und sie stattdessen mithilfe einer langen Schnabelspange auf dem Kopf aufgetürmt. Ein paar Strähnen hatten sich gelöst und hingen mir bis auf die Schultern, und über der Spange standen die Haare hoch wie der Strunk einer Ananas. An einem meiner guten Tage würde ich es »unbekümmert windzerzaust« nennen, an einem schlechten »schlampig verschlunzt«.

Was galt für heute? Weiß der Teufel, wie sollte ich das beurteilen?

Sollte ich Georgia ein Selfie schicken und sie fragen? Ich nahm das Handy hoch, ließ es dann aber wieder sinken.

Das war verrückt – mein Haar war völlig okay, nur die Beleuchtung war schrecklich. Ich durchwühlte meine Tasche nach Puder und tupfte damit über mein Gesicht, wischte ein bisschen verschmierte Wimperntusche weg und setzte mich in Gang, bevor ich noch mehr Zeit vergeudete.

Auf dem Weg über die Great Marlborough Street, mit Sonne auf den Armen, gelang es mir, den aufgewühlten Teenager in mir in seine Schranken zu weisen und mich wieder in mein normales Ich zurückzuverwandeln.

Als Simon ein Jahr nach seinem Wegzug das erste Mal zu Besuch kam, hatte ich die Nacht davor kaum geschlafen; das Warten war die reinste Qual gewesen. Ich hatte mich in mein Zimmer verzogen und so getan, als würde ich im *Guitar*-Magazin lesen, bis er dann endlich reinkam und mich so schief angrinste wie eh und je. Er war um mindestens einen Kopf gewachsen und trug Cowboystiefel. Und sein amerikanischer Akzent war deutlich stärker geworden. Für ein siebzehnjähriges Mädchen hätte es wohl keine größere Verlockung geben können als ihn. Aber inzwischen war ich um so vieles älter und erwachsener und doch eigentlich längst über den Punkt hinaus, an dem Stiefel mit Stahlkappen und amerikanisch verschlurrte Wörter wie Aphrodisiaka wirkten.

Fünf Minuten später stand ich vor dem Hoteleingang. Ich starrte am Gebäude hinauf, und die lagerhausartig hohen Fenster starrten zurück. Hinter einem davon lag Simons Zimmer. Bei der Vorstellung überkam mich ein Kribbeln.

Vielleicht war ich doch nicht erwachsener geworden.

Ich ging in die Bar des Hotels. Sie war kaum gefüllt, nicht mehr als fünf oder sechs Gäste lümmelten an der Theke. Von Simon keine Spur. Dann bog ich um die Ecke, und da war er.

Er saß entspannt auf einer Bank an der hinteren Wand, starrte konzentriert auf sein Smartphone und trommelte mit den Fingern zum Takt der Musik auf den Tisch. Seine Haut hatte einen goldenen Schimmer, der seine schottische Herkunft Lügen strafte, und sein dunkelblondes Haar war militärisch kurz geschoren.

Wie konnte jemand so vertraut und zugleich so fremd aussehen?

Jahrelang war er auf der falschen Seite des Atlantiks gewesen, und jetzt, wo er nur wenige Meter entfernt saß, war ich wie gelähmt.

Was, wenn wir uns nichts zu sagen hätten?

Ich gab mir mental einen aufmunternden Klaps. Wir hatten uns zwar zehn Jahre nicht gesehen, über die sozialen Medien jedoch immer Kontakt gehalten. Ich hatte ihm Bands empfohlen, die ihm gefallen könnten, und gemeinsam hatten wir Twitter-Stürme darüber entfacht, wie überbewertet *Game of Thrones* war. Vor ein paar Geburtstagen hatte er mir sogar die 20-Jahre-Jubiläums-Blu-Ray von *Titanic* geschenkt, weil »My Heart Will Go On« auf unausgesprochene und ironische Weise »unser Lied« geworden war.

Ich zwang mich, weiter auf ihn zuzugehen, und im selben Moment, als hätte er die Schwingung zwischen uns im Raum gespürt, sah er auf. Auf seinem Gesicht breitete sich ein Lächeln aus, das den ganzen Raum erhellte.

Als ich den Tisch erreichte, stand er auf und zog mich in die Arme. Seine Rückenmuskeln spannten sich unter meinen Fingern, als er mich an sich drückte. Seine Haut war warm und duftete nach Zitrone.

Dann hielt er mich auf Armeslänge Abstand. »So gut, dich zu sehen, Frixie.«

»Gut, dich zu sehen, Simon«, sagte ich und staunte, wie sehr seine Augen funkelten. Diese überschäumende Energie war noch immer da. Das erklärte auch, warum er mitten am Tag Eisbecher futtern und trotzdem so schlank bleiben konnte.

Er klopfte auf den Platz neben sich. »Setz dich zu mir, dann können wir die Leute beobachten und alle anderen unseren phantastischen Eisbecher bewundern.«

In der Mitte des Tisches stand der imposanteste Erdbeereisbecher, den ich je gesehen hatte. Zwischen roten Fruchtstücken mischten sich weiße und rosa Eissorten, darüber ragte ein Turm aus Sahne mit Schokoladensoße und Mandelblättchen, auf dessen Spitze eine saftig glänzende Erdbeere thronte.

»Du hast ein gutes Gedächtnis«, sagte ich.

Er nickte. »Hoffentlich gestehst du mir jetzt nicht, dass Erdbeeren die längste Zeit dein Lieblingsobst gewesen sind.«

»Na ja, ich wollte eigentlich nichts sagen, aber ...«

Sein Lächeln dimmte sich merklich, und ich konnte es nicht durchziehen. »Nein, die mag ich immer noch am liebsten. Und du hast recht, das Eis sieht phantastisch aus.«

Ich setzte mich rechts neben ihn, und er reichte mir einen langen Löffel. »Für *Madame*.« Dann beobachtete er eingehend, wie ich einen Löffel Eiscreme in den Mund schob.

»Gut?«

Ich schluckte genüsslich. »*Superbe.*«

Natürlich meinte ich das Eis und nicht den goldenen Schimmer, den die durch das Fenster scheinende Sonne auf seine blonden Bartstoppeln warf. Auch nicht den Anblick seiner Lippen, über die er jetzt mit der Zunge fuhr, wobei er die Augenbrauen hochzog. »Mal sehen, ob du recht hast.«

Er machte sich über die andere Seite her und nahm einen Riesenlöffel voll. Dann schloss er die Augen und schluckte, wobei sich sein Adamsapfel auf geradezu obszöne Weise bewegte. Ich hätte ihm den ganzen Tag beim Essen zusehen können.

Er schlug die Augen wieder auf. »Gott, ich fühle mich wie elf. Weißt du noch, wie du mich überredet hast, drei Cornettos hintereinander zu essen?«

Ich lenkte meine Gedanken zum elfjährigen Simon zurück, der noch keine so verführerischen Bartstoppeln gehabt hatte.

Mum hatte ein Sechserpack Cornettos gekauft, weil wir meine Cousins erwarteten, als die jedoch absagten, gab sie Simon drei Stück mit nach Hause, damit er sie mit seinen Eltern teilen könnte. Stattdessen stoppte ich die Zeit, in der er alle drei allein essen konnte.

»Ich dachte, das hätte dir ein für alle Mal den Appetit auf Eis verdorben«, sagte ich.

»Wie langweilig wäre das denn bitte.«

»Die sind nicht mehr so lecker wie früher«, sagte ich. »Cornettos, meine ich. Sie machen sie jetzt kleiner, und auf denen mit Erdbeere gibt es keine Schokosoße mehr.«

»Keine Schokosoße?« Simon schüttelte empört den Kopf, als hätte ich ihm gerade von einer Menschenrechtsverletzung erzählt. Er nahm wieder seinen Löffel, fing damit einen Schwall Soße von seiner Seite ein und tröpfelte sie auf meine. Ich beobachtete, wie die rosa-weiße Eiscreme braune Sprenkel bekam.

»Niemand sollte auf Schokosoße verzichten müssen.«

O Gott, wie schaffte er es, dass das so ungemein sexy klang? War da etwa Alkohol im Becher?

Sein Handy klingelte. Er schaute aufs Display und schnitt eine Grimasse. »Tut mir leid, Frixie, da muss ich rangehen.«

Er warf seine Serviette auf den Tisch und stand auf. »Bin gleich zurück – lass mir noch was übrig!«

Während er das Lokal verließ, hob ich einen Handrücken an meine Wange. Sie war glühend heiß. Was war nur mit mir los?

Ich nahm einen Löffel Eiscreme und schloss die Augen. Die Kälte half, das Problem war nur, dass ich keinen Appetit hatte. Nach ein paar halbherzigen Löffeln zog ich mein Handy aus der Tasche, um mich abzulenken. Ich scrollte gerade durch meine E-Mails, als Simon zurückkam.

»Alles okay?«, erkundigte ich mich.

Er grinste. »Meine Mom. Kannst du dir vorstellen, dass sie sich Sorgen gemacht hat, weil ich noch keine SMS geschickt habe, dass ich gut gelandet bin?«

Das konnte ich nur zu gut, weil meine Eltern die Weltmeister im Sich-Sorgen-Machen waren. Allerdings hatte mein Dad vor Kurzem eine Flug-Tracker-App heruntergeladen, so dass mir zumindest diese Anrufe neuerdings erspart blieben.

»Wie geht es Sandy?«, wollte ich wissen.

Er grinste noch breiter. Seine Mum hieß eigentlich Jenny, aber als wir Kinder waren, hatte er mir erzählt, ihr wahrer Name wäre Sandy. Kurz vorher hatte ich ihn gezwungen, mit mir *Grease* zu gucken. Sein Vater hieß Danny, und Simon erzählte mir, der Film würde auf dem Leben seiner Eltern beruhen, seine Mum hätte bloß ihren Namen zu Jenny geändert, weil sie die ganze Fragerei so nervte.

Monatelang hatte ich diese Geschichte geglaubt.

Aus Rache musste er sich auch *Grease 2* angucken.

»Es geht ihr super. Stell dir vor: Sie heiratet wieder.«

»Wow! Kam das überraschend?«

»Nein, sie ist mit Bill schon seit Jahren zusammen, aber es ist irgendwie komisch, sich vorzustellen, dass man auf die Hochzeit seiner eigenen Mutter geht.«

Das stimmte wohl. Die Ehe meiner Eltern hatte ich meine ganze Jugend hindurch als selbstverständlich hingenommen.

»Wie geht es deinen Eltern?«

»Gut. Freuen sich ein Loch in den Bauch, weil Pete bald heiratet.«

»Dein Bruder kommt unter die Haube?«

»Demnächst. Die Hochzeit ist in sechs Wochen.«

»Schön für ihn.«

Seine Stimme klang eine Spur bitter.

»Alles in Ordnung, Simon?«

»Louise und ich haben uns getrennt. Wir sind schon seit zwei Monaten offiziell geschieden.«

Ich hatte es vermutet – ich hatte den einen oder anderen Hinweis auf Facebook wahrgenommen. Dass Louise mich entfreundet hatte, war das letzte Indiz gewesen.

»Muss eine schwere Zeit für dich gewesen sein.«

»Es ist besser so. Wir haben viel zu jung geheiratet.«

Ich wollte nicht besserwisserisch daherkommen, konnte mich aber noch gut an meinen Schock erinnern, als Simon mir von seiner bevorstehenden Hochzeit schrieb. Ich hatte mir nicht gestattet, je etwas Kritisches über Louise zu äußern – niemals (selbst dann nicht, als sie auf Facebook verkündete, sie würde lieber niemanden wählen als Hillary).

Das war aber nicht der einzige Grund, weshalb ich mich nie für sie hatte erwärmen können, auch wenn ich sie nie persönlich kennengelernt hatte. Alles, was sie in den sozialen Medien verbreitete, waren Fotos von sich selbst und von ihrem ziemlich hässlichen

Mops. Und Simon war doch schon immer ein Katzenmensch gewesen.

»Gott, warum habe ich ihr bloß nach nur sechs Monaten einen Antrag gemacht?«

»Du warst eben hin und weg«, sagte ich. »Ich gebe ja *Dawson's Creek* die Schuld. Du warst schon immer ein hoffnungsloser Romantiker.«

»Ganz im Gegensatz zu dir. Bitte sag, dass sich das geändert hat.«

»Wie sangen diese pudelhaarigen Achtziger-Jahre-Rocker Twisted Sister schon 1987 so schön? *Love is for suckers* – und ich bin nun mal alles andere als ein Weichei.«

Er lächelte. »Gehe ich dann recht in der Annahme, dass du mit niemandem zusammen bist?«

Hörte ich aus der Frage etwa einen Funken Hoffnung heraus?

»Ich bin mit meinem Job verheiratet. Wahrscheinlich werde ich als alte Jungfer sterben.«

»Auf keinen Fall. Ich wette, die Männer stehen bei dir Schlange. Du musst sie bestimmt mit einem Knüppel vertreiben.«

Das Kompliment verursachte mir ein Kribbeln. »Na ja, ich wollte es nicht zugeben.« Ich lächelte. »Ehrlich gesagt ist es ganz schön anstrengend. Aber meine Schlagtechnik ist exzellent.«

Er lachte.

In meiner Tasche vibrierte mein Handy. Da die Hintergrundmusik gerade sehr gedämpft spielte, musste Simon es auch hören.

»Ruft dich die Arbeit?«

Ich nickte. »Ich muss wohl wieder ins Büro.«

Simon sah auf die Uhr. »Oh, verdammt, ich hab nicht auf die Zeit geachtet. In einer halben Stunde habe ich ein Meeting und dann noch eins und dann um acht eine Konferenzschaltung mit New York.«

»Und da sagt man immer, Banker hätten keinen Spaß.«

»Nur du sagst das«, gab er zurück. »Andauernd. Und ich habe dir gesagt, dass ich kein Banker bin, sondern Fondsmanager.« Er gab mir einen freundschaftlichen Schubs. »Was machst du heute Abend? Ich hoffe, du gibst Rock-'n'-Roll-mäßig Gas, um diesen lahmen Nachmittag zu kompensieren.«

»Ach, du weißt schon … das Übliche: tonnenweise Koks, Sex und ein paar Tieropfer, das war's schon.«

»Dann wird's also ein ruhiger Abend.«

Keiner von uns rührte sich. Die Vorstellung, jetzt wegzugehen und Simon wieder fünf Jahre lang nicht zu sehen, ließ mich an meinem Sitz kleben.

»Ich hab dich vermisst, Frixie.«

Ich wollte ihm sagen, dass ich ihn auch vermisst hatte, aber irgendwie war ich plötzlich außer Atem. »Lass uns dafür sorgen, dass bis zum nächsten Mal nicht wieder so viel Zeit vergeht«, meinte ich leichthin.

»Ach, das wollte ich dir noch sagen: Meine Firma hat mich ins Londoner Büro versetzt. Ich bleibe hier.«

7

Ich weiß nicht mehr, wie ich ins Büro zurückkam. In meinem Kopf war nur Simon. Er war wieder in England. Auf Dauer. Er war wieder Single. Und er hatte mich vermisst. Hätte ich unser Gespräch nun Satz für Satz analysiert, wie ich es als Teenager immer getan hatte, wäre ich sicher komplett durchgedreht.

Zurück am Schreibtisch, brauchte ich erst mal einen Kaffee – und sei es nur, um die schwärmerischen Gedanken an Simon zu verscheuchen.

Gott, was hatte er für tolle Arme!

Die Spülmaschine war wieder kaputt, was bedeutete, dass sich die schmutzigen Kaffeebecher im Spülbecken stapelten – kein einziger war mehr sauber. Normalerweise hätte ich mich darüber geärgert, aber ich war in so überschwänglicher Stimmung, dass ich sie alle abwusch. Und das, ohne vor mich hin zu schimpfen, dass meine Kollegen ein Haufen blöder Messies seien.

Kapitel 5

 Take a Chance on Me

Seit Viertel nach sechs stand ich in einem Türeingang gegenüber des Steinway-Geschäfts in der Marylebone Lane. Ich hatte schon an die Tür gefasst, natürlich war sie verschlossen. Es blieb mir nichts anderes übrig, als auf Marcies Erscheinen zu warten. Das Wetter war umgeschlagen – eine halbe Stunde vor meinem Aufbruch waren Wolken aufgezogen, und jetzt regnete es in Strömen, aber selbst das war im Grunde ein Glücksfall. Gab es mir doch einen Grund, hier rumzustehen und ganz unverdächtig den Regen abzuwarten. Außerdem waren so weniger Fußgänger unterwegs, die Marcie hätten vertreiben können.

Der schwarze Lack des Klaviers, das im Schaufenster ausgestellt war, glänzte wie eine Vinylschallplatte, und die Tasten erstrahlten selbst an einem so grauen Tag wie leuchtend weiß. Natürlich war kein Preisschild zu sehen; wer nach dem Preis fragen musste, qualifizierte sich in diesem Laden wahrscheinlich nur für ein Casio-Keyboard.

Es war jetzt nach halb sieben, und ich wurde allmählich nervös. Was, wenn Marcie abgesagt hatte?

In diesem Moment fuhr ein schwarzes Taxi vor. Vielversprechend! Die hintere Tür schwang auf, aber nicht Marcie stieg aus, sondern ein Mann im Anzug, der einen riesigen schwarzen Schirm aufspannte. Ohne sich umzublicken, überquerte er die Straße, so dass ein großer Mercedes abrupt bremste, um ihn nicht zu überfahren. Der Anzugtyp sah nicht mal auf, sondern ging ungerührt weiter. Was für ein Wichser!

Hätte ich ihm nur eine Sekunde nachgesehen, hätte ich nicht mitbekommen, dass in diesem Moment eine Person in schwarzem Mantel auf der Beifahrerseite des Mercedes ausstieg und in den Steinway-Laden verschwand. Zwei Sekunden später kletterte noch ein Mann in einem dunklen Anzug aus dem Auto und folgte ihr in das Geschäft.

Scheiße. War das etwa Marcie gewesen? Wenn ja: Hut ab vor diesem sensationellen Ablenkungsmanöver. Der Mercedes fuhr weiter, und ich stand auf dem Gehsteig und überlegte, wie ich am besten vorginge. Der auf meinen Kopf prasselnde Regen trug deutlich zu meiner elenden Stimmung bei, also trabte ich erst mal ein paar Geschäfte weiter, um mich erneut unterzustellen.

Sollte ich warten, bis Marcie wieder rauskam, und sie dann im Regen ansprechen? *Klar, das wäre mindestens genauso clever, wie Justin Bieber als Opener für Slayer zu buchen.*

Früher war ich so stolz darauf gewesen, dass es mir immer wieder gelungen war, mich umsonst in Konzerte reinzuquatschen. Alles, was ich damals brauchte, waren eine gute Portion Selbstbewusstsein, ein unerschütterliches Lächeln und die vage Aussage, die Band wäre Thema meiner popkulturellen Bachelor-Arbeit. Irgendwie bezweifelte ich, dass das heute noch funktionieren würde. Aber sich wie ganz selbstverständlich so zu benehmen, als gehörte man dazu, verschaffte einem meist so viel Überzeugungskraft, dass andere es ungefragt hinnahmen.

Plötzlich hörte ich ein Scheppern. Neben mir fuhr langsam ein

Absperrgitter hoch, und ich erkannte, dass ich in der Einfahrt des Gebäudes neben dem Klaviergeschäft stand. An diesem waren keine Hinweisschilder zu sehen, aber Klaviere und Flügel waren riesige Dinger, die man nicht einfach so zur Ladentür rein- und rausschieben konnte. Irgendwo hier musste ein weiterer Zugang sein. Ich hörte, wie ein Motor ansprang, und kurz darauf schob sich ein Lastwagen vorsichtig durch die Einfahrt. Abgesehen von einem Mann im Overall, der etwas auf einem Clipboard notierte, war niemand zu sehen.

Es klickte, und das Gitter begann sich langsam wieder zu schließen. Mir blieben nur wenige Sekunden, um mich zu entscheiden. Scheiß drauf – was hatte ich schon zu verlieren? Ich tauchte unter dem Gitter hindurch. Dann griff ich in meine Handtasche und holte meinen Schlüsselbund heraus.

»Hi!« Ich strahlte Mr Overall an. »Ich bin die Fahrerin.«

Er musterte mich, als versuchte er, mich einzuordnen.

»Sie sind was?«

Zum Glück sah er nicht allzu genau hin, was ich da in der Hand hielt, sonst hätte er gemerkt, dass es keine Autoschlüssel waren, sondern ganz normale Haustürschlüssel samt Transponderknopf für die Alarmanlage der Redaktion sowie ein Schlüsselanhänger, auf dem stand: *Schlagzeuger sind auch Menschen.*

»Ich bin Miss Tylers Fahrerin. Ich hab Ewigkeiten gebraucht, um irgendwo zu parken, und jetzt ist die Ladentür zu, und niemand macht mehr auf.«

»Ach so, okay«, sagte er, als würde das vollkommen Sinn ergeben.

Ich lächelte wieder. »Kann ich hier hinten reingehen?«

Ohne eine Antwort abzuwarten, marschierte ich selbstbewusst zur Tür und trat einfach hindurch.

Mein Mund war trocken geworden, und das Herz schlug mir bis zum Hals. Gespannt wartete ich darauf, dass er mir etwas hinterherrief, um mich aufzuhalten, doch es kam nichts, und als ich mich umdrehte, war der Mann nicht mehr zu sehen.

Ich musste grinsen – ich hatte es immer noch drauf.

Vor mir lag eine weitere Tür, die sich öffnete, als ich dagegendrückte. Jetzt war ich tatsächlich im Laden.

Hier war es dunkler, und meine Augen brauchten eine Weile, um sich anzupassen. Übergroße goldene Kerzenleuchter verströmten gedämpftes Licht, doch der Schein der Kerzen wurde durch die vielen polierten Oberflächen zigfach reflektiert.

Das Geschäft war fast leer, nur in der hintersten Ecke konnte ich Bewegungen ausmachen. Ich schlich zur gegenüberliegenden Wand und blieb vor einem Beethoven-Porträt stehen. Das Konterfei interessierte mich weniger als die Spiegelungen im Glas. Darin sah ich ein Klavier aus Mahagoni, an dessen Tasten eine Frau saß. Es war Marcie. Ich drehte den Kopf, um sie besser sehen zu können.

Sie trug das Haar zu einem lockeren Pferdeschwanz gebunden, aus dem sich ein paar dunkle Strähnen gelöst hatten. Ich wusste, dass sie um die fünfzig sein musste, aber sie wirkte alterslos. Ihr Gesicht war faltenfrei und blass und ohne jeden Makel. Die Sommer in Saint-Tropez und Palm Beach zu meiden hatte seine Vorteile. Vielleicht sollte ich ein Leben als Einsiedlerin ebenfalls in Betracht ziehen, wenn man einen so schönen Teint davon bekam. Die Haut um ihre Augen war vielleicht nicht mehr ganz so straff wie damals, als sie mit zwanzig ihr erstes Album rausbrachte, doch die schwereren Lider verliehen ihrem Gesicht eine noch intensivere Ausstrahlung. Sie war unfassbar schön. Mit ihren viel gerühmten hohen Wangenknochen und dem langen Hals konnte sie noch immer alle Blicke auf sich ziehen.

Sie hatte allein am Flügel gesessen, doch nun kamen ihr schwarz gewandeter Leibwächter und eine Verkäuferin mit beeindruckend hohen Absätzen dazu. Ich klemmte mich in eine Nische. Mein Herz klopfte wie wild. Das war's. Jeden Moment würde ich mit zwei eisernen Griffen um die Oberarme hinausbefördert werden.

Doch dann geschah ein Wunder. Marcie scheuchte die beiden davon.

»Kann ich nicht mal fünf Minuten für mich allein haben?« Ihre Stimme verursachte mir Gänsehaut. Sie war rau und sanft zugleich, wie Honig auf Toast.

Ich fürchtete, mir gleich ins Höschen zu machen, und ging einen Schritt vorwärts, wobei ich jedoch im Schatten blieb.

Sie starrte auf ihre Hände, die über den Tasten verharrten. Die kurz geschnittenen Nägel war pfauenblau lackiert – in exakt derselben Farbe wie das Leder ihrer knöchelhohen Stiefel mit Sanduhrabsatz, die mit silbernen Schnallen verziert waren. Ich erkannte die Designerin – ihr Laden war in Soho, und ich hatte schon oft im Vorbeilaufen die handgearbeiteten Designs in ihrem Schaufenster bewundert.

Plötzlich blickte Marcie auf. Um ihre blaugrünen Augen trug sie dunklen Eyeliner, und ihre Wimpern waren stark getuscht. Ihr laserartiger Blick hielt mich gefangen, und mein Mund stand offen wie bei einem Karpfen auf der Fischtheke.

»Denken Sie bloß nicht, ich würde Sie nicht sehen, junge Dame.«

»Ich … ich …« *Scheiße, sag was, Zoë.* »Ich bewundere gerade Ihre Schuhe. Suzi D'Arcy, richtig?«

Sie sah auf ihre Stiefel, als wollte sie sich vergewissern. »Ja. Nicht viele kennen Suzi.«

»Ich gehe immer an ihrem Laden vorbei. Sie macht echt tolle Sachen.«

»Die hier hat sie extra für mich entworfen.«

»Sie sind ein Traum.«

Ich wusste kaum, wie mir geschah. Ich führte ein Gespräch mit der legendären Marcie Tyler – und sie hatte nicht gesagt, ich solle mich verpissen.

Ich überlegte, ihr ein weiteres Kompliment zu machen, aber dann hätte ich womöglich wie ein überdrehter Fan geklungen, auch wenn ich jedes Wort ernst gemeint hätte. Wie sehr ich sie verehrte, brauchte sie im Moment nicht zu wissen.

Ich gab mir innerlich einen Schubs und versuchte, mich wieder in professionelle Bahnen zu lenken. »Ich bin übrigens Zoë Frixos, von *Re:Sound*. Eine Freundin von Patrick Armstrong. Ich hatte gehofft, Sie sprechen zu können.«

Sie zuckte kaum merklich zusammen. »Sie wollen ein Interview?«

»Ich weiß, Sie geben nicht gern Interviews, aber Sie haben so viel zu sagen, und stattdessen wird unendlich viel über Sie geschrieben, worüber Sie keine Kontrolle haben.« O Gott, gleich würde sie mich fragen, was ich meine, und ich müsste zugeben, dass ich einen Google Alert auf ihren Namen eingerichtet hatte und jedes noch so dämliche Gerücht kannte, das je über sie verbreitet worden war. *Immer mit der Ruhe, Zoë.*

»Was sagten Sie, für wen Sie schreiben?«

»*Re:Sound.*«

Sie schnitt eine Grimasse. »Interviewen Sie nicht lieber große Jungs, die nur drei Akkorde spielen können und sich für Jack White halten?«

Da hatte sie nicht unrecht. Eine Zeit lang hatte es erschreckend viel Berichterstattung über jaulige Gitarrenbands gegeben, die am liebsten in Stripschuppen interviewt werden wollten. Das war das Erste, was ich unterbunden hatte, als ich den Laden vor etwas mehr als zwei Jahren übernahm. »Ich bin die erste Frau auf dem Chefredakteursposten, und ich will die Zeitschrift wieder zu dem machen, was sie mal war. Zurück zu den Ursprüngen, echte Musiker interviewen, über echte Themen schreiben.«

Immerhin lachte sie mich nicht aus – das war also schon mal ein Plus.

»Woher wussten Sie, dass ich hier bin?«

Mist, es hatte so gut angefangen. Wie sollte ich antworten, ohne Dawn in Schwierigkeiten zu bringen? »Die Redaktion liegt gleich um die Ecke.« Das stimmte. »Und manchmal gehe ich einfach hier rein.« Das war gelogen.

»Spielen Sie?«

»Klavier?«

»Nein, Schach.« Sie verdrehte die Augen. »Ja, natürlich Klavier. Was sonst?«

O Gott, Marcie Tyler machte sich über mich lustig. »Schon, aber nicht besonders gut. Ich bin das wandelnde Klischee einer Musikjournalistin – ich spiele nicht gut genug, um in einer Band zu sein, also schreibe ich darüber.«

Ich hatte gehofft, die Selbstironie würde ihr zumindest ein Schmunzeln abringen, aber sie reagierte nicht.

»Spielen Sie was.«

»Wie bitte?«

»Spielen Sie was. Ich möchte hören, wie dieser Flügel klingt.«

Mein Geständnis, dass ich nicht spielen konnte, hatte sie offenbar komplett ausgeblendet. Aber es war ein Befehl und keine Bitte, und außerdem hätte ich Marcie Tyler sowieso nichts abschlagen können. Ich bekam Panik, zwang mich jedoch, ruhig durchzuatmen. Das hier war nicht die Hauptbühne in Glastonbury, und es sollte mir doch gelingen, ein bisschen zu klimpern.

Was konnte ich noch? Joni Mitchells »Both Sides Now«? Carole Kings »You've Got a Friend«? Diese Songs hatte ich früher ständig gespielt, also würden meine Finger ihr Muskelgedächtnis hoffentlich schnell wieder aktivieren.

Marcie stand auf und nickte mir zu, ich solle ihren Platz einnehmen. Ich setzte mich auf den Schemel und versuchte, mich nicht davon ablenken zu lassen, dass er noch immer die Wärme vom Hintern meines Idols abgab. Sie blieb hinter mir stehen, wo ich sie nicht sehen konnte. Ich roch ihr Parfüm – eines von Chanel, das meine Mum auch manchmal auflegte, nur dass es an ihr muffig und altmodisch roch. An Marcie duftete es frisch und energetisch.

Scheiß drauf, ich würde einen von Marcies Songs spielen. Etwas, das nur echte Fans kannten – »I Don't Believe In Love« von einem ihrer frühen Alben. Damit hatte ich meine Familie damals beim Üben fast in den Wahnsinn getrieben.

Ich legte meine Finger auf die Tasten und begann. Der Anschlag fühlte sich perfekt an – fest und nachgiebig zugleich.

Ein paarmal griff ich daneben, kam aber recht passabel durch – selbst bei der kniffligen Coda.

Am Ende hörte ich Marcie klatschen. Aber als ich mich umdrehte, sah ich, dass der Applaus nicht von ihr kam. Neben ihr stand – mit einem fiesen Grinsen – Nick Jones. Wann war dieser Arsch denn reingekommen?

»Eine Frau mit vielen Talenten«, sagte er zu Marcie, als würde er eine gute alte Freundin vorstellen.

Ich setzte ein tapferes Lächeln auf. Es hatte keinen Sinn, Nick etwas vor den Latz zu knallen, schon gar nicht, wenn er und Marcie wirklich was miteinander hatten.

»Sie sind ganz zufällig zeitgleich mit Marcie in diesem Geschäft? Wirklich ein außergewöhnlicher Treffer.«

»Ja, nicht wahr?« Ich richtete meine Aufmerksamkeit wieder auf Marcie. »Was meinten Sie gerade: Können wir uns jetzt hinsetzen und ein wenig plaudern?«

Marcie sah zu Nick, und ich wusste, was kommen würde. »Es tut mir leid, aber ich muss gehen. Vielleicht ein andermal.«

Ein Mann kam von der Eingangstür auf uns zu, in dem ich den Mercedesfahrer erkannte. Er begleitete Marcie aus dem Geschäft, und ich stand allein vor Nick.

»Das war nicht cool, Zoë.«

»Ich habe eine Chance gewittert und sie ergriffen. Jeder Journalist hätte das getan.«

»Ich hatte eher den Eindruck, Sie haben meine Klientin belästigt. Machen Sie das eigentlich mit allen Musikern? Wollen Sie, dass ich die Polizei rufe?«

Scheiße nochmal! Das war ein Witz, oder? »Ich habe Marcie nicht belästigt, ich habe nur ...«

»... hinter meinem Rücken intrigiert.« Seine Augen funkelten böse.

»Sie sind doch der, der hinter meinem Rücken mit meinem Verleger mauschelt.«

»Es war eine erfrischende Abwechslung, mal mit jemandem zu sprechen, der das Verhältnis zwischen Presse und Künstler zu schätzen weiß.« Er lachte bitter. »Als ob Marcie irgendeiner daher-gelaufenen Journalistin einfach so ein Interview geben würde! Die noch dazu ihre alten Hits zerstümpert.«

Autsch, das tat weh. »Sie hatte mich gebeten ...« Ich schloss für eine Sekunde die Augen, um mich zu sammeln. Nein, er würde mich nicht drankriegen. »Ich war zufällig hier, und wir haben uns unter-halten.«

»Na, dann hoffe ich, dass Sie das Gespräch genossen haben, denn es wird das letzte sein, das sie je mit ihr geführt haben.«

Kapitel 6

 Express Yourself

Eine Stunde später fühlte ich mich immer noch mies. Ich war wieder ins Büro gegangen, um irgendwie die Zeit bis zum Abend zu überbrücken. Rob, unser Art Director, hatte ein paar Layouts auf meinen Schreibtisch gelegt, aber ich war zu aufgewühlt, um sie mir anzusehen. Stattdessen quälte ich mich durchs Internet und scrollte durch LinkedIn. Vielleicht war es an der Zeit, meinen Lebenslauf zu aktualisieren. Bei *Shoe and Leather* suchten sie eine/n Junior-Reporter/in …

Angewidert schloss ich den Browser. Du liebe Zeit, was tat ich da – ich wollte doch nicht etwa das sinkende Schiff verlassen? Wenn *Re:Sound* unterging, was würde mit Lucy und Gavin und all den anderen passieren? Wie sollten sie ihre Miete bezahlen?

Scheitern war keine Option. Nicht, wenn ich nachts noch schlafen wollte. Zu viele Menschen – *Freunde* – verließen sich auf mich.

Es musste einen anderen Weg geben, das Interview mit Marcie zu bekommen und das Magazin zu retten.

Er war mir nur noch nicht eingefallen.

Meine Pläne für den Abend ließen mich auch nicht gerade voll Vorfreude Purzelbäume schlagen. Ich war mit Alice verabredet, der Verlobten meines Bruders.

Nicht, dass sie langweilig war – es war nur so, dass wir nicht viel gemeinsam hatten. Sie aß kein Fast Food, trank Rooibostee, und ihre Facebook-Seite war voll mit Sinnsprüchen vor farbintensiven Sonnenuntergängen.

Bitte korrigieren. Sie *war* langweilig.

Aber sie war voller guter Absichten. In einem Anfall von Liebe – oder Wahnsinn – hatte sie einer traditionellen griechischen Hochzeit zugestimmt und mich in Ermangelung griechischer Freundinnen zu ihrer *Koumbara* ernannt, was so etwas wie die Trauzeugin war. Zusätzlich würde sie noch Brautjungfern haben, was wiederum ihre englischen Freundinnen besänftigte, die sonst beleidigt gewesen wären.

Sie hatte diesen Abend geplant, damit wir uns alle kennenlernten, eine Art Vorfeier vor dem noch folgenden Junggesellinnenabschied, und obwohl rosa Haarreifen mit »Bald Braut«-Puscheln oder Plastikpenisse wohl kaum Alices Stil waren, würde man nicht ausschließen können, dass ihre Freundinnen so etwas mitbrachten. Ich war allergisch auf solcherlei weiblich-schrille Partyspäße, bei denen man völlig locker über Sex reden und so tun musste, als wohne man in *Sex and the City*-Manhattan anstatt in einem Londoner Spießervorort. Die anderen hatten sich vorher schon zum Essen im Pizza Express verabredet, ich hatte jedoch sofort angekündigt, erst später dazuzustoßen, weil mich irgendwas bestimmt noch im Büro aufhalten würde.

Wenn ich ehrlich war, freute ich mich vor allem deswegen nicht auf den Abend, weil ich ausgesprochen ungern daran erinnert wurde, dass immer mehr Leute in meinem Alter sich fröhlich daranmachten, den Bund fürs Leben einzugehen. Pete war drei Jahre älter als ich, es war also noch nicht sooo tragisch, wenn er vor mir in den Ehehafen einschiffte. Alice hingegen war zwei Jahre jünger –

was hatte sie jetzt schon vor dem Altar verloren? Ich liebte meinen Bruder, aber hatte sie sich mal seine Zehennägel angeschaut? Oder sein Kettensägenschnarchen gehört? Wäre sie wirklich glücklich damit, sich bis in alle Ewigkeit an ihn zu binden?

Es bedurfte all meiner Willenskraft, nicht doch noch abzusagen, und so stand ich um fünf nach neun vor dem *Anchor* an der Great Portland Street. Es war eins dieser altmodischen Pubs, die in einer Zeitschleife feststeckten, in der es weder Hipster noch Hummus gab. Goldene Schriftzüge an den Fenstern warben für eine *Saloon Bar* und eine *Schankstube*, herrje! Aber Alice hatte den Laden vermutlich ausgewählt, weil er ruhig war und wir tatsächlich miteinander reden konnten. Sie war eben praktisch veranlagt.

Doch sobald ich eintrat, erkannte ich meinen Irrtum. Laut schallte mir »500 Miles« von den Proclaimers entgegen, allerdings nicht im Original. Es war viel schlimmer: Vor mir saßen unzählige glückselig lächelnde Menschen und klimperten auf Ukulelen.

Die Hipster hatten auch hier übernommen.

Wir konnten unmöglich bleiben – Alice musste das Event übersehen haben, als sie unser Treffen plante. Ich nahm mein Handy. Falls sie immer noch im Pizza Express waren, würde ich ihnen sagen, dass sie mich woanders treffen sollten, irgendwo, wo es ruhiger wäre …

»Zoë!«, rief da jemand rechts von mir. Alice stand an der Bar und strahlte mich an, in jeder Hand ein Weinglas. Sie kam zu mir rüber und umarmte mich vorsichtig, um den Wein nicht zu verschütten. »Hey! Ich freu mich so, dass du hier bist.«

Alice war Pilates-Trainerin und der fitteste Mensch, den ich kannte. Ihr Mangel an Körperfett brachte mit sich, dass sie nach einem Glas Prosecco betrunken war, und ihrem roten Gesicht nach zu urteilen hatte sie diese Grenzmarke schon weit hinter sich gelassen.

»Bleiben wir denn hier? Willst du nicht irgendwo hingehen, wo es ein bisschen ...«, ich deutete mit meinem Arm in die Runde, »... Ukulele-freier ist?«

»Das hat Annette organisiert«, sagte sie. »Ich will sie nicht verletzen. Komm mit, ich stell dich allen vor.«

Sie führte mich zu einem Tisch im hinteren Bereich, wo es wenigstens etwas ruhiger war, und schlang ihren Arm um eine Frau mit langen blonden Haaren. Sie hätte Alice mit ihrem dunklen Pixie nicht unähnlicher sein können.

»Zoë, das ist meine beste Freundin Annette.«

»Die Doppel-As«, zwitscherte Annette. »Das haben wir uns mit zehn überlegt und dabei an Batterien gedacht. Jetzt klingt es wie eine BH-Größe.« Sie lachte. »Wobei ich da mit Doppel-A natürlich nicht auskomme.« Sie senkte den Blick auf ihren ausladenden Busen. »Ist aber 'ne gute Geschichte.«

Ich nickte höflich. Wenn das für Annette eine gute Geschichte war, graute mir vor den Hochzeitsreden.

Alice wandte sich einer jüngeren Frau neben sich zu. »Und das ist Helen, meine kleine Schwester.«

»Klein« war sehr passend – Helen sah aus, als sei sie erst dieses Jahrhundert geboren.

»Zoë ist meine zukünftige Schwägerin«, verkündete Alice stolz. »Ich freue mich, dass ihr euch endlich kennenlernt. Ihr seid für mich die wichtigsten Menschen auf der Welt.«

Ich wusste, dass Alice das Herz auf der Zunge trug, dennoch verursachten mir solche Gefühlsbekundungen Unwohlsein.

»Dann gehe ich mal und hol mir was zu trinken«, sagte ich.

»Sei nicht albern, Zoë, du bist doch grad erst gekommen«, meinte Alice. »Helen holt dir was – Weißwein, richtig?« Bevor ich antworten konnte, drehte sie sich zu Annette. »Für dich auch noch einen?«

Annette nickte, und Helen sprang auf. »Ich hol uns eine Flasche.«

»Ist sie schon alt genug, um Alkohol zu kriegen?«, erkundigte ich mich, aber niemand schien mich zu hören.

Annette rutschte näher. »Alice hat uns schon so viel von dir erzählt. Du hast den tollsten Job der Welt – ich wette, du kennst massenhaft coole Leute. Kennst du One Direction?«

Ich fing Alices Blick auf, und sie formte mit den Lippen ein lautloses »Sorry«. Dann stupste sie ihre Freundin an. »Na, also One Direction würde ich wohl kaum cool nennen.«

»Ich mag sie«, protestierte Annette.

Alice wand sich. »Ich hör sie nur manchmal im Studio«, sagte sie.

»Die meiste Zeit sitze ich sowieso nur im Büro oder bei langweiligen Konferenzen.« Das war nur halb gelogen. Mein Job klang weitaus glamouröser, als er war.

»Du weißt nicht, was langweilig heißt, solange du nicht mal Wirtschaftsrecht gemacht hast«, erwiderte sie.

Plötzlich schlug Annette mit der Faust auf den Tisch, und ich fuhr zusammen. »Heute Abend geht's aber nicht um Arbeitskram«, erklärte sie, »es geht um Spaß!« Sie tauchte halb unter den Tisch und fing an, in einer großen Tasche zu wühlen.

O Gott, gleich würde sie einen kitschigen Brautschleier rausziehen oder, schlimmer, einen Satz rosafarbener T-Shirts mit »endgeilen« Sprüchen.

Als sie wieder hervorkam, hielt sie jedoch eine Ukulele in der Hand. »Ta-daah!«

Sie streckte mir das Ding entgegen wie Excalibur. »Und was soll ich damit?«

»Spielen, du Dummerchen. Das funktioniert wie eine Gitarre.«

Irritiert musterte ich das Instrument. »Es hat aber nur vier Saiten.«

»Dann ist es ja noch leichter«, meinte Annette mit der Weisheit der wahrhaft Unmusikalischen.

Ehe ich widersprechen konnte, kam ein Typ an unseren Tisch. Er trug ein T-Shirt mit dem Aufdruck *Ukulele – es kommt nicht auf die Größe an*, verteilte Notenblätter und ging weiter zum Nachbartisch.

Ich blätterte durch die Seiten. Die Musik war nicht mit Noten, sondern tabellenartig notiert, so dass genau angegeben war, wann man welche Finger auf welchen Bund legen musste. Keine Musikkenntnisse vonnöten.

Eine Viertelstunde und ein Weinglas später hielt ich meine Ukulele einsatzbereit, und alle vier starrten wir auf den großen Bildschirm in der Ecke, auf dem der Songtext durchtickerte. Der Song, der mein Dasein als Ukulele-Jungfrau beendete, war »Over the Rainbow« und klang entgegen aller Erwartung überraschend nett. Hundert Fremde ließen ihrer inneren Judy Garland freien Lauf – während sie ein wenig verkniffen auf das Griffbrett ihrer Ukulelen starrten.

Ich muss zugeben: Es machte Spaß. Annette, Alice und Helen waren unerwartet gute Sängerinnen, und sobald ich den Dreh erst mal raushatte, wurde aus mir eine ziemlich coole Ukulelistin.

Als eine Pause angesagt wurde, war ich regelrecht aus der Puste.

Während die Doppel-As zur Theke gingen und Helen zum Klo, hütete ich den Tisch und zog mein Handy raus, um meine Nachrichten zu checken.

Mir stockte der Atem – drei SMS von Simon.

Hatte viel Spaß vorhin. Müssen wir wiederholen. Bald!!

Ich grinste. Die doppelten Ausrufungszeichen waren typisch für Simon – in seiner unbändigen Energie.

O Gott, dieses Meeting ist sooooo langweilig. Ich will sterben ...

Die zweite Nachricht war eine Stunde nach der ersten gesendet worden. Aber fünf Minuten später hatte er eine dritte geschickt:

Das Einzige, was mich daran hindert, aus dem Fenster zu springen, ist die Aussicht, dass du morgen Abend mit mir essen gehst. Mein Schicksal liegt in deinen Händen ...

Mich überlief ein freudiger Schauer. Fragte er mich etwa nach einem Date? Oder war das nur ein Essen mit einer guten alten Freundin? Meine Daumen schwebten über dem Tastenfeld. Was sollte ich antworten? Nach einer Weile fing ich an zu tippen:

Das wird dich hoffentlich lehren, immer einen Fallschirm einzupacken. Tja, dann bleibt mir wohl keine andere Wahl, als Ja zu sagen.

Bevor ich es mir anders überlegen konnte, tippte ich auf *Senden*. Aber als nach fünf Minuten immer noch keine neue Nachricht aufploppte, bereute ich meine Antwort. In Gedanken formulierte ich schon die nächste Nachricht, doch dann kam Helen zurück und setzte sich mir mit scheuem Lächeln gegenüber.

Ich deutete auf mein Handy. »Tut mir leid – aber ich warte auf eine dringende Nachricht wegen der Arbeit.« Ich hatte ein schlechtes Gewissen, dass ich sie anlog, aber ich wusste nicht recht, was ich mit einem Mädchen reden sollte, das noch nicht einmal die Panik um den Millennium-Bug miterlebt hatte.

Die Doppel-As kehrten von der Bar zurück – samt einer weiteren Flasche Wein – und schenkten eine nächste Runde aus.

»Alles in Ordnung, Zoë?« Alice sah mich besorgt an. »Du siehst ein bisschen überhitzt aus.«

»Was wegen der Arbeit«, sagte Helen, verzog jedoch süffisant den Mund, was zeigte, dass sie mir meine Erklärung nicht abgenommen hatte.

In diesem Moment vibrierte mein Handy, und ich wischte schnell über den Bildschirm.

JAA!!! Morgen 20 Uhr im Hotelrestaurant. PS: Muss ich jetzt beichten, dass wir im Erdgeschoss sitzen? S xx

Ich grinste und merkte zu spät, dass mir Annette über die Schulter guckte und die Nachricht mitlas.

»Oooh! Zoë hat ein Date!«

Ich stopfte das Handy in die Tasche, aber mein strahlendes Gesicht verriet natürlich alles.

»Niemand, den ihr kennt«, meinte ich leichthin.

»Natürlich nicht«, sagte Annette. »Wir kennen dich ja auch erst seit heute. Aber die Art, wie du es gesagt hast, lässt mich vermuten, dass Alice ihn kennt. Alice, wer ist der mysteriöse ›S‹, der Zoë so spät des Nachts noch Nachrichten schreibt?«

O Gott, wann war Annette so scharfsinnig geworden? Gerade eben hatte sie noch eine sehr ordinäre Version von Depeche Modes »I Just Can't Get Enough« geträllert.

Ich hoffte darauf, dass Alice das Thema im Keim ersticken würde, aber die saß mit ihrer Pilates-gestärkten Körpermitte einfach nur sehr aufrecht da und nippte an ihrem Wein.

»Ach, das ist nur ein alter Freund aus Amerika«, sagte ich.

»Aber ein Freund mit gewissen Vorzügen?«, hakte Annette zwinkernd nach.

»Nein.«

»Bist du sicher? Er hat sich mit drei Küsschen verabschiedet.«

»Nein, hat er nicht.«

Es waren nur zwei gewesen, oder? Am liebsten hätte ich mein Handy wieder rausgeholt und nachgesehen, aber das wäre allzu verräterisch gewesen.

»Aber da war mal was!«

Drei weinselige Gesichter sahen mich erwartungsvoll an. Scheiß drauf, warum sollte ich es ihnen nicht erzählen? Sie würden Simon ohnehin nie kennenlernen.

»Er war mein bester Freund, als wir Kinder waren. Aber jetzt, wo er wieder hier ist, spüre ich ein gewisses Prickeln zwischen uns.«

»Das klingt gut, Zoë«, sagte Alice.

Helen klatschte, und Annette grinste. »Schnapp ihn dir, Mädchen!«

Mit unglaublich schlechtem Timing stand plötzlich Mr *Es-kommt-nicht-auf-die-Größe-an* vor unserem Tisch.

»Alles klar, Mädels?«

»Verzieh dich, Süßer«, sagte Annette.

Alice kicherte verlegen. »Wir sind mitten im Gespräch, das ist alles«, meinte sie. »Meine Freundin wollte nicht unhöflich sein.«

»Doch, das wollte ich«, sagte Annette, und plötzlich mochte ich sie richtig gern.

In einem letzten Versuch fragte er: »Kann ich euch bei irgendwas helfen?«

Helen starrte auf seine Ukulele. »Ja, kann ich die haben?«

Er sah sie unsicher an. »Du willst, dass ich gehe, aber meine Ukulele hierlasse?«

»Ja.«

Er blinzelte langsam, da seine Reflexe offensichtlich durch zu viele Jägermeister gedämpft waren. »Kein Problem, Süße.« Er lächelte, reichte ihr seine Ukulele und schwankte davon.

»Gut gemacht, Helen!«, rief Annette.

Eine Glocke läutete die zweite Runde unserer neuartigen Banderfahrung ein.

Mr *Es-kommt-nicht-auf-die-Größe-an* kam noch einige Male zu uns rüber, um uns beim Singen zu »unterstützen«, und mit Sicherheit auch, um sein 30-Pfund-Instrument im Auge zu behalten, aber er sang so schlecht, dass er uns jedes Mal rausbrachte. Annette hatte keine Hemmungen, ihn auf seine falschen Töne hinzuweisen, aber wir waren zu betrunken, um uns zu ärgern, und irgendwann konnten wir sowieso nur noch lachen.

Die Lampen blinkten, um die letzte Bestellrunde einzuläuten. Beim Blick auf die Uhr musste ich erstaunt feststellen, dass es tatsächlich schon elf war.

»Letzter Song!«, rief jemand von der Theke.

Gebannt starrten wir auf den Bildschirm, um zu sehen, was unser Schwanengesang werden würde – und es erschien »Bring Me Sunshine«, was so ziemlich der gefühlsduseligste Song war, der hätte kommen können, und obwohl ich Alice damit aufgezogen hatte, dass sie vorhin bei den schlimmsten Schnulzen den Tränen nah gewesen war, bekam ich nun selbst Pipi in die Augen.

Als die letzten Noten verklangen, umarmten wir uns wie uralte Freundinnen.

»Puh, das war aber ein schönes Lied«, sagte Alice und tat nichts, um ihr Schniefen zu verbergen. Ich konnte vor lauter Kloß im Hals nicht antworten, und Annette tupfte sich verstohlen über die geschminkten Augen – wir alle wussten, warum.

Wir tauschten Handynummern und Mail-Adressen und lachten den ganzen Weg bis zur U-Bahn. Und erst auf halber Treppe abwärts zur Station Great Portland Street merkten wir, dass Helen immer noch die geborgte Ukulele in der Hand hielt.

Kapitel 7

 If I Were Your Woman

Es war Samstagnachmittag, und in zwei Stunden sollte ich Simon treffen. Mit kritischem Blick wanderte ich durch meine Wohnung. Nicht, dass ich erwartete, dass Simon am Ende hier landete, aber für den unwahrscheinlichen Fall, dass er es doch tat, wollte ich den richtigen Eindruck vermitteln.

In der Küche hing ein Poster vom schwarz belederten Elvis bei seinem Comeback-Special von 1968 – Kitsch oder ein Klassiker? Wirkten die Duftkerzen zu beiden Seiten des viktorianischen Kamins elegant oder doch etwas aufgesetzt?

Ich warf mich aufs Bett, und plötzlich konnte ich nur noch daran denken, wie Simon im Türrahmen stand, seine Manschettenknöpfe löste und langsam auf mich zukam.

Stopp!

Wer, zum Teufel, trug denn heute noch Manschettenknöpfe?

Ich brauchte eine kalte Dusche.

Nachdem ich erheblich mehr Zeit als sonst investiert hatte, um mich zurechtzumachen, nahm ich den Bus in die Stadt, damit ich nicht in der heißen, stickigen U-Bahn sitzen musste. Frisch durchgepustet stand ich eine halbe Stunde später vor Simons Hotel.

Das Restaurant des *Halson* befand sich im selben Raum wie die Bar, nur waren abends die Lampen gedimmt, und die auf den Tischen flackernden Kerzen tauchten alles in warmes Licht. Ich trug schlichte Ballerinas zu Jeans und einem schwarzen Pailletten-Top, dazu einen breiten silbernen Armreif. Nach dem Motto »je höher, desto dramatischer« hatte ich meine Haare mit Föhn und Styling-Spray bearbeitet und meine Lippen knallrot geschminkt.

Ein Ober führte mich an einen leeren Tisch, und ich checkte beim Hinsetzen auf meiner Armbanduhr die Zeit. Nein, ich war nicht zu früh. Es war fast zehn nach acht. Simon hatte doch nicht etwa abgesagt? Mein Magen flatterte. Gerade wollte ich auf dem Handy nachsehen, als er auftauchte. Er trug ein blaues Hemd und schwarze Jeans und sah umwerfend aus.

»Ich hoffe, du musstest nicht warten, Frixie.« Er gab mir einen Kuss auf die Wange, und ich bekam wieder einen Schwall Zitronenduft ab.

»Ich bin gerade erst gekommen.«

Wir bestellten eine Flasche Wein, und mit dem ersten Schluck beruhigten sich meine Nerven langsam.

»Ich weiß, es ist schon zwei Jahre her, aber herzlichen Glückwunsch zur Chefredakteurin«, sagte er. »Ich glaube, man kann sagen, dass du endlich deinen größten Traum verwirklicht hast.«

Sein oberster Hemdknopf stand offen und gab den Blick auf seine Kehle frei. Viele meiner Träume hatten sich um genau diesen Teil seiner Anatomie gedreht. Zugegeben: um ein paar andere Teile auch.

»Ach, so ein, zwei Dinge habe ich schon noch auf meiner Liste stehen.« Oje, hatte das jetzt zu anzüglich geklungen?

»Natürlich. Über eine ganz bestimmte Phantasie bin ich bestens informiert.«

Ich zuckte zusammen und hätte beinahe mein Glas umgestoßen.

Er wusste Bescheid? Ich versuchte, ganz locker zu bleiben. »Ach, welche denn?«

»Du willst ein Interview mit Marcie Tyler. Sie hat dich schon immer begeistert.«

Ich lächelte. Hoffentlich war mir meine Enttäuschung nicht anzusehen. Natürlich hatte ich ihm am Freitag alles über meinen großen Plan erzählt.

»Ich muss zugeben, das wäre ein grandioser Höhepunkt meiner Karriere. Aber ich bin nicht sicher, ob es klappen wird.« Ich schüttelte den Kopf. »Es ist verdammt schwer, an sie ranzukommen.«

Er lächelte. »Ich habe vollstes Vertrauen in dich.«

»Das bedeutet mir viel. Danke.«

Er hob sein Glas und stieß mit mir an. »Auf Miss Zoë Frixiebux, die zielstrebigste Frau, die ich kenne, und das erste Mädchen, das ich je geküsst habe.«

Ich verschluckte mich am Sauvignon und hustete.

»Wir haben uns nie geküsst«, sagte ich mit vermutlich etwas zu viel Nachdruck. Es sei denn, er meinte den Kuss, den er mir an dem Morgen auf die Wange gedrückt hatte, als er und seine Mum ins Taxi nach Heathrow stiegen, um ihr neues Leben zu beginnen. Ich hätte mir damals am liebsten die Augen aus dem Kopf geheult, wahrte jedoch tapfer die Fassung, täuschte verhaltene Trauer vor und plapperte davon, dass mit Internet-Telefonie und MSN-Messenger-Dienst alles ja genauso sein würde wie vorher. Ich konnte vierundzwanzig Stunden nichts essen. Mum wollte mich schon zum Arzt bringen, bis ich irgendwann nachgab und ein Stück Baklava knabberte, das sie mir extra gekauft hatte.

»Vielleicht verwechselst du mich mit dem vorigen Chefredakteur von *Re:Sound*. Der hatte etwas weniger Haare, war aber sonst ein heißer Feger, wenn man auf obszönen Liverpooler Dialekt steht.«

Er krallte die rechte Hand in Höhe seines Herzens ins Hemd. »Hat es dir so wenig bedeutet?«

Ich war zu neunundneunzig Prozent sicher, dass er mich verarschte, aber noch während ich mein Hirn durchforstete, kam ein Kellner und wollte unsere Bestellung aufnehmen. Ich nahm das Erste, was mir ins Auge fiel – ein Risotto –, Simon entschied sich für Enten-Confit. Ich musste dringend aus ihm herausbekommen, auf welchen angeblichen Kuss er anspielte, wobei ein Teil von mir es wiederum doch nicht wissen wollte, weil ich vermutete, dass er mich mit einem anderen Mädchen verwechselte – nämlich mit Harriet Smythe, der Tochter der Friseurin seiner Mutter. Meine Mutter ging zur selben Friseurin und hatte mir davon erzählt.

Der Kellner schwirrte weitere quälende Sekunden um unseren Tisch, schlug mit großer Geste unsere Servietten aus und legte sie uns auf den Schoß.

Als er endlich abhaute, lehnte Simon sich vor. »Es war zu der Zeit, als du gerade den Lippenstift deiner Mutter entdeckt hattest. Du wolltest ein Experiment durchführen und hast mich um Hilfe gebeten. Erinnerst du dich nicht mehr? Wie hätte ich dir Hilfe bei deinen wissenschaftlichen Studien verweigern können?«

»O. Mein. Gott.« Ich schlug die Hände vors Gesicht. »Das habe ich mit *dir* gemacht?« Ich erinnerte mich vage, wie ich die Lippenstifte meiner Mutter ausprobiert hatte, aber ich dachte immer, ich hätte nur meinen Handrücken geküsst. In meiner Version der Geschichte *wollte* ich Simon fragen, ob er mitmacht, hatte mich aber nicht getraut.

In unerträglich peinlichem Detailreichtum war plötzlich alles wieder da.

Mein übermäßig neugieriges zehnjähriges Ich war davon fasziniert gewesen, dass bei Filmküssen der Lippenstift der Frauen nie verschmierte oder an demjenigen kleben blieb, den sie geküsst hatten. Das erschien mir unlogisch und beschäftigte mich ungemein, aber bevor ich Briefe an meine Lieblingsregisseure schrieb – ja, so ein Kind war ich tatsächlich –, wollte ich die Sache selbst prüfen.

Und so saßen wir im Schneidersitz vor dem Pseudo-Rokoko-Frisiertisch meiner Mutter im Elternschlafzimmer auf dem grünen Teppich, wo ich meine präparierten Lippen auf Simons unschuldigen Mund presste, fünf Sekunden so verharrte, zurückwich und das Ergebnis überprüfte. Dann wischte ich mit einem in Babyöl getränkten Wattebausch den Lippenstift gründlich ab und wiederholte den Vorgang. So machten wir es mit jedem einzelnen der sechzehn Lippenstifte meiner Mutter. »Es ist mir unsäglich peinlich. Was habe ich mir nur dabei gedacht? Und viel wichtiger: Warum hast du mich nicht davon abgehalten?«

»Na ja, ich fand es ja auch blöd, dass all diese Filme den Mythos des unverschmierbaren Lippenstifts verbreiteten.« Er grinste. »Ich wünschte, es gäbe in meinem Leben immer noch Mädchen, die um der Wissenschaft willen mit mir knutschen wollen.«

Das war nur so bedeutungslos dahingesagt, oder? Ich nippte an meinem Wein und versuchte, abgeklärt und mysteriös auszusehen, wirkte aber möglicherweise eher so, als würde ich ihn ignorieren.

Wie konnte ein Gespräch über harmlose Kinderküsse auf so gefährliches Terrain führen?

Gott sei Dank erzählte Simon jetzt von einem harmloseren gemeinsamen Erlebnis, einer Autogrammveranstaltung bei Tower

Records am Piccadilly Circus, zu der wir eines Nachmittags gegangen waren. Es war das erste und einzige Mal, dass ich die Schule geschwänzt hatte. Meine Eltern waren ausgerastet, als sie dahinterkamen. Wahrscheinlich hätte ich meine signierte Soundgarden-CD besser verstecken sollen.

Das Essen mit dem anschließenden Kaffee verlief von dem Moment an so nett, dass ich mich von Simon sogar noch überreden ließ, in einen Club zu gehen – noch dazu in keinen meiner üblichen. Er schleppte mich in einen mit monströser Neonwerbung, der viel zu nah am Leicester Square lag und *das Beste von gestern* versprach.

Wir mussten eine Dreiviertelstunde anstehen, bis wir reindurften. Ich konnte mich nicht erinnern, wann ich das letzte Mal so lange auf etwas gewartet hatte. Wir standen inmitten von Jungs in Pelzjäckchen und Mädchen mit dick getuschten Wimpern. Eines zischte mir »Pass doch auf, Oma« zu, als ich ihr versehentlich auf ihre High Heels trat, doch selbst das konnte meine Stimmung nicht trüben.

Drinnen angekommen, kämpfte Simon sich bis zur Theke vor und kehrte mit zwei Flaschen Bier zurück. Die Musik war laut, und seine Lippen streiften mein Ohrläppchen, als er mit mir sprach. Ich spürte seinen warmen Atem und erschauerte. Ehe ich wusste, wie mir geschah, hatte er mich überredet zu tanzen, obwohl Chesney Hawkes gerade seinen unsäglichen Refrain »I am the one and only« leierte.

Mir war alles egal. Simons Hand lag elektrisierend auf meiner Hüfte, und je mehr er mich drehte, desto euphorischer wurde ich.

Wir tanzten zu Bon Jovi, zu den Spice Girls und ich meine sogar zu einem Typen, der gerade beim Superstar-Contest gewonnen hatte. Simons Energie schien grenzenlos. Wir rockten zu Take That und den Backstreet Boys, aber dann erklang Hands Down, und meine Glücksblase platzte. Das ist der Nachteil, wenn man im Musikgeschäft arbeitet – die meisten Menschen entspannen beim Musikhören, aber uns kann das so manchen Spaß verderben.

»Ich brauch einen Drink«, signalisierte ich Simon und flüchtete Richtung Theke, um den Gedanken an Nick Jones und mein vergeigtes Interview mit Marcie so schnell wie möglich zu verdrängen. Als ich zurückkam, hatte jemand mit mehr Geschmack das Plattenpult erobert, und wir hörten Queen und David Bowie mit »Under Pressure«.

Schnell stellte ich die Gläser ab und fasste seine Hände. Wir hüpften wie die Wilden, und ich war wieder fünfzehn und hopste zu eben diesem Song mit Simon in meinem Kinderzimmer, bis meine Mum kam und sagte, unten würden schon die Glühbirnen aus den Fassungen fallen. Wie Freddie Mercurys Stimme in der Mitte plötzlich hochfuhr, verursachte mir immer noch Gänsehaut.

Wir verließen den Club um drei Uhr morgens, und ich wollte schon zum Nachtbus wandern, als Simon protestierte.

Er legte einen Arm um meine Schulter. »Deine Mum würde mich umbringen, wenn sie wüsste, dass ich dich allein mit dem Bus fahren lasse.«

»Sei nicht albern, Simon. Wir sind keine dreizehn mehr. Der Bus fährt praktisch bis vor meine Haustür.«

»Dann komm ich mit. Du hast doch eine Couch, oder? Da schlaf ich.«

»Tatsächlich habe ich sogar eine richtige Schlafcouch«, sagte ich und gratulierte mir innerlich, dass ich vorhin noch darunter gestaubsaugt hatte. »Trotzdem hast du es in deinem Hotelbett bestimmt bequemer, und das liegt nur zehn Minuten Fußweg entfernt.«

Es war höchstens eine Sekunde, doch er sah mir tief in die Augen. War das die codierte Einladung, mit ihm ins *Halson* zu gehen?

»Ich will die volle Londoner Dröhnung«, sagte er dann. »Eine stimmungsvolle Fahrt im Nachtbus wäre da genau das Richtige.«

7

Unser Nachtbuserlebnis im 94er nach Acton Green bot jede Menge Geschrei, Gerülpse, beschlagene Scheiben sowie, kurz hinter Holland Park, einen Schwall Erbrochenes.

Die Schunkelparty fand heute wohl im N207er statt.

Als dann die erste Dämmerung am Horizont heraufkroch, stolperten wir durch meine Wohnungstür.

Simon rieb über sein Gesicht. »Ich brauche jetzt ganz dringend was zu trinken.«

»Willkommen in London«, sagte ich und sah in den Kühlschrank, aber meine letzten Weinflaschen standen längst in der Recyclingkiste. Ich schob ein paar schrumpelige Zwiebeln beiseite, als hätte ich noch irgendwo eine Flasche Absolut Vodka versteckt …

»Keinen Alkohol«, sagte Simon. »Ich werde allmählich zu alt für so was. Ich brauche einen Kaffee. Nein, streich das, Frixie, ein Tee wäre super.«

»Hör dich nur an, du klingst ja fast britisch.«

»Wie ich es auch sage, ist es falsch. Drüben bin ich ein gottverdammter Tommy, und hier bin ich ein blöder Yankee.«

Ich ging zu ihm rüber, um an den Schrank zu kommen. »Die Becher sind über dir.«

Er lehnte gegen die Theke und rührte sich nicht. Ich stellte mich auf Zehenspitzen, und ein paar irritierende Sekunden lang war mein Gesicht genau auf Höhe seiner Halskuhle. Er hatte einen weiteren Knopf seines Hemds geöffnet, und plötzlich konnte ich an nichts anderes denken, als dass meine vom Alkohol sensibilisierten Lippen nur einen Hauch von seiner warmen Haut entfernt waren.

Dann fiel mir wieder ein, weshalb ich in dieser komischen Position stand, und ich schnappte mir mit schweißfeuchten Fingern zwei Becher.

Ich machte uns Tee, und wir setzten uns an den Küchentisch, doch kurz darauf rieb Simon sich die Augen. »Ich weiß nicht, ob es spät oder früh ist, aber ich bin vollkommen fertig.« Er grinste verlegen. »Ich schätze, mein Körper kommt nicht mehr so gut mit dem Jetlag klar wie früher.«

»Komm, ich richte dir die Schlafcouch her.«

»Das mache ich schon selbst. Zeig mir einfach, wo deine Bettwäsche ist.«

Auf dem Weg zum Flurschrank stolperte ich fast über meine eigenen Füße. Ich war wohl betrunkener als gedacht. Simon taperte hinter mir her und streckte mir die Arme entgegen, als ich das Bettzeug herausholte. Auf meinem einzigen sauberen Kopfkissenbezug prangte der Aufdruck *Zypern – Insel der Aphrodite*. Auch eine Art, Leidenschaft im Keim zu ersticken.

An Simon war das offenbar vorbeigegangen, denn als ich ihm die Sachen überreichte, lehnte er sich vor und gab mir einen sanften Kuss direkt auf den Mund.

»Gute Nacht, Miss Frixiebux«, sagte er mit leiser Stimme.

Ich hatte meine vorübergehend verloren und konnte nur stumm verfolgen, wie er ins Wohnzimmer verschwand.

Eine halbe Stunde später war ich noch immer ganz benommen.

Ich lag zwar im Bett, war aber zu aufgeregt, um einschlafen zu können. Dass Simon wieder in mein Leben getreten war, konnte ich gerade noch verkraften, aber ein ungebundener, unsäglich heißer Simon, der sich vorzugsweise mit einem Kuss auf den Mund in die Nacht verabschiedete, war dann doch ein bisschen zu viel.

Kapitel 8

 Every Rose Has Its Thorn

Obwohl ich so spät im Bett gewesen war, wachte ich um neun Uhr auf und entdeckte überrascht, dass Simon schon in der Küche vorzufinden. Hätte ich das gewusst, hätte ich mir vorher die Zähne geputzt.

»Morgen, Frixie.«

Für diese frühe Stunde an einem Sonntagmorgen wirkte er bemerkenswert aufgeräumt. Seine Klamotten waren knitterfrei, was bedeutete, dass er sie letzte Nacht aufgehängt und nackt geschlafen haben musste.

O Gott, das muss aufhören!

»Morgen, Si«, sagte ich und kümmerte mich schnell um Teebeutel und Tassen. »Hast du gut geschlafen?«

»Danke, ja. Ich bin sofort ins Koma gefallen. An letzte Nacht kann ich mich nur noch vage erinnern.«

Falls ich ein enttäuschtes Gesicht machte, konnte er es immerhin nicht sehen, denn ich stand vor dem Spülbecken und füllte Wasser in den Kocher. Was hatte ich erwartet? Doch wohl kaum eine Fortsetzung des gestrigen Kusses. Ob es den ohne Alkohol und Müdigkeit überhaupt gegeben hätte?

Was ich jetzt brauchte, war ein Plan für den Tag, irgendetwas, das wir zusammen unternehmen konnten, etwas Lustiges, das aber irgendwie auch Zweisamkeit heraufbeschwor. Vielleicht ein Ausflug in den Hyde Park zum Bötchen-Fahren ...

Ich griff nach dem Brot. »Möchtest du einen Toast?«

»Das wäre super, danke. Übrigens hat deine Mutter angerufen und wollte auf den AB sprechen, aber als ich ihre Stimme hörte, habe ich abgenommen. Ich hoffe, das war dir recht.«

Mit meinen Eltern war Simon immer gut klargekommen, und sie mochten ihn, vor allem meine Mum. Sie sprach immer noch hin und wieder von ihm, und das stets mit sehnsuchtsvollem Blick.

»Sie hat uns zum Mittagessen eingeladen.«

Auf halber Strecke zwischen Brotdose und Toaster blieb ich abrupt stehen. Der Toast in meiner Hand erschlaffte. »Du hast aber nicht zugesagt, oder?«

»Natürlich hab ich zugesagt. Das war wirklich lieb von ihr, und ich würde die beiden total gern wiedersehen. Sie sind ja fast wie Familie für mich.«

Er hatte feuchte Augen bekommen, und ich wandte den Blick ab. Immer wenn seine Eltern mal wieder Streit gehabt hatten, war er hinten über den kaputten Gartenzaun geklettert und hatte mit uns ferngesehen. Mum wusste, wie er sich fühlte, und war immer besonders nett zu ihm, selbst wenn es schon nach unserer Zubettgehzeit war.

»Sie würden dich bestimmt auch gern wiedersehen«, sagte ich und schämte mich für meine anfängliche Abwehr.

Simon blieb noch auf einen Tee und fuhr dann in sein Hotel, um zu duschen und sich umzuziehen. Wir vereinbarten, dass er gegen Mittag wiederkäme, dann würde ich ihn zu meinen Eltern mitnehmen.

Ich trank die letzten kalten Schlucke meines Tees und räumte halbherzig die Küche auf. Simon mit meinen Eltern zu teilen war das Letzte, was ich wollte, aber er schien so glücklich darüber, sie wiederzusehen, dass ich es nicht übers Herz brachte, abzusagen.

7

Ein paar Stunden später fuhren wir am Haus meiner Eltern in Ealing vor. Der Alfa meines Bruders stand in der Auffahrt, was meine Stimmung deutlich sinken ließ. Sehr wahrscheinlich hatte er Alice dabei, und sie würde zwei und zwei zusammenzählen und wissen, dass Simon der geheimnisvolle »S« von Freitagabend war.

Der Geruch von Grillkohle wehte über den Zaun, und ich bekam Appetit. Dads Grillorgien waren berüchtigt, vor allem für ihre Häufigkeit – weder Regen noch Hagel noch Schnee konnten ihn aufhalten. Meine griechische Abstammung und die Eigenarten meiner Familie waren mir schon als Kind immer peinlich gewesen. Ich hatte mich dafür geschämt, dass meine Haare dunkler waren als die meiner Klassenkameraden und dass ich diese exotischen Sachen zum Mittagessen eingepackt bekam in Zeiten, in denen meine angelsächsischen Klassenkameraden noch nicht einmal Pitabrot kannten.

Mum stand in der Küche und machte einen Salat. Sie wippte in Jeansrock und FitFlops mit Absatz hin und her und summte vor sich hin. Als sie uns sah, kam sie mit einer halb geschälten Gurke auf uns zugelaufen. Ich musste mich ducken, damit sie sie mir nicht ins Auge stach. Sie musterte Simon von oben bis unten. »Na, sieh mal einer an. Du hast zugenommen!«

Ich persönlich hielt das für keine sonderlich geeignete Begrüßung für jemanden, den man gern mochte.

»Lass ihn, Mum.« Ich warf Simon einen Blick zu, doch er schien unbeeindruckt.

»Aber das ist doch gut«, beharrte sie. »Simon hatte es dringend nötig, etwas zuzulegen.« Sie klopfte ihm auf die Brust. »Und jetzt ist er genau richtig.«

»Sorry«, formte ich lautlos, als sie sich wieder ihrer Gurke widmete. Sie warf die geschnittenen Scheiben in den Salat. »Reicht das wohl?«, fragte sie und schob die Brille nach oben, als könnte sie ihren Augen nicht trauen. Die Schüssel hatte die Größe eines Wäschekorbs. »Ihr esst ja sonst kein Obst und Gemüse.«

»Tu ich doch!«, protestierte ich; und das war nicht gelogen, wenn ich die Sojasprossen in meinen chinesischen Take-aways mitzählte.

Sie fixierte mich mit ihrem Ich-liebe-dich-aber-ich-glaube-dir-nicht-Blick, dann begutachtete sie wieder ihren Salatberg. »Vielleicht noch eine Gurke …«

Sie schwang die Kühlschranktür auf, und ich nutzte die Gelegenheit, um in den Garten zu flüchten.

Dad war hinter der Rauchwolke kaum zu sehen, nur seine Beine waren zu erkennen. Seine Jeans hatte dieselbe Farbe wie Mums Rock, was bedeutete, dass sie vor Kurzem erst bei Marks & Spencer gewesen waren. Dad gab Simon die Hand und fragte: »Na, wie geht's?«

Es war fünfzehn Jahre her, dass die beiden sich gesehen hatten, aber Dad war nicht der Typ für überschwängliche Gefühlsbekundungen.

»Mir geht's gut, danke«, antwortete Simon. »Ich hoffe, Ihnen auch?«

Dad nickte. Mehr würde Simon nicht aus ihm herauskriegen. Jetzt sah Dad mich an. »Und wie läuft die Arbeit?«

Die Frage irritierte mich. Normalerweise interessierten ihn wichtigere Dinge, etwa, ob mein Vermieter die Gasleitungen hatte überprüfen lassen oder ob ich den Leberfleck auf meiner linken Schulter im Auge behielt.

»Alles prima, Dad«, erwiderte ich schuldbewusst, denn ich wollte ihn nicht mit meinen Sorgen um das Magazin behelligen. »Ich meine, es gibt ein paar Probleme, aber nichts, was sich nicht regeln lässt.«

Dad zog eine Augenbraue hoch. Mist, für Probleme hatte er einen sechsten Sinn.

»Die Spülmaschine in der Redaktion ist kaputt«, sagte ich schnell.

»Lass die Abflussleitung überprüfen. Bei uns ist dasselbe passiert.«

»Oh, guter Tipp. Danke.«

Er nickte, wandte sich wieder dem Grill zu und stocherte die grau werdende Holzkohle mit dem Schürhaken auf. Während ich in die orangeroten Flammen starrte, lauschte ich einem vertrauten Song aus Dads Kofferradio. Eine Coverversion von Stevie Wonders »I Just Called to Say I Love You« für Saxophon und Panflöte. Was ganz Feines.

Dads Musikgeschmack war nicht anders als bizarr zu nennen, trotzdem hatte ich meine Liebe zur Musik von ihm. Als Kind liebte ich es, in seinen alten Singles zu stöbern, wo zwischen Cliff Richard und dem griechischen Schmachtfetzen Demis Roussos auch ein paar echte Schätzchen von Roy Orbison oder Glenn Miller versteckt waren.

Simon stupste mich an und deutete auf unser Gartenhäuschen am hinteren Ende. »Weißt du noch, wie wir da immer Soldat gespielt haben?«

Ich nickte. »Bis Pete beschloss, einen Billardtisch reinzustellen.«
Wie aufs Stichwort kam mein Bruder aus dem Schuppen, eine
große Kiste vor der Brust.

»Schön, dich zu sehen, Simon«, sagte Pete. »Mum hat schon erzählt, dass du gerade hier bist.«

»Ich freue mich auch, dich zu sehen, Pete.«

»Was ist in der Kiste?«, fragte ich und versuchte reinzugucken.

»Na, Hochzeitskram«, antwortete er, als sei das ja wohl offensichtlich.

Es entstand eine ungemütliche Stille, nur durchdrungen vom
Zischen der Fleischstücke, die mein Vater auf den Grill warf. Eine
Rauchwolke stieg über uns auf.

»Wo ist Alice?«, wollte ich wissen.

Kurz darauf kam auch sie aus dem Gartenhaus.

»Ich wette, die beiden haben kein Billard gespielt«, raunte Simon
mir zu. Alice trug einen kleineren Karton. Als sie Simon sah, blieb
sie stehen, fixierte mich einen kurzen Augenblick und fragte dann
ganz unschuldig: »Bist du ein Freund von Zoë?«

Ich stellte die beiden einander vor, und Simon bot an, den Karton
ins Haus zu tragen, was die männlichen Frixos wohlwollend registrierten.

Ich wurde in die Küche beordert, um den Esstisch auszuziehen,
und Pete half mir. »Wie lange bleibt der Yankee in London?«

»Nenn ihn nicht so.«

»Hat er bei dir übernachtet?«

Ich tauchte unter den Tisch, um den Haken zu finden, der die
beiden Hälften verband.

»Nein, natürlich nicht«, sagte ich, den Kopf auf Höhe von Petes
Knien. »Hilf mir mal.«

Ohne hinzusehen löste Pete den Haken, und die Tischhälften rollten ein paar Zentimeter auseinander. Ich stellte mich an eine Stirnseite, während Pete auf die andere Seite ging. Mit einem Schwung zogen wir die Tischhälften auseinander. »Mum hat gesagt, als sie heute Morgen bei dir anrief, ist er drangegangen.«

»Er hat ein Hotelzimmer die Straße rauf in Holland Park und war gerade zu Besuch.«

Ich sah ihm nicht in die Augen. Stattdessen klappte ich die Zwischenplatte auf, schob die äußeren Hälften wieder heran und klickte den Haken ein.

Pete schwieg, was ich als Zeichen nahm, dass er mir glaubte. Ich musste nur dafür sorgen, dass die wahre Lage von Simons Hotel später nicht erwähnt würde.

»Alice meinte, ihr hattet einen tollen Abend.«

»Ach ja?« Woher wusste sie davon?

»Ja, und das ausgerechnet in dieser Ukulele-Bar.«

Ach so, er sprach natürlich von Freitag. Ob Alice wohl auch die Nachrichten von Simon erwähnt hatte?

»Ja, das war wirklich klasse«, erwiderte ich betont gelassen. Das Gespräch steuerte wieder auf gefährliches Terrain. »Diese Tischsets sind ja grässlich – wer kauft denn Katzen mit Barockperücken?«

Pete zuckte die Achseln. »Mum offensichtlich.«

»Ich geh mal die alten suchen.«

Meine Mutter hatte beim Essen eine Art Ritual. Sie nahm ihr Besteck erst dann auf, wenn alle sich mindestens doppelte Portionen von allem auf die Teller gehäuft hatten. Nachdem ich zu Beginn meines Studiums ausgezogen war, verlor ich prompt sechs Kilo, und Mum war die Einzige, die nicht kapierte, warum. Aber ich wollte mich nicht beschweren; wir hatten als Kinder immer gutes

Essen bekommen, und meine Eltern beherrschten die Kunst des Auftafelns wie kaum jemand. Heute lagen auf einer glänzenden Edelstahlplatte Berge von Schweinefilets, die über Nacht in Rotwein und Kräutern eingelegt und auf Holzkohle perfekt gegart worden waren – außen knusprig, innen zart. Auf einer anderen Platte lagen Annabelle-Kartoffeln aus Zypern, golden und kross in Erdnussöl gebacken. Der Salat war für den Tisch zu groß und stand hinter Dad auf der Anrichte. Für den Fall, dass wir die paukengroße Schüssel übersahen, gemahnte er uns ständig, noch etwas nachzunehmen.

Von Kommentaren wie »Nimm dir noch ein bisschen Fleisch« oder »Es sind noch jede Menge Kartoffeln im Ofen« abgesehen, sprach meine Familie bei Mahlzeiten nicht viel. Beim Essen wurde gegessen, nicht gesprochen, wie meine Mum uns immer wieder erinnerte. Und falls sie uns nicht genüsslich schmatzen hörte, schimpfte sie – wenn ich mal bei Freunden eingeladen war, musste ich immer darauf achten, meine Essgeräusche drastisch zu reduzieren. Simon hatte genau die entgegengesetzte Schule erfahren. Höfliche Konversation beim Essen war Pflicht und Schweigen die gefährliche Einladung, leise brodelnde Ressentiments überkochen zu lassen. Trotz mangelnder Ermunterung unsererseits versuchte er nun ständig, das Tischgespräch wieder in Gang zu bringen. Während einer längeren Stille schwang die Katzenklappe auf, und Athena tapste herein. Sie steuerte direkt auf ihre Schüssel voll Trockenfutter zu.

Simon ergriff die Gelegenheit beim Schopf. »Sophia, seit wann hast du denn eine neue Katze?«

Er wusste, wie sehr Mum nach dem Tod unserer alten Katzen gelitten hatte. In meiner Kindheit hatten wir zwei gehabt: Rocky und Rambo. Pete hatte ihnen die Namen geben dürfen, und ich war zu klein gewesen, um zu protestieren.

»Habe ich nicht«, sagte Mum und pikte mit ihrer Gabel eine Kartoffel vom Servierteller.

Simon sah mich fragend an.

»Das ist die Nachbarskatze«, sagte ich. »Mum lockt sie nur gern hierher.«

Simon nickte. »Mit Futter?«

»Und einem Katzenkorb, einem Kratzbaum und einem neuen Namen«, sagte Pete.

»Sie kann hingehen, wohin sie will«, sagte Mum. »Aber anscheinend gefällt es ihr hier ja am besten.«

Alice hatte mir beim Essen immer wieder Blicke zugeworfen, doch ich war nicht darauf eingegangen, weil ich wusste, dass Mum uns mit ihren Adleraugen sofort entdeckt und vermutet hätte, eine von uns hätte großartige Neuigkeiten zu verkünden – Neuigkeiten, die sie endlich dem ersehnten Großmutterstatus näher brächten. Aber in der nächsten größeren Gesprächspause – während der Pete aufstand, um in einem Kupferkännchen griechischen Kaffee zu kochen, und der Rest der Familie sich mit dem Abwasch beschäftigte – wandte sie sich direkt an Simon.

»Wie lange wirst du denn hier sein?«

»Eigentlich wollte ich für immer bleiben.«

Daraufhin warf Alice mir wieder einen Blick zu, aber ich tat, als hätte ich es nicht bemerkt, und sah stattdessen auf die Uhr – du meine Güte, wie war es so schnell Viertel vor drei geworden?

»Dann musst du zu unserer Hochzeit kommen«, sagte sie. Panisch spähte ich auf Simons Reaktion.

Er schüttelte den Kopf. »Das ist wirklich lieb von dir, Alice, aber nein, danke – ich will auf keinen Fall eure Sitzordnung oder so was durcheinanderbringen.«

»Ach, die haben wir noch gar nicht erstellt. Außerdem bist du ein alter Freund der Familie, da wäre es nicht richtig, wenn du nicht dabei wärst.«

»Meine Mutter plant gerade ihre eigene Hochzeit«, sagte Simon, »und sie würde durchdrehen, wenn jemand dazukommen wollte, den sie gerade erst kennengelernt hat.«

»Na, dann sollten wir uns einfach noch besser kennenlernen«, sagte Alice mit einer Entschlossenheit, die erklärte, wie sie zu diesem olympischen Körper gekommen war. »Warum besucht ihr zwei uns nicht mal demnächst zum Abendessen? Wir haben diese Woche kaum was vor.«

O Gott. Mir war klar, dass sie es gut meinte, aber es war offensichtlich, dass sie mich mit Simon verkuppeln wollte.

»Das ist wirklich sehr nett von dir«, sagte Simon, »und ich würde die Einladung gern annehmen – aber könnten wir damit noch eine Weile warten? Im Moment muss ich furchtbar viele Arbeitstermine koordinieren.«

Ich versuchte, nicht beleidigt zu sein. Obwohl ich auch nicht hatte hingehen wollen, versetzte es mir dennoch einen Stich, dass Simon gemeinsame Zeit mit mir scheute.

»Oje, Zoë ist genauso«, sagte Alice. »Du musst sie entweder Wochen im Voraus buchen oder an einem Abend erwischen, wo ihr unerwartet jemand abgesagt hat.«

Da hatte Simon eine Idee – das konnte ich ihm ansehen. »Habt ihr heute Abend zufällig Zeit?« Alice nickte, noch ehe er den Satz zu Ende gebracht hatte. »Nicht zum Essen oder so«, fuhr er fort, »aber da ist ein Konzert, zu dem ich vielleicht gehen wollte.«

Meine professionelle Antenne fuhr aus, worauf ich im Moment überhaupt keine Lust hatte. »Ein Konzert?«

»Ich weiß, das ist nicht so dein Ding, Frixie, aber ich habe mit Pete über Bands gesprochen, die uns beiden gefallen, und dabei kamen wir auch auf die.«

Wann hatte mein Bruder mit Simon über Musik gesprochen? Petes Geschmack rangierte irgendwo zwischen Bruce Springsteen und The Village People, mit einem Spritzer Progressive Rock als Würze. Sollte Simon gleich vorschlagen, dass wir zusammen Rush anhören, würde ich lauter schreien als der ewig jaulende Geddy Lee.

»Was für eine Band, Simon?«

»Eine Sängerin, die ich noch von der Uni kenne. Erinnerst du dich an Rydell mit Jessica Honey?«

Ihr Name war ein arktischer Windstoß aus vergangenen Zeiten.

Ich hatte mich riesig gefreut, als ich hörte, dass Simon zum Studieren wieder auf die Insel kommen wollte, aber dann war er in Edinburgh gelandet, was von Exeter – wo ich studierte – so ungefähr das Weiteste war, was er sich hatte aussuchen können.

Und dann tauchte plötzlich immer wieder der Name Jessica Honeywell auf, beziehungsweise Jessica Honey, wie die Presse sie bald nannte, denn gut aussehende Frauen mussten ja mit anzüglichen Spitznamen an ihren Platz gerückt werden.

»Ihr habt also noch Kontakt?«

Das hatte eventuell anklagend geklungen, aber niemand schien es zu merken.

»Nein, ich folge ihr nur auf Instagram, und da hat sie diesen Gig gepostet. Ich war heute wegen meines Jetlags schon früh wach und habe aus Langeweile die Sozialen Medien durchforstet.«

Pete kam mit dem Kaffee, gefolgt von Mum, die eine riesige Obstschale vor sich hertrug und mir bedeutete, Simon etwas anzubieten.

»Möchtest du Mandarinen, Si?«, fragte ich, froh darüber, mit sauren Früchten von der honigsüßen Jessica ablenken zu können.

»Nein, danke.«

»Ich habe auch Bananen und Kiwis im Angebot«, zählte Mum unbeirrt weiter auf. »Und eine Wassermelone in der Garage.« Ohne eine Antwort abzuwarten, fuhr sie fort: »Ich sage deinem Vater, dass er sie holen soll.«

Sie rief nach meinem Dad, der etwas davon brummte, dass die Melone nicht gut sei, weil Mum beim falschen *bakalis* (Lebensmittelhändler) gekauft hatte. »Ich kann zum Kurden-Laden fahren«, sagte er. »Der hat die besten Wassermelonen.«

»Nur, wenn du weißt, wie du sie aussuchst«, entgegnete Mum. »Du musst auf den Stiel achten. Das machst du nie.«

»Nein, du musst draufklopfen. Wenn sie reif ist, gibt es den perfekten Klang.«

»Du kannst nicht hingehen und jede Wassermelone in der Kiste abklopfen«, sage Mum. »Der Mann in Wembley hat letztes Mal mit dir geschimpft. Deswegen kaufen wir da nicht mehr ein.«

»Nein, wir kaufen da nicht mehr, weil seine Wassermelonen aus Holland kommen.«

Mum nickte und murmelte etwas auf Griechisch, das verdächtig nach »Heilige Muttergottes, bewahre uns vor holländischen Wassermelonen« klang.

»Warum kauft ihr nicht einfach eine Honigmelone?«, schlug Pete vor.

»Die kann ich nicht essen«, sagte Dad. »Zu süß.«

Pete verdrehte die Augen. »Sagt der Mann, der Ferrero Rocher inhaliert.«

»Okay, ich gehe und hole den Autoschlüssel«, sagte mein Dad, der nun bestimmt auch Appetit auf ein Stück Schokolade hatte.

»Aber bitte nicht meinetwegen«, bat Simon, der ewig Höfliche. Meine Eltern ignorierten ihn.

»Ich komme mit. Ich brauche frische Mandeln«, erklärte Mum in Richtung Dads Rücken. »Dann kann ich zu Simons nächstem Besuch *halva* machen.« Nun sah sie mich streng an. »Hätte ich gewusst, dass er kommt, hätte ich gestern schon welches machen können. Am zweiten Tag schmeckt es immer besser.«

Na großartig, jetzt bekam ich Ärger mit meiner Mutter, weil sie ihrem Menü keinen vierten Gang hatte hinzufügen können.

»Simon, erzähl uns mehr über diese Sängerin von Rydell – spielen sie heute Abend?« Alice dachte vermutlich, es wäre höflich, den Faden von vor der Wassermelonenablenkung wiederaufzunehmen. Sie wusste ja nichts von meinem Problem mit Jessica, also lächelte ich nur verkniffen.

»Die Band fand ich immer hammergut«, sagte Pete. Ich verdrehte die Augen. Pete hatte Rydell nie gemocht, er fand nur Jessica scharf.

»Damit ist es entschieden – wir gehen hin«, sagte Alice. Sie strahlte mich an. »Hey, Zoë, das wird bestimmt ein Riesenspaß!«

Spaß? Ein nie endendes Trommelsolo wäre mehr Spaß gewesen. Doch wie es aussah, würde ich die bittere Pille schlucken und mitgehen müssen.

Kapitel 9

 Love Is a Battlefield

Ich bereute mein Outfit in dem Moment, da wir den Club betraten. Wir befanden uns in einem umgebauten Lagerhaus, also einem fensterlosen Raum ohne spürbare Lüftung. Meine Pfennigabsätze klebten am Boden fest, der mit Schichten aus verschüttetem Bier der letzten zehn Jahre bedeckt war, und in meinem gelben Top mit den Spaghettiträgern, das zu Hause im Spiegel noch ziemlich gut ausgesehen hatte, kam ich mir nun wie eine halb geschälte Banane vor.

Nach einigen Stücken zugegebenermaßen köstlicher Wassermelone waren wir aufgebrochen. Simon war ins Hotel gegangen und ich nach Hause, um dort stundenlang meinen Kleiderschrank zu durchforsten, bis ich mich für eine schwarze Röhrenjeans und das kanariengelbe Top entschied, das ich letzten Sommer gekauft und nie getragen hatte. Ich hätte einfach so bleiben sollen, wie ich war, aber der Gedanke an Jessica Honeywell dämpfte mein Selbstbewusstsein und ließ mich diesen Versuch von etwas Glamour unternehmen.

Simon hatte in ihrer ersten Band an der Uni Bass gespielt. Als ich ihn in Edinburgh besuchte, war er total hingerissen von ihr. Um fair zu bleiben: Das waren die meisten, weil sie mit ihren platinblonden Haaren und den in ein Vivienne-Westwood-mäßiges Kleid gegossenen Kurven wie eine junge Debbie Harry aussah. Ich hatte mich neben der Bühne an meinem Malibu-Cola festgehalten und mich in meinen Topshop-Klamotten wie eine in Lumpen gehüllte Aussätzige auf einer königlichen Hochzeit gefühlt.

Als Jessicas zweite Band – Rydell – einen guten Plattendeal bekam, brach sie ihr Studium ab. Ich hatte ihre Karriere im *New Musical Express* und in *Re:Sound* aufmerksam verfolgt und insgeheim gehofft, ihre Platte würde floppen. Stattdessen verkauften sie sie millionenfach und wurden vor zehn Jahren auch noch als Vorgruppe zu Marcie Tylers letzter Tournee eingeladen. Ich war damals fast grün vor Neid, weil Jessica mein ewiges Idol eigentlich nie besonders gemocht hatte. Erst Simon, dann Marcie – ich hatte den Eindruck, sie würde sich alles krallen, was mir kostbar war.

Sie hatte auch versucht, auf dem amerikanischen Markt zu landen, aber ihr – tatsächlich hervorragendes – zweites Album wurde nicht angemessen gepusht und verkaufte sich lausig. Binnen weniger Monate ließ das Label sie stillschweigend fallen, und die Band geriet in Vergessenheit, bis vor etwa einem Jahr einer ihrer Songs – eine kitschige Ballade – als Hintergrundmusik in einem Werbeclip für Mobiltelefone eingesetzt wurde. Plötzlich waren sie wieder gefragt. Jessica hatte daraufhin in einer Reality-TV-Show mitgespielt und eine Affäre mit einem der anderen Teilnehmer gehabt. Mittlerweile war sie zum Liebling der Klatschpresse avanciert, wobei dort nie über ihre Musik, sondern nur ausschweifend über ihr Liebesleben geschrieben wurde. Vor ein paar Monaten hatte ich sie dann in einem Interview klagen hören, man würde sie nur noch mit einem knappen Bikini-Outfit und einem albernen Liebeslied assoziieren, das sie mit neunzehn geschrieben hatte. Sie tat mir ein bisschen leid, aber die Tantiemenschecks machten ihr schweres Los mit Sicherheit erträglich.

Simon war zur Theke marschiert, während ich mir beleidigende Bemerkungen meines Bruders anhören musste.

»Herrgott nochmal, Schwesterchen, jetzt hast du's aber wirklich übertrieben«, raunzte er, als ich zum fünfzehnten Mal meinen Spaghettiträger hochschob.

»Sei doch nicht so gemein, Pete«, sagte Alice. »Zoë sieht super aus – warum sollte sie sich nicht hübsch machen?«

Pete verdrehte die Augen. »Weiß nich. Vielleicht, weil wir in einem Bumslokal in Kentish Town sind?«

Zum Glück ersparte mir Simon weitere Bekleidungstipps meines Bruders, indem er mit unseren Drinks von der Bar zurückkehrte.

»Das ist ja so aufregend«, sagte Alice. »Cheers!«

Simon verhielt sich seltsam. Er wirkte unruhig, geradezu nervös. Immer wieder nahm er die Theke ins Visier. Erst wusste ich nicht, wieso, aber als ich seinem Blick folgte, erkannte ich, was diesen plötzlichen Wandel ausgelöst hatte.

Jessica stand an der Bar.

Ich hatte sie seit über zehn Jahren nicht gesehen, aber sie machte einen genauso souveränen und glamourösen Eindruck wie in ihren Zwanzigern. Sie war immer noch blond, trug das Haar jetzt glatt und um einige Nuancen dunkler als damals die platinblonden Locken, dazu hautenge Lederjeans, ein trägerloses Top und Glitzer auf den Schultern, der auf den ersten Blick wie radioaktive Schuppen aussah.

Nun entdeckte sie auch Pete. »Scheiße, ist das Jessica?«

Das kollektive Kopfdrehen der ganzen Gruppe musste ihr irgendwie aufgefallen sein, denn sie hob unvermittelt den Blick.

Ein wenig verlegen schwenkte Simon seine Bierflasche, um ihr zuzuprosten, und sie runzelte die Stirn. Dann, als sie ihn offenbar wiedererkannte, warf sie den Kopf zurück und lachte. Sie griff nach ihrer eigenen Bierflasche und machte sich zu uns auf den Weg.

»Baxter!« Sie strahlte Simon an.

Simon lächelte zurück und freute sich ganz offensichtlich, dass sie ihn erkannt hatte.

»Jess. Wie schön, dich zu sehen!«

Mir fiel auf, dass ihr Blick ein wenig glasig war – anscheinend hatte sie ihre After-Show-Party schon sehr zeitig eingeläutet.

Sie küsste ihn auf die Wange und sah dann zu uns.

»Jess, das sind meine Freunde«, sagte er und stellte uns vor.

Pete war blass geworden und hielt sich unnatürlich steif. Egal, wie sehr er früher für Jessica Honey geschwärmt haben mochte, diesen ehrfürchtig-anbetenden Blick sollte er schnellstens ablegen, fand ich. Schließlich war sie nicht Beyoncé oder so was.

»Pete, mein Schatz«, sagte Alice, nachdem Jess uns reihum die Hand gegeben hatte, »würdest du vielleicht an der Bar fragen, ob sie noch etwas Eis in meinen Wein geben könnten? Ich hätte eine Schorle bestellen sollen – eigentlich trinke ich sonntagabends keinen Alkohol mehr.«

Als Pete ihr Glas zur Theke brachte, raunte sie mir zu: »Er wollte bestimmt gerade etwas Peinliches sagen, da fand ich es besser, einzugreifen.«

Sie ging ihm hinterher und ließ mich mit Jess und Simon allein.

»Du erinnerst dich an Zoë, oder, Jess?«

»Natürlich«, sagte sie. »Du bist die Rockjournalistin. Ich liebe *Re:Sound*. Ich hätte euch mein neues Demo schicken sollen.« Ohne meine Antwort abzuwarten, setzte sie ihre Bierflasche an die Lippen und trank sie zur Hälfte leer. »Ich sollte mich jetzt fertig machen. Gleich geht's los.«

»Okay, bis später«, meinte Simon.

Sie ging ein paar Schritte, änderte dann aber plötzlich ihre Meinung.

»Komm mit und leiste mir Gesellschaft, Baxter. Du hattest es schon immer drauf, mich vor einem Auftritt zu beruhigen.«

Simon sah mich an, als wolle er um Erlaubnis bitten.

»Geh ruhig«, sagte ich. Ich war nicht gerade begeistert, aber was sollte ich schon sagen?

Simon nickte und folgte Jess zum Bühneneingang.

Na toll.

Erst waren Alice und Pete verschwunden und jetzt auch noch Simon. Ich stand allein herum und kam mir vor wie bestellt und nicht abgeholt. Warum war ich überhaupt hier?

Aus professioneller Neugier, natürlich. Jess war eine phantastische Sängerin gewesen, und ich wollte wissen, ob sie es noch immer draufhatte. Und sosehr sie mich früher mit ihrer naturgegebenen Selbstsicherheit auch eingeschüchtert hatte, musste ich zugeben, dass ihre besondere Ausstrahlung ihr eine sehr viel längere Karriere hätte bescheren müssen. Noch dazu hatte sie viel Zeit mit Marcie verbracht und bei ein paar Konzerten sogar mit ihr gejammt, wovon ich noch eine Bootleg-CD besaß.

Es war voller geworden und die Musik lauter, der Auftritt würde sicher gleich beginnen.

Normalerweise stand ich gern in der Mitte des Raumes, dort war die Akustik am besten, aber heute war es mir egal. Ich drängelte mich an die Seite durch und suchte mir einen Platz an der Wand, wo der Sound dumpf und mumpfig war, fast so, als fände das Konzert in einem anderen Raum statt.

Wie anders dieser Abend doch im Gegensatz zu meinem letzten Konzert mit Simon war. Als kichernde fünfzehnjährige Schüler hatten wir uns in den Electric Ballroom geschmuggelt und billiges aromatisiertes Weingemisch getrunken. Die Eintrittskarte habe ich immer noch – es spielten The Angry Crickets mit Silver Finger als Special Guest. Wie sie waren, kann ich allerdings nicht mehr sagen, denn nach dem ersten Ton war Simon zur Toilette gerannt und hatte sich übergeben – das blaue Weinzeug war ihm nicht bekommen ... oder die vier Dosen Cidre, die wir vorher am Kiosk geholt hatten.

Vielleicht würden ein paar Tropfen Cidre helfen, diesen Abend besser zu ertragen. Mein Weinglas war leer, und ich wollte gerade zur Bar gehen, als ich jäh erstarrte.

An der Theke lehnte ein Mann, der im Profil unglaubliche Ähnlichkeit mit Nick Jones hatte.

Scheiße.

Er drehte den Kopf in meine Richtung, und ich zog mich schnell wieder in den Schatten zurück. Der Typ war das Letzte, das ich an diesem Sonntagabend gebrauchen konnte.

Die Musikindustrie war in der Tat eine kleine Welt, aber was machte ausgerechnet der bei einem Auftritt von Jessica Honey? Sollte das etwas mit Marcie Tyler zu tun haben? Ich spähte vorsichtig zur Bar, aber er war verschwunden. Hatte ich ihn mir nur eingebildet?

Kurz darauf ging das Licht aus, und ein paar Schatten schlichen auf die Bühne. Es setzte ein langsamer Beat auf dem Schlagzeug ein, gefolgt von einem pulsierenden Bass, den ich von den Fußsohlen bis in die Nasennebenhöhlen spürte. Ich merkte, wie es das Publikum wellenartig nach vorn zog, auf das noch leere Gesangsmikro am vorderen Bühnenrand zu.

Ich war auf Hunderten von Konzerten gewesen, und egal, wer spielte, waren die letzten Sekunden vor dem Gig doch jedes Mal mit einer knisternden Vorfreude gefüllt, die mir den Atem stocken ließ.

Ein heller Lichtblitz kündigte Jessicas Erscheinen an, und plötzlich sprang sie auf die Bühne, ein quirliges Energiebündel vor weißem Hintergrund, der ihren Namen in gezackten Buchstaben verkündete, wie sie sonst bei Achtziger-Metal-Bands beliebt waren.

Lead- und Rhythmusgitarre fielen in den Bass- und Schlagzeugrhythmus ein, und Jessica hob das Mikro vom Ständer. Ich hatte vergessen gehabt, was für eine kräftige Stimme sie hatte. Selbst in meiner gedämpften Ecke verursachte mir die kristallene Klarheit ihres Gesangs Gänsehaut. Wie magnetisch angezogen, war ich einige Schritte vorgegangen.

Ganz vorn in der ersten Reihe stand Simon, reckte eine Faust in die Luft und strahlte sie an wie ein stolzer Vater.

Falsch, das war nicht das Gesicht eines stolzen Vaters – er himmelte sie an. Meine Enttäuschung schmerzte wie ein Schlag ins Gesicht.

Ich wusste, dass es albern war. Die Jessica vor mir performte, das war nicht ihr wahres Ich auf der Bühne, es war eine Rolle, die sie nach Hunderten ausverkaufter Konzerte immer wieder überstreifte.

Sie schien das Publikum kaum wahrzunehmen, hatte den Kopf in den Nacken gelegt und sang mit halb geschlossenen Augen, als wäre sie ganz allein. Ihr Körper bewegte sich zur Musik, doch ich konnte erkennen, wie nervös sie war. Ihre Hände verrieten sie. Sie hielt die bleichen Finger so fest um das Mikrophon gekrallt, als hinge ihr Leben davon ab.

Man musste Mut haben, um sich da vorn hinzustellen, dennoch war die Courage der meisten Leadsänger nur gespielt. Oft waren sie die unsichersten Mitglieder einer Band. Und das Spotlight verbarg genauso viel, wie es enthüllte.

Jessica sang vier Songs, und zur großen allgemeinen Überraschung verbeugte sie sich anschließend, um sich zu verabschieden. Aber sie konnte längst nicht fertig sein, sie hatte noch keinen ihrer Hits gesungen. Keines der Lieder hatte ich gekannt, waren das alles neue Nummern?

Winkend trat sie ab, doch ihr Lächeln versiegte, noch ehe sie hinter dem Vorhang verschwunden war. Sie wirkte schrecklich nervös. Ich spürte einen Funken Mitleid, aber dann bedeutete sie noch Simon, ihr hinter die Bühne zu folgen, und die beiden tauchten in die Dunkelheit ab.

Nun, das war doch recht unerfreulich. Sollte ich ihnen nachgehen – oder warten? Die Verlockungen des Alkohols siegten. Ich holte mir ein Bier und kletterte auf die Empore, wo ich einen Tisch mit Blick auf den Backstage-Zugang wählte.

Ich trank einen Schluck aus meiner Flasche und verzog das Gesicht. Der Wein war schon kaum genießbar gewesen, aber das Bier war grässlich sauer. Von der Marke hatte ich noch nie gehört: etwas in kyrillischer Schrift mit seltsamen Akzenten. Fast wie automatisiert bearbeitete ich den Rand des feuchten Etiketts mit meinem Daumennagel, um es am Ende befriedigt als Ganzes abziehen zu können. Ich hatte es schon fast geschafft, als mich eine Stimme aufschreckte.

»Zoë?«

Ich drehte mich um. Verdammt. Es war tatsächlich *er* gewesen. Was wollte der denn jetzt von mir – abgesehen davon, dass er unter der niedrigen Decke tatsächlich seinen Kopf einziehen musste. Und einen Anzug trug, um Himmels willen.

»Was für ein Zufall!«, sagte er.

Ich zuckte die Achseln. »Ich bin Musikjournalistin. Wir sind auf einem Konzert.«

Er sah mich ungläubig an. »Sie sind beruflich hier? Wegen Jessica Honey?«

Na gut, erwischt. »Sie ist eine Freundin.« Man brauchte ja nicht ins Detail zu gehen. »Und warum sind Sie hier?«

»Ich wohne ganz in der Nähe und schaue hin und wieder hier rein – manchmal entdeckt man einen ungeschliffenen Diamanten.«

Das klang wie eine glatte Lüge, aber warum sollte er sonst hier sein? Sicher nicht wegen der exklusiven Weinkarte.

»Back In Black« von AC/DC erklang laut genug, um das unangenehme Schweigen zu übertönen – uns gelang es trotzdem. Bestimmt war er noch sauer wegen Marcie. Scheiß drauf. Ich war hier, um mich zu amüsieren. Außer dass ich mich nicht im Mindesten amüsierte, aber das brauchte er ja nicht zu wissen. Das Letzte, was ich wollte, war, über die Arbeit zu reden.

»Was trinken Sie?«, fragte er schließlich.

»Ich habe keine Ahnung.«

»Ich meinte das eigentlich im Sinne von: ›Was kann ich Ihnen bringen?‹, aber jetzt bin ich neugierig geworden.« Er hob meine Flasche an. »Mongolisches Bier? Kein Wunder, dass Sie so deprimiert aussehen.«

Das Eis war gebrochen. »Es schmeckt wirklich scheußlich.«

Er deutete auf den leeren Platz neben mir. »Darf ich?«

»Im Ernst?« Ich hatte gar nicht unhöflich sein wollen und versuchte es noch einmal. »Ich meinte: Ich will diese Klaviergeschäftgeschichte nicht noch mal durchkauen. Ich habe getan, was jede Musikjournalistin getan hätte – ich hatte einen Tipp, dass sie da sein würde, und dem bin ich gefolgt. Und Sie sind auch nicht so unschuldig. Sie haben hinter meinem Rücken einen Deal mit meinem Verleger gemacht. Das war eine Frechheit.«

Er setzte sich. »Marcie wird schnell nervös bei so was. Alle möglichen Verrückten sind hinter ihr her, und sie lässt sich nicht gern in die Enge treiben.«

»Wir haben uns ganz freundlich unterhalten.«

»Glauben Sie mir, Sie haben mehr von ihr, wenn Sie einen offiziellen Termin vereinbaren.«

Ich war überrascht. »Heißt das, ich stehe nicht mehr auf Ihrer schwarzen Liste?«

»Mir wurden neue Fakten bezüglich Ihrer Auseinandersetzung mit Jonny Delaney zugetragen. Er hatte mir geschworen, er habe Sie nicht provoziert. Ich hätte ihm nicht glauben sollen, und das tut mir leid.«

Hatte ich einen plötzlichen Tinnitus-Anfall, oder war das etwa eine Entschuldigung? »Nett, dass Sie das sagen, danke. Ich bin möglicherweise zu weit gegangen, aber ich war ein bisschen angeschlagen, weil es Patricks Abschiedsabend war.«

»Sie beide stehen sich nahe.«

Blöderweise bekam ich jetzt einen Kloß in den Hals, so dass ich nur nicken konnte.

»Sie und ich sollten noch mal von vorn anfangen.« Er zog eine silberne Schatulle aus der Brusttasche und reichte mir eine exklusive Visitenkarte auf edlem Kartonpapier. Der Text war hochgeprägt. Ein schnöder Namensaufdruck war für Pinnacles Superhelden wohl nicht gut genug.

Ich gab ihm meine Karte, die deutlich schlabbriger war und auch ein bisschen abgewetzt, aber er schien das nicht weiter zu beachten.

»Wie war das jetzt mit Ihrem Getränk?«, fragte er dann.

Er wollte bleiben? Er hatte sein Gewissen doch beruhigt, warum verzupfte er sich nicht wieder?

Ich kniff die Augen zusammen. »Sie wollen mich zu einem Drink einladen?«

Er hob die Hände. »Sie tun grad so, als wäre ich der erste Mann, der Sie zu einem Drink einlädt. Dabei bin ich wahrscheinlich nicht mal heute der erste.« Er musterte mein Outfit. »Gelb steht Ihnen gut.«

Flirtete der Blödmann etwa mit mir, oder machte er sich über mich lustig?

Er lächelte. »Sie scheinen mich nicht besonders zu mögen, aber ich hoffe, ich kann Ihre Meinung ändern. Vielleicht hilft Alkohol.«

»Sie meinen, Sie können mich nur beeindrucken, wenn meine Sinne von Alkohol benebelt sind?«

»Der Alkohol ist für mich gedacht. Normalerweise trinke ich nicht, aber bevor ich an Ihren Tisch kommen konnte, brauchte ich einen Whiskey.«

»Ein PR-Manager, der nicht trinkt? Vorsicht, oder die stecken Sie zur näheren Beobachtung in ein Labor.«

»Jetzt haben Sie mich wohl in der Hand.«

Flirtete er etwa schon wieder, oder bildete ich mir das ein?

Das Bier war wirklich schrecklich gewesen; ein Drink würde helfen, die Zeit bis zu Simons Rückkehr zu vertreiben. Aber gerade als ich Ja sagen wollte, erschien der höchstselbst. Leicht außer Atem.

»Frixie, Gott sei Dank! Ich dachte schon, du wärst ohne mich gegangen.« Er grinste, aber als er Nick sah, erstarb sein Lächeln. »Störe ich?«

»Nein, natürlich nicht«, sagte ich.

Nick erhob sich. »Lassen Sie uns ein andermal was trinken.«

Er entfernte sich, und ich fragte mich, was das Ganze sollte. Hatte er mit mir über die Arbeit sprechen wollen – oder nicht?

Simon ließ sich auf den Stuhl fallen, den Nick gerade frei gemacht hatte. »Tut mir leid, dass du warten musstest. Ich habe Jess schon seit Jahren nicht mehr gesprochen und gehofft, unsere Freundschaft ein wenig auffrischen zu können. Aber sie war heute nicht gut in Form. Unter uns gesagt, war sie total fertig. Sie hatte so schlimmes Lampenfieber, dass sie ihr Programm verkürzen musste.«

»Sie hat in Wembley gespielt und macht sich Sorgen in einer Kaschemme wie dieser?«

»Sie hat mir gerade erzählt, wie sehr sie seit dieser Reality-Show aus der Spur ist. Was ihre musikalischen Ambitionen betrifft, ist die Presse völlig ignorant. Sie tut mir echt leid, weißt du?« Er lächelte schüchtern. »Vielleicht könnte ihr ja *Re:Sound* unter die Arme greifen?«

Mir tat sie auch leid. In dem Business war es schwer, als Frau ernst genommen zu werden, wenn man auch nur ansatzweise attraktiv war und es gar wagte, im Urlaub einen Bikini zu tragen. Oder mit jemandem Berühmtem anzubandeln.

Trotzdem wusste ich nicht, ob ich ihr allein Simon zuliebe einen Artikel in unserem Magazin geben konnte. Aber das wollte ich nicht geradeheraus sagen, also suchte ich nach einer unverfänglichen Antwort. »Ich hoffe, es geht ihr jetzt wieder besser.«

Simon nickte. »Sollen wir austrinken und dann gehen?«

Er hatte sich ebenfalls ein mongolisches Bier geholt, schien es aber deutlich mehr zu genießen als ich – in seiner Flasche stand der Pegel nur noch wenige Zentimeter hoch.

»Ich glaube, ich mag meins nicht mehr«, sagte ich.

Er legte den Kopf zurück, leerte seine Flasche und knallte sie auf den Tisch, wo sie ein bisschen wackelte, bevor sie endgültig stehen blieb.

»Hat der Typ dich angemacht?«

»Wie bitte?«

»Ihr habt ewig lang gequatscht. Ich habe euch von unten beobachtet. Wer war das?«

Oh! War er etwa eifersüchtig?

»Ach, niemand Besonderes«, antwortete ich und lächelte. »Nur jemand von der Arbeit.«

Kapitel 10

 You Can't Hurry Love

Ich schlief schlecht in jener Nacht. Jessica, Simon und seltsamerweise auch Nick spukten mir durch den Kopf. Dass Simon so hingerissen von Jessica gewesen war, hatte mir extrem missfallen, aber die Begegnung mit Nick hatte sich unerwartet als Vorteil erwiesen: Simon war seine Anwesenheit ebenfalls sauer aufgestoßen. Die ganze Heimfahrt über stellte er pseudounschuldige Fragen, die ich nonchalant abwinkte. Er entschuldigte sich, dass er mich nicht noch in die Hotelbar einladen könne, da er am nächsten Morgen früh rausmüsse, schlug aber vor, dass wir uns zum Abendessen verabredeten.

Meine nachsichtige Haltung Nick gegenüber hielt nur an, bis ich am nächsten Morgen mein Handy einschaltete. Um 8:37 Uhr, während ich mühselig den letzten Zentimeter Zahnpasta aus der fast leeren Tube quetschte, hinterließ er mir die Nachricht, dass wir über Hands Down reden müssten. Herrje, konnte der Mann mich nicht mal in Ruhe frühstücken lassen, bevor er mich mit dieser blöden Band belästigte? Ich wusste nicht, welches Spiel er am Abend zuvor gespielt hatte, aber bei Licht betrachtet, musste ich definitiv sagen, dass es kein Flirten gewesen sein konnte.

Etwa eine Stunde später war ich im Büro und ging die Layouts durch, die Rob mir am Freitag hingelegt hatte. Er war zur selben

Zeit wie ich zum Magazin gekommen und hatte als Assistent im Art Department angefangen. Inzwischen war er Art Editor, und die Abteilung bestand aus ihm allein. Ein sanfter Riese, der nie fluchte oder auch nur die Stimme erhob. Er kümmerte sich Ausgabe für Ausgabe, ganz ruhig, ganz allein und ohne sich je zu beschweren, um den optischen Auftritt des Magazins. Ich traf ihn in der Küche, aber noch ehe ich sagen konnte, wie angetan ich von seinen neuesten Layouts war, schob er sich mit hochgezogenen Schultern an mir vorbei.

»Da drinnen herrscht Krieg«, murmelte er, drehte den Kopf kurz in Richtung Gavin und Lucy hinter ihm und schlurfte an seinen Platz zurück. Ich machte mich daran, herauszufinden, worüber sich die zwistigen zwei so echauffierten.

Anscheinend führten sie eine Diskussion zum Thema »Im Fahrstuhl stecken bleiben«. Lucy untermalte das Drama, indem sie mit einem Teelöffel durch die Luft rührte und einen mittelschweren Hysterieanfall vortäuschte, während Gavin nickte und sich nervös mit der Hand über den rasierten Kopf strich. Ich konnte die Aufregung nachvollziehen, fand ich Aufzüge doch selbst Furcht einflößend genug.

»Wir haben eine super Idee, von der wir dir erzählen wollten, Zoë«, sagte Lucy nun und schwang den Teelöffel in meine Richtung.

»Es war meine Idee«, sagte Gavin.

»War es nicht!« Lucy schüttelte den Kopf, so dass ihr pinkfarbener Pferdeschwanz von einer Schulter zur anderen schaukelte.

»Okay«, sagte ich mit meiner besten Diplomatenstimme. »Konferenzraum, in zehn Minuten.«

»Konferenzraum« bedeutete, dass Lucy und Gavin ihre Bürostühle zu meinem Tisch rollten. Unser tatsächlicher Konferenzraum wurde als Materiallager-Schrägstrich-inoffizielles Krankenzimmer genutzt; Letzteres hatte sich ergeben, als mal jemand so verkatert gewesen war, dass er sich mit einem Paket Kopierpapier unter dem Kopf dringend in die Horizontale hatte begeben müssen. Ich persönlich bevorzuge ja eine zusammengefaltete Jacke.

Die Konferenz verlief bemerkenswert gut. Die Idee der beiden war eine neue Rubrik mit der Überschrift »Im Fahrstuhl gefangen mit ...«.

Gavin erklärte, wie es funktionieren sollte. »Wir stellen lauter essenzielle Geständnis-Fragen wie: Was ist die größte Lüge, die Sie jemals erzählt haben? Oder: In wen sind Sie heimlich verliebt?«

»Genau«, sagte Lucy. »Derweil saust der Fahrstuhl zu Boden, so dass man kurz vorm Tod steht und dies die letzten Dinge sind, die man je sagen wird – das wird lustig!«

Ich war nicht ganz sicher, ob »Tod durch Fahrstuhlabsturz« und »lustig« wirklich in ein und denselben Satz gehörten, aber die Idee gefiel mir.

Gavin hob einen Finger, als wolle er gleich den Weltfrieden verkünden. »Vielleicht könnte es auch ein Flugzeugabsturz sein ...«

Lucy nickte begeistert, und beide sahen mich erwartungsvoll an.

»Es wäre leichter und billiger, Fotos in einem Fahrstuhl zu machen«, sagte ich und ärgerte mich selbst über meine unvermittelte Mutation zur Spielverderberin.

»Da hast du recht, Zoë«, meinte Lucy. »Deshalb war meine ursprüngliche Idee ja auch so gut.«

»*Deine* Idee?«, hakte Gavin nach.

»Sagen wir einfach, ihr habt euch das zusammen ausgedacht«, sagte ich schnell, um diesen Streitpunkt im Keim zu ersticken, »und überlegen lieber, wen wir dafür in die Mangel nehmen wollen.«

Ich klappte meinen Notizblock auf und hielt den Stift darüber, als es mir auch schon einfiel: »Jonny Delaneys bescheuerte Boyband!«

Gavin klappte der Kiefer runter, und Lucy senkte den Kopf und starrte mich über vorgetäuschte Brillengläser hinweg an. Man konnte meinen, ich hätte vorgeschlagen, ihr Neugeborenes in zwei Hälften zu zerteilen.

»Lasst mich ausreden«, bat ich. »Ich brauche einen Notfallplan, falls man uns das Messer auf die Brust setzt, dass wir Hands Down noch mal in unser Magazin bringen müssen. Auf diese Weise würden wir unser Gesicht nicht verlieren.«

»Hm, klingt vernünftig«, sagte Gavin.

»Ja«, meinte Lucy.

Ich fühlte mich schlecht dabei, ihren Enthusiasmus derart auszubremsen, aber schließlich waren nicht sie diejenigen, die sich mit unserem Verleger und einem nervigen PR-Agenten auseinandersetzen mussten ... oder Schafe zählen, um in den Schlaf zu kommen, wobei mir diese struppigen Scheißer die ganze Nacht furchterregende Verkaufszahlen um die Ohren blökten.

7

Als ich abends nach Hause kam, wartete Simon vor meiner Wohnung.

Bei seinem Anblick schlug mein Herz sofort höher. Er wirkte einfach immer, als sei er voll und ganz mit sich und der Welt in Einklang, und sah dabei auf unangestrengte Weise ungemein sexy aus. Er saß in ausgebleichten Jeans und weißem T-Shirt auf der kleinen Mauer und kraulte Snowy das Kinn, die vor Verzücken gleich zu zerfließen schien. Als ich die Bewegungen seiner Hände beobachtete, konnte ich es ihr nachempfinden.

»Hey, Simon. Schön, dich zu sehen!« Ich versuchte, nicht allzu aufgeregt zu klingen. »Du hättest mir eine Nachricht schicken sollen. Wartest du schon lange?«

Er grinste. »Nö. Außerdem hat mir die Süße hier Gesellschaft geleistet.«

»Wer immer ihr Kinn krault, den betet sie an.«

Zu Simons Füßen standen zwei Tüten von Marks & Spencer, und einen kurzen Moment lang fragte ich mich, ob er aus dem Hotel geflogen und dies sein gesammeltes Hab und Gut sei.

»Was ist in den Tüten?«

»Ich habe ein supertolles Rezept für Moussaka, das ich gern an meiner Lieblingsgriechin ausprobieren würde.«

Redete er von mir? »Du willst kochen?«

»Ja, und du wirst mir helfen, also los jetzt – du musst Kartoffeln schälen.«

Wir gingen hinein, und das Erste, was Simon sich in meiner Küche vornahm, war der Ofen. Der leider nicht funktionierte, als er ihn anschalten wollte.

»Ach ja«, meinte ich verlegen. »Darum wollte ich mich längst mal kümmern.«

Er begann zu lachen. »Wie lange wohnst du schon hier?«

»Sei still. Vielleicht brauche ich den Ofen ja gar nicht, weil ich jeden Abend knackig-gesunde Salate esse.«

Simon kniete sich hin, begutachtete Schalter, Knöpfe und Display, fummelte ein bisschen herum, und auf magische Weise setzte sich das Ding in Gang.

Er grinste. »Du musst die Uhrzeit einstellen, sonst funktioniert er nicht.«

»Das ist nicht logisch.«

»Stimmt. Jetzt brauchen wir eine Pfanne, wir müssen Zwiebeln andünsten.«

Damit kannte ich mich aus. »In Olivenöl?«

Er nickte – Gott sei Dank, denn ich hatte kein anderes.

Die Küche war klein, und wir mussten immer wieder umeinander herumtanzen, was nicht ganz unangenehm war. Das Hackfleisch brutzelte in der Pfanne, und angesichts des verführerischen Geruchs musste selbst ich zugeben, dass wir offensichtlich dabei waren, ganz hervorragendes Essen zu fabrizieren.

Irgendwann öffnete Simon eine Flasche Wein, die allerdings schon fast leer war, noch ehe wir zur Béchamelsoße gekommen waren.

»Die willst du selbst machen?«

Er schien tödlich beleidigt. »Wie denn sonst?«

»Man kann sie auch fertig im Glas kaufen. Gibt es sogar im Supermarkt um die Ecke.«

»Wenn du meine Béchamelsoße erst einmal probiert hast, willst du nie wieder eine kaufen.« Er sah mir in die Augen und zog die Brauen hoch. Du meine Güte, flirtete er etwa über ein Glas mit Soße? Wer hätte gedacht, dass Kochen so viel Spaß machte.

»Also gut, was brauchen wir für die Soße?«

Er griff in seine Tüten und packte Mehl und Eier aus. Ich lugte hinein, was da sonst noch alles drin war. Für Moussaka waren offenbar erstaunlich viele Zutaten nötig. Ein Paket fiel mir ins Auge – ich holte es raus und hielt es ihm vor die Nase.

»Fertige Semmelbrösel? Jetzt hab ich dich erwischt!«

Er hob die Hände und lachte. »Okay, ich gebe zu, ich bin ein Scharlatan. Trotzdem bin ich dir um Längen voraus. Glaubst du, ich werde dich je vergessen lassen, dass du nicht wusstest, was *blanchieren* heißt?«

»Immerhin sage ich zur Aubergine nicht Eierfrucht.«

»Tatsächlich benutzte man in England bis zum achtzehnten Jahrhundert ausschließlich das Wort ›Eierfrucht‹.«

»Das hast du dir doch gerade ausgedacht.«

Ungerührt öffnete er die Tüte mit dem Mehl und fing an, es zu sieben. Verwundert sah ich zu – ich hatte ein *Sieb*?

Er bemerkte meinen Blick. »Ja, ich habe ein Sieb gekauft. Und jetzt hör auf, mich anzustarren wie ein Kalb mit zwei Köpfen.«

Er bereitete die Soße zu, während ich Kartoffeln schälte und sie ebenso wie die Auberginen in dünne Scheiben schnitt. Anschließend fetteten wir eine Glasform ein und schichteten alle Zutaten übereinander.

Als Letztes hobelten wir Cheddar-Käse, was nicht wirklich traditionell war, aber er hatte allen Ernstes damit gerechnet, dass ich Parmesan im Hause hatte, und deswegen keinen mitgebracht.

»Es geht doch nichts über den guten alten Cheddar«, verkündete ich.

»Ich weiß noch, wie sehr du den schon als Kind geliebt hast.«

»Habe ich wirklich?«

»Ja, du hast es gehasst, wenn deine Mutter dir Pausenbrote mit Halloumi mitgeben wollte.«

Ich legte die Stirn in Falten. »Es war nicht so, dass ich andere Käsesorten nicht mochte – ich mochte es nur nicht, so ungewöhnliche Sachen dabeizuhaben und damit aufzufallen.« Als Kind hatte ich versucht, meine griechische Herkunft so gut wie möglich zu verbergen.

Er rieb meinen Arm. »Alle Kinder machen solche Phasen durch.«

»Ich dachte, ich seh nicht recht, als meine Studienkollegen später Halloumi zu unseren Grillabenden mitbrachten.« Ich schüttelte den

Kopf. »All die Jahre habe ich mich dafür geschämt – ganz schön bescheuert!«

»Ich fand es immer toll, dass du Griechin bist – und zwar nicht nur, weil deine Eltern immer mindestens acht verschiedene Snacks für mich parat hatten, wenn ich zu euch kam. Ich hätte es dir öfter sagen sollen. Bei dir habe ich mich mehr zu Hause gefühlt als bei mir. Meine Eltern haben kaum miteinander geredet, und wenn, dann stritten sie darüber, wessen Leben das beschissenere ist. Das einzige Mal, dass ich deine Eltern streiten hörte, war, als dein Vater Zimt in die *Spanakopita* deiner Mutter gestreut hat.«

Ich lächelte. »O Gott, ja – das *Canella*-Desaster. Wir dürfen es bis heute nicht erwähnen. Und sobald meine Mutter Blätterteig und Spinat für eine *Spanakópita* bereitlegt, muss mein Vater das Haus verlassen.«

Unsere Moussaka war großartig, und was sie noch leckerer machte, war, sie zusammen mit Simon zu essen. Wir fläzten uns mit vollen Bäuchen auf das Sofa und tranken die zweite Flasche Wein.

»Es ist toll, wieder in London zu sein«, sagte er. »Ich hätte viel eher herkommen sollen.«

»Ich find's auch toll, dass du wieder hier bist, Simon.«

»Als meine Ehe kaputtging, dachte ich eine Zeit lang, auch ich würde daran zerbrechen.«

Er hatte nie richtig über seine Scheidung gesprochen. »Das tut mir leid. Ich wünschte, ich hätte für dich da sein können.«

»Es war blöd von mir, dass ich den Kontakt nicht gehalten habe. Mal abgesehen von den paar E-Mails oder Facebook. Aber ich konnte es lange nicht zugeben, wie schlecht es um uns stand.« Er schwieg einen Moment. »Sie hat mich betrogen.«

»O nein. Simon, das tut mir leid.«

»Angeblich war der Grund dafür, dass ich die ganze Zeit gearbeitet habe und sie ihre Abende immer allein verbringen musste.«

»Keine Entschuldigung, gleich fremdzugehen.«

Er zuckte die Achseln. »Vielleicht habe ich sie auch unbewusst gemieden. Meine Motive waren wohl auch nicht hundertprozentig wasserdicht. Ich hätte auf mein Gefühl vertrauen und mir eingestehen sollen, dass es mit uns nicht funktioniert hat. Immerhin habe ich eine Sache gelernt: Vor Problemen davonzulaufen ist keine Lösung. Aber es war eine harte Lektion – die wünsche ich niemandem.«

Ich nahm mein Weinglas. »Auf die Lektionen des Lebens!«

»Und auf alte Freunde.«

»Sag nicht ›alt‹.«

»Dann: auf die besten Freunde, die das Leben zu bieten hat.«

In seinen dunkelblauen Augen lag so viel Zuneigung, dass ich den Blick abwenden musste.

»Cheers« war alles, was ich mich zu sagen traute. Es dauerte eine Weile, bis sich mein Puls wieder einigermaßen beruhigt hatte.

»Wie lange willst du eigentlich im Hotel wohnen, Simon?«

»Die Firma hat mich da für ein paar Wochen untergebracht, aber ich will mir so bald wie möglich was Eigenes suchen.«

»Du könntest sonst auch hier wohnen, wenn du willst«, meinte ich leichthin.

»Nein, das kann ich nicht annehmen.«

»Das wäre aber kein Problem. Auf jeden Fall kann ich dir einen Schlüssel geben, damit du nicht mehr draußen in der Hitze auf mich warten musst.«

»Ich weiß, was du vorhast«, sagte er und zwinkerte mir zu.

O nein, wie das? »Was meinst du?«, fragte ich möglichst unschuldig.

»Du meinst wohl, dann brauchst du nicht mehr selbst zu kochen. Und ich dachte schon, du willst nett zu mir sein, dabei willst du nur jeden Abend das Essen auf dem Tisch haben, wenn du von der Arbeit kommst.«

Ich stieß ihm in die Rippen. »Will ich gar nicht!«

»Soll ich vielleicht auch ein bisschen putzen? Und Wäsche waschen?«

»Hör auf!«, rief ich und musste an mich halten, um nicht vor Vergnügen loszuquietschen.

»Im Prinzip willst du einen unbezahlten Haushälter.«

»Nein!«

»Gib's zu, Frixie, du willst mich als deinen Haussklaven.«

Warum klang das für mich wie »*Sexsklave*«?

Simons Handy vibrierte und löste die – vermutlich eingebildete – erotische Spannung in Luft auf.

Während er die Nachricht las, schenkte ich uns Wein nach und war überrascht, dass wir tatsächlich auch die zweite Flasche schon geschafft hatten.

»Ich schätze, ich sollte jetzt schlafen gehen«, sagte er.

Bevor er ging, gab ich ihm den Schlüssel, den er ohne Widerspruch entgegennahm. Ich wuselte noch in der Küche herum und spülte unsere Teller und Gläser ab.

Fing da zwischen uns tatsächlich etwas an? Ich bildete mir dieses Prickeln doch wohl nicht ein? Am liebsten hätte ich Georgia angerufen und ihr alles erzählt. Sie war immer diejenige, die mir bei Beziehungsfragen helfen musste. Aber es war spät, und sicher schlief sie schon. Ich musste mich dringend beruhigen. Die Tinte auf Simons Scheidungsurkunde war kaum getrocknet, und das Letzte, was ich wollte, war, eine Übergangsfreundin zu werden.

Ich drehte den Wasserhahn zu und trocknete mir die Hände ab. Geduld, mahnte ich mich selbst. Dann ging ich ins Bett und ließ mir von diesem verdammten Take-That-Song »Patience« Löcher ins Hirn bohren.

Kapitel 11

 Hit Me With Your Best Shot

Die Tische in der kleinen Kneipe bei Georgias Büro waren schief wie der Turm von Pisa, der einsame Ventilator verquirlte nur die heiße Luft, und die Bedienungen sprachen kein Englisch – trotzdem war *Luigi's* immer brechend voll, weil es dort die besten Penne all'amatriciana außerhalb Neapels gab.

Es war Dienstagmittag, und Georgia und ich hatten uns an einen Tisch gequetscht, der so klein war, dass unsere Knie dauernd aneinanderstießen. Bevor Georgia ihre Zwillinge bekam, hatten wir uns regelmäßig einmal pro Woche getroffen. Jetzt bekamen wir höchstens noch einen Mittagstreff pro Monat auf die Reihe, aber zum Glück hatte sie spontan Zeit gehabt, als ich sie heute Morgen anrief, um eine Notfallsitzung einzuberufen.

»Also«, sagte sie und stellte ihr Handy stumm. »Was ist mit Simon?«

»Er ist geschieden und zieht nach England zurück.«

Sie zog die Augenbrauen so hoch, dass sie unter ihrem Pony verschwanden. »Verdammte Hacke, da warst du aber flott!«

Ein Kellner knallte uns schwungvoll zwei Becher Tee auf den Tisch. »Sehr witzig«, sagte ich, während ich die entstandenen Pfützen mit einer Papierserviette aufwischte. »Wir sind nur Freunde.«

»Seit du hier bist, grinst du wie ein Honigkuchenpferd. Komm schon, raus mit der Sprache!«

»Er war gestern Abend bei mir.«

Sie lehnte sich vor. »Oha, und weiter?«

»Er hat mir Moussaka gemacht.«

»Ist das griechisch für Orgasmus?«

Ich musste lachen. »Nein! Er hat Moussaka *gekocht* – alles selbst gemacht. Besser gesagt: Wir haben zusammen gekocht.«

»Klingt echt intim, vor allem bei deiner Küche.«

»Es war … nett.«

Ehe ich weiter ausführen konnte, kam der Kellner mit unseren Nudeln. Georgias Augen waren mittlerweile fast so groß wie die Teller, die Luigi junior vor uns abstellte.

»*Nett?* Bitte sag mir, dass es eine Nacht voll erotischen Feuers für euch war.«

Luigi brauchte eine Ewigkeit, um uns den Parmesan auf die Nudeln zu reiben. Ich tippte darauf, dass er mehr Englisch verstand, als er preisgab.

»Nein, natürlich nicht.« Als Luigi endlich verschwand, fügte ich hinzu: »Okay, vielleicht ein bisschen. Aber vor allem haben wir stundenlang geredet, und es war einfach schön.«

»Sie sind wieder da, oder?«

»Wer?«

»Na, deine Gefühle für ihn.«

Jedem anderen gegenüber hätte ich es geleugnet, aber dies war Georgia. »Vielleicht.«

Ich trank einen Schluck Tee, um ihrem Blick auszuweichen.

»Gab es irgendeine sexy Szene beim Essenkochen?«

»Nein, ich sag dir doch, wir haben nur geredet.«

»Da war also kein einziger heißer Moment?«

»Georgia, du bist irgendwie fixiert, merkst du das eigentlich?«

»O Mann, ich hatte seit Monaten keinen Sex mehr – ich bin da unten schon völlig verschrumpelt. Wir beide sind viel zu erschöpft, um an so was zu denken, da muss ich doch zumindest durch meine Freundin was erleben. Wie sieht's aus: Lerne ich ihn diesmal wenigstens kennen?«

Ich wollte Simon lieber noch ein bisschen für mich behalten, was ich ihr aber schlecht erklären konnte.

»Er muss im Moment wirklich wahnsinnig viel arbeiten.«

Georgia runzelte die Stirn. »Damit kommst du nicht durch, meine Liebe. Bring ihn zu Deans Überraschungsparty mit.«

Seit Monaten plante sie für ihren Mann mit nahezu militärischer Präzision eine Geburtstagsmottoparty mit dem Thema Film. Alle wichtigen Fragen, wie etwa, ob Käsehäppchen mit Ananas auf ironische Weise retro oder einfach nur blöd waren, hatten wir bei etlichen Mittagstreffen ausgiebig diskutiert. Ich sah meine Chance, um das Gespräch von Simon wegzulenken. »Hast du schon ein Kostüm?«

»Natürlich.«

»Und Dean? Er kann doch nicht der Einzige ohne Kostüm sein?«

»Auch das Problem habe ich gelöst. Ich besorge ihm die weiße Uniform aus *Ein Offizier und Gentleman*. Er wird begeistert sein. Zumindest wird er es spätestens dann sein, wenn ich ihm zeige, wie heiß ich ihn darin finde.«

»Du hast ja wirklich an alles gedacht«, sagte ich.

»Das muss ich – ich kann jetzt nicht mehr so mir nichts, dir nichts Spaß haben. Ich hab seit zwei Jahren keinen Tropfen Alkohol mehr getrunken. Seine Mutter nimmt die Zwillinge über Nacht, und das werden wir weiß Gott genießen.«

Hier schimmerte kurz die alte Georgia durch, die sich noch nicht Tag und Nacht darum hatte kümmern müssen, zwei Menschen in Miniaturform durchs Leben zu bringen. Es war schön, sie mal von etwas anderem begeistert zu erleben als von der Verdauung ihrer Kinder.

»Ich freu mich schon riesig darauf, Georgia.«

7

Nach meiner Mittagspause ging ich in Mikes Büro, um ihn über die Themen der nächsten Ausgabe zu informieren. Nach wenigen Minuten driftete das Gespräch dann zur längerfristigen Zukunft des Magazins – sofern es überhaupt noch eine hatte.

»Ziggi die Säge war vorhin hier«, sagte Mike.

Ich erstarrte. Ziggi Fairbanks war Direktor für Sonderprojekte bei Octagon. Niemand wusste so ganz genau, was er machte, aber eine seiner Aufgaben bestand darin, Leute abzusägen und Budgets einzudampfen.

»Was wollte er?«

Mike rieb sich den Nacken. »Er hat uns allen neue Verkaufsziele gesetzt.«

»Uns allen« bedeutete auch den zwei anderen Magazinen, die das Unternehmen vor Kurzem gekauft hatte – eine monatliche Autorevue und eine Backzeitschrift. Redaktionell hatten wir nichts miteinander zu tun, auch wenn ich mich schon gefragt hatte, ob ich nicht ein paar meiner Konzertfreikarten gegen Cupcakes mit Salzkaramell eintauschen könnte.

»Von was für Zielen sprechen wir?«

»Wir sollen unsere Werbeeinnahmen verdoppeln.«

Hätte ich nicht gesessen, wäre ich jetzt wohl in die Knie gegangen.

»Warum setzen sie die Latte immer höher?«

Mike seufzte. »Es geht das Gerücht, dass Ziggi höchstpersönlich als Herausgeber einsteigen will, wenn wir die neuen Zahlen nicht liefern.«

»Dann wäre er mein Chef?«

Mike schüttelte den Kopf. »Du wärst dann draußen, und ich schätze, der Rest des Teams wohl auch bald.«

»Aber ...« Mir wurde kurz schwummrig. »Ziggi ist kein Journalist und hat keine Ahnung von Musik.«

»Richtig. Was sie aber nicht sagen, ist, dass Ziggi nur vorübergehend übernehmen würde. Er würde einmarschieren, alles, was die Marke Re:Sound ausmacht, irgendwie verscherbeln und das Magazin dann dichtmachen. Mit viel Glück könnten wir vielleicht noch als Podcast oder so was überleben.«

Ich sah ihn entgeistert an.

»Willst du immer noch alles auf das Interview mit Marcie Tyler setzen?«

»Was habe ich für eine Wahl?« Nach all den Jahren ihrer Zurückgezogenheit und den Gerüchten über ein neues Album war Marcie tatsächlich die einzige Musikerin weit und breit, mit der wir, wenn wir sie auf dem Cover hätten, solche Verkaufszahlen erzielen könnten.

»Na ja, da wäre immer noch Hands Down, und Nick Jones lässt auch nicht locker.«

Ich wurde sauer. »Plant ihr zwei da hinter meinem Rücken etwas?«

»Wir haben ein paarmal gesprochen.«

Ich schüttelte den Kopf. Das sah Mike gar nicht ähnlich – und konnte also nur von Nick kommen.

»Ich werde euch die Zahlen liefern – und zwar auf die richtige Weise, Mike.«

7

Als ich an meinen Platz zurückkam, hatte ich einen Anruf von Nick verpasst und entdeckte zusätzlich eine Mail von ihm. Scheiß drauf. Er hatte sich bei Mike eingeschleimt, da konnte er jetzt gern mit *dem* rumschmusen. Ich würde schon einen Weg finden, um an Marcie ranzukommen.

Ich hatte gerade die allerdringendsten Sachen erledigt, da rief mich Jody vom Empfang an.

»Du hast Besuch.« Ohne meine Nachfrage abzuwarten, fügte sie hinzu: »Ich schick sie rauf.«

Ich hörte sie, noch ehe ich sie sah. Meine Eltern kamen im Funktionsjacken-Partnerlook und machten dabei jenes sirrende Geräusch, das nur Outdoorkleidung produzieren konnte. Ich sah aus dem Fenster und warf einen Blick auf den Himmel. Keine einzige Wolke. Aber das brachte die Stimme in meinem Kopf nicht zum Schweigen, die mich schalt, dass ich den Schirm heute zu Hause gelassen hatte. Meine Eltern konnten Regen riechen, selbst wenn er noch zwei Kontinente entfernt war.

»Mum, Dad! Was macht ihr denn hier? Ist alles in Ordnung?«

»Wir waren gerade einkaufen und wollten mal Hallo sagen«, antwortete meine Mutter. »Hier in der Nähe ist ja ein großer Marks & Spencer.«

Dad war nicht gerade für seinen Enthusiasmus fürs Shoppen bekannt, und bei genauerem Hinsehen entdeckte ich, dass das, was er in der Hand trug, verdächtig nach einem Werkzeugkasten aussah.

Gavin konnte sein höhnisches Grinsen kaum verbergen. Mist, was hatte ich den anderen über meine Eltern erzählt, das mich jetzt einholen könnte?

Ehe ich ihn zur Diskretion ermahnen konnte, fuhr er seinen Sessel in ihre Richtung. »Hallo, Mr und Mrs Frixos, ich bin Gavin.«

Sie gaben ihm die Hand und strahlten ihn ebenso freundlich an wie er sie.

Mich überkam töchterliche Reue, weil dies das erste Mal war, dass sie mich in der Redaktion besuchten, und ich nicht selbst daran gedacht hatte, sie meinen Kollegen vorzustellen.

»Soll ich euch rumführen?«

Dad hob seine Kiste hoch. »Ich habe Werkzeug dabei, um eure Spülmaschine zu reparieren.«

»Das musst du nicht, Dad.« Bestimmt würde er dabei wieder irgendeine Sicherheitsvorschrift oder Gesundheitsrichtlinie missachten ...

»Oh, das wäre toll«, sagte Lucy, die sich ebenfalls zu uns gesellt hatte. »Ich war nämlich dran, neues Spülmittel zu kaufen, aber das kann ich mir dann ja sparen. Ich bin übrigens Lucy.«

Ich bedachte sie mit einem tödlichen Blick. »Vielleicht könntest du stattdessen losgehen und neue Spülmaschinentabs besorgen.«

»Ach, davon haben wir noch massenweise. Wir haben sie ja seit Wochen nicht benutzen können.«

Dad schüttelte fassungslos den Kopf. Ich musste die beiden weglotsen, ehe Lucy noch erwähnte, dass ich letzte Woche beim Beseitigen eines Papierstaus in unserem fragwürdigen Kopierer einen minderschweren elektrischen Schlag bekommen hatte.

»Warum trinken wir nicht erst mal eine schöne Tasse Tee«, schlug ich vor und versuchte, meine Eltern in Richtung unserer kleinen Küche zu scheuchen. Bitte, lieber Gott, lass kein halb aufgegessenes Curry in der Mikrowelle stehen!

»Und? Was habt ihr seit dem Wochenende alles so gemacht?«, fragte ich meine Mum, während wir darauf warteten, dass das Wasser kochte. Na gut: Mum und ich warteten; Dad hatte das Getränkeangebot ausgeschlagen und schraubte bereits die Seiten der Spülmaschine auf, die er von der Wand abgerückt hatte.

»Wir waren heute bei Pater Michalis, um alles für die Hochzeit zu besprechen. Er hat nach dir gefragt.«

Ich war schon seit Jahren nicht mehr in der Kirche gewesen und ging davon aus, dass nun eine Ermahnung folgen würde.

»Das ist ja nett«, murmelte ich und überlegte, wie ich meinen Kopf aus der Schlinge ziehen könnte.

Mum sah mich hoffnungsvoll an. »Er ist ja nicht mehr ganz jung, und er würde so gern mit dir an den Altar treten.«

Was? Es drehten zwar alle gerade wegen dieses Priesters in *Fleabag* durch, in den sich die Hauptdarstellerin verliebte, aber unser Pater Michalis hatte einen ZZ-Top-Bart und war definitiv nicht so sexy wie Andrew Scott. »Er ist Priester, Mum!«

Sie zog die Augenbrauen zusammen. »Ja, eben. Darum will er dich ja auch verheiraten.«

Gedanklich schlug ich mir gegen die Stirn. Natürlich. Da hatte ich ganz schön auf dem Schlauch gestanden.

Mum hatte nichts gemerkt und fuhr fort: »Er ist jetzt fast achtzig. Er hat dich getauft und wäre sehr traurig, wenn er noch vor deiner Heirat stirbt.«

Dieses Gespräch glitt in immer abgedrehtere Bahnen – die ich hier im Büro mit Sicherheit nicht weiterverfolgen wollte. Ich hätte gutes Geld wetten mögen, dass Gavin und Lucy um die Ecke standen und lauschten.

»Heiraten ist das Letzte, wonach mir gerade der Sinn steht«, antwortete ich in der Hoffnung, das Thema damit zu beenden.

»Wie geht es Simon?«, ertönte da Dads Stimme von unten. »Bringst du ihn mal wieder mit?« Mum strahlte mich an. Meine Eltern waren perfekt aufeinander eingespielt. Genauso gut hätte Dad fragen können, wann Simon denn seinen Antrag plane. Aber auf ihre Hirngespinste würde ich nicht eingehen.

»Was macht der Geschirrspüler?«

Behäbig richtete Dad sich auf. »Alles wieder in Ordnung. Es war die Abflussleitung. Lass die Maschine ein paarmal leer durchlaufen, dann sollte sie wieder normal funktionieren.«

Endlich mal gute Nachrichten. »Danke, Dad. Es tut mir leid, dass ich euch jetzt rausscheuchen muss, aber in ein paar Minuten habe ich ein Meeting.«

Es schien sie nicht besonders zu stören, dass ich sie so ungalant wieder vor die Tür setzte. Manchmal musste ich sie daran erinnern, dass ich kein Teenager mehr war, sondern – *Schock, Horror* – eine erwachsene Frau. Die jedoch zugegebenermaßen froh war, dass ihr Dad sie von kaputten Küchengeräten erlöste.

7

Normalerweise ließ ich meinen Sportkurs am Abend ausfallen, wenn Dawn nicht mitkam, aber die Vorstellung, dass Simon mich in naher Zukunft nackt sehen könnte, motivierte mich wie nichts Gutes, ins Studio zu gehen.

Doch dann erklärte mir der überfröhliche, stark gebräunte Typ am Tresen, dass der Spinning-Kurs bereits voll sei. Sonst dachte Dawn immer daran, uns anzumelden, ich hatte es natürlich vergessen.

»Aber gleich fängt Boxercise an«, sagte er. »Ein exzellentes Kardiotraining, super für den Muskeltonus. Wird dir gefallen.«

Eine Viertelstunde später stand ich in meinem Sport-Outfit mit etwa zehn anderen im Kreis und machte Hampelmann.

Der Trainer – mit Armen wie ein mit Spinat gedopter Popeye – hieß Carl und bombardierte uns zu Neunziger-Jahre-Eurodance mit aufmunternden Plattitüden. Das passte, immerhin hatte 2 Unlimited in mir immer das Bedürfnis geweckt, etwas zu schlagen.

»Ihr seid phantastisch!«, rühmte er. »Spürt, wie euer Blut pulsiert – gibt euch das nicht das Gefühl, so richtig zu *leben*?«

Also eigentlich, Carl, hätte ich gern gesagt, gibt es mir das Gefühl, gleich so richtig zu *sterben*.

Der Kurs hatte vor knapp fünf Minuten begonnen, dennoch hämmerte mein Herz schon wie ein vierarmiger Schlagzeuger, und meine Gliedmaßen schienen schwer wie Granit. Ich hätte wetten können, dass teuflische Diktatoren den Hampelmann als Foltermethode einsetzten.

»Okay«, tönte Carl, »und jetzt laufen wir alle auf der Stelle.«

Das war minimal weniger anstrengend, da ich immerhin meine schmerzenden Arme ausruhen konnte, aber wie ein Drill Instructor bei der Army trieb Carl uns weiter an, unsere Knie »noch höher ... und noch höher ...« zu ziehen. Noch höher, und meine Knie würden mir die Füllungen aus den Zähnen schlagen!

Nach gefühlt fünfzehn Stunden beschloss Carl, dass wir uns nun das Recht auf Dauerlauf im Uhrzeigersinn verdient hätten.

Um mich herum sah ich leicht debil grinsende Gesichter. Genossen die anderen das hier etwa, oder hatten sie vorher alle was geraucht?

»Und jetzt gegen den Uhrzeigersinn.«

Die ganze Gruppe machte kehrt und lief in die andere Richtung. Ich war gerade ein wenig in Fahrt gekommen, als Carl erneut die Richtung wechselte.

»Und jetzt doppelt so schnell.«

WIE BITTE?

Beim Versuch, nicht von meinem Hintermann niedergetrampelt zu werden, stolperte ich über meine eigenen Schuhe. Mir brannte die Lunge, und meine Klamotten waren schweißgetränkt. Gott sei Dank trug ich Schwarz. Wobei mein Aussehen so ziemlich die geringste meiner Sorgen war. Ganz oben auf der Liste stand: *Hilfe, ich verliere gleich das Bewusstsein.*

Meinen akuten Sauerstoffmangel erkannte ich vor allem daran, dass ich offenbar unter Wahnvorstellungen litt, denn der Typ, der gerade mit einiger Verspätung in den Kurs gekommen war, besaß eine frappierende Ähnlichkeit mit Nick Jones.

Er gab Carl ein High Five, woraufhin der ihm kumpelhaft auf den Rücken schlug, und reihte sich mir gegenüber in die Runde ein. Ich rieb mir die Augen, denn irgendwas schien mit ihnen nicht zu stimmen.

Er lächelte. Scheiße. Es war tatsächlich Nick. Stalkte dieser Typ mich etwa?

»Und – halt«, rief Carl.

Meine Beine brannten, und ich wäre am liebsten auf der Stelle zusammengebrochen, aber das ging nicht. Nicht vor Nick.

Ich wandte mich ab, um diskret vor mich hin zu keuchen, aber kurz darauf stand Nick schon neben mir. Er trug ein hellgraues T-Shirt, das so eng war, dass sich seine ausgeprägte Brustmuskulatur abzeichnete.

»'n Abend, Zoë.« Deprimierenderweise war er nicht mal außer Atem.

Ich versuchte, mein Zwerchfell so zu kontrollieren, dass man mir mein Keuchen nicht anmerkte.

»Was heißt hier ›'n Abend‹? Woher zum Teufel wussten Sie, dass ich hier bin?«

Er zuckte die Achseln. »Woher wussten Sie, dass Marcie in der Klavierhandlung sein würde?«

Dawn hatte beides gewusst, und einen Moment lang bekam ich Panik, dass sie es ihm verraten hatte.

»Verfolgen Sie mich etwa?«

»Woher wollen Sie wissen, dass ich nicht jeden Dienstagabend Boxercise mache?«

Mein Instinkt riet mir, den Kurs sofort zu verlassen, aber dann hätte ich wie ein Feigling gewirkt. Und ich hatte verdammt nochmal für diese Stunde bezahlt, also würde ich auch bleiben.

Noch bevor ich meinen inneren Zwiespalt gelöst hatte, gab Carl neue Instruktionen. »Okay, jetzt Paare bilden und die Handschuhe anziehen.«

Ich suchte den Raum nach der einzigen anderen Frau ab, aber die hatte bereits einen Partner gefunden. Auch alle Übrigen hatten sich aufgeteilt, da sie wohl der Annahme waren, Nick und ich hätten ein Team gebildet.

Jetzt hatte ich ihn an der Backe.

»Ich war bei Ihnen in der Redaktion«, sagte Nick.

»Wie bitte?«

»Deshalb wusste ich, wo Sie sind. Ihre Empfangsdame hat es mir gesagt.«

Wie kam Jody dazu, einem völlig Fremden meinen Aufenthaltsort zu verraten? Sie war einfach zu vertrauensselig. Was war aus dem guten alten Sprich-nicht-mit-Fremden geworden?

»Aha. Und ganz zufällig sind Sie hier auch Mitglied und hatten ganz zufällig auch Ihr Sportzeug dabei?«

Er senkte den Kopf, als wolle er einem Kind etwas erklären. »Es ist das beste Fitnessstudio in der Nähe unser beider Büros. Warum sollte ich nicht Mitglied sein?«

Was für ein Lügner! Ich wette, er war gerade erst beigetreten. Aber wenn er sein Geld sinnlos rauswerfen wollte, war das sein Problem, denn offen gestanden hatte ich keine Lust mehr, mit ihm zu streiten.

Carl stand in einer Ecke, stampfte wie ein Stier mit den Füßen und klatschte in die Hände. »Haben alle, was sie brauchen?«

»Ich hol uns mal Boxhandschuhe«, sagte Nick und joggte in die Ecke mit dem Equipment.

Ich könnte immer noch abhauen. Aber irgendetwas an Nicks Verhalten schien sich verändert zu haben. Wieso nur?

Die einzige Möglichkeit, das herauszufinden, war, ihn zu fragen, wobei ich mich in normaler Kleidung weitaus besser fühlen würde als in den durchgeschwitzten Sportklamotten. Und je eher wir über Marcie sprächen, desto eher würde er mir eine Chance geben, sie zu interviewen. Ich musste also an ihm dranbleiben.

Nick kehrte mit Boxhandschuhen zurück. Meinte er das ernst? »Sie wollen das wirklich durchziehen?«

»Ich finde es sehr kathartisch – Sie nicht?«

»Werden wir uns tatsächlich schlagen?«

Er grinste. »Nein. Dafür gibt es diese Protektoren.« Er zeigte mir ein blaues, buchförmiges Schaumstoffding, das ein bisschen wie diese Schwimmhilfen früher in der Schule aussah. Und er hielt mir ein Paar rote Boxhandschuhe vor die Nase. »Die sehen aus, als hätten sie die richtige Größe.«

Ich griff danach, doch er wich zurück.

»Ich weiß, dass Sie sauer auf mich sind und mich am liebsten umhauen würden, aber Sie wissen, wie das hier läuft, oder?«

»Was meinen Sie?«

»Wissen Sie, wie man einen Boxhandschuh anzieht?« Er wartete meine Antwort nicht ab. »Sie müssen Ihren Daumen unter die anderen Finger klemmen, sonst könnten Sie ihn sich brechen.«

Super.

Er ließ die Handschuhe fallen und nahm meine Hand, was mich extrem verwirrte.

»Was machen Sie da?«

Seine Hände waren kühl. Wortlos drückte er meinen Daumen sanft gegen die Handfläche und bog dann meine Finger darum, so dass sie ihn fest umschlossen.

»So machen Sie eine Faust.« Er hob einen der Handschuhe auf und hielt ihn mir hin. Ich schob meine Hand hinein, und er befestigte den Klettverschluss.

»Wie fühlt sich das an?«

»Fest«, sagte ich.

»Gut, das soll es auch.« Er gab mir den linken Handschuh. »Schaffen Sie den allein?«

Natürlich …

Moment mal. Wie sollte ich den linken Handschuh ohne Zuhilfenahme des rechten Daumens anziehen? Und wo ich schon darüber nachdachte: Wieso hatten Boxhandschuhe denn ein angesetztes Daumenteil, wenn man es nicht benutzte?

»Erzählen Sie mir eigentlich noch, was Sie hier überhaupt machen, Nick?«, fragte ich, um Zeit zu gewinnen.

»Das habe ich Ihnen doch gesagt – ich war in Ihrer Redaktion, und die Lady am Empfang sagte mir, Dienstag sei Ihr Sportabend. Zum Glück sind Sie ein Gewohnheitstier.«

So, wie er es sagte, klang es fast beleidigend, aber gerade als ich mich darüber beschweren wollte, hatte ich plötzlich eine pfiffige Idee zum anderen Handschuh. Ich klemmte ihn zwischen die Knie und schob triumphierend meine linke Hand hinein.

»Sie haben also Ihre erstaunliche Kombinationsgabe genutzt, um mich ausfindig zu machen, denn es wäre wohl unter Ihrer Würde, mich einfach anzurufen oder eine Mail zu schicken.«

»Ich habe Ihnen Nachrichten hinterlassen – Sie sind diejenige, die nicht darauf reagiert hat.«

Ups, das war wohl ein Eigentor.

»Na gut, jetzt sind wir hier. Was wollen Sie?«

Er sah auf meine linke Hand und bedeutete mir, sie ihm zu geben, was ich gehorsam tat. Er schob den Handschuh noch etwas weiter auf meinen Arm und klettete ihn fest. Komisch: Ich hatte erwartet, mir mit Boxhandschuhen stark und mächtig vorzukommen, doch stattdessen fühlte ich mich seltsam verletzlich.

Dass Nick mir so gar nicht sagen wollte, worum es ging, trug weiter zu meinem Unwohlsein bei. Was zum Teufel führte er im Schilde?

Carls Stimme drang durch die wummernde Musik. Er stand direkt neben uns. »Alles okay bei euch? Braucht ihr Hilfe?«

Die Antwort lautete definitiv Ja, aber ich wollte lieber mein Gespräch mit Nick weiterführen.

»Alles in Ordnung«, sagte ich also.

»Super. Dann zeigt mir mal ein paar Punches.«

Mist. Er blieb stehen und wollte zusehen.

Nick hielt sich das Polster vor die Brust. Ich schwang den Arm vor und haute irgendwie auf das Ding drauf. Es erklang ein klägliches »Pff«.

»Netter Versuch«, sagte Carl. »Aber vielleicht kannst du noch ein paar Tipps gebrauchen.«

In diesem Moment krachte etwas. Es klang wie ein Schuss, war aber wohl eher das Aufeinandertreffen von Faust und Knochen. Offensichtlich einer Nase.

»Äh ... bin gleich wieder da«, sagte Carl mit besorgtem Gesichtsausdruck.

Als er weg war, konnte ich Nick weiter ausfragen.

»Was wollten Sie gerade sagen?«

»Bewegen Sie Ihren Arm parallel zum Boden.«

»Sie wollen mir jetzt beibringen, wie ich schlagen soll?« Unfassbar!

»Wenn Sie das richtig machen, fühlt es sich unglaublich gut an.«

Das klang ja wie ein Fetisch.

Ich schlug erneut zu. Diesmal traf ich das Schutzpolster weitaus besser, so dass Nick einen Schritt zurückwich.

»Beeindruckend«, sagte er. »Jetzt noch mal und dabei die Schulter unten lassen.« Er legte eine Hand seitlich auf meine Rippen. »Das aktiviert den Latissimus.«

Er berührte mich nur leicht, aber es fühlte sich seltsam intim an.

Ich stellte mich breitbeinig auf den Schwingboden, entspannte die Schultern und schlug zu.

Fupp! Mein Arm vibrierte bis in meinen Kiefer, und Nick wurde zwei Schritte nach hinten geworfen.

»Wie fühlte sich das an?«

Ich musste unwillkürlich grinsen und suchte nach dem richtigen Wort. »Ziemlich gut.«

Er nickte. »Und weiter.«

Ich schlug wieder zu, jedes Mal mit einem befriedigenden »Fupp«, bis ich den Dreh so richtig rausbekam und Nick außer Reichweite ging.

Er zuckte die Schultern und ließ den Protektor zu Boden fallen. »Irgendwie werde ich das Gefühl nicht los, dass Sie sich mein Gesicht vorstellen.«

Ich lachte. »Sie haben recht, es hat etwas Kathartisches. Sagen Sie mir jetzt endlich, warum Sie hier sind?«

Er fasste meine Hände. »Erst ziehe ich Ihnen diese Dinger aus.«

Ich ließ ihn mich von den Handschuhen befreien. Danach legte er mir die Hände auf die Schultern und sah mir fest in die Augen.

»Können Sie mich mit Jessica Honey zusammenbringen?«

Kapitel 12

 That Don't Impress Me Much

Frisch geduscht und umgezogen saßen wir nebeneinander an der Theke des Fitnessclubs. Mein High nach der sportlichen Anstrengung brachte meine Hormone offenbar völlig durcheinander, denn Nicks Aftershave, ein waldbeerenartiger Duft, den ich noch nie an jemandem gerochen hatte, berauschte mich irgendwie. Ich rückte ein wenig von ihm ab, um die Intensität abzuschwächen.

Der Mann besaß beachtlich definierte Armmuskeln, was ich während unseres Trainings vollkommen ausgeblendet hatte, ebenso wie seine breiten Schultern.

Dawn hatte recht. Er hatte was vom alten Hollywood an sich, eine klassische Männlichkeit, wie man sie heutzutage nur noch selten antraf und die trotzdem nicht aufdringlich, sondern sehr subtil war. Natürlich war er nicht mein Typ – genauso wenig wie ich je auf einen Jonny Delaney oder Harry Styles oder andere Boygroup-Beautys stehen würde –, aber ich konnte nachvollziehen, warum Marcie ihn gern in ihrer Nähe hatte.

Wie sich herausstellte, war Marcie auch der Grund, weshalb er Jessica treffen wollte.

»Sie sind vor zehn Jahren zusammen auf Tour gewesen«, erklärte er. »Marcie kümmerte sich sonst nicht besonders um ihre Support-Bands, aber in Jess hatte sie eine verwandte Seele gefunden. Sie hat sie damals unter ihre Fittiche genommen, allerdings haben sie sich irgendwann zerstritten – was Marcie jetzt sehr leidtut. Als ich ihr erzählte, dass Jessica wieder auf Tour ist, hat sie mich gebeten, herauszufinden, ob Jessica bereit wäre, den alten Streit aus der Welt zu schaffen.«

»Was hat Jess angestellt, dass sie gestritten haben?«

Nick schüttelte den Kopf. »Gar nichts. Es war Marcie, die Jess hat hängenlassen.«

Ich konnte nicht glauben, was ich da hörte. »*Marcie* will *Jess* um Verzeihung bitten? Was um alles in der Welt ist damals passiert, das ihr heute noch so nachhängt?«

Nick sah mir in die Augen. »Das kann ich nicht erzählen.«

Natürlich nicht. »Und warum können Sie den Kontakt mit Jess nicht selbst herstellen?«

»Das habe ich versucht, aber sie will nichts mit Marcie oder ihren Leuten zu tun haben. Das schließt mich mit ein. Wir sind uns nie persönlich begegnet, aber sie hat jede Anfrage, die ich über Pinnacle geschickt habe, abgelehnt.«

»Und was soll ich da jetzt tun?«

»Stellen Sie mich als einen Freund vor.«

Na, das war ja nun ziemlich weit hergeholt. »Lassen Sie mich mal klarstellen: Sie wollen mit ihr reden, aber sie darf nicht wissen, dass Sie Marcies PR-Manager sind?«

»Genau. Nehmen Sie mich das nächste Mal einfach mit, wenn Sie zusammen ausgehen. Sie sind doch befreundet, oder?«

»Sie ist mit einem meiner Freunde befreundet.« Was ging ihn das überhaupt an?

»Ah, ich glaube, ich habe Sie neulich Abend zusammen gesehen. Dieser große blonde Typ?«

»Simon, ja.«

»Simon schien ziemlich eng mit Jess befreundet zu sein.«

»Wie meinen Sie das?«

Nick sah mich neugierig an. »Dass sie eng befreundet wirkten. Wie sollte ich das sonst meinen?«

Offensichtlich hatte ich ihm gerade meinen wunden Punkt offenbart.

»Ja, sie sind befreundet.«

»Er ist aber nicht Ihr fester Freund, oder?«

»Nein. Natürlich nicht.«

»Könnten Sie dann nicht ein zwangloses Treffen arrangieren, gern auch mit ein paar anderen Leuten, bei dem ich Gelegenheit hätte, mit ihr zu sprechen?«

»Aber wir würden verschweigen, wer Sie wirklich sind?«

»Wäre das ein Problem für Sie, wenn Sie im Gegenzug Ihr Gespräch mit Marcie bekämen?«

Endlich eine konkrete Aussage! »Dafür bekomme ich Marcie?«

Er nickte. »Aber die Sache mit Hands Down müssten Sie trotzdem noch bereinigen.«

»Und das heißt?«

»Sie müssen Jonny Delaney persönlich interviewen.«

Wieso nur hatte ich das ungute Gefühl, dass Nick die ganze Sache insgeheim genoss?

7

Der einzige Haken an Nicks Bitte war, dass ich Zeit mit Jessica verbringen müsste, genauer gesagt: mit Simon und Jessica. Aber im Großen und Ganzen war das wohl ein Preis, den ich nun mal zahlen musste.

Zu Hause aß ich den Rest Moussaka und scrollte mich durch Instagram. Jess hatte etwas zu ihrem nächsten Gig am folgenden Abend gepostet.

Okay, das könnte ich hinkriegen. Vielleicht ein paar Drinks backstage, entweder davor oder danach, kein allzu ausführliches Treffen. Nick könnte sie in seinen magischen Bann ziehen oder was auch immer, und das war's.

Ich textete Nick den Plan, und er schrieb umgehend zurück, er werde mich dort treffen.

Aber was sollte ich Simon sagen? Sollte ich Nicks wahre Absichten enthüllen oder lieber verschweigen? Ich würde ihn anrufen und spontan entscheiden, beschloss ich.

»Immer schön, deine Stimme zu hören, Frixie«, sagte er, was wieder das angenehme Kribbeln in mir wachrief.

»Was machst du gerade?«

»Langweiliges Arbeitszeug. Ich muss eine Million Kalkulationstabellen durchgehen.«

»Ich habe gesehen, dass Jess noch mal in London spielt, und kenne jemanden, der früher mal großer Fan war und sie gern sehen würde.«

»Super, ich hatte auch schon dran gedacht, hinzugehen. Wäre cool, wenn wir zusammen gehen könnten. Dann hat es dir neulich gefallen?«

»Sie war ziemlich gut, ja.«

»Man glaubt kaum, wie viele Leute Rydell damals gut fanden. Ich frage mal nach, ob Jess uns auf die Gästeliste setzen kann. Letztes Mal hat sie ziemlich geschimpft, weil ich ihr nicht gesagt habe, dass wir kommen. Wie heißt deine Freundin?«

»Es ist ein Er«, antwortete ich. »Nick.« Nachnamen spielten ja wohl keine Rolle.

Simon schwieg. War er sauer, dass ich einen Kerl mitnehmen wollte?

»Dann freue ich mich, deinen Bekannten kennenzulernen.«

Wir vereinbarten eine Zeit, und ich legte auf.

Die Entscheidung war mir offenkundig leichtgefallen: Ich würde Nicks Identität geheim halten. Ich spürte einen Hauch von schlechtem Gewissen. Verkaufte ich hier gerade Jess, um an Marcie heranzukommen?

Nein, entschied ich. Ich versuchte, einen Bruch zwischen den beiden zu kitten. Meine Motive waren rein.

So ziemlich jedenfalls.

♩

Am nächsten Tag in der Redaktion zwang ich mich, endlich an einem Artikel weiterzuarbeiten, den ich lange vor mir hergeschoben hatte. Er hatte als locker-flockiger Bericht über Fan-T-Shirts begonnen, auf denen Plattencover abgebildet waren, die es in die Mainstream-Mode geschafft hatten. Die Stones-Zunge etwa oder das Unterwasserbaby von Nirvana. Oder wie Paul Simonon auf dem Cover von London Calling seinen Bass zertrümmert. Irgendwann hatte Mike gemeint, wir bräuchten Links, über die die Leser die T-Shirts dann auch kaufen könnten, und darüber war das Ganze zu einem fast unüberschaubaren Werbeartikel mutiert, über den ich mir nur noch die Haare raufen wollte. Nachdem Mike mir allerdings erklärt hatte, wie viel die Firmen zahlten, um verlinkt zu werden, verlegte ich das Haareraufen auf unbeobachtete Momente.

Es wurde ein langer und frustrierender Tag, und auch die Aussicht, den Abend bei Jessicas Konzert zu verbringen, entlockte mir keine Freudenschreie. Mit meinem letzten Outfit hatte ich mich so unwohl gefühlt, dass ich es diesmal auf jeden Fall besser machen wollte.

Ich fuhr also nach Hause, duschte und zog mir eine yogamäßige Leinenhose und ein schwarzes Top an. Dann föhnte ich mir die Haare und schminkte mir die Augen mit Mascara und Eyeliner.

Bevor ich ging, musterte ich mich im Flurspiegel. Hatte ich es mit dem Eyeliner übertrieben? So dick hatte ich ihn schon seit einer Ewigkeit nicht mehr aufgetragen. Warum heute? Dann fiel mir ein, dass Simon damals immer auf den Look der Fifties abgefahren war, und ich war kurz davor, alles wieder abzuwischen – auf keinen Fall durfte es so wirken, als wolle ich mich mit aller Gewalt an ihn ranschmeißen. Aber verdammt nochmal: Die Linie auf meinen Augenlidern war nahezu perfekt geraten. Und außerdem war es fast neun, und ich musste los.

Simon hatte meinen Namen auf die Gästeliste setzen lassen, und wir wollten uns vor dem Konzert backstage treffen. Nick sollte zwanzig Minuten später zu uns stoßen.

Der Gig fand wieder in Camden statt. Auf einem vor dem Club aufgehängten Poster standen die Künstler des heutigen Abends – Jessicas Name war nicht dabei, aber ich vermutete, dass sie erst kurzfristig dazugekommen war.

Anstatt durch die Vordertür marschierte ich über die Seitengasse zum Bühneneingang. Uringeruch stieg vom Pflaster auf. Schleifte der Saum meiner Hosenbeine etwa durch Pipi? Igitt! So schnell ich konnte, trippelte ich auf Zehenspitzen zur Tür.

Ein ziegenbärtiger Typ mit Motörhead-T-Shirt bewachte den Eingang.

Er hob die Hand. »Backstagepass, Süße?«

»Ich bin Zoë Frixos – ich stehe auf der Gästeliste.«

»Nein, tust du nicht.«

»Dann Simon Baxter?«

»Soll mir der Name irgendwas sagen?«

Ich runzelte die Stirn. Das war komisch, aber nicht allzu überraschend. Simon war manchmal etwas unorganisiert – vielleicht hatte er sich nur um die Gästeliste am Haupteingang gekümmert?

»Sie gehört zu mir, Stan.«

Ich drehte mich um und sah Nick. Er war früh. Und wie schaffte er es so leicht, Gnade vor Ziegenbart-Stans Augen zu finden? Denn der hielt uns nun die Tür auf und bedeutete uns durchzugehen.

»Nach Ihnen«, sagte Nick.

Irritiert schob ich mich an ihm vorbei. Über eine Betontreppe gelangten wir in einen klaustrophobisch engen Korridor, und wie immer in solch beschränkten räumlichen Verhältnissen spürte ich, wie sich mir der Hals zuschnürte.

»Finden Sie es nicht seltsam, dass der Türsteher Simon gar nicht kannte?«, fragte Nick dicht hinter mir.

Ich zuckte die Achseln, der Korridor wurde immer schmaler, und ich bekam fast keine Luft mehr.

»Dafür gibt es einen ganz plausiblen Grund, den Sie allerdings noch nicht durchschaut haben«, fuhr er aus dem Dunkeln fort. »Weder Simon noch Jess werden heute Abend hier sein.«

Ich fuhr herum.

Nick blieb nicht schnell genug stehen, und sein Kinn prallte gegen meine Stirn. Eine Sekunde lang sah ich Sterne, dann taumelte ich nach hinten.

Bevor ich fallen konnte, griff er nach meinen Schultern und zog mich an sich.

Leicht benommen landete ich mit dem Gesicht an seinem Revers.

Peinlich.

Ich wich ein paar Schritte zurück. »Was haben Sie gesagt?«

Er sah mich an, als spräche ich in einer fremden Sprache – in keiner der siebzehn, die er beherrschte. »Schön, dann überspringen Sie eben einfach den Teil, wo Sie mir danken, dass ich Sie vor einem Sturz bewahrt habe.«

Echt jetzt? Er wollte mir mangelnde Etikette vorwerfen? »Ich wäre nicht mit Ihnen zusammengestoßen, wenn Sie sich nicht so dicht an meinen Arsch gepresst hätten.«

»Ich habe mich nicht gegen Ihren Arsch gepresst«, sagte er langsam. Fast ein wenig verächtlich. Als sei mein Arsch seine Aufmerksamkeit nicht im Mindesten wert. »Sie sind plötzlich stehen geblieben.«

Ich hatte keine Lust zu streiten, zum einen, weil er wohl recht hatte, zum anderen, weil Simon mir nicht Bescheid gesagt hatte.

»Wenn das Konzert abgesagt wurde, hätte ich es mitbekommen«, sagte ich.

»Jess ist am anderen Ende von London.«

Ich verdrehte die Augen. »Woher wollen Sie das wissen?«

»Ich kenne ein paar Leute, die immer ziemlich genau wissen, was sie gerade macht.«

»Wen denn? Stalker? Privatdetektive?«

Er lächelte. »Nichts dergleichen. Fotografen. Sie ist immerhin eine kleine Berühmtheit.«

»Sie meinen Paparazzi? Echt jetzt?«

Nick neigte den Kopf zur Seite. Er schien über meine Naivität amüsiert. »Die Macht des Reality-TV. Sie hat eine halbe Million

Follower auf Instagram, aber keinem ist bewusst, dass sie eine talentierte Musikerin ist.«

»Das Internet ist voller Idioten«, brummte ich und zog mein Handy aus der Tasche. Ich tippte Simons Namen an, hatte jedoch keinen Empfang. Auch gut. Es wäre sowieso zu laut zum Telefonieren gewesen – das dumpfe Dröhnen des Soundchecks drang durch die Wand, und von irgendwo aus der Nähe erklang lautes Männerlachen.

»Kommen Sie mit und hören es aus erster Hand.«

»Simon ist hier?«

»Nein, der Club-Manager.«

»Ach so.«

Nick bog links in einen Korridor ein und machte eine Kopfbewegung, dass ich ihm folgen solle. Nach wenigen Schritten standen wir in einem Büro, in dem ein Mann mit langem grauen Bart hinter einem Schreibtisch saß.

»Sag ihr, was du mir gesagt hast, Jim.« Wieso war Nick hier eigentlich mit jedem per Du?

Jim blickte auf und legte die Fingerspitzen aneinander. Das obere Glied eines kleinen Fingers fehlte. Ich versuchte, nicht hinzustarren. »Die haben vor einer halben Stunde angerufen und abgesagt. Kennen Sie diese Typen?«

Ich nickte.

»Schön, dann sagen Sie ihnen, dass sie ihre Kaution nicht wiederkriegen. Und die Kuchenteilchen behalte ich auch.«

Kuchenteilchen? Ich dachte, ich hätte mich verhört, doch dann deutete er auf einen Korb mit rosa Bändern, in dem ein Berg an Gebäck sich mühte, den staubigen grauen Aktenschrank aufzuwerten.

»Verstanden«, sagte Nick. »Keine Rückerstattung, und die Back-waren sind konfisziert.«

Er stupste mich an, damit wir gingen, doch ich blieb stehen. Erst musste ich etwas wissen.

»Hat man Ihnen einen Grund für die Absage genannt?«

»Es geht ihr nicht gut. Lebensmittelvergiftung oder so was.«

Tja, das erklärte zumindest, warum ich nichts davon gehört hatte. Ich fühlte mich um einen Grad weniger missachtet.

Jim scheuchte uns hinaus, und ich folgte Nick in den angrenzenden Raum.

Als er das Licht anknipste, musste ich blinzeln. Dann sah ich, dass wir in einer kleinen Garderobe standen. Eine nackte Glühbirne kämpfte gegen die Schummrigkeit an, und viel zu beleuchten gab es ohnehin nicht: einen Feuerlöscher an der Wand und einen dunklen Fleck auf den Teppichfliesen.

Nick streckte seine Hand aus. »Schoko-Croissant?«

Ich hatte nicht mitbekommen, dass er sich etwas eingesteckt hatte. »Nein, danke.«

Er aß das Ding in drei Bissen auf und wischte sich die Krümel von den Händen.

»Vielleicht sollten Sie wieder reingehen und ihn ablenken, dann kann ich noch eins holen.«

Ich sagte nichts. Stattdessen überprüfte ich mein Handy. Mittlerweile hatte ich Empfang – und zwei Nachrichten von Simon. In der ersten eine Entschuldigung, in der zweiten den Vorschlag, wir könnten uns in einem Restaurant treffen. Moment mal – hatte Jess nicht eine Lebensmittelvergiftung?

Ich fragte per SMS nach. Die Antwort kam postwendend.

»Was ist?«, fragte Nick.

»Simon sagt, Jess hat zu großes Lampenfieber.«

»Also keine Lebensmittelvergiftung?«

»Ich schätze mal, das war die offizielle Ausrede.«

Mein Handy vibrierte erneut. Diesmal hatte Simon den Namen des Restaurants geschickt, in dem sie saßen.

»Mögen Sie französische Küche?«, fragte ich Nick.

»Wieso?«

»Simon schlägt vor, dass wir sie in einem Lokal am Piccadilly treffen. Falls Sie Jess immer noch sehen wollen.«

»Ein gemütliches Essen zu viert? Hätte das nicht den Beigeschmack eines Doppel-Dates?«

Er hatte recht, und plötzlich wurde mir klar, dass wir ein gutes Alibi bräuchten, wenn Nick seine Verbindung zu Marcie unter Verschluss halten wollte.

»Was sollen wir sagen, wer Sie sind? Ein Arbeitskollege?«

Nick dachte eine Weile nach. »Sagen wir ihnen einfach, ich arbeite in Ihrer Rechtsabteilung.«

»Wir haben keine.«

Er runzelte die Stirn. »Und was machen Sie, wenn Sie mal ein juristisches Problem haben?«

»Wir wenden uns an eine externe Kanzlei.«

»Okay, dann kann ich ja für die arbeiten.«

»Warum sind Sie so heiß drauf, einen auf Anwalt zu machen?«

»Weil ich Spezialist für Firmenrecht bin. Wenn sie mich irgendwas in der Richtung fragt, weiß ich Bescheid.«

»Wieso sagen wir nicht einfach, Sie sind Journalist? Davon müssen Sie doch auch Ahnung haben.«

»Ich hatte gehofft, möglichst wenig lügen zu müssen.«

Ach, echt? Entwickelte er plötzlich doch noch so etwas wie ein moralisches Bewusstsein? Wahrscheinlich fand er einfach, dass Journalismus unter seiner Würde war. Arrogantes Arschloch.

»Okay, wir sagen, Sie sind Anwalt. Hoffentlich halten die Sie nicht für einen Winkeladvokaten.«

Nicks Schuldkomplex musste ansteckend sein, denn im Taxi Richtung Piccadilly machte ich mir plötzlich Sorgen, weil ich nichts über ihn wusste und deshalb ziemlich schnell herauskommen würde, dass wir uns nicht wirklich kannten – nicht einmal als Arbeitskollegen.

»Hm, was machen Sie denn so in Ihrer Freizeit, Nick?«

Nick rückte gerade seine Manschetten zurecht – trug er tatsächlich wieder Manschettenknöpfe? – und hielt unvermittelt inne.

»Sie wollen wissen, ob ich irgendwelche Hobbys habe?«

»Es muss immerhin so aussehen, als würden wir einander kennen.«

»Das war auch nicht witzig gemeint. Ich wollte nur sichergehen, dass ich Sie richtig verstanden habe.«

»Passen Sie auf: Diese Frage stelle ich meistens in einem Interview: *Was machen Sie gern, worauf ich niemals kommen würde?* Also nicht das Übliche wie spazieren gehen, Filme gucken und lesen.«

»Zoë! Haben Sie denn mein Tinder-Profil nicht studiert?«

»Schön, dann eben nicht.«

»Okay, hier ist etwas, das ich nicht vielen Leuten erzähle. Ich habe drei Hobbys, die alle mit K beginnen.«

»Was, um alles in der Welt, beginnt mit K?«

»Klöppeln.«

»Sie klöppeln?«

»Wäre das so absonderlich?«

Ich musterte ihn kritisch von der Seite. Veräppelte er mich gerade?

Er grinste. »Nein, ich klöppele nicht. Ich wollte nur zeigen, dass viele Aktivitäten mit K beginnen.«

»Aha.«

»Kickboxen, Karaoke, Karate, Kung-Fu, Kajakfahren, Kitesurfen, Kuchenbacken ...«

»Wer backt denn Kuchen als Hobby – abgesehen von Jamie Oliver und Pippi Langstrumpf?«

»Also gut, Klöppeln und Kuchenbacken sind raus. Was ist mit den anderen?«

Er wollte antworten, doch ich redete weiter. »Ich wette, es ist keins davon.« Ich überlegte eine Sekunde. »Kleptomanie, Kusstelegramme überbringen und Kreuzworträtsel lösen – und zwar die von anderen ...«

»Wow. Sie halten ja wirklich nicht besonders viel von mir.«

»Sollte ich das im Ernst erraten? Ich wette, Sie sind ein Kampfkunstfreak. Karate, Kung-Fu und dieses andere, was Sie sagten. Hab ich recht?«

»Kickboxen, Kajakfahren und Karaoke.«

»*Karaoke?*«

»Karaoke.«

»Zu abgedroschenen Uralt-Hits singen? Vor Publikum?«

Er schüttelte den Kopf. »Sagen Sie nicht, Sie hätten das noch nie gemacht.«

»Ich habe das noch nie gemacht.«

»Da ist Ihnen was entgangen.«

»Das bezweifle ich.«

»Ich habe eine ziemlich berührende Version von Aerosmiths ›Angel‹ drauf.«

Meinte er das ernst? »Sie sind Fan von Aerosmith?«

»Nicht besonders hip, ich weiß. Aber *Permanent Vacation* ist ein super Album.« Er sah mich an. »Lassen Sie mich raten. Sie mögen nur die frühen Sachen. Bevor sie zum Geffen-Label gewechselt sind.«

»Ah, verstehe, Sie halten mich für einen Musik-Snob. Aber ich stimme Ihnen zu: *Permanent Vacation* ist ein super Album. Die Steel Drums des Titelsongs sind geradezu genial.«

Er sah mich überrascht an. »Oho, wer hätte gedacht, dass wir etwas gemeinsam haben?«

Es schien ihn zu freuen, so als hätten wir einen gemeinsamen guten alten Freund entdeckt, dabei war es nichts Besonderes. Viele Leute mochten Aerosmith. Allerdings hatte ich schon oft die wundersame Macht der Musik beobachten können, die selbst zwischen den verschiedenartigsten Menschen – und mochten sie noch so gegensätzlich sein – Bande schmieden konnte.

Kurze Zeit später hielt das Taxi vor einem Restaurant, und Nick stieg aus und bezahlte den Fahrer durchs Fenster. Ich versuchte anschließend, ihm einen Schein zuzustecken, doch er winkte ab.

»Danke«, sagte ich, sobald das Taxi weg war. »Aber Sie können mich ruhig die Hälfte bezahlen lassen.«

»Nicht nötig.« Er deutete auf das Lokal. »Wollen wir?«

Kapitel 13

 Elegantly Wasted

In diesem Lokal war ich noch nie gewesen, ich hatte noch nicht einmal davon gehört, so schick war diese Brasserie namens *En Grande Tenue*. Dementsprechend wirkten auch die ein und aus gehenden Leute gut betucht und arrogant.

Der Eingang wurde von einem Türsteher bewacht, aber wir wirkten offenbar ebenfalls gut betucht (Nick) und arrogant (ich), denn er nickte uns einfach durch.

Mir sank der Mut, als ich sah, dass wieder eine Treppe in einen Keller hinunterführte. Suchte Jess sich diese klaustrophobischen Orte absichtlich aus? Der Gang war schwach beleuchtet, mit roter Samttapete und niedriger Decke. Mein Mund wurde trocken wie Sandpapier, und ich versuchte, meine Panik hinunterzuschlucken.

Dann spürte ich Nicks Hand am Ellbogen. Er führte mich zu einer Tür, durch die wir in einen breiten Empfangsbereich mit seitlicher Garderobe traten. Hier war es heller, stank jedoch nach Räucherstäbchen, und der Raum vibrierte geradezu im Takt der Musik, die aus nur einer einzigen Basslinie zu bestehen schien.

Die Frau am Empfangspult strahlte uns an. »*Bonsoir, Madame, Monsieur.*«

Nick antwortete schnell wie ein Maschinengewehr auf Französisch.

Ich blinzelte. Mein Französischunterricht lag eine gefühlte Ewigkeit zurück, dennoch hatte ich erkannt, dass Nicks Französisch *echt* klang. Ich meine, ich wusste ja, dass er all diese Sprachen sprach, aber es klang nicht einfach gut oder so, sondern wie seine Muttersprache.

Er sagte wieder etwas, diesmal langsamer. »*Nous avons une réservation au nom du* ...« Er sah mich erwartungsvoll an.

Oh, war mein Einsatz gefragt? »Ähm ... Simon Bax-*tair*.«

Die Frau checkte ihre Liste, nickte kurz und bat uns, ihr zu folgen. Komisch – nach seiner Aussprache hätte ich Nicks Herkunft bisher in einer kleinen britischen Privatschule vermutet, doch nun wurde ich neugierig, wo er aufgewachsen war.

»Wo sind Sie zur Schule gegangen?«, fragte ich, während wir durch einen mit Goldfolie überzogenen Torbogen geführt wurden.

Nick blieb kurz stehen, so dass ihm beinahe ein Kellner in den Rücken gelaufen wäre. »Ich war auf einer internationalen Schule in der Nähe von Nizza.« Es klang ein wenig steif, aber dann schien er sich wieder zu entspannen. »Der Unterricht war auf Französisch und Englisch ... und manchmal auch auf Italienisch. Wenn Sie wollen, bringe ich Ihnen alle coolen Schimpfwörter bei.«

Unser kleines Gespräch endete, als wir den riesigen Speiseraum betraten. Um uns herum standen mindestens hundert Tische, allesamt mit weißen Tischdecken, die bis auf den Marmorboden reichten. Durch gedämpftes Stimmengemurmel drangen das helle Klimpern von Besteck und das Klirren von Gläsern.

Selbst aus zwanzig Meter Entfernung erkannte ich Simon und Jess sofort. Sie saßen nebeneinander, steckten die Köpfe zusammen und waren tief in ein Gespräch versunken.

Simon trug ein weißes Hemd mit aufgekrempelten Ärmeln. Als

er mich sah, hellte sich sein Gesicht auf, und mein Magen legte tatsächlich einen kleinen Salto hin.

»Frixie! Ihr habt es geschafft!«

Jess trug noch ihr Bühnen-Outfit – wieder ein schulterfreies Top, diesmal in Rot. Als sie sich vorlehnte, um uns die Hand zu geben, schwang vor ihrem Dekolleté ein silberner Anhänger hin und her.

Ich stellte die drei vor. Weder Jess noch Simon fragten nach, woher ich Nick kannte oder was er arbeitete. Sie nahmen mein »Das ist Nick« einfach hin und widmeten sich anderen Themen.

»Wie geht es dir, Jess?«, fragte ich, in erster Linie aus Höflichkeit.

»Mir geht's prima«, sagte sie. Und sah auch gut aus – von Nervosität keine Spur. Ihr Blick wirkte ein wenig unfokussiert, aber das lag vermutlich am Alkohol.

»Aber den Gig konntest du nicht durchziehen?«

Simon lehnte sich zurück, um aus Jessicas Blickfeld zu verschwinden, und schüttelte vehement den Kopf. Über ihr Lampenfieber hätte er offenbar nicht mit mir sprechen dürfen.

Sie schnitt eine Grimasse. »Die haben ganze siebzehn Tickets verkauft. Vor einem leeren Club spiele ich nicht.«

Ich nickte mitfühlend und hoffte, dass sie meinen Fauxpas nicht bemerkt hatte.

»Wir haben gerade eine Flasche Wein bestellt«, sagte Simon. Er schenkte mir ein Glas ein, doch Nick lehnte ab.

»Nick trinkt wahrscheinlich lieber harte Sachen«, sagte Jess. »Und ich bin die Letzte, die ihm das verübelt. Tequila wäre jetzt genau das Richtige.«

»Ich bleibe bei Wasser«, entgegnete er.

Jess verzog das Gesicht. Kein besonders guter Start.

»Und, Zoë?« Sie lächelte breit. »Was hast du so die ganzen Jahre gemacht?«

Hatte sie vergessen, dass wir uns vor ein paar Tagen erst getroffen hatten?

»Ich hab dir doch erzählt, dass sie jetzt Chefredakteurin von *Re:Sound* ist«, sagte Simon – nicht ohne einen Hauch von Stolz. »Die einflussreichste Frau im Musik-Business.«

Nick hüstelte. »Ach ja?«

Nick konnte mich mal kreuzweise. Simon freute sich eben über meinen Karrieresprung – na und?

Auch Simon ging Nicks Reaktion gegen den Strich. Er sah ihn streng an und fragte dann in fast lehrerhaftem Tonfall: »Und was machst du so, Nick?«

»Na ja, wenn ich nicht gerade nebenbei als Kusstelegrammbote unterwegs bin, arbeite ich als Anwalt.«

Jess lehnte sich vor. »Kusstelegrammbote? Ist das ein Euphemismus für männlichen Escort-Service?«

Oje, wie betrunken war sie eigentlich?

Nick nahm es gelassen. »Nur ein kleiner Scherz zwischen mir und Zoë.«

Jess zwinkerte ihm zu. »Wie schade. Ich hätte dich gebucht.«

Simon sah mich mit großen Augen an, was ich nicht so recht deuten konnte. War er peinlich berührt oder belustigt? »Was für ein Anwalt bist du denn?«, nahm er klugerweise den Faden wieder auf.

Das wäre Nicks Chance gewesen, irgendetwas Belangloses über Verträge oder dergleichen herunterzuleiern.

»Mein Spezialgebiet sind Verleumdungsklagen«, erklärte er munter. »Aber Zoë im grünen Bereich zu halten ist eine ziemliche Herausforderung.« Er setzte ein dickes falsches Lächeln auf.

»Oh, erzähl mehr«, meinte Jess und lehnte sich wieder vor.

Ich war fassungslos. »Er übertreibt.«

»Na ja, diese Rezension von Hands Down war schon ziemlich heikel«, sagte er, immer noch mit breitem Lächeln.

»Aber ganz und gar gerechtfertigt.« Auch ich hatte dieses falsche Lächeln drauf, wie ich gerade feststellte. »Sie mit ... äh, du mit deiner großartigen juristischen Expertise warst doch einverstanden. Sonst hättest du doch nie die Freigabe gegeben.«

»Ihr habt was über Hands Down geschrieben?«, fragte Simon nun nach. »Das ist aber nicht die Art von Musik, mit der ihr euch sonst beschäftigt – denn die sind echt scheiße.«

Ich hätte ihn küssen mögen. »Es war das erste und letzte Mal«, sagte ich.

Sollte Nick nur wagen, mir zu widersprechen. Ich sah kurz zu ihm rüber, aber ich denke, selbst ihm war bewusst, dass ein über dreißigjähriger Mann, der Hands Down verteidigte, verdächtig wirken musste.

Zum Glück erschien jetzt ein Kellner mit der Speisekarte. Er rasselte die Angebote des Tages herunter, aber ich hörte gar nicht richtig zu. Dass Nick so ein Arsch war, hatte mir den Appetit verdorben. Vielleicht war Jessicas Vorschlag, Tequila zu trinken, gar keine so schlechte Idee.

»Woher kennt ihr alle euch eigentlich?«, wollte Nick wissen, als der Kellner gegangen war.

»Also die zwei da kennen sich schon ewig«, verkündete Jessica souverän. »Die sind praktisch wie Bruder und Schwester.«

Ich warf Simon einen kurzen Blick zu. War das Jessicas Einschätzung, oder hatte er selbst unsere Beziehung so charakterisiert?

Nick sah mich fragend an. »Wir haben früher nebeneinander gewohnt«, sagte ich. Und fügte, wahrscheinlich um Jess zu ärgern, hinzu: »Wir waren allerbeste Freunde.«

»Und Simon und ich haben zu Unizeiten in einer Band gespielt«, sagte Jess.

»Bevor es für Jess dann ernst wurde«, ergänzte Simon.

»Natürlich«, sagte Nick. »Und dann warst du mit Marcie Tyler auf Tournee. Wie war das?«

Das musste man ihm lassen: Er hatte das Gespräch geschickt in die für ihn passende Richtung gelenkt.

»Na ja, also ganz unter uns: Es war ein Alptraum«, sagte Jess.

Ich wurde neugierig. »Wieso?«

»Das steht aber nächste Woche bitte nicht groß und breit in *Re:Sound*.« Sie grinste und zwinkerte mir zu, aber in ihrer Stimme lag eine gewisse Skepsis, die ich ihr nicht verübeln konnte.

Simon verteidigte mich. »Natürlich nicht! Du kannst Zoë vertrauen.«

Jess sah Nick an, dessen Gesicht unbewegt blieb. Offenbar vertraute sie ihm ebenfalls, und zwar ohne dass jemand für ihn bürgen musste. Einer der Vorteile, wenn man so gut aussah wie er.

»Marcie und ihr damaliger Freund haben sich ständig gestritten, ja sogar regelrecht angebrüllt. Es war ein Wunder, dass sie abends noch singen konnte.«

»Klingt nach einer ziemlich launischen Künstlerin«, meinte Simon.

»Ich glaube, das Wort, das du eigentlich gesucht hast, lautet Zickendiva«, sagte Jessica.

Ich merkte, dass mir das sauer aufstieß, und ich hätte schwören können, dass auch Nick verstimmt war. Weil Marcie eine gute Freundin von ihm war – oder vielleicht sogar *seine*?

»Sag so was nicht über Marcie«, warnte Simon. »Zoë himmelt sie an.«

»Jess kann sagen, was sie will«, erwiderte ich steif.

»Geht es um Benedict Bailey?«, fragte Nick nun nach.

Jess runzelte die Stirn. »Wie kommt es, dass du seinen Namen noch weißt?«

»Er war damals selbst ein ziemlich bekannter Gitarrist. An einem Abend hat er auch mit dir zusammen auf der Bühne gestanden, stimmt's?«

Sie kniff die Augen zusammen. »Woher weißt du das alles? Bist du irgend so ein fanatischer Stalker?«

»Ich war damals beim Konzert.«

Sie sah Nick ungläubig an. »Das war in San Francisco.«

»Ich habe damals in den Staaten gelebt.«

»Wo denn?«, wollte Simon wissen.

Hatte Nick die Wahrheit gesagt? Oder kam nun der Moment, wo er ins Schwimmen geriet? »An der Westküste – ich hab in Berkeley meinen MBA gemacht.«

Ach, etwa zusätzlich zum Jurastudium?, wollte ich schon nachhaken, aber aus eigenem Interesse sollte ich seine Glaubwürdigkeit wohl lieber nicht anzweifeln.

»Aha«, gab Simon sich offenbar zufrieden. Dann wandte er sich wieder an Jess. »War das nicht die Tour, zu der ich nachkommen und dich treffen sollte?«

»Ja, aber der Rest der Tour wurde dann gecancelt. Dabei hatte es gerade angefangen, dass wir in den Staaten auch mal im Radio gespielt wurden. Das war ein echt blöder Zeitpunkt.«

»Was ist passiert?«, erkundigte ich mich.

»Benedict ist gestorben«, sagte Nick. »Motorradunfall.«

»Wieso weißt du so viel darüber?«, fragte Jessica scharf.

Ich war überrascht, dass Nick Informationen preisgab, die Jess ohnehin geliefert hätte. Er spielte seine Rolle nicht gerade gut.

»Benedict war unglaublich talentiert. Die Musik, die er und Marcie zusammen geschrieben hatten, war phänomenal«, sagte Nick. »Wie man auf *Stars* hören kann.«

Es war das erste Mal, dass Nick wie ein echter Fan klang. *Stars* war auch mein liebstes Album von Marcie. »Oh, das ist ein wirklich großes Album«, sagte ich.

»Zoë ist einer der wenigen Menschen, die ich kenne, der Marcie Tyler genauso liebt wie ich«, sagte Nick.

In dieser Aussage schwang etwas mit, das ich nicht ganz greifen konnte. Meinte er das ernst oder ironisch? Irgendwie störte mich, dass es so klang, als hätte Marcie Tyler kaum Fans. Schließlich waren wir ja nicht so was wie diese nerdigen Eisenbahnfreaks, deren Begeisterung für Dieselloks nur die ganz Harten nachvollziehen können.

»Marcie Tyler lieben doch viele«, protestierte Simon.

»Genau«, setzte ich hinzu.

»Wenn ihr sie so kennen würdet wie ich«, kommentierte Jess trocken, »dann wüsstet ihr, dass nichts Besonderes an ihr ist. Selbst ihre Stimme war eine Enttäuschung. Die wurde bei jedem Auftritt bis zum Gehtnichtmehr getunt.«

»Interessant«, meinte Nick. »Man sagt ja immer, dass man seinen Helden niemals begegnen sollte.« Er klang amüsiert. Warum war er nicht sauer, dass sie Marcie so niedermachte?

Es bedurfte höchster Willenskraft, jetzt nicht zu … ach, scheiß drauf! »Hast du denn gar nichts Positives über sie zu sagen?«, wollte ich von Jess wissen.

Ihr Blick war noch immer ziemlich glasig, aber als sie mich ansah, hätte ich schwören können, dass Mitleid darin lag. Sie lächelte. »Lass mich nachdenken ... Sie hatte einen guten Männergeschmack. Für einen so alten Typen war Benedict ziemlich heiß.«

»Zwischen euch beiden schien auf der Bühne die Chemie auf jeden Fall zu stimmen«, kommentierte Nick.

»Willst du etwa andeuten, ich hätte auch was mit ihm gehabt?« Sie kicherte. »Ich verrate nichts«, fügte sie flüsternd hinzu und zwinkerte, was ihr Schweigegelübde ebenso zunichtemachte, als hätte sie uns Daten, Schauplätze und bevorzugte Stellungen geliefert.

Nick hatte mir erzählt, Marcie habe Jess unrecht getan, aber nun entstand mehr und mehr der Eindruck, dass auch Jess keine Heilige gewesen war.

Verschwörerisch lehnte Nick sich vor. »Wie war Benedict an den letzten Abenden der Tour denn drauf? Hat er mit Marcie da genauso viel gestritten?«

»Hör mal, bist du von der Klatschpresse, oder was?« Simon hatte bislang nicht viel gesagt, nun roch er anscheinend Lunte. Er sah mich fragend an.

Nick hob beide Hände. »Tut mir leid, ich war nur neugierig.«

Er hatte es übertrieben und Jess zu sehr ausgefragt. Konnte er nicht ein bisschen seinen Charme anwerfen? Sie hatte doch schon mit ihm geflirtet – da musste er nur noch zurückflirten. Hatte er wirklich so einen Stock im Arsch?

Ein Kichern vom Nebentisch lenkte uns ab. Ein paar Mädchen, besser gesagt erwachsene Frauen, versuchten, Jess heimlich mit ihren Handys zu fotografieren, wobei sie sich aber ausgesprochen ungeschickt anstellten. Als Jessica es mitbekam, grinste sie von einem Ohr zum anderen – im Zentrum der Aufmerksamkeit zu stehen brachte sie erst richtig zum Strahlen.

»Ich finde das schön, wenn echte Fans ein Foto wollen. Bei den Scheiß-Paparazzi kann ich es nicht ertragen – die wollen nur peinliche und demütigende Bilder. Einer hat mich neulich durch die ganze Bond Street verfolgt«, klagte sie. »Dabei dachte ich, die sozialen Medien würden Paparazzi irgendwann überflüssig machen.«

Nick warf mir einen wissenden Blick zu, der wohl »Ich hab's ja gesagt« bedeuten sollte.

Jess bekam das nicht mit, weil sie sich nun voll und ganz ihren Fans widmete und sie zu uns rüberwinkte. »Kommt, Ladys, wir machen ein richtiges Foto.«

Damit war natürlich ein Selfie gemeint. Jede der Frauen brauchte ungefähr fünf Anläufe, um ein zufriedenstellendes Foto hinzubekommen, und alles dauerte noch mal doppelt so lang, weil sie Jess immer wieder sagten, wie toll sie aussähe: ihr Lippenstift, ihr Haar, der süße Seepferdchen-Anhänger, der so schön im Licht glitzerte.

Merkte sie nicht, wie egozentrisch und unangebracht es war, sich so feiern zu lassen? Eine der Frauen rempelte nun auch noch Simon an, was der mit hochgezogenen Augenbrauen zur Kenntnis nahm. Ich lächelte ihn solidarisch an, und er lächelte zurück. Einen Moment lang waren wir die zwei einzigen Menschen im Raum.

Es war mir ziemlich egal, was Nick währenddessen machte, aber dann fiel mir auf, dass er in die entgegengesetzte Richtung blickte, als wäre es ihm peinlich, mit uns gesehen zu werden.

Du meine Güte!

Gut, er verheimlichte vor Jessica seine wahre Identität, aber es wäre doch wohl kaum so, dass diese Fotos viral gehen und ihn bloßstellen könnten. Wenn er das dachte, dann litt er unter einer noch größeren Fehleinschätzung ihrer Beliebtheit als sie selbst.

Auch Jess bemerkte seinen Unwillen, mit uns fotografiert zu werden. Sobald sich ihr Fanschwarm verzogen hatte, fragte sie: »Hast du zu Hause eine Frau, Nick? Vermeidest du es deswegen, dein Gesicht in die Kamera zu halten?«

»Nein, ich dachte bloß, da hinten sitzt jemand, den ich kenne«, antwortete er.

»Ach ja?«

»Ja, meine Frau«, konterte er.

»Wusstest du, dass er verheiratet ist, Zoë?«

Sie hielt sich wohl für furchtbar lustig. »Das war ein Witz«, sagte ich.

»Wie lange seid ihr denn schon zusammen?«

Ich blinzelte. Meinte sie etwa mich und Nick? Ihr glasiger Blick wanderte von ihm zu mir, also musste es wohl so sein.

»Jess …«, begann Simon, doch sie ließ ihn nicht ausreden.

»Sie passen echt gut zusammen, findest du nicht?« Sie schwebte in ihrer eigenen Welt. »Haben beide so was Mediterranes …«

Ich wollte die Sachlage gerade richtigstellen, aber da kamen unsere Vorspeisen, und die Chance war vertan.

»Das sieht wirklich gut aus«, sagte Simon mit Blick auf seine Jakobsmuscheln. Auf meinem Salat schienen acht verschiedene Sorten Tomaten zu thronen.

»*Bon appétit*«, sagte Nick und nahm Messer und Gabel auf.

Nur Jess reagierte nicht; sie beachtete ihr Essen nicht einmal. Ziemlich blass um die Nase starrte sie stattdessen geradeaus, als würde sie gerade den Geist des toten Gitarristen vorbeigehen sehen.

»Alles in Ord...?«, fragte ich, doch noch ehe ich den Satz beenden konnte, schlug Jess eine Hand vor den Mund, stieß Simon zur Seite und übergab sich in den Eiskübel.

Ich erstarrte, schockiert nicht nur durch ihren Anblick, sondern auch durch die würgenden Geräusche. Sie klang wie ein Gewichtheber, der eine tonnenschwere Langhantel stemmte.

Es wurde still im Lokal, wodurch das Würgen noch lauter klang. Simon, der Gute, war der Erste, der reagierte. Er legte eine Hand auf Jessicas Rücken und fragte, ob es ihr gut gehe.

Das war eine ziemlich blöde Frage, aber Jessica war ohnehin zu beschäftigt, um zu antworten, denn ihr Magen gab nun den nächsten Schwall von sich, der wiederum im Eiskübel landete. Ich wunderte mich, dass trotz der Weinflasche und der Eiswürfel nichts überlief. Wer in einem Einsternerestaurant kotzen muss, sollte es wohl auf genau diese Weise tun. Ein beeindruckendes Spektakel.

Sämtliche Gäste hatten die Köpfe gedreht, um die unterhaltsame Einlage an unserem Tisch besser verfolgen zu können.

Jess tat mir leid. Ich meine, sie war zwar selbst schuld – sie hatte definitiv zu viel getrunken –, aber wann immer sich jemand in aller Öffentlichkeit übergeben musste, dachte ich: Es hätte auch mich treffen können.

»Vielleicht sollten wir Jess nach Hause bringen?«, schlug ich vor.

Simon sah mich dankbar an und half ihr auf die Füße.

»Ich kümmere mich um sie.«

Er tat ganz nobel natürlich das Richtige, aber ich war trotzdem enttäuscht. Wir hatten uns gar nicht richtig unterhalten, und ich hatte gehofft, dass wir Jess und Nick nach dem Essen loswerden und zu zweit noch irgendwohin gehen könnten. Daraus würde nun nichts werden.

Ein paar Kellner schwirrten herbei, und da sie anscheinend davon ausgingen, dass Jess den Eiskübel nicht mehr brauchen würde, zauberten sie ihn aus dem Blickfeld. Wir würden ihnen Extratrinkgeld geben müssen.

»Ich mache das mit der Rechnung«, sagte Nick wie aufs Stichwort.

»Sag uns bitte noch, wie viel wir dir schulden.« Simon war aufgestanden und stützte Jessica.

Nick nickte nur kurz, dann brachte Simon sie hinaus. Ich fand es nur fair, auf Nick zu warten.

»Hm, das war ... eine unerwartete Wendung des Abends«, kommentierte ich. »Aber irgendwie auch ein bisschen lustig.«

»Alkoholismus ist eine Krankheit.«

Er sagte es mit ungerührtem Gesichtsausdruck. Meinte er das ernst?

»Die gute Frau hatte ein paar Drinks zu viel«, erwiderte ich. »Das macht sie noch lange nicht zur Alkoholikerin. Und erzähl mir nicht, dass Sie nicht auch schon mal zu viel erwischt haben«, fügte ich hinzu, froh, wieder zum Sie übergehen zu können. »Dieses Heiligkeitsgetue steht Ihnen nicht.«

»Natürlich habe ich auch schon zu viel getrunken. Aber ich suche mir genau aus, wann und wo.«

Allmählich fing er an, mich ernsthaft zu nerven. »Hören Sie, Jessica ist davon ausgegangen, dass sie zusammen mit alten Freunden was essen und trinken wird, also brauchen Sie hier nicht den Moralapostel zu spielen. Es ist ja nicht so, als hätte sie auf einer königlichen Gartenparty gekotzt.«

Ich wollte nach meinem Glas greifen, hielt jedoch inne. Nicks Mineralwasser stand geradezu anklagend neben meinem halben Glas Wein.

»Muss ich Sie daran erinnern, dass sie in genau diesem Moment in Camden auf der Bühne stehen sollte?«, fragte er. »Nun gut, es ist nicht das Wembley-Stadion, aber wenn sie sich eine neue Karriere aufbauen will, darf sie ihre Fans so nicht behandeln. In dem Geschäft gibt es kein Pardon.«

Da hatte er natürlich recht, was ich lieber stillschweigend zur Kenntnis nahm.

Zum Glück erschien nun ein Ober mit der Rechnung. Nick hatte seine Kreditkarte gezogen, bevor ich meine Handtasche öffnen konnte.

»Lassen Sie uns wenigstens teilen«, sagte ich, damit sein Allmachtskomplex nicht überhandnahm.

»Sie haben diesen Abend für mich arrangiert, da zahle ich überaus gern.«

Einerseits fand ich das eine nette Geste, andererseits konnte ich mich nicht des Eindrucks erwehren, dass er es extra machte. Erst das Taxi, und nun das.

Ich schielte auf die Summe. Wow. Ordentlich dreistellig, und sie hatten kulanterweise nur die Vorspeisen berechnet. Wahrscheinlich sollte ich etwas dankbarer sein, dass das auf Nicks Firmenkonto ging.

Er schob die Karte in seine Brieftasche zurück. »Also: Wann können wir das wiederholen?«

»Sie wollen es noch mal versuchen?«

»Es ist Teil unserer Abmachung, vergessen Sie das nicht.«

Ich hatte es keineswegs vergessen, aber vielleicht war es an der Zeit, ihn an seinen Teil zu erinnern. »Ich will Marcie für die September-Ausgabe. Und das bedeutet, dass ich mich in den nächsten vierzehn Tagen mit ihr zusammensetzen muss.«

Nick sah mich an. »Erst das Interview mit Jonny. Und zwar von Ihnen selbst und keinem Ihrer Unterlinge.«

Ich verdrehte die Augen. »Echt jetzt?«

Er zuckte die Achseln.

Deprimiert leerte ich mein Glas. Nicks prüfender Blick verfolgte jede meiner Bewegungen. Der konnte mich mal.

»Danke fürs Bezahlen«, sagte ich und stand auf. »Ich rede mit Simon und versuche, bald wieder etwas zu arrangieren.«

Kapitel 14

 Heart of Glass

Am nächsten Morgen erkundigte ich mich per SMS bei Simon nach Jess. Er schrieb zurück, es sei dann alles wieder okay gewesen, abgesehen von ihrem lautstarken Streit mit einem Fotografen, der vor dem Lokal auf sie gewartet und zunächst unbemerkt ein Foto geschossen hatte. Aber Simon habe schnell ein Taxi bekommen und sie sicher nach Hause gebracht. Ich brannte darauf, zu fragen, wann *er* denn nach Hause gekommen sei, hielt mich jedoch zurück. Bestimmt hätte er sofort durchschaut, dass ich mich natürlich nur vergewissern wollte, ob er die Nacht auch nicht bei Jess verbracht habe. Nicht, dass er mir Grund gegeben hätte, das anzunehmen, aber meine Antennen bezüglich Simon neigten leider zu Phantomsignalen.

Mit heldenhafter Selbstbeherrschung fragte ich also stattdessen, ob er Lust auf eine Kostümparty habe. Seine enthusiastische Antwort zauberte mir für den ganzen Weg bis zu meiner U-Bahn-Station Bond Street ein Grinsen ins Gesicht.

YESSSS!!

Ich fuhr heute nicht direkt ins Büro, sondern hatte vorher eine Verabredung mit Alice für ihre Anprobe, wo ich auch mein Kleid für die Hochzeit aussuchen sollte. Sie hatte als Farbe Türkis festgelegt, aber jede von uns durfte ein Kleid nach eigenem Stil und Geschmack wählen. Sehr demokratisch.

Im Straßengewirr nördlich der Bond Street fand ich irgendwann den richtigen Laden und schob die Tür auf. Aber bevor ich Alice überhaupt begrüßen konnte, hielt mich der überraschend starke Arm einer Frau zurück.

»Schuhe aus!«, befahl die dazugehörige Stimme.

Hatte ich hier etwa ein magisches Portal durchschritten, das mich in den Morgenkreis meiner Kindergartengruppe zurückversetzte?

»Wie bitte?«

»Hier herrscht absolutes Schuhverbot«, kam die barsche Erklärung. Die Verkäuferin/Schuhe-aus-Dominatrix lächelte kurz, was die Grobheit ihres Befehls allerdings keinesfalls abschwächte.

Ich trat mir die Converse von den Hacken und tapste auf blauweiß gestreiften Socken zu Alice. Sie küsste mich zur Begrüßung auf die Wangen und sagte, ich solle mir ganz in Ruhe ein Kleid aussuchen.

»Ich möchte, dass du dich wie eine Prinzessin fühlst«, erklärte sie, ehe sie in die Umkleidekabine entschwand, in der ein beunruhigend voluminöser Berg aus weißem Stoff auf sie wartete.

Ein Prinzessinnentyp war ich nie gewesen – es sei denn, man zählte Prinzessin Leia dazu, die sich mit einer Laserpistole den Weg frei schießen konnte und es immerhin bis zur Generalin brachte.

Lustlos ließ ich meine Hand über eine Garderobenstange gleiten, an der ein Regenbogen aus glänzenden Brautjungfernkleidern hing. Mehrere Augenpaare verfolgten nervös meine Bewegungen, wobei ich mir nicht vorstellen konnte, was die Verkäuferinnen dachten, das ich tue – eine Spraydose aus der Tasche ziehen und die blöden Dinger mit Farbe besprühen? Dafür war ich nicht in der Stimmung, deshalb nahm ich wahllos ein bläuliches Kleid und marschierte in die danebenliegende Umkleide. Ich zog mich aus, wrangelte mich in das Kleid und blickte in den Spiegel.

Es sah furchtbar aus – das Kleid drückte mir den Busen platt, und der Rockteil war viel zu pluderig –, aber ich fühlte mich verpflichtet, es Alice zu zeigen für den Fall, dass sie es toll fand.

Angestrengt bemüht, keine Grimasse zu schneiden, zog ich den Vorhang zurück und sah Alice. Und erstarrte.

Ihr bodenlanges, schmal geschnittenes Kleid war einfach umwerfend. Unter einer Lage feinster Spitze schimmerte elfenbeinfarbener Satin. Winzige Kristalle und Perlen glitzerten auf dem Oberteil, und als passende Ergänzung trug sie farblich abgestimmte armlange Handschuhe.

»Pete wird in Tränen ausbrechen, wenn er dich sieht«, sagte ich.

»Ist es so schlimm?«

»Ich meinte das positiv.«

Alice lächelte. »Ich weiß.« Sie betrachtete sich seitlich im Spiegel. »Es ist aber nicht zu gewagt, oder? Der Rückenausschnitt ist tiefer, als ich dachte.«

»Es ist das eleganteste Kleid, das ich je gesehen habe.« Mir saß plötzlich ein Kloß im Hals. »Du siehst wunderschön aus.«

Sie lächelte und stellte sich neben mich. »Du siehst aber auch hübsch aus.« Sie neigte den Kopf zur Seite. »Vielleicht mit den richtigen Schuhen?«

Ich trug immer noch meine gestreiften Socken, aber das war nicht das Schlimmste. Bei Alice hätte der bauschige Rock an Audrey Hepburn erinnert, aber der einzige Kinostar, dem ich ähnelte, war Shirley Temple. Fehlten nur noch Lolli und Haarreif. Ich sah lächerlich aus.

Wahrscheinlich zog ich einen Schmollmund, denn plötzlich fragte Alice: »Gefällt es dir nicht, Zoë?«

Ich versuchte, meine gerunzelte Stirn zu entspannen. »Tut mir leid, Alice, ich bin heute Morgen ein bisschen müde. Wenn dir das Kleid gefällt, trage ich es gern.«

»Ich möchte, dass du dich wohlfühlst, aber daran zweifle ich gerade.« Sie griff in den Kleiderständer und zog ein langes Kleid hervor. »Warum probierst du nicht mal das hier an? Du bist groß, das wird an dir sicher toll aussehen.«

Sie hielt eine formlose Masse aus grell pinkfarbenem glänzenden Satin hoch. »Kümmere dich jetzt mal nicht um die Farbe«, sagte sie. »Es geht nur um den Stil.«

Ich war nicht sicher, ob Stil und dieses Kleid einander kannten, aber ich wollte Alice auf keinen Fall enttäuschen. »Kein Problem«, sagte ich und nahm ihr das Kleid ab.

In der Umkleidekabine zog ich das blaue Ding wieder aus und streifte auch meine Socken ab. Das pinke Kleid hatte an der Seite einen Haufen nerviger kleiner Haken und Ösen, und ich brach mir beim Öffnen den halben Daumennagel ab.

Am Bügel hatte es wie ein unförmiger Stoffschlauch ausgesehen, aber sobald ich hineinschlüpfte, verwandelte es sich in etwas geradezu Nettes. Mehr als nett sogar. Ich drehte mich vor dem Spiegel – war da eine Spur Marilyn Monroe erkennbar? Oder zumindest Madonna um die »Material Girl«-Zeit?

Ich streckte den Kopf durch den Schlitz im Vorhang.

»Alice? Es könnte sein, dass du einen Treffer gelandet hast.«

»Na, dann zeig dich mal.«

Alice trug jetzt einen Schleier. Er wehte hinter ihr her, berührte knapp den Boden und flatterte in einer unmerklichen Brise, so dass sie aussah, als wäre sie gerade einer Parfümwerbung entstiegen.

»Okay, jetzt breche *ich* gleich in Tränen aus«, sagte ich.

Sie lächelte. »Sieht gut aus, oder?«

Ich stupste sie an. »Wie schön, dass du das endlich einsiehst.«

»Du siehst aber auch toll aus, Zoë. Ich wusste, ein Maxikleid würde dir super stehen. Sogar dieses kräftige Pink kannst du tragen.«

Ich grinste. »Na, so weit würde ich dann doch nicht gehen.«

7

Nachdem ich so bemerkenswert schnell an mein Kleid gekommen war, gingen wir noch Kaffee trinken. Genauer gesagt gab es einen Milchkaffee für mich und für Alice einen Löwenzahntee, da sie ihr Verdauungssystem zur koffeinfreien Zone erklärt hatte.

»Dieser Hochzeitsladen hat etwas sehr Beklemmendes«, flüsterte Alice, als wir uns mit unseren Getränken an einen Tisch setzten.

»Wirklich? Aber du hast so souverän gewirkt.«

»Beim ersten Mal wollten sie, dass ich Handschuhe anziehe, bevor ich irgendein Kleid anfasse.«

»Das ist ein Scherz, oder?«

Alice schüttelte den Kopf.

»Gottbewahre, dass man da irgendwas mit seinen Fingerabdrücken besudelt«, sagte ich.

»Dass du dabei warst, hat mir sehr geholfen, Zoë. Du lässt dich durch nichts einschüchtern.«

So dachte sie von mir? »Ich bin ehrlich gesagt schon hin und wieder verunsichert«, gestand ich. »Aber ich sehe zu, dass man es mir nicht anmerkt.«

»Du meinst im Sinne von: ›Fake it till you make it‹?«

Ich fühlte mich geschmeichelt, dass Alice mich offenbar für eine

Art teflonbeschichtete Super-Woman hielt, aber die Wahrheit lautete, dass ich mich in letzter Zeit immer häufiger unsicher fühlte. Und das lag an Simon. Würde es helfen, mit Alice darüber zu reden? Ihr verständnisvoller Blick schien mich geradewegs dazu aufzufordern. »Ich gerate genauso in Situationen, in denen ich nicht weiß, was ich tun soll«, sagte ich. »Zum Beispiel gerade jetzt.«

»Hat das zufällig mit einem gewissen Simon zu tun?«

Einen kurzen Moment lang hatte ich Panik, dass mein lieber Bruder ausgeplaudert hatte, was ich für Simon empfand, aber dann fiel mir ein, dass ich ihm das nie gesagt hatte. Und er war in solchen Dingen nicht besonders scharfsichtig.

»Wie kommst du darauf?«

Alice lächelte. »Ihr habt beide so eine phantastische Energie, wenn ihr zusammen seid. Es ist, als würdet ihr glühen.«

Ich spürte, dass ich rot wurde. So etwas hatte mir noch niemand gesagt. »Ist das so offensichtlich?«

»Nur für jemanden, der weiß, worauf man achten muss. Was läuft da zwischen euch?«

Mein Kaffee musste ziemlich stark gewesen sein, denn auf einmal bekam ich Herzrasen. »Ich kenne niemanden, mit dem ich mich so fühle wie mit Simon.«

O Gott, hatte ich das gerade wirklich laut gesagt?

Alice schmunzelte. »Klingt nach Liebe.«

Ich schnitt eine Grimasse. »Aber er hat keine Ahnung, was ich für ihn empfinde. Ich traue mich noch nicht mal, etwas anzudeuten, weil ich Angst habe, dass er dann auf und davon ist.«

»Und wenn nicht, Zoë? Was, wenn er genauso empfindet und dieselben Ängste hat? Eure Freundschaft bedeutet euch beiden sehr viel, aber manchmal muss man im Leben einfach Vertrauen haben und etwas wagen.«

»Ja, aber ... ich befürchte, dass ich mich in fürchterliche Schwierigkeiten gebracht habe.«

»Inwiefern?«

Ich gab Alice einen kurzen Abriss über die Sache mit Nick: seine Bitte, für Marcie an Jess ranzukommen, und dass ich Simon seine wahre Identität verschwiegen hatte.

»Nick will, dass ich noch ein Treffen organisiere. Aber es war mir schon beim ersten Mal total unangenehm, Simon anzulügen, und ich will das eigentlich nicht noch mal machen.«

Alice nippte an ihrem Tee. »Aber Nick setzt dich wegen Marcie unter Druck?«

Ich nickte. »Gott allein weiß, durch welche brennenden Reifen er mich noch springen lassen wird.«

»Zu Nick kann ich nichts sagen, aber es ist offensichtlich, dass Simon dich wirklich gernhat. Er wird verstehen, dass du keine andere Wahl hattest. Ich glaube, du solltest einfach reinen Tisch machen.«

»Und zugeben, dass ich gelogen habe?«

»Ich bin sicher, er wird es verstehen.«

»Bei dir klingt das so einfach.«

»Oft sind es die einfachsten Lösungen, auf die wir nicht kommen.«

Alice hatte recht. Warum hatte ich das nicht selbst gesehen? Natürlich würde Simon es verstehen.

Auf meinem Weg ins Büro rief ich ihn an.

Er nahm beim dritten Klingeln ab. »Na, wie geht es meiner lieben Frixiebux heute Morgen?«

»Mir geht's prima, Simon. Und dir?«

»Ich bin wahnsinnig aufgeregt. Ich hab im Internet nach Kostüm-verleihern gesucht.«

Ich lachte. »Ich hatte ja keine Ahnung, dass du eine solche Besessenheit entwickeln würdest.«

»Wir müssen die Kostüme bald besorgen, sonst sind alle guten weg. Zu meiner letzten Kostümparty musste ich als Hofnarr gehen. Und gelb-rot gestreift sieht niemand wirklich gut aus. Ich hatte sogar Glöckchen an der Mütze.«

Ich lachte. »Dann sollten wir uns tatsächlich rechtzeitig darum kümmern.«

»Ich bin froh, dass du das auch so siehst. Triff mich um sechs an der U-Bahn Covent Garden. Dann kriegst du die Magical Mystery Tour zu Londons bestem Kostümverleih.«

7

Der Gegensatz zwischen dem antiseptischen Salon für Brautmoden am Morgen und dem Kostümverleih hätte größer nicht sein können.

Zunächst einmal lief dort Pearl Jam. Ich liebte Eddie Vedder über alle Maßen, aber seine Stimme war kaum die passende Begleitmusik für diese kunterbunt-heitere Kostümwelt. Hier hatte jemand Sinn für Humor und außerdem einen exzellenten Musikgeschmack.

»Wo hast du *PJ20* gesehen?«, wollte Simon wissen. Ob ich den Film zu Pearl Jams zwanzigstem Jubiläum überhaupt gesehen hatte, brauchte er nicht zu fragen.

»Im Westfield. Und du?«

»Ich bin extra nach Seattle geflogen«, verkündete er stolz.

»Du Glücklicher!«

»Ungelogen: Es war der Hammer. Ich hab die ganze Zeit an dich gedacht.«

Ich grinste. »Ging mir genauso.«

Ein Verkäufer mit grauem Rauschebart kam auf uns zu. »Kann ich Ihnen behilflich sein?« Er war Amerikaner und entblößte beim Lächeln einen beeindruckenden Satz weißer Zähne. Erst dachte ich, er müsse im Rentenalter sein, weil er sich so langsam bewegte, aber von Nahem betrachtet war er vermutlich nicht einmal fünfzig. Er trug eine Lederweste zu ausgebleichten Jeans und sah aus wie jemand, der seinen Job liebte.

»Sind Sie Ray?«, wollte Simon wissen.

Der Mann nickte, und Simon gab ihm die Hand. »Ich bin Simon Baxter, wir haben telefoniert.«

Und wieder durften wir die gesunden Zähne bewundern. »Simon! Schön, in London einen Fan der New York Knicks zu treffen. Basketball ist hier ja nicht so angesagt.«

»Zoë, das ist Ray. Bevor er den Laden hier aufmachte, war er Roadie, unter anderem für Jethro Tull. Cool, oder?«

Ich schüttelte ihm die Hand. »Da haben Sie bestimmt ein paar tolle Storys zu erzählen.«

Er zwinkerte. »Sie würden nicht mal die Hälfte davon glauben.«

»Wer weiß«, meinte Simon. »Zoë ist Chefredakteurin von *Re:Sound*, und ich nehme mal an, dass sie ein paar dieser Geschichten schon kennen könnte.«

In Rays erstauntem Blick lag Anerkennung. »Immer schön, Leute zu treffen, die gute Musik zu schätzen wissen.«

Er führte uns in die Ecke mit seinen exklusivsten Kostümen:

keine billigen Dinger aus Polyester, sondern Sachen aus hochwertigem Samt und fein gewebter Seide.

Das würde teuer werden. Aber dann flüsterte Simon, der offenbar meine Gedanken lesen konnte: »Geht alles auf mich – als Dankeschön, dass du mich deinen Freunden vorstellst.«

Ich wollte protestieren, aber Simon hob die Hand. »Keine Widerrede.«

»Sehen Sie sich ruhig um«, sagte Ray, »wobei manche Leute ja lieber im Katalog blättern. Das geht schneller.«

Dankbar nahm ich den Katalog zur Hand.

»Kann ich Ihnen was zu trinken bringen? Ich habe Bourbon da.«

»Bourbon wäre phantastisch«, sagte Simon, bevor ich überhaupt nachdenken konnte. Und als Ray nach hinten ging, um unsere Drinks zu holen, raunte er: »Wow, ist das cool hier!«

»So viel Spaß beim Einkaufen hab ich noch nie gehabt«, sagte ich grinsend.

»Warte, bis du die Kostüme siehst.«

Simon hatte recht. Die Auswahl war so groß, dass wir sie erst einmal auf Filmthemen reduzierten. Uma Thurmans Outfit aus *Pulp Fiction* sei sehr beliebt, sagte Ray, aber Simon lehnte sofort ab. »Das sind ja nur ein weißes Hemd und eine schwarze Hose, viel zu schlicht«, meinte er.

»Welcher ist denn Ihr Lieblingsfilm?«, erkundigte sich Ray. Ich sah Simon an, und wir kicherten los. »Was ist denn da so lustig?«

»Na ja, wir haben den einen Film, von dem wir behaupten, dass es unser Lieblingsfilm sei, um cool und gebildet zu wirken, und dann den echten«, erklärte Simon, dessen Zunge sich nach dem Bourbon merklich gelöst hatte. »Zoë zum Beispiel wird behaupten, es sei *Citizen Kane*. Aber nur ich weiß, dass es in Wahrheit dieser superalberne *Grosse Pointe Blank – Erst der Mord, dann das Vergnügen* ist.«

»Und Simon wird sagen, sein Lieblingsfilm sei *Die Verurteilten*. In Wirklichkeit ist es natürlich ebenfalls *Grosse Pointe Blank*.«

Er lächelte mich an, und plötzlich stieg mir eine Hitze von den Zehen bis zu den Ohren. Und das lag nicht nur am Bourbon.

Ray kratzte sich am Kopf. »Ihr mögt also John Cusack. Ich bin nicht sicher, ob das gute Kostüme hergibt. Allerdings hat *Grosse Pointe Blank* einen sagenhaften Soundtrack.« Wir nickten zustimmend. »Es sei denn, Sie wollen als Strafgefangener gehen, Simon?«

»Nee, da müssen wir wohl noch mal scharf nachtrinken«, erwiderte der.

Ich kicherte. »Was?«

Er kicherte ebenfalls. »Ich meinte, scharf nachdenken.«

Ich drehte mich zu Ray und strahlte ihn an. »Hätten Sie wohl noch was zum Nachtrinken?«

»Ich lass euch einfach mal stöbern«, murmelte er und verzog sich wieder in sein Hinterzimmer. Hoffentlich, um gleich mit mehr Bourbon zurückzukommen.

Das erste Kostüm, das ich anprobierte, bestand aus einer hellbraunen Wildlederjacke und Beinschützern, komplett mit Pistolengürtel und Cowboyhut.

»Wer ist das?«, fragte Simon.

»Calamity Jane. Die ist cool.«

»Stimmt. Aber irgendwie denk ich bei all dem Leder und den Fransen an so kitschiges Pseudo-Nashville-Zeug, und das ist sicher nicht die Richtung, die du dir wünschst.«

Da hatte er leider recht.

Simon probierte auch ein Cowboy-Outfit an, und es gelang ihm tatsächlich, *nicht* wie ein trostloser Countrysänger auszusehen. Fast hätte er sich schon dafür entschieden, als ich etwas anderes entdeckte.

»Hey, was ist damit?« Ich hielt einen Bügel mit brauner Lederhose, cremefarbenem Hemd und Lederhut hoch.

»Ist das etwa Indiana Jones?«

Ich nickte. »Das wäre so cool.«

»Sogar mit Peitsche«, sagte Simon. »Heiß.«

Die hatte ich gar nicht gesehen und wurde rot.

»Wir finden was anderes«, sagte ich und hängte die Sachen wieder zurück.

Simon legte eine Hand auf meinen Arm. Sie war warm. »Nicht so schnell, Frixie.«

Er warf mir einen Blick zu, unter dem ich noch mehr errötete.

»Warum kümmern wir uns nicht erst einmal um dich?«, sagte er. »Ich habe da hinten ein hübsches Catwoman-Outfit entdeckt.«

»Das ist bestimmt nur ein schwarzer Gymnastikanzug.«

»Du klingst, als sei das etwas Schlechtes.«

Dies war nicht der richtige Moment, um zu erwähnen, dass meine Cellulitis damit besonders gut zur Geltung käme oder alle überflüssigen Pfunde deutlich sichtbar wären.

»Na ja, schnurren könnte ich«, versuchte ich mein Glück.

O Gott, ich war ja so aus der Übung!

Simon lachte.

Wir stöberten weiter, aber mit der Zeit wurde mein schlechtes Gewissen, das anfangs nur wie ein Steinchen im Schuh gedrückt hatte, so groß wie die Felskugel bei Indiana Jones. Ich musste mit Simon reden, aber hier war dafür kein geeigneter Ort, also entschied ich mich spontan für Dorothy aus *Der Zauberer von Oz*. Es war nicht das aufregendste Kostüm, aber die roten Glitzerschuhe machten vieles wett.

Simon bezahlte und bot an, die Sachen am Samstagmorgen abzuholen.

»Ich möchte noch etwas mit dir besprechen«, sagte ich, als wir das Geschäft verließen. »Hast du noch kurz Zeit für einen Drink?«

»Puh, der Bourbon ist mir ganz schön zu Kopf gestiegen. Vielleicht wäre jetzt ein Kaffee ganz gut.«

Ich hätte mir gern noch mehr Mut angetrunken, aber dann musste ein Americano eben reichen.

Wir fanden einen Starbucks, holten die Getränke und setzten uns hin.

»Was ist los, Frixie?«

Ich war unglaublich nervös und überlegte, wie ich es am besten sagen sollte. Wäre der direkte Weg der beste? »An dem Abend, als ich Nick mitgenommen habe, um Jessica zu treffen ... Ich war nicht ganz ehrlich, wer er wirklich ist.«

»Wie meinst du das?«

Nun gab es keine Chance mehr auf Ausreden. »Er ist kein Freund von mir. Sondern Marcie Tylers PR-Manager.«

Ich beobachtete Simons Reaktion, aber da war nichts zu erkennen. Wusste er nichts über den Zwist zwischen Jess und Marcie?

»Was wollte er von Jess?«

»Jess und Marcie haben sich vor zehn Jahren zerstritten, und jetzt will Marcie sich wieder versöhnen. Aber Jess will nichts von ihr wissen, deshalb hofft Nick, sie umstimmen zu können.«

Simon runzelte die Stirn. »Wie gut kennst du diesen Nick?«

Die Frage überraschte mich. »Nicht besonders, aber ...«

»Und er hat dir gesagt, Marcie wolle sich bei Jess entschuldigen?«

»Ja.«

Simon verdrehte die Augen. »Und das hast du ihm *geglaubt?*«

Er sah mich an, als wäre ich schwer von Begriff. »Ich hatte keinen Grund, es anzuzweifeln.«

Jetzt wurde er fast wütend. »Sie haben sich ›zerstritten‹? Hat er das so beschrieben? Marcie hat Jess mitten auf ihrer USA-Tour rausgeschmissen – und damit ihre Karriere ruiniert.«

Wie bitte? »Bist du sicher, Simon?«

Er lachte bitter. »Ich war einer der Ersten, die sie damals angerufen hat. Ich war schon halb auf dem Weg, weil ich eigentlich rüberfliegen und einen ihrer Gigs an der Westküste besuchen wollte.«

Es ärgerte mich, zu hören, dass die beiden über all die Jahre Kontakt gehalten hatten. Aber das würde ich ihm nicht verraten.

»Das tut mir leid, aber … Ich bin schon eine Weile in diesem Geschäft und habe gelernt, meinem Instinkt zu vertrauen. Und der sagt mir, dass ich Nick Jones glauben kann.«

Simon schwieg eine Weile, und ich spürte, wie meine Handflächen feucht wurden. Hatten wir hier tatsächlich einen Streit? Ich versuchte es auf andere Weise. »Nick hat mich bei dieser Sache in der Hand. Ich brauche dringend ein Interview mit Marcie, und das werde ich nur auf diese Weise bekommen.«

»Und anderer Leute Gefühle sind dir dabei scheißegal?«

Es gab keinerlei Anzeichen, dass Simons Ärger abebben würde, ganz im Gegenteil. Dass er sich mit solcher Leidenschaft für Jess einsetzte, ging mir allmählich auf die Nerven.

»*Re:Sound* steckt in Riesenschwierigkeiten. Nächstes Jahr um diese Zeit gibt es uns vielleicht schon gar nicht mehr. Schlimmstenfalls schaffen wir es nicht einmal bis Weihnachten, wenn wir unsere Verkaufszahlen und die Einnahmen aus Anzeigenverkäufen nicht drastisch erhöhen können.« Ich hielt inne, um einmal schwer zu schlucken. Ich musste ruhig bleiben. »Die vorgegebenen Ziele sind kaum zu erfüllen, und das Interview mit Marcie ist meine einzige Hoffnung, die Zukunft des Magazins zu sichern. Ich glaube, Marcie will das Verhältnis zu Jess einfach klären. Sie hat in den letzten Monaten viel durchgemacht. Jetzt, nach dem Entzug, will sie ihr Leben offensichtlich neu sortieren.«

Simon schüttelte den Kopf. »Du hast doch gehört, was Jess da neulich erzählt hat. Sie hat damals Marcies Freund gevögelt. Darauf ist sie nicht gerade stolz, aber der Punkt ist, dass Marcie immer noch sauer sein könnte. Sie will bestimmt keine Versöhnung, sie will Rache.«

Ich konnte nicht fassen, was ich da hörte. »Was zum Teufel meinst du damit? Was denn für eine Rache?«

»Sie könnte sicherstellen, dass jeder Comeback-Versuch von Jess fehlschlägt.«

Das wurde ja immer hanebüchener. »Und wie genau sollte Marcie das anstellen?«

Simon verdrehte die Augen. »Sag du's mir, du bist doch die Expertin.« Ohne eine Antwort abzuwarten, fuhr er fort: »Marcie hat in dem Business jede Menge Beziehungen. Ich bin sicher, es wäre ihr ein Leichtes, alle davon zu überzeugen, dass sie Jess keine Chance mehr geben.«

Wäre ich nicht so wütend gewesen, hätte ich lauthals darüber gelacht. Jessicas Karriere war ein Dreckspritzer an Marcies Stiefel. »Wenn es wirklich so sein sollte, wie du befürchtest, könnte Marcie doch auch ohne ein Treffen Rache nehmen«, sagte ich. »Aber da sie sich Jess unbedingt annähern will, wird sie wohl andere Absichten haben.«

»Vielleicht willst du das von deiner heiligen Marcie aber einfach auch nur glauben.«

Ich zuckte zusammen. Das war unter der Gürtellinie. »Ich möchte bei allen Menschen an das Gute glauben – warum ist das für dich so ein Problem?«

Er schüttelte den Kopf. »Weil dein unerschütterlicher Glaube an sie Jess verletzen könnte. *Das* ist mein Problem.« Ich wollte ihn fragen, warum er sich um Jess mehr Sorgen machte als um mich, aber er war noch nicht fertig. »Und tu nicht so, als ob das alles irgend so ein altruistischer Akt ist, um Marcie zu helfen. Du tust das nur für deine eigene Karriere.«

Auch das war ein heftiger Treffer. Den ich nicht hinnehmen würde, selbst wenn ich schon fast am Boden lag. »Da hast du verdammt recht, das tue ich. Ich habe zehn Jahre dafür gearbeitet, dass ich da stehe, wo ich bin, und wenn das Magazin untergeht, beendet das nicht nur meine Karriere, sondern auch die Jobs und Lebensgrundlagen aller meiner Kollegen. Aber vielleicht bedeutet so etwas in *deinem* Business ja nichts, wo alle nur an sich selbst denken.«

Ich atmete schwer und musste meine Gefühle sehr im Zaum halten.

Simon nickte bedächtig und stand auf. »Tja, dann weiß ich ja jetzt, was du von mir hältst.«

Er verließ das Lokal, und ich war zu verdutzt, um ihn aufzuhalten.

Wie zum Teufel hatte unser Gespräch dermaßen außer Kontrolle geraten können?

Was Marcie und ihre Motive anging, irrte er sich. Das spürte ich einfach. Und ich war nicht nur ein durchgeknallter Fan, der das Heiligenbild von Marcie Tyler bewahren wollte.

Was mich jedoch geradezu fassungslos machte, war etwas anderes: Simon hatte sofort Partei für Jess ergriffen, ohne mir richtig zuzuhören. Seine blinde Loyalität ihr gegenüber tat mir weh.

Ich stand auf und trank meinen Kaffee aus. Vielleicht hatte ich Simon ein paar Sachen gesagt, die er nicht verdient hatte, aber ich hatte die Nase voll davon, um den heißen Brei herumzureden. Und wer so austeilen konnte wie er, musste auch einstecken können.

Kapitel 15

 I Hate Myself For Loving You

Zu Hause unternahm ich einen erneuten Versuch, im Internet mehr über Marcies Tour von 2008 herauszubekommen. Aber dazu, dass Jess irgendwann abserviert worden war, ließ sich absolut nichts finden. Nicht immer spielte eine Vorband bei sämtlichen Konzerten einer Tour mit; sie war für einige Gigs dabei und wurde dann von einer anderen abgelöst – so etwas war nicht ungewöhnlich.

Als letzten Ausweg rief ich eine unsägliche Gerüchteseite auf, die ständig ihre Webadresse änderte, um drohenden Verleumdungsklagen aus dem Weg zu gehen, aber selbst dort fand ich nur die abstruse Nachricht, Marcie habe mittels irgendwelcher Alien-Technologie heimlich das Kind eines lang verstorbenen Filmstars der Schwarz-Weiß-Ära zur Welt gebracht.

Offensichtlich musste man dabei gewesen sein, um die besonderen Begebenheiten dieser Tour zu kennen.

Für den Abend war ich bei Patrick und Justin zum Essen eingeladen, und natürlich hätte ich Patrick zu gern dazu befragt, aber ich wusste, dass ich mich zurückhalten musste. Wir hatten vereinbart, niemals über die Arbeit zu sprechen, wenn wir uns zu Hause trafen, und das war sicher gut so. Und ehrlich gesagt waren mir Jess und Marcie auch gerade ziemlich egal – was für mich zählte, war, dass ihre zehn Jahre alten Geistergeschichten einen Keil zwischen mich und Simon getrieben hatten.

Ob er morgen immer noch zu Georgias Überraschungsparty für Dean mitkommen wollte? Ohne ihn hinzugehen, wäre furchtbar, vor allem, nachdem wir beim Aussuchen der Kostüme so einen Spaß gehabt hatten.

»Zoë-Schätzchen, schön, dass du da bist! Noch dazu beladen mit Geschenken.« Lächelnd nahm Patrick mich in die Arme. Auf dem Weg zu ihrer Wohnung in Hampstead war ich noch schnell in eine Weinhandlung gesprungen und hatte eine Flasche Rotwein und eine Schachtel Ferrero Rocher gekauft – seine besondere Schwäche.

»Von der Schokolade sagen wir Justin lieber nichts«, flüsterte er verschwörerisch. »Zucker ist genauso tödlich wie Nikotin, jedenfalls sagt er das immer. Das Rauchen habe ich aufgegeben – aber wie schrecklich wäre es, auch keine Schokolade mehr zu essen?«

In der Küche köchelte irgendetwas köstlich Knoblauchiges. Justin war ein phantastischer Koch, der für seine leckeren Pastagerichte alles selbst zubereitete.

»Wir sind gerade mitten in einem kleinen Disput«, sagte Patrick und schob mich in die Küche, wo Justin in zwei dampfenden Pfannen rührte. »Es geht um Olivenöl, und wo du jetzt da bist, kannst du als Unparteiische dein objektives Urteil abgeben.«

Justin drehte sich um und küsste mich auf beide Wangen. »Zoë, du weißt, ich liebe dich, aber in dieser Sache bist du ganz und gar nicht unparteiisch.«

Ich nahm am massiven Holztisch Platz. »Worum geht es denn eigentlich?«

Patrick setzte sich neben mich und schenkte mir unaufgefordert Wein ein. »Justin ist sauer, weil ich diesmal nur griechisches Olivenöl besorgt habe – er wollte für das Essen italienisches haben. Ich habe gesagt, dass seine blöden Nudeln durch dieses hervorragende Öl aus Kreta, das ich neu entdeckt habe, nur aufgewertet werden können.«

Ich trank einen Schluck und versuchte, meine Worte wohl zu wägen. »Na ja, das ist immerhin Justins Rezept, und wenn er italienisches Öl für besser hält, dann sollte es nach ihm gehen.«

Justin hmpfte zustimmend.

»Nicht so schnell«, meinte Patrick. »Das ist nicht das, was ich gefragt habe.« Er sah mich an. »Welches Olivenöl schmeckt deiner Meinung nach besser? Italienisches oder griechisches?«

Ich lachte. »Ich fürchte, Justin hat recht: Da kann ich keine objektive Antwort geben. Von Geburt an habe ich eingebläut bekommen, dass die griechische Version von *allem* einfach besser ist.«

7

Zwei Stunden später waren die italienisch-griechischen Rivalitäten beigelegt, Justin hatte sein wohlverdientes Lob für die hervorragenden Penne all'arrabiata eingeheimst, und wir saßen bei einer zweiten Flasche Rotwein entspannt im Wohnzimmer – wobei Patrick den Wein mittlerweile gegen seinen üblichen Gordon's mit Tonic getauscht hatte.

»Der Trick ist, frische Scotch Bonnet zu nehmen«, erklärte Justin, und ich nickte, als wüsste ich, wovon er redete.

»Das ist eine Chilisorte«, raunte Patrick mir zu, als er meinen verständnislosen Blick bemerkte.

Die beiden fanden es zum Schreien komisch, dass ich, obwohl meine Eltern ein Restaurant betrieben hatten, eine so schlechte

Köchin war. Aber das ist eben die Krux, wenn man in der Familie gut bekocht wird: Man muss es nicht selber lernen.

»Du scheinst ein bisschen neben dir zu stehen, meine Liebe. Ist alles in Ordnung?« Patrick war zu aufmerksam, als dass er sich meine Schweigsamkeit allein mit meiner Ehrfurcht vor Justins Kochkünsten erklärt hätte.

»Männerprobleme«, murmelte ich.

Justin zwinkerte mir zu. »Das sind die schönsten.«

»Zu viel Auswahl?«, hakte Patrick nach.

»Eigentlich gab es für mich immer nur einen«, sagte ich und war selbst überrascht von diesem Geständnis.

Wow – lag das etwa am Wein?

Patrick lächelte. »Beziehungen und Verabredungen waren nie ein großes Thema für dich. Ich hätte wissen müssen, dass das daher kommt, dass du dein Herz schon an jemand Bestimmten verloren hattest.«

Ich spürte heiße Tränen aufsteigen und blinzelte. »Ich weiß nicht, was ich machen soll«, sagte ich. »Er hat mir vorgeworfen, dass mir meine Arbeit wichtiger sei als gewisse Menschen, und wir haben uns zerstritten.«

Patrick setzte sich neben mich und tätschelte mir das Knie. »Ich weiß, das Magazin bedeutet dir alles, aber manchmal muss man sich auch zurücklehnen und das große Ganze betrachten. Es gibt auch eine Welt außerhalb der Arbeit.«

Justin lachte leise. »Ich habe Jahre gebraucht, um ihm das klarzumachen.«

Patrick nickte. »Du bist eine großartige Frau, voll Esprit und Leidenschaft, und der Richtige wird das erkennen. Am Ende wird sicher alles gut. Gib der Sache Zeit.«

Patricks tröstliche Worte halfen – wie üblich, und auf dem Rückweg in der U-Bahn fühlte ich mich bedeutend besser. Anstatt aber gleich nach Hause zu fahren, machte ich einen Umweg über Soho. In der Weinhandlung hatte ich zum Wein und der Schokolade noch einen weiteren Artikel in meinen Einkaufskorb gelegt: eine Postkarte. Es war eine kitschige Touristenkarte mit roter Telefonzelle und Big Ben, aber die Auswahl war beschränkt gewesen.

Ich setzte mich zum Schreiben in den Empfangsbereich von Simons Hotel und blickte immer wieder leicht paranoid auf in der Angst, er könne plötzlich auftauchen. Ich musste das schriftlich machen, denn wenn wir darüber redeten, würden wir nur wieder streiten.

Eine halbe Stunde später war ich einigermaßen zufrieden. Ich gab die Karte an der Rezeption ab und ging nach Hause.

Liebes Fanclub-Mitglied,

ein gehypter Rockstar zu sein ist manchmal eine harte Nummer. Die Plattenfirma streitet um jede müde Mark (aber der Funke sprang beim Musikmachen einfach nicht mehr über, bis wir das Studio nicht mit Blattgold ausgekleidet hatten), dieser Idiot von Aushilfsdrummer schwört, seine Sticks seien verhext, und ich müsste eigentlich dringend mal trainieren, Fernseher aus dem Fenster zu werfen (mit dem 50-Zoll-Ding vom letzten Mal hab ich mir ganz schön den Rücken gezerrt).

Wenn man mit all solchen Dingen beschäftigt ist, verliert man leicht aus den Augen, was im Leben wirklich wichtig ist. Freundschaft und so was.

Es tut mir leid, dass wir uns gestritten haben.

Du bist der letzte Mensch auf der Welt, den ich verletzen will. Du bedeutest mir unendlich viel, ohne Dich habe ich das Gefühl, nur in mono zu leben.

Ich hoffe, Du kannst mir eines Tages wieder zu stereo verhelfen. Jetzt muss ich Schluss machen. Dieser verdammte Fernseher wird sich nicht von allein aus dem Fenster werfen.

Tanz den Fandango!

Zak x

Am nächsten Morgen wachte ich früh auf, obwohl es Samstag war. Ich hatte unruhig geschlafen, mit seltsamen Träumen von Simon und Jess, die mich auslachten.

Vom vielen Handy-Überprüfen tat mir schon der Daumen weh. Ich hatte so sehr gehofft, dass Simon sich meldet, aber mittags herrschte noch immer Funkstille. Diesmal hatte selbst Zak kein Wunder bewirken können.

Ich spielte mit dem Gedanken, Georgia anzurufen und eine Erkältung vorzuschützen, um nicht allein zur Party gehen zu müssen, aber mein Gewissen hielt mich davon ab. Außerdem war eine Party vielleicht genau das Richtige, um mich von Simon abzulenken. Zwar würde ich mir noch irgendein Kostüm zusammenbasteln müssen, aber das wäre nicht das Schlimmste.

Um drei Uhr hatte ich das Wohnzimmer gesaugt, das Badezimmer geschrubbt und eine erschreckend große Menge Haare aus dem Duschabfluss gepult, wurde aber noch immer von solcher Unruhe geplagt, dass ich beschloss, laufen zu gehen. Mich eine Runde durch den Park zu quälen war meine letzte Zuflucht, wenn ich mich fühlte, wie ich mich fühlte. Und obwohl ich es eigentlich immer schrecklich langweilig fand, schien mir Laufen – ausgerüstet mit iPod, Ohrstöpseln und der Metallica-Playlist – wirklich zu helfen.

Ich steuerte den Park an und verfiel in einen lockeren Rhythmus. Mein Atem ging schwer, aber mit jedem Schritt wurde mir ein wenig leichter. Die Sonne versteckte sich hinter den Wolken, und es war nicht allzu heiß. Trotzdem lief mir der Schweiß nur so runter, als ich nach fast einer Stunde zurückkam. Ich riss ein paar Fenster auf und löste gerade die Taillenkordel meiner Sporthose, als es klingelte. Ich versuchte, nicht allzu viel Hoffnung hineinzulegen. Wahrscheinlich war es nur die Post – mein Onlineshopping war in letzter Zeit schlimmer geworden – oder Mrs Hargreaves von unten, die wieder mal Hilfe mit ihrem Router brauchte.

Ich schwang die Tür auf. Simon stand davor, zwei riesige Tüten im Arm.

Plötzlich verunsichert, wich ich einen Schritt zurück. War er immer noch sauer? Sein Gesicht war gerötet, aber das konnte auch von der Anstrengung des Tütenschleppens kommen. Dann lächelte er, und ich wagte es endlich, zu hoffen.

»Steh nicht so da, Frixie. Hilf mir mit den Kostümen. Ich trage die schon seit heute Morgen mit mir rum.«

Ich nahm eine der Tüten, und wir erklommen die Treppe zu meiner Wohnung. Plötzlich fühlte ich mich sehr befangen; meine Haare waren furchtbar, und das verschwitzte Ramones-T-Shirt klebte mir am Rücken.

»Willst du was trinken?«, fragte ich so locker wie möglich.

»Nein, danke. Ich hab die letzten zwei Stunden einen Immobilienmakler nach dem anderen getroffen, um eine Wohnung zu finden.«

Ich sah ihn mit großen Augen an. »Dann willst du wirklich hierbleiben?«

Er nickte, und ich schenkte mir ein Glas Wasser ein, um etwas zu tun zu haben.

»Wo denn?«

»Holland Park.«

»Das ist ja gleich um die Ecke.«

Er nickte wieder. »Ich hab mir sogar was diesseits des Kreisverkehrs angesehen.«

»Du meinst, du würdest dich so weit herablassen, eine W-Zwölfer Postleitzahl zu haben?«

»Ja. Ich müsste meine Ansprüche halt auf Ghettoniveau herunterschrauben. Aber Shepherd's Bush hat auch seine Vorzüge.«

»Gute Einkaufsmöglichkeiten und nah an der Innenstadt.«

Er sah mir in die Augen, und ich wusste, er meinte weder das Einkaufszentrum noch die Anbindung an die U-Bahn.

»Tut mir leid, dass ich dich angelogen habe, Simon.«

»Nein, mir tut es leid, dass ich mich so aufgeregt habe. Das war nicht fair.«

Ich hatte das Gefühl, als würde mir eine riesige Last von den Schultern gehoben. »Lass uns nicht wieder streiten.«

»Einverstanden«, sagte Simon. Er zog sein Handy aus der Tasche. »Dann werde ich mal Jess anrufen.«

Ich erstarrte. Sollte ich mich etwa auch bei ihr entschuldigen? Ich stützte mich schwer auf der Küchentheke ab. »Warum?«

»Damit wir uns mit ihr und Nick verabreden können.«

Ich atmete auf. Das war mehr, als ich zu hoffen gewagt hätte. »Und das ist für dich okay?«

Er kam zu mir rüber und drückte meine Hand. »Ich will dir helfen, Zoë. Das ist das Mindeste, was ich tun kann, nachdem ich so ein Arschloch war.«

Ich erwiderte seinen Händedruck. »Danke, Simon. Das weiß ich wirklich sehr zu schätzen.« Ich hatte gegen den Tresen gelehnt, aber nun richtete ich mich auf. »Ich muss duschen. Ist es in Ordnung, wenn ich dich eine Weile allein lasse?«

Er nickte. »Na klar. Solange du mich bei geöffnetem Fenster mit deinem Fernseher allein lassen willst ...«

Die Postkarte hatte also doch ihr Wunder bewirkt. Ich hätte nie an Zak zweifeln dürfen.

7

Frisch geduscht und geföhnt knabberte ich jetzt an einem Käse-Chutney-Sandwich, das Simon aus den Beständen meines Kühlschranks zusammengezaubert hatte. Ich spürte eine wohlige Wärme dabei, dass er sich in meiner Wohnung so heimisch fühlte.

Als wir zu Georgias Party aufbrachen, war zwischen uns alles wieder im Lot. In seinem Indiana-Jones-Kostüm sah Simon richtig klasse aus. Er hatte sich am Morgen nicht rasiert, und die Bartstoppeln machten sein Outfit nicht nur ziemlich glaubwürdig, sondern regelrecht heiß.

Mein quasi sexloses Dorothy-Kostüm war der krasse Gegensatz. Ein babyblaues Trägerkleid mit weißer Bluse ... Mein Ernst? Hätte ich ein noch jungfräulicheres Kostüm tragen können als dieses? Es entsprach so gar nicht dem Bild, das ich heute Abend von mir geben wollte. Ursprünglich hatte ich mir sogar zwei Zöpfe flechten wollen, aber dann – Judy Garland möge mir verzeihen – dachte ich: Scheiß drauf, ich trage meine Haare offen und in wilden Locken.

Immerhin verliehen die rubinroten Glitzerschuhe meinem anämischen Outfit einen leisen Hauch erotischen Pep, aber auch nur gerade so. Ich legte eine Extraschicht Lipgloss auf meine rubinrot bemalten Lippen, um den Effekt zu verstärken.

»Du siehst super aus, Frixie«, sagte Simon, als er mein Stirnrunzeln bemerkte.

»Echt jetzt? Ich fühle mich irgendwie so ... trutschig.«

»Heilige Muttergottes, machst du Witze? Du provozierst gerade eine ziemlich unbequeme erwachsene Reaktion bei einem Helden meiner Kindheit. Und diese Hose ist echt eng!«

Ich wurde rot. Das war ein Scherz, oder?

Guck jetzt bloß nicht auf seine Hose.

Nicht hingucken. Nicht hingucken. Nicht hingucken.

Ich guckte.

Hm, da war nichts Eindeutiges erkennbar. Aber ich hatte auch nur den Bruchteil einer Sekunde Zeit gehabt.

7

Zwanzig Minuten später öffnete Georgia uns die Tür. In ihrem Gute-Hexe-des-Nordens-Kostüm – komplett mit Krönchen und Zauberstab aus der Welt von Oz – sah sie umwerfend aus. Und sie war blitzeblau.

»Partnerlook!«, grölte sie, als sie mein Outfit sah.

Ich grinste. »Na ja ... immerhin derselbe Film.«

Sie zog mich an ihr blassrosa Satinkleid. »So schön, dich zu sehen, Zoë.«

Nachdem wir uns voneinander befreit hatten, musterte sie Simon von oben bis unten.

»Georgia, das ist Simon«, stellte ich ihn vor.

»Hallo, Dr. Jones«, gurrte sie. »Ich hab ja schon *so* viel von dir gehört!«

Simon lächelte. »Danke für die Einladung.« Er hielt zwei Flaschen Wein hoch. »Wo kann ich die abstellen?«

»Küchentisch – geradeaus nach hinten durch. Danke schön!«

Simon und ich gingen in die Küche und fügten unsere Flaschen dem alarmierenden Arsenal an Alkoholika hinzu.

Dean kam aus der Abseite, eine Tüte Eiswürfel im Arm. »Hey, Zoë, schön, dich zu sehen. Und wer ist dein Freund?« Offenbar hatte er keinerlei Informationen über Simon erhalten, was mich erleichterte, denn Feingefühl war nicht gerade seine Stärke.

»Das ist Simon.«

Simon trat vor. »Kann ich dir was abnehmen?«

»O danke, Kumpel«, sagte Dean. »Könntest du mir wohl helfen, das in die Eisbox umzufüllen?«

»Super Outfit, Dean«, kommentierte ich, während sie den Inhalt der Tüte in die Box füllten, wobei nur eine verschwindend geringe Anzahl Eiswürfel auf dem Boden landete. Die weiße Paradeuniform stand ihm ausnehmend gut. Wenn Georgia nicht aufpasste, hielten sie in neun Monaten neuen Nachwuchs im Arm.

»Kratzt bloß wie Hölle«, meinte er. »Und Georgia lässt mich die Mütze nicht abnehmen. Sie sagt, sie hat zwei Kinder durch ihre Muschi gequetscht – da würde ich ja wohl mit ein paar platten Haaren klarkommen.«

»Du siehst tipptopp aus«, versicherte ich ihm. »Jeder Zentimeter ein Offizier und Gentleman.«

»Danke, meine Liebe. Ihr nehmt euch was zu trinken, ja?«

Im Rausgehen kratzte er sich den Nacken.

»Rot oder weiß?«, fragte Simon und nahm zwei der Plastikweingläser.

»Ich halte mich lieber an weißen. Wenn ich Rotweinflecken auf das Kleid mache, verlieren wir die Kaution.«

Im Wohnzimmer waren etwas über zwanzig Gäste versammelt.

Ich sah ein paar Cowboys, einen Al Capone komplett mit Geigenkasten, ein Dornröschen, und als Kontrast zu Georgia hatte sich ihre Schwester Fliss als Böse Hexe des Westens verkleidet. »Ich krieg dich, meine Hübsche«, keckerte sie mir mit gespielt fiesem Grinsen entgegen, und mit ihrer grün geschminkten Haut wirkte sie tatsächlich ziemlich einschüchternd. Da hatte sich jemand richtig Mühe gegeben.

Simon mochten alle sofort, einschließlich Georgia. Ich weiß nicht, warum ich mir deswegen Sorgen gemacht hatte. Einer der Cowboys – Matthew, ein Kreditmanager aus Deans Firma – forderte ihn zum Duell heraus, und als Simon ihm à la *Jäger des verlorenen Schatzes* mit der Peitsche die Pistole aus der Hand schlug, lagen wir vor Lachen auf dem Boden.

»Der Wein ist der Knüller«, sagte Georgia und setzte sich neben mich auf den Teppich.

»Nach deiner schwangerschaftsbedingten Abstinenzphase würde dir wahrscheinlich auch Terpentin gut schmecken.«

»Das ist erst mein drittes Glas, aber alles dreht sich schon. Ist das normal?«

Der Sturz einer Titanin. Im Studium hatte Georgia ein Pint nach dem anderen leeren können. Das Rugbyteam hatte sie deswegen sogar zu seinem Ehrenmitglied ernannt.

Simon stand auf der anderen Seite des Zimmers und unterhielt sich mit Al Capone. Unsere Blicke trafen sich kurz, und er hob sein Glas, um mir zuzuprosten.

Georgia grinste erst ihn an, dann mich.

Die Musik, die trotz großer Anstrengungen meinerseits wieder in einen mittelklassigen Ü30-Dinnerpartymodus abgerutscht war – welche andere Zielgruppe hätte Ed Sheeran sonst auf Platz eins hieven können? –, wechselte plötzlich. Jemand hatte Bruno Mars aufgelegt, und prompt fingen die Leute an zu tanzen und blockierten mir die Sicht auf Simon.

»Und? Werden du und Dr. Jones heut Nacht noch vögeln?«

»Pst, sei leise – er könnte dich hören!«, zischte ich Georgia an.

»Glaub mir, exakt das ist es, was er sich gerade fragt. Er hat dich den ganzen Abend nicht aus den Augen gelassen.«

»Er kennt hier ja niemanden, da ist es nur normal, dass er sich an mich hält.« Ich versuchte, nicht dieselben voreiligen Schlüsse zu ziehen wie Georgia. Aber auch mir war es nicht entgangen.

Und nun waren Georgias Worte der sprichwörtliche Funke, der meine Gefühle endgültig in Brand setzte. Sein Indiana-Jones-Outfit erwies sich als echter Killer – in meinem ganzen Leben hatte ich noch niemanden so sehr begehrt. Ich hatte versucht, nicht allzu viel zu trinken, weil das alles nur noch weiter aufgeheizt hätte, aber Dean war ein ausgesprochen fürsorglicher Gastgeber, der mein Glas immer sofort wieder aufgefüllt hatte, sobald es auch nur halb leer war.

Streng genommen hatte ich also noch nicht mal ein Glas ganz ausgetrunken.

Simon kam zu uns und setzte sich an meine freie Seite.

»Liegt das an mir oder ist es hier plötzlich heiß?«, fragte Georgia theatralisch. »Ich schau mal lieber nach der Heizung.« Damit stand sie auf und ging, jedoch nicht, ohne mir vorher noch keck zuzuzwinkern, was Simon mit Sicherheit bemerkte.

»Sie hat recht, es ist tatsächlich ziemlich heiß hier drin«, sagte er.

»Muss von deiner Peitscherei kommen.«

»Willst du mal an die Luft?«

»Klar.«

Auf der Terrasse standen die Raucher, und Simon ging mit mir zum hinteren Teil des Gartens, wo eine Bank unter dem Magnolienbaum stand. Es war stockdunkel und ziemlich still, abgesehen vom fernen Rauschen auf dem nördlichen Umgehungsring.

Wir saßen mit Blick zum Haus, sein rechtes und mein linkes Bein berührten sich. Ich erschauerte, und Simon legte mir einen Arm um die Schultern, was die Sache nicht besser machte.

»Ziemlich friedlich hier draußen«, sagte er.

»Ja, stimmt«, flüsterte ich, unter völliger Missachtung meines rasenden Herzschlags.

Er nahm meine Hand. O Gott, ich hoffte, mein erhöhter Puls war dort nicht zu spüren.

»Du siehst heute wunderschön aus, Frixie.«

Ich wusste nicht, was ich sagen sollte. Die leise Stimme in meinem Hinterkopf, die mich unablässig warnte, nicht zu viel in seine Worte hineinzulesen, war unerwartet verstummt.

»Im Dunkeln neige ich hin und wieder zu gutem Aussehen.« Da war die Stimme wieder. Immer noch zu furchtsam, ein Kompliment von ihm anzunehmen.

»Vielleicht sollte ich dir das nicht sagen, aber ich habe in letzter Zeit viel an dich gedacht.«

Meine Augen hatten sich mittlerweile an die Dunkelheit gewöhnt, und ich konnte seinen Blick wahrnehmen. Da gab es doch nun keinen Zweifel mehr, oder? Er sah mich auf genau die Weise an, wie ich ihn immer ansah … und wie ich mir gewünscht hatte, dass auch er mich ansähe. Das Herz schlug mir bis zum Hals.

Er drehte den Oberkörper zu mir. »Wenn ich dich so ansehe, komme ich fast auf schlimme Gedanken.«

Ich schluckte. »Wie schlimm?«

Er rückte näher. »Ziemlich schlimm«, flüsterte er.

»Vielleicht solltest du es einfach tun.«

Wie in Zeitlupe neigte er sich vor, küsste mich sanft auf den Mund und richtete sich wieder auf.

»Das war nicht richtig schlimm«, sagte ich, ein wenig atemlos.

Er küsste mich erneut. Diesmal hielten seine Lippen erheblich länger Kontakt.

»Schlimm genug?« Seine Stimme klang kehlig.

»Nicht annähernd.«

Nun lehnte er sich ein drittes Mal zu mir, diesmal für einen richtigen Kuss.

Die Stimme in meinem Kopf ließ sich nicht vertreiben. *Ich küsse Simon! Mit Zunge!* Hunderte Male hatte ich es mir vorgestellt, und jetzt war er hier, in Fleisch und Blut und mir willig ergeben.

Auf einmal spürte ich, wie er mich von der Bank hob und auf seinen Schoß zog. Er fuhr mit den Händen in mein Haar und ich mit neugierigen Fingern über seinen breiten Rücken.

Dann brach er den Kuss ab und lehnte seine Stirn gegen meine Schulter.

Ich blieb reglos sitzen. »Alles in Ordnung?«

Er hob den Kopf. »Das habe ich mir schon sehr, sehr lange gewünscht.«

Ich lächelte. »Ich mir auch.«

Er fuhr mir mit dem Daumen über die Wange. »Du bist so schön.«

Ich spürte ein »Aber« und schluckte die aufkeimende Lust ebenso wie die Enttäuschung hinunter.

»Was ist los, Simon?«

»Da sind all diese Gefühle, die mir durch den Kopf schwirren und mich vollkommen durcheinanderbringen. Noch vor ein paar Monaten habe ich verzweifelt versucht, meine Ehe zu retten. Und jetzt bin ich in London ... mit dir ... und ich will nichts verkehrt machen.«

»Du hast nichts verkehrt gemacht.«

Er drückte mich fest an sich. »Du bist wunderbar und sexy und ... mein Gott, ich habe das Gefühl, als könnte ich gleich abheben und losfliegen.«

Ich grinste, auch wenn er mich nicht sehen konnte. »Du bist aber auch nicht ohne.«

»Ich möchte, dass wir das langsam angehen. Wäre das für dich in Ordnung?«

»Natürlich, Simon. Nimm dir so viel Zeit, wie du brauchst.« Ich habe mein halbes Leben auf dich gewartet, hätte ich fast gesagt, was sind da schon ein paar Wochen? Auf dem Weg zurück ins Haus, Hand in Hand, konnte ich nicht aufhören zu grinsen. Scheiße nochmal, ich hätte schreien mögen: Simon und ich! Endlich, endlich war es passiert!

Kurz vor der Terrassentür lösten wir unsere Hände. Bestimmt war es besser, Georgia keinen konkreten Hinweis auf irgendwas zu geben. Nicht schon jetzt. Ich marschierte geradewegs auf die Toilette, um mich zu sammeln. Aus dem Spiegel starrte mir mein erhitztes Gesicht entgegen. Mein Haar war zerwühlt und der Lippenstift verschwunden – hoffentlich nicht über Simons Gesicht verteilt.

Ich wollte noch ein wenig auf meiner Kusswolke schweben. Simons Bartstoppeln hatten dort, wo er mich geküsst hatte, vom Kinn bis zum Hals, eine rosa Spur hinterlassen.

Als es klopfte, fuhr ich zusammen. Bei zwei Toiletten für zwanzig Gäste war meine Zeit jetzt wohl um. Ich betätigte die Spülung, ließ ein paar Sekunden den Wasserhahn laufen und ging zurück ins Wohnzimmer.

Simon war in ein Gespräch mit Dean vertieft. Es schien um Alufelgen zu gehen. Anscheinend wollte Dean von Simon irgendeinen Rat; er zog sogar sein Handy raus, um die Frage, ob er 18- oder 19-Zoll-Reifen für sein neues Auto besorgen solle, mit Beispielen zu illustrieren.

Simon war der am wenigsten autoversessene Typ, den ich kannte, aber er schlug sich wacker. Unsere Blicke trafen sich kurz, er lächelte, dann wandte er sich wieder Dean zu.

Ohne hinzusehen konnte ich spüren, dass Georgia mich mit ihrem Blick durchbohrte. Sie hatte bei so was einen sechsten Sinn. Aber ich unterhielt mich mit ein paar anderen Leuten, so dass sie keine Chance bekam, mich auszuquetschen. Ihre letzte Gelegenheit bot sich, als wir uns zum Abschied in den Arm nahmen.

»Ich will jedes einzelne schmutzige Detail«, raunte sie mir ins Ohr.

Während der Taxifahrt saßen wir dicht nebeneinander, unsere Oberschenkel berührten sich in voller Länge. Der Fahrer hörte einen Sender mit soften Songs, und es war schön, bei langsamer, ruhiger Musik nach Hause chauffiert zu werden. Ich fühlte mich wie in einer Art Paralleluniversum: Mein Kopf lehnte an Simons Schulter, seine Hand streichelte mein Knie. Als wir in meine Straße abbogen, ertönte wie aufs Stichwort »My Heart Will Go On«.

Ich hob den Kopf, und Simon grinste breit.

»Manchmal, wenn ich an dich denken wollte, habe ich das aufgelegt«, sagte er leise.

»Ich auch.« Ich hatte das Gefühl, mein Herz müsste bersten vor Glück.

Dann blieb das Taxi vor meinem Haus stehen.

Phlegmatisch stiegen wir aus. Der Bann war gebrochen.

Ich sah zu ihm auf. »Willst du noch auf einen Absacker mit raufkommen?«

Wir wussten beide, was das eigentlich bedeutete.

Er sah auf meinen Mund. »Ich glaube, es ist besser, genau dieser Versuchung zu widerstehen. Ich hole noch meine Klamotten von oben, aber ich werde nicht bleiben.«

Er bat den Fahrer zu warten, und ich schloss die Tür für ihn auf.

Ich selbst blieb lieber draußen, betrachtete die Sterne und genoss die kühle Nachtluft auf meiner erhitzten Haut.

Als Simon mit seiner Tasche wieder aus dem Haus kam, gab er mir einen Kuss direkt unters Ohr. Ich erschauerte. Das war fast intimer als ein Kuss auf den Mund. Es bedurfte all meiner Willenskraft, ihn nicht zu packen und doch wieder in meine Wohnung zu schleifen.

Das Taxi verschwand hinter der nächsten Biegung, und ich seufzte. Wohl ein bisschen zu laut. Ein Typ, der gerade vorbeikam, blieb stehen und zwinkerte mir zu.

Ich lief die Betonstufen zum Hauseingang hinauf. Über der Tür hätte ein Licht blinken sollen. *Nächster Level erreicht! Neue Welt freigeschaltet!* Aber eigentlich war alles wie immer. Derselbe abblätternde schwarze Lack an der Tür, dasselbe angelaufene Messing am Türgriff.

Wir hatten uns geküsst!

Warum fühlte ich mich dann nicht wie im siebten, sondern nur im sechseinhalbten Himmel?

Die Antwort lag auf der Hand: weil Simon es langsam angehen lassen wollte. Wir waren seit *Jahren* umeinander herumgetanzt. Ich für meinen Teil hatte genug gewartet – warum also brauchte er noch Zeit?

Auf dem Weg zur Küche klackten meine roten Schuhe über die glatten Fliesen. Wenn ich die Hacken zusammenschlüge, würde mir dann mein Herzenswunsch gewährt?

Ich versuchte es, doch in der stillen Wohnung bewirkte das Klicken nur ein hohles Echo.

Ich machte mich bettfertig und hängte mein blau-weißes Kittelkleid sorgfältig auf den Bügel. *Sei nicht so melodramatisch*, entschied ich beim Zähneputzen. Wir waren als filmische Helden unterwegs gewesen, aber im wahren Leben lief das nun mal anders. Da setzte man für die Liebe nicht alles aufs Spiel, sondern traf wohlüberlegte Entscheidungen, nachdem man alle Vor- und Nachteile gegeneinander abgewogen hatte. Simon arbeitete mit Zahlen – wer sollte das besser wissen als er?

Es war gut gewesen, sich zurückzuhalten. Trotzdem war das Einschlafen eine Herausforderung, weil mich der Gedanke nicht losließ, wie es gewesen wäre, das Bett heute Nacht mit ihm zu teilen.

Kapitel 16

 If I Can't Have You

Am nächsten Morgen wurde ich um acht Uhr schlagartig wach. Ich starrte an die Decke und spielte noch einmal die köstlich romantischen Erinnerungen an den letzten Abend ab. Wie zart Simons Lippen sich auf meinen angefühlt hatten, wie fest seine Rückenmuskeln unter meinen Händen. Heute konnte ich mit Simons Entscheidung, es langsam anzugehen, schon viel besser umgehen. Er würde in London bleiben, wir hatten alle Zeit der Welt.

Meine gute Stimmung machte sich bezahlt; nach dem Duschen sah ich, dass ich bereits einen Anruf von ihm verpasst hatte. Hmmm. Vielleicht wollte er heute Abend ja vorbeikommen und es wieder langsam angehen lassen? Der Gedanke jagte mir ein Kribbeln über die Haut.

»Hey, Frixie«, sagte er, als ich zurückrief. »Gerade habe ich an dich gedacht.«

Vielleicht wollte er auch sofort herkommen und es langsam angehen lassen?

»Wie geht es dir?«, erkundigte ich mich. »Nicht allzu verkatert, hoffe ich.« Das würde mir noch fehlen: dass er zu betrunken gewesen war, um sich an den letzten Abend zu erinnern.

»Nein. Mir geht's bestens.«

Ich grinste. Mir auch, wollte ich sagen. Ließ es aber bleiben.

»Ich habe mit Jess gesprochen.«

Ich erstarrte. »Oh.«

»Wegen des Treffens mit uns und Nick.«

Oh, das hatte ich fast vergessen. »Ach ja. Was hat sie gesagt?«

»Sie hat viel um die Ohren und geht ab morgen auf Tour.«

Endlich fuhr mein Chefredakteurinnengehirn in den Betriebsmodus hoch. Dass Jess abreiste, war ein Problem. »Mist.«

»Aber wir haben Glück, weil sie heute Abend noch frei ist. Hast du Zeit?«

Meine Laune hob sich wieder. »Klar.«

»Such dir eine Bar aus, und wir werden beide da sein. Sagen wir, acht Uhr?«

»Das wäre super.«

»Was ist mit Nick?«

Simon klang skeptisch, aber ich war mir sicher, dass Nick es einrichten könnte. Ihm war das Treffen genauso wichtig wie mir, und was für weltbewegende Termine konnte er an einem Sonntagabend schon haben, die sich nicht absagen ließen – eine Haarkur machen etwa? »Nick wird auch kommen.«

Am anderen Ende der Leitung herrschte Stille. Wollte Simon über gestern Abend reden?

»Alles okay, Simon?«

Er räusperte sich. »Ich musste eine Entscheidung treffen.«

»Wie meinst du das?«

»Als ich mit Jess gesprochen habe … Ich habe ihr gesagt, dass Nick dein Freund ist.«

Mir blieb die Luft weg. Ein Kinnhaken hätte mich nicht mehr überraschen können. »Wieso?«

»Weil sie seinetwegen auf einmal misstrauisch war.«

Mir schwirrte der Kopf. Das war in so vieler Hinsicht falsch. »Aber beim letzten Mal hast du doch auch nicht gesagt, dass wir zusammen sind.«

»Ich denke nicht, dass sie sich an allzu viel von diesem Abend erinnert«, meinte Simon.

Da hatte er wohl recht.

»Ich bin nicht scharf darauf, Jess anzulügen«, fuhr er fort, »aber du hast mir versichert, es ist für einen guten Zweck.«

Da hatte er wiederum recht.

»Das alles tut mir wirklich leid, Simon. Und es ist bestimmt das letzte Mal, das verspreche ich.«

Wir beendeten das Gespräch. Aufgewühlt tigerte ich durch meine Küche. Hatte es für ihn wirklich keinen anderen Weg gegeben, als Jess zu erklären, dass Nick mein Freund sei? Irgendwie störte ich mich mehr daran, als eine bloße Notlüge es gerechtfertigt hätte.

Grübelnd nahm ich mir einen Teebecher. Während der Kocher das Wasser erhitzte, kam ich der Sache allmählich auf den Grund. Es gefiel mir nicht, dass Simon mich so mir nichts, dir nichts einem anderen Mann unterschob. Ich wollte, dass ihm allein schon die Vorstellung heftig gegen den Strich ging, und nicht, dass er so was auch noch selbst vorschlug. Würde er es ebenso locker sehen, wenn ich tatsächlich einen Freund hätte? Zudem musste ich meinen Fokus nun ganz neu ausrichten und so tun, als wäre ich mit Nick zusammen, während ich in Simons Gegenwart nichts anderes wollte, als mich auf ihn zu konzentrieren.

Vielleicht war ich schon wieder melodramatisch. Simon hatte mich gebeten, *so zu tun*, als hätten wir eine Beziehung. Und es war doch ein himmelweiter Unterschied, ob man das nur fakte oder tatsächlich etwas miteinander hatte.

Ich goss Milch in meinen Tee und warf den Teebeutel in den Müll. Nun gab es nur noch eine Hürde zu überwinden: Nick musste sich auf unsere angebliche Liaison einlassen. Es war kurz vor neun – zu früh für einen Anruf an einem Sonntagmorgen?

Ich scrollte durch meine Handykontakte und fand Nicks Nummer. Nach zweimaligem Klingeln schaltete sich die Mailbox ein. Mist, ich hätte es gern schnell hinter mich gebracht. Ich legte auf, ohne eine Nachricht zu hinterlassen. Dann durchsuchte ich alle möglichen Schränke, um meine Notration an Teekeksen zu finden.

Gerade als ich den vierten Keks in meinen Tee tunkte, leuchtete Nicks Nummer im Display meines Handys auf.

»Hi, Nick. Danke, dass Sie zurückrufen.«

»Kein Problem. Was kann ich für Sie tun?«

»Das ist jetzt ein bisschen blöd, aber Jess geht morgen für die nächsten Wochen auf Tour, und wenn Sie sie sehen wollen, geht das nur heute Abend.«

»Das sollte klappen. Ich kann ein paar Sachen verschieben.«

Gut, nun kamen wir zum unangenehmen Teil. »Es gibt da einen kleinen Haken. Simon hielt es für glaubwürdiger, Jess Ihre Anwesenheit damit zu erklären, dass Sie mein ... äh ... mein Freund sind.«

Stille.

»Nick? Haben Sie gehört?«

»Nicht besonders gut, denn es hörte sich so an, als hätten Sie gesagt, ich solle mich als Ihr *Freund* ausgeben.«

Er klang geradezu angewidert, was ich ein starkes Stück fand. Ich meine, es war ja nicht so, als hätte er nie mit mir geflirtet.

»So ist es«, erwiderte ich steif. »Genau das habe ich gesagt. Dadurch wird Jess Ihnen nicht misstrauen – eine geniale Idee.« Hatte ich für diesen schwachsinnigen Plan gerade das Wort »genial« benutzt?

»Wenn ich Ihren Freund spielen soll ... Was genau beinhaltet das denn?«

Du meine Güte, er klang ja wie ein Schauspielstudent mit Statistenrolle, der jetzt seine innere Motivation ausdiskutieren wollte.

»Benehmen Sie sich einfach ganz normal – so wie am ersten Abend. Niemand erwartet von Ihnen, dass Sie sich in irgendeiner Weise ungebührlich benehmen.«

»Machen Sie so was öfter?«

»Wofür halten Sie mich? Nein! Aber ich sehe auch kein Problem: Wo ist der Unterschied, wenn wir nur gute Bekannte sind oder ein Paar?«

Er schwieg einen Moment, um den dramatischen Effekt zu verstärken. Dann: »Zoë, hat Ihre Mutter sich nie mit Ihnen hingesetzt und das Gespräch über Blümchen und Bienchen geführt?«

»Du liebe Zeit, Sie hängen das jetzt aber mächtig hoch. Es ist ja nicht so, als müssten wir Jess in irgendeiner Form beweisen, dass wir den Geschlechtsakt vollzogen haben.«

Warum hatte ich »Geschlechtsakt« gesagt?

Ich setzte neu an. »Was weiß sie denn, ob Sie nicht Zeuge Jehovas oder streng katholisch sind und Sex vor der Ehe strikt ablehnen?«

Scheiße. Schon wieder daneben.

»Nicht, dass daran etwas falsch wäre, falls Sie ... irgendwas davon sind. Sind Sie?«

Sei. Einfach. Still. Zoë.

»Ob ich was bin? Noch Jungfrau? Oder Zeuge Jehovas?« Er schwieg. »Fragen Sie das all Ihre zukünftigen Freunde?«

Ihm machte das offensichtlich großen Spaß.

Ich verdrehte die Augen. »Nein, nur die vorgetäuschten.«

»Nicht praktizierender Katholik, wenn Sie es denn wissen müssen. Und nur wenige von uns gehen jungfräulich in die Ehe.«

Dieses Gespräch beinhaltete mittlerweile deutlich mehr sexuelle Begriffe, als angesichts unseres schwierigen Verhältnisses angemessen gewesen wäre. »Also – zurück zu heute Abend ... Haben Sie Zeit?«

»Ich bin vorher in der Nähe der London Bridge verabredet – wenn wir uns diesseits der Themse treffen könnten, wäre das sehr hilfreich.«

»Klar, kein Problem.« Ich war erleichtert, dass wir uns nun auf irgendetwas einigen konnten.

»Ich kenne da einen netten Laden. Ich schicke Ihnen die Adresse.«

»Danach schulden Sie mir das Interview mit Marcie. Das ist der einzige Grund, aus dem ich mich auf diese ganze Fakerei einlasse.«

»Gut, notiert: Sie faken nicht gern.«

Er legte auf und beglückwünschte sich jetzt mit Sicherheit selbst, im letzten Moment noch diesen Treffer gelandet zu haben.

Ich hatte für diesen Morgen noch einiges auf dem Programm. Einmal im Monat lud ich sonntags das ganze Team von *Re:Sound* zum Brunchen ein, und das war ausgerechnet heute. Ich machte nichts besonders Aufwändiges, und ich hatte mittlerweile Übung darin, Würstchen und Eier für ein halbes Dutzend Leute zu braten. Und den Toast *nur manchmal* anbrennen zu lassen.

Ich ging zum Supermarkt, kaufte Speck und Eier und Dosen mit gebackenen Bohnen und bereitete danach alles vor. Ich räumte den Tisch frei, denn unsere Treffen waren normalerweise ein guter Anlass, um mal wieder die Brettspiele rauszuholen – wegen meiner kulinarischen Expertise kamen meine Kollegen ganz bestimmt nicht.

Gavin und Lucy waren die Ersten, und Gavin hatte ein neues Spiel namens *Risiko* mit. Also für uns war es neu, aber er versicherte, es sei ein uralter Klassiker. Rob, unser Art Director, kam als Nächster und überreichte mir ein Glas Bio-Honig.

»Hab ich vorhin auf dem Borough Market gekauft.«

Der gute Rob kam nie mit leeren Händen. Die Letzten waren Ayisha und Jody, die aussahen, als hätten sie noch weniger Schlaf gehabt als ich.

Als ich mit der ersten Ei-Würstchen-Runde durch war, klingelte es erneut. Vor der Tür stand Mike. Ich wich einen Schritt zurück. Er war natürlich immer eingeladen, kam aber selten. Seinem Gesicht nach zu urteilen, hatte er Neuigkeiten. Allerdings keine guten.

»Alles okay, Mike?«

»Natürlich«, sagte er, doch er konnte mich nicht täuschen.

»Spuck's aus.«

»Es ist nichts Dringendes. Viel dringender möchte ich wissen, ob du Arme Ritter machen kannst.«

Die Antwort lautete – wenig überraschend – Nein, womit Mike gerechnet und selbst altes Brot, Eier, Mehl und sogar Zimt mitgebracht hatte, da er korrekterweise davon ausging, dass mein Gewürzregal nicht viel hergäbe.

Nachdem wir gegessen und Tee nachgeschenkt hatten, erklärte Gavin uns höchst akribisch die Regeln von *Risiko*.

Ich versuchte aufzupassen, aber mir ging dauernd durch den Kopf, warum Mike wohl hier war. Was beunruhigte ihn so sehr, dass er an einem Sonntag lieber eine mindestens einstündige Fahrt von Berkshire nach Shepherd's Bush auf sich nahm, statt einfach vierundzwanzig Stunden auf den nächsten Arbeitstag zu warten?

Zwei kriegerische Stunden lang spielten wir *Risiko*, und sagen wir einfach: Es war nicht mein Spiel. Ich war die Letzte, denn meine armen grünen Minisoldaten wurden vernichtet, wohin sie auch gingen. Immerhin provozierten sie keinen nuklearen Showdown mit irgendeinem Gegner, im Gegensatz zu Jody und Mike, die erbitterte und von heftigen Flüchen begleitete Kämpfe um Irkutsk ausfochten.

Jody behauptete, Mikes militärische Vergangenheit bringe ihm Vorteile ein, was unfair sei. Normalerweise sprach er nicht von seiner Zeit beim Militär, aber während des Spiels verriet er uns, dass er tatsächlich einmal auf einer Mission in Irkutsk unterwegs gewesen war.

»Und wo, bitte, ist das denn noch fair?«, rief Jody.

Gavin versuchte zu schlichten und erinnerte daran, dass der Erfolg bei diesem Spiel vor allem vom Würfeln abhinge und weniger davon, ob ein Spieler tatsächlich einmal einen Militäreinsatz in dem Gebiet gehabt habe, das er zu erobern versuche. Dass Mike Zweitletzter wurde, bestätigte seine Aussage – Jodys gelbe Plastiktruppen hatten ihn vernichtet.

»Anfängerglück«, murmelte Gavin, der sich als sicherer Sieger gesehen hatte, bis er dann, als er Lucy Westeuropa abnehmen wollte, nur drei Einsen würfelte. Von dieser katastrophalen Niederlage konnte er sich nicht mehr erholen.

Zum Glück hatte ich einen großen Zitronenkäsekuchen besorgt, und nach zwei Stücken war Gavins verletzter Stolz wieder versöhnt.

Als ich in der Küche eine weitere Runde Tee und Kaffee vorbereitete, las ich eine SMS von Nick, in der er nach meiner Adresse fragte, damit er mich später abholen könne. Ich antwortete, ohne groß darüber nachzudenken, aber beim Ausspülen der Becher fiel mir ein, was daran seltsam war.

Ich rief ihn an.

»Warum wollen Sie erst zu mir nach Shepherd's Bush fahren?«

»Wie bitte?«

»Sie sagten, Sie hätten vorher eine Verabredung an der London Bridge.«

»Ach so, ja. Das wurde abgesagt.«

Er klang irgendwie verstimmt, aber ich konnte mir nicht erklären, warum. Er hatte doch wohl kein richtiges Date daraus machen wollen, oder?

»Treffen wir uns einfach um halb acht am Flussufer.«

»Was immer Sie wünschen.«

Lucy kam in die Küche. »Alles okay, Boss?«

Sie hatte wohl meinen irritierten Gesichtsausdruck bemerkt. »Passt schon.«

Benahm Nick sich seltsam, oder bildete ich mir das ein?

Lucy öffnete den Kühlschrank, um die Milch rauszunehmen. »Voll Panne! Der Typ kann einfach nicht verlieren!«

»Wer?«

»Gavin natürlich. Wer sonst?«

Sie zählte nacheinander alle Beschwerden und Ausreden auf, die Gavin aufgelistet hatte, angefangen damit, dass er seine Glückswürfel zu Hause vergessen hatte.

Wieder im Wohnzimmer, mussten wir dann entsetzt feststellen, dass Jody in Tränen aufgelöst dasaß.

»Was hast du jetzt wieder angestellt, Gavin?«, fragte Lucy scharf.

Ich muss zugeben, dass ich dasselbe dachte. Ayisha und Rob waren kurz nach Spielende gegangen, und Mike war für eine Zigaretten-länge draußen. Gavin war der erste – und einzige – Tatverdächtige.

Protestierend schüttelte er den Kopf. »Ich hab sie nur gefragt, ob sie meinen Käsekuchen aufessen will. Sie hatte noch gar keinen, und ich bekam dann beim dritten Stück ein schlechtes Gewissen ...«

Ich setzte mich neben sie. »Was ist los, Jody?«

»Es lag nicht an Gavin«, antwortete sie schniefend. »Ich bin gerade abserviert worden – per SMS.«

Ich rieb ihre Schulter. »Ach, du Ärmste, das tut mir leid!«

»Wie? Gerade eben?«, fragte Gavin nach. »Wie mies ist das denn!«

Lucy reichte ihr ein Taschentuch.

Jody tupfte sich über die Augen. »Tut mir leid. Ich wollte euch nicht die Laune verderben.«

»Du verdirbst gar nichts«, sagte ich. »Heul dich aus, wenn dir danach ist. Willst du darüber reden?«

Ihre haselnussbraunen Augen hatten rote Ränder. Ohne Make-up sah sie wirklich jung aus – höchstens wie Anfang zwanzig.

»Er schreibt, er sieht für uns keine Zukunft, weil ich mich zu wenig um mein Aussehen kümmere.«

»Was ist das denn für ein Blödsinn?«, kommentierte Lucy. »Du bist eine tolle Frau und siehst immer super aus.«

»Er schreibt, ich hätte ja ein hübsches Gesicht, wäre aber so ... *fett*.«

Ungläubig riss ich die Augen auf. »Er hat *was* gesagt? Was für ein Arschloch! Er ist derjenige, der das Problem ist – nicht dein Gewicht. Glaub mir, ohne ihn bist du besser dran. Und wenn ich den irgendwann noch mal sehe ...«

Mike kam zurück und mit ihm ein Schwall Zigarettengeruch. »Was ist denn hier los?«

»Jody hat gerade rausbekommen, dass ihr Ex-Freund ein Arsch-loch ist«, fasste Lucy zusammen.

»Vielleicht sollten wir deine Freunde in Tarnfarben auf ihn ansetzen«, fügte ich hinzu.

Jody schlug sich die Hand vor den Mund. »Das soll jetzt aber ein Witz sein, Zoë?« Dann, zweifelnd: »Oder nicht?«

»Du brauchst nur ein Wort zu sagen.« Mike zwinkerte. »Und die Leiche wird man niemals finden.«

Wir überzeugten Jody, dass sie durchaus ein halbes Stück Käse-kuchen essen könne, weil sie definitiv nicht fett sei und dies laut Gavin definitiv der beste Käsekuchen ever.

Etwa eine Stunde später saßen nur noch Mike und ich am Tisch. Gavin hatte ein Revanche-Spiel vorgeschlagen, aber als alle laut aufstöhnten, hatte er den Vorschlag zurückgezogen, sein Spiel eingepackt und zusammen mit Jody und Lucy den Heimweg angetreten.

»Noch Kaffee, Mike?«

Er schüttelte den Kopf. »Das mit Jody vorhin hast du gut gemacht.«

Ich zuckte die Achseln. »Ich habe nur gesagt, was jeder gesagt hätte.«

»Du hast Führungsqualitäten, Zoë.«

Das Gespräch nahm eine seltsame Wendung, und ich merkte, dass ich einen Kloß im Hals bekam. »Das ist ein tolles Team. Aber wahrscheinlich verdienen sie eine Chefredakteurin, die hinsichtlich unserer Zukunft keine so großen Risiken eingeht.«

»Deine Vision könnte Re:Sound tatsächlich eine bessere Zukunft bescheren.«

»Was meinst du damit, Mike? Das klingt eigentlich nach einer guten Nachricht, aber dein Gesicht sagt mir was anderes.«

»Freitagabend kam eine Anweisung von Ziggi der Säge.«

Augenblicklich verspannte sich mein Nacken. »Was hat er gesagt?«

»Er will das Team verkleinern.«

»Und das heißt?«

»Entweder Gavin oder Lucy – einer von beiden muss weg.«

Mir wurde schwindelig. »Ich muss mich für einen entscheiden?«

Er schüttelte den Kopf. »Ich hab Ziggi gesagt, dass wir da nicht mitmachen.«

»Und das hat gereicht?«

Er lächelte gezwungen. »Ja. Das und dass ich in den nächsten sechs Monaten auf fünfzig Prozent meines Gehalts verzichte.«

»Was? Aber das geht nicht! Du musst dein Haus abbezahlen, du hast Kinder …«

»Ich komme schon klar. Mein Ziel war, uns mehr Zeit zu verschaffen. Das Ganze ist wahrscheinlich reine Zermürbungstaktik – sie werden immer wieder mit immer mehr Forderungen ankommen. Wir brauchen das Interview mit Marcie.«

Ich hatte Mike noch nicht gesagt, dass ich allmählich Zweifel bekam, ob Nick mir Marcie wirklich liefern würde, und jetzt schien kein geeigneter Zeitpunkt zu sein, damit anzufangen.

»Und ich habe in unsere Verträge eingearbeitet, dass wir einen Bonus kriegen, sobald wir ihre Umsatzziele überbieten.«

Mir fiel auf, dass er »sobald« gesagt hatte und nicht »falls«. O Gott, er quoll vor Zuversicht ja fast über. Vielleicht sollten wir täglich gemeinsam Arme Ritter essen.

Nachdem Mike gegangen war – ein paar übrig gebliebene Würstchen im Gepäck –, begann ich die Tragweite des Gesagten zu begreifen.

Die Lohneinbußen würde Mike auf Dauer nicht hinnehmen kön-nen. Für eine gewisse Zeit könnte ich ebenfalls anbieten, auf einen Teil meines Gehalts zu verzichten, wenn ich dadurch Lucy und Gavin behalten könnte, aber wie lange ...?

Mike setzte wirklich großes Vertrauen in mich. Es war an der Zeit, es zurückzuzahlen.

Kapitel 17

 Smooth Operator

Mikes Neuigkeiten befeuerten meinen Entschluss, alles in meiner Macht Stehende zu tun, damit das Treffen heute Abend ein Erfolg würde. Ich stand vor meinem Kleiderschrank und überlegte, was Nicks Freundin zu so einer Gelegenheit tragen würde. Mit Sicherheit ein Kleid. Irgendwas Hautenges, Aufreizendes ... mit High Heels ...

Ach nee, vergiss es. Ich würde anziehen, was ich wollte. Ich probierte ein paar Outfits aus, bevor ich mich für schwarze Jeans mit hoher Taille, ein weißes Wickeltop und Ballerinas entschied.

Mit meiner Wahl war ich sehr zufrieden, aber während ich Eyeliner auftrug, dämmerte mir, dass ich ja eigentlich ziemlich genau *wusste*, wie Nicks Freundin sich anzog – denn den Gerüchten zufolge war Nicks Freundin ja Marcie.

Ich rutschte ab und verschmierte schwarzen Kajal auf meine Augenbraue. Herrje! *Diese* Schuhe waren zu groß für mich ...

Die nächsten Minuten war ich mit Wattepads und Make-up-Entferner beschäftigt, um die Spuren meiner Verunsicherung zu beseitigen. Es war lächerlich. Das waren nur Gerüchte. Nick war viel zu korrekt, um etwas mit seiner Arbeitgeberin zu haben. Und er würde mich schon gar nicht unser ganzes »Date« lang mit Marcie vergleichen.

Um halb acht saß ich auf einer Bank am linken Themse-Ufer und beobachtete die Promenierenden. Die Bar, die Nick für unser Treffen vorgeschlagen hatte, lag wenige Minuten entfernt und war überraschend mittelklassig. Ich dachte, er würde etwas Ausgefalleneres aussuchen und kein Lokal, in dem auf Bildschirmen live Rugby-Spiele liefen.

Eine Viertelstunde verging, und noch immer kein Zeichen von Nick. War ihm etwas dazwischengekommen? Ein prüfender Blick auf mein Handy zeigte jedoch, dass ich keinen Anruf verpasst hatte.

Gerade als ich mich fragte, ob ich allein in die Bar gehen sollte, flüsterte mir jemand »Hallo, du Hübsche!« ins Ohr.

Ich drehte mich um und sah Simon. »Hey, Simon.«

Er grinste und setzte sich neben mich. »Sieht dir gar nicht ähnlich, zu früh zu kommen.«

»Ich soll hier eigentlich Nick treffen. Meinen *Freund*.«

Sein Grinsen verschwand. »Wessen bescheuerte Idee war das noch mal? Ach ja, meine.«

Im Gegensatz zu seinen sonstigen Outfits, die immer sehr lässig waren, trug er einen graphitfarbenen Anzug. »Du hast dich schick gemacht?«

Simon blickte auf sein Hemd mit Krawatte. »Na ja, ich dachte, ich sollte lieber mit Mr Maßanzug mithalten.«

Ich verkniff mir mein Schmunzeln.

Er wischte sich unsichtbare Flusen vom Ärmel. »Wie gut kennst du diesen Nick eigentlich?«

»Wie meinst du das?«

»Du weißt, dass er Marcie Tylers PR-Manager ist, aber was ist er für ein Typ? Schlimmstenfalls ist er ein Widerling, der den heutigen Abend als Vorwand nimmt, dich zu begrapschen.«

Jetzt musste ich mir von innen auf die Wange beißen, um nicht loszulachen. War Simon etwa eifersüchtig?

»Er arbeitet schon seit Jahren für diese Firma, hauptsächlich im Ausland – bis vor Kurzem noch in Südamerika. Und er spricht acht Sprachen.«

»*Acht?*«

»Na ja, vielleicht auch nur drei oder vier.«

Simon schwieg, und wir sahen gemeinsam die Welt vorüberziehen.

Ich unterdrückte ein Seufzen. Ach, könnten wir nur Jess und Nick zum Teufel jagen und uns einen schönen Abend zu zweit machen!

Simon atmete schwer. Dachte er etwa dasselbe?

»Ich denke, wir müssen los. Showtime«, sagte er.

Es klang bedauernd. Aber er hatte recht – es war zwanzig Uhr. Zeit für Nicks und meinen Auftritt.

Die Bar war halb voll und mit den üblichen vereinzelten Sonntagabendtrinkern besetzt. Innen war der Laden netter, als man von außen erwartet hatte, mit glänzendem Parkettboden, Schanksäulen aus poliertem Messing und Rundbogenfenstern.

»Jess sitzt draußen.« Simon deutete zu der Handvoll Tische, die auf einem schmalen Streifen zwischen Pub und Gehweg aufgestellt waren. Eine Reihe Pflanzenkübel taten ihr Bestes, um sie von der danebenliegenden, viel befahrenen Straße etwas abzuschirmen.

Raucherbereich also. Jess zog an einer Zigarette; auf dem Tisch lag neben dem Getränkekühler eine Schachtel Marlboro Gold. Ich war nicht sonderlich erpicht darauf, zwischen stinkenden Rauchschwaden zu sitzen, aber ein Protest erschien mir unangebracht.

»Hi«, grüßte Jess, als wir an den Tisch kamen. Simon beugte sich vor, um ihr einen Kuss auf die Wange zu geben, und ich wiederholte die Geste etwas ungelenk. Sie trug ein schwarzes Top mit tiefem Ausschnitt, und an ihrem Handgelenk baumelten unzählige klimpernde Armreifen.

»Ist Nick gar nicht dabei?«, erkundigte sie sich und spähte über meine Schulter, während ich mich ihr gegenübersetzte.

»Er ist auf dem Weg.« Wehe, wenn nicht!

Im Eiskübel stand eine Flasche Champagner, und Simon schenkte uns beiden ein. Jessicas Glas war noch gefüllt, sie musste gerade erst gekommen sein.

Als ich einige Minuten später heimlich auf meine Armbanduhr linste, tauchte Nick auch schon auf. Gut, die erste Hürde, uns alle in ein und denselben Raum zu bekommen, war genommen – auch wenn dieser »Raum« einen Rauchertisch auf einem Gehweg mitten in der Stadt darstellte. Nick machte sich nicht die Mühe, den Umweg durch den offiziellen Eingang zu nehmen, sondern zwängte sich an den eingetopften Buchsbäumen vorbei. Er trug einen dunkelblauen Anzug mit weißem Hemd und roter Krawatte. Es war dasselbe Outfit, das er auf Patricks Party getragen hatte, was ich Simon gern gesagt hätte, damit er wusste, dass Mr Maßanzug keinen unerschöpflichen Vorrat an ebensolchen besaß.

Simon stand auf, um Nick die Hand zu geben, dann erhob sich – unter viel Stuhlbeinscharren und Fluchen – auch Jess.

»Ich gebe nie die Hand«, verkündete sie, lehnte sich vor und küsste Nick auf beide Wangen.

Daraus ergab sich nun ein minderschweres Problem. Wenn sie einen fast Fremden auf diese Weise begrüßte, wie sollte mein »Freund« dann mich begrüßen?

Eine entsetzte Sekunde lang fürchtete ich, er würde mich auf den

Mund küssen, aber ohne auch nur einen Augenblick zu zögern, drückte er mir einen Kuss aufs Haar und setzte sich. Er rückte seinen Stuhl näher an mich heran und neigte sich zu mir, um mir etwas ins Ohr zu flüstern.

»Und jetzt sage ich Ihnen zur Begrüßung irgendwas Versautes.«

Es war klar erkennbar – und äußerst peinlich –, dass ich spontan erschauerte und eine Gänsehaut bekam. Nick grinste wie die Katze aus Alice im Wunderland.

Es hatte nicht an seinen Worten gelegen, sein Atem hatte wie eine Feder über meinen Hals gestrichen. Das wäre mir bei jedem passiert. Meine Haut war sehr empfindlich.

Leider sah die Person, für die das ganze Schauspiel gedacht war, in diesem Moment gar nicht hin: Jess war mit ihrem Handy beschäftigt. Simon dagegen hatte das Ganze genau beobachtet. Er starrte Nick unter zusammengezogenen Brauen an und presste die Lippen aufeinander. Immerhin war es tröstlich, dass es ihm zu schaffen machte, schließlich war es seine Idee gewesen. Es würde ein langer Abend werden, wenn jeder von uns jetzt komisch reagierte.

Ich streckte die Hand aus, um Simon »freundschaftlich« den Arm zu tätscheln, und Jess wählte genau diesen Augenblick, um ihr Handy wegzulegen.

Sie sah von mir zu Nick, dann wieder zu Simon. Es war eine harmlose Geste gewesen; Jess konnte nicht wirklich misstrauisch geworden sein – oder?

Ohne weiter nachzudenken, legte ich meine Hand auf Nicks, die auf dem Tisch ruhte. Seine Haut war kühl, und ich spürte deutlich seine Fingerknöchel in meinem Handteller. *O Gott, war das schräg!* Aber jetzt konnte ich meine Hand auch nicht mehr wegziehen, das würde noch merkwürdiger wirken.

Nick war nichts anzumerken. Er saß breitbeinig da und schien ganz entspannt. »Was trinken wir denn?«

»Champagner«, sagte Jess.

»Klingt gut.«

Gut. Immerhin folgte er heute nicht seiner Vorliebe für Mineralwasser.

Ich zog meine Hand zurück, um ihm einzuschenken.

»Cheers«, meinte er und trank das Glas in einem Zug leer, als wäre es ein Energydrink.

Ich starrte ihn an. Wie durstig war er denn?

»Schlimmer Tag?«, erkundigte sich Jessica.

»So in der Art«, antwortete er.

Unsinnigerweise fühlte ich mich angegriffen. Toll, ich war also die Art Freundin, die ihren Freund in den Alkohol trieb.

Niemand sagte etwas, und es herrschte eine unangenehme Stille. Verzweifelt sah ich mich um, ob ich nicht einen kommentarwürdigen süßen Hund entdeckte, aber: nichts. Eine Taube mit missgebildetem Fuß pickte an einer leeren Chipstüte herum, aber das war auch kein sensationelles Gesprächseröffnungsthema.

»Also ... Nick«, begann Simon, der ungemütliches Schweigen noch mehr verabscheute als ich, »Zoë sagt, du sprichst einen Haufen Sprachen. Wie kommt das?«

Danke für den Versuch, Simon!

»Ich bin als Kind oft umgezogen.«

Stimmte das? Ich war versucht nachzuhaken, aber das hätte uns wohl verraten.

Glücklicherweise sprang Jess für mich ein. »Wohin denn?«

»Es ging zwischen England, Frankreich und Italien hin und her.«

»Schwere Entscheidungen bei der Fußballeuropameisterschaft«, kommentierte sie schmunzelnd.

Ich konnte mir Nick nicht gerade als Fußballfan vorstellen, aber er lächelte.

»Und wo hat es dir am besten gefallen?«, wollte Simon wissen.

»In letzter Zeit gefällt mir England am besten.«

Jess lehnte sich vor. »Liegt das an unserer Zoë?«

Wann war sie denn zu einem Kitschseriencharakter mutiert?

Nick nahm die Champagnerflasche und schenkte uns allen nach. »Sie hält mich jedenfalls ganz schön auf Trab.«

Das klang zwar nicht nach großer Liebe, aber Jess schien das egal.

Die Flasche war leer, bevor Nick zu seinem eigenen Glas kam.

Simon schnitt eine Grimasse. »Ich wollte sowieso gerade eine neue Flasche bestellen.«

Nick stand auf. »Kein Problem, ich gehe zur Theke.«

Sobald er weg war, entschuldigte sich Jess, sie müsse mal zur Toilette, so dass nur noch Simon und ich am Tisch saßen.

Ich stöhnte und vergrub mein Gesicht in den Händen. »Das ist so furchtbar!«

»Aber irgendwie auch unterhaltsam.«

»Nick versucht ja nicht mal, mit Jess über Marcie zu reden.«

»Er scheint sich ein bisschen unwohl zu fühlen.«

Ich nickte und war gleichzeitig beeindruckt, dass Simon es auch bemerkt hatte. »Wahrscheinlich, weil ich eine beschissene Freundin abgebe.«

»Nee, weil er einen beschissenen Freund abgibt.«

Es war eine banale Replik, aber er sagte es mit sehr viel Nachdruck.

Ich konnte nur über ihn staunen. Zuerst war ich sauer gewesen, dass er diese blöde Scharade vorgeschlagen hatte, aber bezeichnenderweise schien genau das nun die Dinge für ihn endlich ins rechte Licht zu rücken. Wie zum Beispiel, dass er selbst lieber die Rolle meines Freundes einnehmen würde ...

»Du siehst toll aus, Frixie.«

Ich lächelte und wünschte, mein vierzehnjähriges Ich könnte uns sehen. Wie viele Jahre hatte ich mir den Kopf zerbrochen, wie ich es bloß anstellen könnte, dass Simon mich mochte. Hätte ich nur die gute alte Eifersucht provoziert, wäre ich also viel früher an diesen Punkt gekommen. Offenbar *hasste* Simon es, mich mit einem anderen zu sehen.

»Nick sollte ein bisschen mit Jessica flirten«, sagte ich. »Ich wette, dann erzählt sie ihm alles, was er wissen will.«

Simon runzelte die Stirn. »Das wäre ihr gegenüber aber irgendwie unfair, findest du nicht?«

Ich ärgerte mich, dass seine Sorge sich wieder einmal nicht auf mich beschränkte. Wollte er Jess schon wieder beschützen? Ich biss mir auf die Lippe, um meine Enttäuschung zu verbergen.

»Ich will das alles nur so schnell wie möglich hinter uns bringen, damit niemand mehr irgendetwas vortäuschen muss«, sagte ich.

»Wir reden später weiter«, flüsterte er. »Sie kommen zurück.«

Ich drehte mich um und sah, dass die beiden Seite an Seite auf uns zukamen. Jess klammerte sich an Nicks Arm, als wäre sie eine Debütantin bei der Vorstellung am Königshof. Im anderen Arm hielt Nick eine neue Flasche Champagner.

Gott, mussten wir etwa alle so teure Runden ausgeben?

»Normalerweise trinkst du gar nicht so viel«, sagte ich, als Nick sich wieder neben mich setzte.

»Von Champagner werde ich nie betrunken.«

»Komisch, bei mir wirkt der schneller als alles andere.«

»Dann muss ich ja auf dich aufpassen.«

Fake-Freund Nick war offenbar ein Beschützertyp.

Jess stieß Simon ihren Ellbogen in die Rippen. »Die sind süß zusammen, findest du nicht auch?«

Simon reagierte mit einer Mischung aus Nicken und Achselzucken.

»Gerade hat Nick mir erzählt, wie ihr euch kennengelernt habt. So eine schöne Geschichte.«

Ich sah Nick mit großen Augen an, aber er lächelte nur hintergründig. Was um alles in der Welt hatte er Jess erzählt? Doch sicher nicht die Jonny-Story!

»Erzähl es auch Simon«, forderte sie Nick auf. »Diese Seite von Zoë kennt er vielleicht noch gar nicht.«

Das hörte sich nicht gut an.

»Lieber nicht«, sagte Nick. Sein Mona-Lisa-Lächeln wandelte sich zu einem gespielt schuldbewussten Grinsen. »Das ist ihr vielleicht peinlich.«

Was zum Teufel hatte er erzählt?

»Sie haben sich beim Boxtraining kennengelernt«, verriet Jess nun.

Wie bitte?

»Boxen? Ich dachte, ihr kennt euch über die Arbeit«, meinte Simon argwöhnisch.

Ich reagierte sofort, um sein Misstrauen zu zerstreuen. »Es war Boxercise, kein richtiges Boxtraining, das ist ein Unterschied. Wir kannten uns über die Arbeit, aber waren dann zufällig eines Abends im selben Kurs im Fitnessstudio.«

Nick lehnte sich vor und boxte mich spielerisch auf die Nase.

»Und während unsere Fäuste flogen, sprühten die Funken.« Ich starrte ihn mit offenem Mund an. Hatte er das tatsächlich gerade gesagt, ohne eine Miene zu verziehen?

Simon sah aus, als würde auch er jetzt gern die Fäuste schwingen. »Du meine Güte, Nick, du hast sie doch wohl nicht geschlagen, oder?«

»Natürlich nicht«, versicherte ich schnell. »Wir haben eine Weile Ausdauertraining gemacht und dann verschiedene Schläge mit diesen Styropordingern geübt.«

Mein »Freund« nickte. »Mit Zoë ist nicht zu spaßen.«

Ganz recht – und er bewegte sich gerade auf *sehr* dünnem Eis.

»Wisst ihr was? Ich glaube, mit der nächsten Runde bin ich dran.« Ich stand auf. »Nick, würdest du mir wohl zur Hand gehen?«

Mein Fehler lag in der Formulierung, denn Nick nahm es wörtlich und streckte seine Hand aus. Ich überlegte, ob ich ihn einfach am Handgelenk hochziehen sollte wie ein abtrünniges Kleinkind, aber das hätte komisch gewirkt. Etwas unwillig nahm ich also seine Hand und hoffte, dabei mit so wenig Berührung wie möglich auszukommen. Er jedoch griff beherzt zu und hielt meine Hand überraschend fest. Wir schlängelten uns an den Tischen vorbei in Richtung Tresen, und mit jedem Schritt wurden meine Finger wärmer. Und feuchter, was ziemlich blöd war. Ich meine, Nick bedeutete mir nicht das Geringste, aber ich wollte auch nicht, dass er mich für einen Freak oder so was hielt.

Zoë Frixos – die Frau mit den patschnassen Händen.

Sobald wir die Theke erreicht hatten, entwand ich mich seinem Griff und wischte mir die Handfläche diskret an der Hose ab.

»Mussten Sie Jess diese Boxgeschichte erzählen?«

Nick zuckte die Achseln. »Sie wollte Details, und das war das

Erste, was mir einfiel. Es ist einfacher, zu lügen, wenn ein Körnchen Wahrheit dabei ist.«

Sein Gesichtsausdruck gab absolut nichts preis, und ich fühlte mich plötzlich unwohl. Das klang, als hätte er beim Schwindeln eine Menge Übung. War er ein Serienlügner? Wurde ich in diesem Moment ebenfalls hochgenommen?

»Wir sind hier, weil Sie Jess davon überzeugen wollen, dass sie Marcie vergibt, korrekt?«

»Korrekt.«

»Dann würde ich gern erleben, dass Sie das Gespräch in diese Richtung vorantreiben. Ich weiß, dass Sie sie nicht direkt darauf ansprechen können, aber ich weiß inzwischen auch, dass Sie mit Engelszungen reden können.« Ich hob die Hand, bevor er etwas Anzügliches erwidern konnte. »Geradeheraus gesagt: Flirten Sie mit ihr.«

Er sah mich irritiert an. »Na ja, indem Sie mich als Ihren festen Freund eingeführt haben, sind mir in dieser Hinsicht leider die Hände gebunden.«

»Ich sagte, Sie sollen mit ihr flirten – und sie nicht quer über den Tisch vögeln.«

Er wandte den Kopf und atmete ein Mal tief ein und aus; ich sah, wie sich sein Brustkorb hob und senkte.

»Was wollen Sie trinken?«

Perfekt. Er wechselte lieber das Thema, als mir zu antworten.

»Mir egal. Überraschen Sie mich.«

Ich drehte mich um und ging wieder nach draußen. Mir zitterten die Knie, ich war aufgewühlt. War mir der Champagner so schnell zu Kopf gestiegen, oder warum beschwor all das Gerede über Zungen und gebundene Hände und Über-den-Tisch-Vögeln diese Stafette nicht jugendfreier Bilder vor meinem geistigen Auge herauf?

Was war nur mit mir los? War ich dermaßen sexuell frustriert?

Es war ja schön und gut, dass Simon es langsam angehen lassen wollte, aber momentan war ich nicht mehr sicher, wie lange ich darauf warten könnte.

Ich kam an den Tisch zurück und erstarrte: Simon zündete sich eine Zigarette an. Ausgerechnet er, bislang ein fast militanter Nichtraucher.

Seine Wangen zogen sich nach innen, während er inhalierte, dann legte er den Kopf zurück und stieß eine elegante Rauchwolke aus.

Du ruinierst dir deine wunderbaren Lungen, wollte ich sagen. *Aber du siehst verdammt heiß dabei aus.*

Okay, das war definitiv der Champagner. Rauchende Männer fand ich nur attraktiv, wenn ich nicht ganz bei mir war.

Während ich mich setzte, suchte ich Simons Blick. »Du rauchst?«

Er sah auf die Zigarette in seiner Hand, als würde er sie erst jetzt bemerken. »Ach ja. Hilft mir zu entspannen.«

Was stresste ihn denn so? Dass Nick und ich miteinander geboxt hatten? Ich schätzte, Nick hatte richtiggelegen: Die Story hatte alle überzeugt – selbst Simon, der wusste, dass unsere Beziehung nur gefakt war.

»Wo sind die Getränke?«, wollte Jess wissen.

»Die bringt Nick gleich mit.«

»Ach, da helfe ich mal beim Tragen ...«

Als sie weg war, ergriff ich Simons freie Hand. »Rauch nicht, bitte.«

Er nickte und drückte die Zigarette im Aschenbecher aus, in dem mindestens ein Dutzend von Jessicas Stummeln lagen.

»Tut mir leid, dass das so ein blöder Abend ist«, fügte ich hinzu.

Er lächelte verkniffen.

Bevor ich noch mehr sagen konnte, stellte Nick eine weitere Flasche Champagner auf den Tisch.

»Keine große Überraschung, *Liebster*«, murmelte ich äußert unlieb. Aber es war mir egal. Ich wollte den Abend nur noch hinter mich bringen und meine Schuld bei Nick begleichen. Ob er mit dem Ergebnis glücklich war oder nicht, konnte mir schnurzpiepegal sein. Nach diesem Abend musste er sich um alles Weitere selbst kümmern.

Nick setzte sich, und hinter ihm tauchte nun Jess auf. Sie trug ein Tablett mit vier Schnapsgläsern.

»Überraschung: Tequila«, flötete sie.

Das war nicht in Ordnung. Jess betrunken zu machen half Nick vielleicht weiter, aber ich fand es trotzdem daneben. Solche Tricks hatte sie nicht verdient.

»Wessen Idee war denn der Tequila?«, fragte ich.

Jess kicherte. »Das war eine gemeinsame Entscheidung.«

Ich spürte mit Wut gepaarte Besorgnis in mir aufsteigen. »Bist du sicher, dass du das heute verträgst?«

»Alles bestens, meine Liebe«, strahlte sie mich an. Ihre Wangen waren gerötet, und ihr Lipgloss war verschmiert. Sie nahm ein Glas Tequila, schüttete es in ihren Champagner und stieß mein Glas an. »Auf ex.«

Champagner mit Tequila war eine tödliche Kombination. Bei meiner letzten Begegnung mit dieser Mischung – allerdings mit preisgünstigerem Sekt, denn das war damals an der Uni gewesen –, hatte ein Freund von mir zwei Stunden lang in gallegrünem Strahl gekotzt.

Jessica stürzte das Zeug hinunter und wirkte mit sich zufrieden.

Wenn sie tatsächlich ein Alkoholproblem hatte, wie Nick vermutete, dann war es fast kriminell gewesen, den Tequila dazuzubestellen.

Ich lehnte mich ein wenig näher zu Nick und legte ihm demonstrativ eine Hand auf die Wange. »Das ist manipulativ und echt gefährlich«, flüsterte ich unter falschem Lächeln, damit die anderen nicht sehen konnten, wie stinksauer ich war.

Nick löste die Hand von seiner Wange und hielt sie in vorgespielter Vertrautheit fest. Sehr fest. »Sie stecken da genauso tief drin wie ich«, raunte er.

Ich wollte meine Hand wegziehen, aber er ließ sie nicht los.

Das tat er erst, als plötzlich ein Mann von irgendwoher laut zu rufen begann. Wir sahen uns um und versuchten zu erkennen, woher der Lärm stammte.

Zwei Männer winkten Jess vom Gehsteig aus zu.

»Trägst du heut ein Höschen, Honeywell?«, geiferte der eine, und Jess erstarrte.

Der andere hielt eine Kamera hoch. Es blitzte zwei Mal. Verdammt! Waren das Paparazzi?

Sie näherten sich, und Simon versuchte, Jess vor ihnen abzuschirmen. »Verpisst euch!«, rief er wütend.

»Wir befinden uns auf öffentlichem Grund«, rief der mit der Kamera zurück, und ich konnte sehen, dass der andere sein Handy rausgezogen hatte und uns filmte.

»Verschwinden wir«, sagte ich und versuchte, mich vor Jess zu stellen.

Nick stand auf und zog uns beide mit sich. »Kommt. Ich kenne einen Hinterausgang.«

Ich weiß nicht mehr, wo genau wir entlanggingen und wie wir am

Ende aus dem Lokal kamen, aber plötzlich standen wir in einer glücklicherweise menschenleeren Seitenstraße.

Nick lief zur Hauptstraße, und kurz darauf erschien am Eingang der Gasse ein schwarzes Taxi.

Nick winkte uns zu sich.

Ich sah Simon an. »Sollen wir einsteigen?«

»Es bleibt uns wohl nichts anderes übrig.«

Nick hielt uns die Tür auf. Ich half Jess beim Einsteigen und folgte ihr in den Wagen. »Alles okay, Jess?«

Ihre gesunde Gesichtsfarbe von vorhin war verschwunden. Sie war weiß wie die Wand.

»Wie haben diese Kerle mich gefunden?«, stammelte sie.

Simon kletterte ebenfalls ins Taxi und setzte sich auf den Platz Jess gegenüber, so dass Nick am Ende mir gegenübersaß.

»Cayenne Court«, rief er dem Fahrer zu.

»Wohin fahren wir?«, wollte Simon wissen.

»Ich wohne ganz in der Nähe – da sind wir sicher.«

Auf der Fahrt wurde nicht viel gesprochen. Ich verbrachte die Zeit vor allem damit, Nick nicht anzusehen und das Gegeneinanderstoßen unserer Knie zu vermeiden – was natürlich trotzdem ständig passierte.

Simon versuchte zu erkennen, ob wir verfolgt würden. »Ich glaube, die Luft ist rein«, verkündete er nach einer Weile.

Als wir vor Nicks Haus anhielten, gab es eine kurze Diskussion über das weitere Vorgehen. Simon schlug vor, dass er Jessica nach Hause brächte, aber am Ende entschieden wir, noch raufzugehen und uns bei einer Tasse Kaffee zu beruhigen.

Nick wohnte in einem umgebauten Lagerhaus aus ockerfarbenem Backstein mit hohen Fenstern. Seine Wohnung lag im obersten – dem achten – Stockwerk, was eine für mich schweißtreibende Fahrt im Aufzug erforderte. Ich konzentrierte mich auf das wechselnde Aufleuchten der Etagenknöpfe, um meine aufkeimende Klaustrophobie zu besänftigen.

Die Tür glitt auf, und wir folgten Nick über den Korridor zu einer zweifarbigen Holztür mit silberner Apartmentnummer.

»Macht es euch bequem«, sagte er, während er aufschloss. »Ich kümmere mich um Kaffee.«

Er verschwand Richtung Küche, wir drei anderen gingen ins Wohnzimmer. Wie schon im Eingangsbereich waren auch hier der Boden aus heller Eiche und die Wände strahlend weiß. Abgesehen von ein paar Kerzen in gläsernen Windlichtern und einer tickenden Uhr aus Chrom an der hinteren Wand sah die Wohnung fast unbewohnt aus. Wie ein Filmset, das darauf wartete, dass jemand es weiter ausstattete und die Schauspieler ihm Leben einhauchten.

Wir setzten uns auf ein knarzendes Ledersofa und nahmen Jess dabei fürsorglich in die Mitte. Instinktiv wollte ich Jess vor Nick schützen; irgendetwas war hier faul. Also nicht im wörtlichen Sinn – es roch eher nach Duftkerzen –, aber mein Bauchgefühl sagte mir, dass Nick nicht ganz aufrichtig war. Irgendetwas verheimlichte er.

Er kam mit vier Espressi und Zucker zurück. Ich hasste schwarzen Kaffee, aber um Milch zu bitten, hätte nach Schwäche ausgesehen. Dann würde ich das verdammte Zeug eben pur trinken.

Jess ließ einen Löffel Zucker in ihre Tasse rieseln. »Nick, kann ich hier irgendwo rauchen? Eine Zigarette würde meine Nerven beruhigen.«

»Du kannst ruhig hier drinnen rauchen«, sagte er und nickte in Richtung eines kristallenen Aschenbechers, der aussah, als wäre er noch kein einziges Mal mit Asche besudelt worden.

»Nein, ist schon okay, dann lasse ich es. Du bist Nichtraucher, da will ich deine Wohnung nicht verseuchen.«

»Das ist wirklich kein Problem, aber wenn es dir lieber ist: Mein Schlafzimmer hat einen Balkon – warum gehst du nicht dorthin?«

Jess lächelte dankbar, schnappte sich ihre Tasche und folgte Nick in sein Schlafzimmer.

Sobald sie weg waren, rutschte Simon näher an mich heran und griff nach seinem Espresso. Ich nippte an meinem und verzog das Gesicht.

»Du hasst schwarzen Kaffee«, sagte er.

»Ja. Und ich will hier nicht lange bleiben.«

Simon sah mich an. »Irgendwas ist komisch.«

Ich nickte. »Das Gefühl habe ich auch.«

»Willst du was sagen, oder soll ich?«

»Was wollt ihr sagen?« Nicks Stimme ließ uns zusammenfahren. Er sank uns gegenüber in einen Sessel. Das Jackett hatte er ausgezogen und auch die Krawatte abgenommen, und ohne das förmliche Outfit sah er plötzlich ganz anders aus. Wie jemand, den ich nicht kannte.

Simon sah mich an, als wolle er mich um Erlaubnis bitten. Ich nickte.

»Zoë hat mir gesagt, wer du wirklich bist«, begann er mit leiser Stimme. »Ich weiß also, womit du dein Geld verdienst, und mir ist aufgefallen, dass jedes Mal, wenn wir mit dir unterwegs waren, Paparazzi aufgetaucht sind.«

Nick runzelte die Stirn. »Moment mal … Willst du etwa andeuten, ich sei derjenige gewesen, der ihnen den Tipp gegeben hätte? Dass ich das eingefädelt hätte?«

»Das Ganze war immerhin deine Idee«, erwiderte Simon, »bis hin zur Wahl des Lokals.«

Da hatte er recht – Nick hatte sich unbedingt in der Nähe der London Bridge treffen wollen. Ich hatte das nicht weiter hinterfragt, aber nun schien es verdächtig.

»Jetzt mal langsam«, meinte Nick. »Jess hat sich doch selbst einen Tisch ausgesucht, der an der Straße lag.«

»Aber Sie wussten, dass sie raucht«, warf ich ein. Mein ungutes Gefühl verstärkte sich. »Es war klar, dass sie sich in den Außenbereich setzen würde.«

Irritiert sah Nick mich an. »Aber Zoë, Sie können doch nicht ernsthaft glauben, dass ich die Paparazzi geschickt habe.«

Ich wusste nicht mehr, was ich glauben sollte. Nick hatte mir selbst gesagt, dass er die Paparazzi kannte, die hinter Jess her waren, und Simons Theorie ergab allmählich immer mehr Sinn.

»Ich weiß es nicht. Aber Sie scheinen beim Lügen eine Menge Routine zu haben. An dem Abend in Camden, als ich Sie auf Jessicas erstem Konzert getroffen habe, sagten Sie, sie würden dort in der Nähe wohnen.« Demonstrativ sah ich mich um. »Und jetzt sind wir in Southwark, was eine ganze Ecke von Camden entfernt liegt.«

»Das war eine Notlüge. Sie hatten mich gefragt, warum ich da war, und das war die einfachste Erklärung.«

Er beugte sich vor und nahm seinen Espresso. Wich er meinem Blick mit Absicht aus?

Simon stemmte die Hände in die Hüften. Er wirkte zunehmend wütend. »Wissen Sie, was ich glaube, Nick? Ich glaube, Sie haben uns eine Menge Blödsinn erzählt. Marcie will sich nicht mit Jess versöhnen – sie will sie demütigen und ihr jede Chance auf eine zweite Karriere verbauen. Und Sie sind ihr Erfüllungsgehilfe.«

Ich suchte nach Anzeichen von Schock oder Entsetzen in Nicks Gesicht. Doch die Sekunden verstrichen, und er schwieg.

Simon stand auf. »Scheiße, ich brauche auch eine Zigarette.« Er verließ hölzern das Zimmer und ließ mich mit Nick allein.

»Sie leugnen es nicht, Nick?«

Er setzte sich aufrecht hin. »Natürlich leugne ich das. Sie denken, ich bin derjenige, der Jess ihre Chancen verbaut? Sie ist es doch, die sich jedes Mal so betrinkt, dass sie nicht auftreten kann.«

»Aber Sie haben vorhin den Tequila bestellt. Sie haben sie zum Trinken ermutigt.«

Er lachte auf. »Ich habe nur versucht, das Eis zu brechen. Okay, ich habe vorgeschlagen, was zu trinken, und auch selbst getrunken, aber letztes Mal habe ich keinen Tropfen Alkohol angerührt.« Er schüttelte den Kopf. »Sie gibt sich alle Mühe, sich ihre Karriere höchstselbst zu versauen.«

Das ungehobelte Wort stach hervor; sonst drückte er sich anders aus. War er derart angepisst, weil wir ihn durchschaut hatten?

»Können Sie mir versichern, dass es hier nicht um Marcies Rache geht, weil Jessica mit Benedict geschlafen hat?«

Er lachte. »Ich kann nicht glauben, was ich da höre. Wir sind doch nicht in einer gottverdammten Seifenoper!«

»Das klingt nicht so, als wollten Sie es leugnen«, entgegnete ich kühl.

Er hielt meinem Bick stand. »So würde Marcie sich niemals benehmen.«

Ich stand auf. »Vielleicht war es ja Ihre Idee.«

»*Meine* Idee?« Nick erhob sich ebenfalls und baute sich direkt vor mir auf. Sein Gesicht war vor Ärger gerötet. »Ich hätte mehr von Ihnen erwartet, Zoë.«

»Ersparen Sie mir Ihr Gejammer über verletzte Gefühle. Ich weiß doch genau, wie ätzend und humorlos Sie sein können. Denken Sie daran, wie Sie unsere Rezension von Hands Down abgelehnt haben. Und noch ätzender ist, dass Sie jetzt auf ein neues Interview mit Jonny durch *mich* bestehen. Sie genießen solche Spielchen. Sie sind ein Sadist.«

»Alle Achtung, Sie halten wirklich viel von mir.«

»Sehen Sie mir in die Augen und versprechen Sie mir, dass Sie die volle Wahrheit über Marcie gesagt haben.«

Er blickte zur Seite, und ich ließ die Schultern hängen. Ich hatte ihm glauben wollen. Aber gerade als ich angefangen hatte, ihm zu vertrauen, hatte er es versaut.

»Ich habe Ihnen alles gesagt, was wichtig ist.«

Ich lachte. »O Gott, Nick … Hören Sie sich eigentlich selbst zu? Sie reiten sich immer tiefer rein.«

Er antwortete nicht, weil in diesem Augenblick Simon und Jess zurückkehrten.

»Ich habe uns ein Taxi bestellt«, sagte Simon, ohne Nick weiter zu beachten. »Komm, Zoë, wir gehen.«

Auf dem Weg nach unten schwiegen wir. Wir hatten uns geeinigt, dass Jess das Taxi nehmen würde und wir beide die U-Bahn, aber sie wirkte ziemlich unsicher auf den Beinen, so dass ich vorschlug, Simon solle sie lieber bis nach Hause begleiten.

»Es tut mir so leid«, sagte ich, bevor er ins Taxi stieg.

»Ich schätze, er hat uns alle an der Nase herumgeführt.«

Wollte er damit sagen, dass ich die Schuld trug? Er schlug die Tür zu, bevor ich nachfragen konnte. Während das Taxi davonfuhr, blickte ich noch einmal hinauf. Falls Nick uns beobachtete, tat er das so, dass man ihn nicht sehen konnte.

Kapitel 18

 Temptation

Am nächsten Morgen war ich noch immer ziemlich aufgewühlt und putzte mir die Zähne so heftig, dass ich Zahnfleischbluten bekam. Ich hatte Simon verärgert, und ich wusste nicht mehr, ob ich darauf vertrauen konnte, dass Nick die Wahrheit gesagt hatte. Und erst recht wusste ich nicht, ob er sich an sein Versprechen halten und mir das Interview mit Marcie vermitteln würde. Anscheinend hatte er versucht, mich anzurufen, aber keine Nachricht hinterlassen. Ich hätte auch nicht gewusst, was ich mit ihm hätte reden oder was er hätte tun können, damit ich ihm wieder vertraute.

Ich war es Mike schuldig, zu erzählen, was passiert war. Daher ging ich in der Redaktion gleich in sein Büro. Als er mich sah, lächelte er fröhlich, und mir wurde fast übel. Ich hätte geschworen, dass Nick es ehrlich gemeint hatte; Mike hatte persönliche finanzielle Einbußen hingenommen – vielleicht war es doch keine gute Idee, ihm das ganze Desaster zu beichten.

»Guten Morgen, Zoë. Hast du deinen katastrophalen Sonntag überstanden?«

Ich zog mir gerade einen Stuhl heran und erstarrte. Er meinte das blöde Risiko-Spiel, oder?

»Das nächste Mal krieg ich dich«, antwortete ich und versuchte ein Lächeln.

Er schüttelte den Kopf. »Nick Jones hat mich vorhin angerufen.«

Oh. Er wusste schon Bescheid.

Ich war einen Moment irritiert, dass es klang, als hätten die beiden sich ganz kumpelhaft darüber ausgetauscht.

Dann mussten wir jetzt doch Tacheles reden – es hinauszuschieben war keine Option mehr.

Ich sank ihm gegenüber auf den Stuhl. Es war ein wunderschöner alter Holzstuhl mit Armlehnen und grünem Lederpolster. Ich hatte keine Ahnung, wo er herkam; die Stühle in meinem Teil der Redaktion waren alle aus schwarzem Plastik, und wenn man Glück hatte – was für mich nicht zutraf –, gab es immerhin einen Hebel, um die Höhe einzustellen.

»Was wollte er?«

»Du hast das super hingekriegt. Er sagt, dass du morgen Jonny interviewst und nächste Woche dann Marcie.«

Wie bitte?

Meinte Nick das ernst, oder hatte er Mike was vorgespielt? Dass er mein Interview mit Jonny einfach so terminierte, ohne mir vorher Bescheid zu geben, konnte ich ja noch glauben, aber wollte er das mit Marcie wirklich durchziehen?

»Ich muss zugeben, dass ich davon noch nichts weiß. Ich habe heute Morgen einen Anruf von Nick verpasst, und es wundert mich, dass es offensichtlich das war, was er mir sagen wollte.«

Mike sah mich scheel an. »Na ja, warum sonst sollte er dich in aller Herrgottsfrühe anrufen? Es sei denn, ihr habt eine kleine heiße Affäre, von der du mir nichts erzählt hast.«

Er lachte leise, und ich rang mir ein Lächeln ab. »Tja, ich hab tatsächlich eine einzelne Socke in meinem Schlafzimmer gefunden. Die muss dann wohl einem meiner vielen Liebhaber gehören.«

Ich kehrte an meinen Schreibtisch zurück und rief Nick an. Ich war nicht sicher, was mich erwartete, aber falls es in ein verbales Gefecht ausarten sollte, gäbe es zumindest kein Publikum, weil die Redaktion noch leer war.

»Zoë? Danke, dass Sie zurückrufen.«

Er klang unverbindlich freundlich, doch ich blieb trotzdem auf der Hut.

»Wie ich höre, interviewe ich morgen Jonny Delaney. Hatten Sie eine bestimmte Zeit im Auge, oder muss ich mir den ganzen Tag frei halten?«

So verärgert hatte ich eigentlich gar nicht klingen wollen, aber es war gnadenlos arrogant von ihm gewesen, Mike noch vor mir zu informieren.

»Ich wollte Ihnen ja Bescheid sagen, aber Sie sind nicht ans Telefon gegangen.«

»Können Sie mir das verübeln – nach der Nummer, die Sie gestern abgezogen haben?«

»Sie haben da viele Spekulationen über meine angebliche Rolle in diesem Spektakel angestellt. Ich habe versucht, das richtigzustellen, aber das Ganze ist ermüdend, wenn Sie dabei nicht zuhören.«

»Ich ziehe es vor, nicht zuzuhören, wenn ich irgendwelchen Blödsinn serviert bekomme, Nick. Und Ihren rieche ich zehn Meilen gegen den Wind.«

»Na, bei Ihnen riecht auch nicht gerade alles taufrisch. Hätten Sie Ihre Rolle gestern Abend richtig gespielt, wären wir bei Jessica vielleicht schon weitergekommen. Aber Sie waren nicht richtig bei der Sache – weil Sie viel zu sehr mit Simon beschäftigt waren.«

Mir stockte der Atem. Hatte er mir gerade meine Gefühle Simon gegenüber vorgehalten? Na, der hatte Nerven! Über Simon wusste er rein gar nichts. Mir wären gleich hundert Retourkutschen auf einmal eingefallen, aber ich wollte ihm nicht die Genugtuung geben, dass seine Provokation etwas bei mir bewirkte.

»Warum konzentrieren wir uns nicht auf Jonny?«, erwiderte ich also ganz ruhig.

Er schwieg und erwog vermutlich seine Optionen. »Schaffen Sie es morgens um sieben? Dann sind Sie um acht Uhr fertig und können zur normalen Zeit in Ihr Büro.«

Warum nervte mich seine kühle Vernunft? Ach genau: weil ich ihm nicht trauen konnte. »Und was ist mit Marcie?«

»Irgendwann im Lauf der Woche.«

Ich atmete hörbar tief aus. Diese vagen Versprechungen nervten allmählich. »Ich werde Sie darauf festnageln.«

Er antwortete nicht sofort. »Ich werde Sie nicht enttäuschen«, sagte er dann.

Das würden wir ja sehen.

Ich versuchte, in mein normales Tagesgeschäft einzusteigen, aber die Sache mit Nick beschäftigte mich zu sehr: Ich hatte überhaupt kein Gefühl mehr dafür, ob ich ihm trauen konnte. Also rief ich den einzigen Menschen an, der mir hier weiterhelfen konnte: Patrick. Und ich hatte Glück, denn er war gerade um die Ecke bei *John Lewis*, um sich einen Satz neuer Koffer zu kaufen.

»Könnten wir uns auf einen Kaffee treffen? Ich werde dich nicht lange aufhalten, das verspreche ich.«

»Aber natürlich, Zoë«, sagte er. »Ich habe immer Zeit für dich, meine Liebe, und außerdem kann ich eine zweite Meinung gut gebrauchen.«

Wir verabredeten uns in der Cafeteria im obersten Stockwerk, wo ich ihn dann an einem Fenstertisch mit Blick auf die Oxford Street fand.

»Du siehst gut aus, Patrick.« Ich küsste ihn auf beide Wangen, ehe ich mich setzte. »Der Ruhestand scheint dir gut zu bekommen.«

Er deutete auf das schon halb gegessene Stück Kuchen vor sich. »Nein, die Schokolade ist es, die mir gut bekommt.« Er seufzte. »Es ist ein bisschen mühsam, Dinge zu suchen, mit denen ich mich beschäftigen kann«, gab er zu. »Für Kreta packe ich gerade die halbe Wohnung ein, aber alle meine Koffer fallen auseinander.«

»Du warst ja auch die ganzen Jahre immer damit unterwegs.«

»Eigentlich will ich sie gar nicht wegschmeißen. Sie sind Zeugen meines Lebens – jede Schramme, jede Beule, jeder Riss erzählt eine Geschichte.«

»Wie damals, als du in Cupertino dieses Meeting bei Apple hattest und dein Koffer in deren spaciger Nobellobby aufklappte und alles rausfiel.«

Patrick schmunzelte. »O Gott, dieser Blick von Steve, als er sah, dass ich mehr Kondome als Kleidung dabeihatte. Ich glaube, er hätte am liebsten die Flucht ergriffen.«

»So was bringen die Leute wohl eher selten zu ihren Treffen mit solchen Giganten mit.«

»Ich kam direkt vom Flughafen. Der Flug hatte Verspätung gehabt, und ich hatte Jetlag und fürchterlichen Mundgeruch, weil ich in den letzten vierundzwanzig Stunden nur eine Tüte Salzbrezeln gegessen hatte. Und vielleicht auch, weil ich in Heathrow schon mit einem Kater angekommen war ...«

Ich grinste. »Du solltest deine Memoiren schreiben.«

Er tippte sich gegen die Nase. »Oh, ich habe bei so vielen Sachen geschworen, sie nie zu verraten. Die ganzen guten Geschichten dürfte ich gar nicht erzählen.«

»Ein paar dieser Geheimnisse solltest du mir eines Tages aber doch verraten.«

Er zwinkerte mir zu. »Wenn du uns auf dem Weingut besuchst und der Wein mir dort die Zunge löst, werde ich wahrscheinlich gar nicht aufhören zu erzählen.«

Er trank einen Schluck Tee. »Also, was ist los, Zoë? Du klangst am Telefon ziemlich durcheinander. Geht es um deinen neuen Kerl?«

Ich schüttelte den Kopf. »Nein, leider geht es um die Arbeit. Ich würde gern was zu Marcies neuem PR-Typen von dir hören. Ich kann ihn nicht einschätzen, müsste aber wissen, woran ich bei ihm bin. Er heißt Nick Jones und war auch auf deiner Party.«

Patrick zog die Stirn kraus. »Da waren so viele Leute, dass ich gar nicht mit allen sprechen konnte.«

Mist. Ich war so sicher gewesen, dass Patrick ihn kannte.

»Aber du musst ihn doch irgendwo schon mal getroffen haben«, sagte ich. »Komm schon, Pat. Du kennst jeden in diesem Business.«

»Wahrscheinlich lasse ich langsam doch etwas nach.«

Das konnte ich mir nicht vorstellen, denn Patrick war in seinen Beobachtungen sonst immer rasiermesserscharf. »Du musst ihn kennen. Er sieht aus wie der typische romantische Filmheld.«

Patrick zog eine Augenbraue hoch. »Klingt interessant.«

Ich versuchte, mir meine Enttäuschung nicht anmerken zu lassen. »Könntest du dich mal umhören? Ich muss wissen, ob ich ihm vertrauen kann.«

»Hat er sich merkwürdig verhalten?«

»Ich bin mir nicht sicher«, sagte ich, »ob das, was er sagt, auch dem entspricht, was er tut.«

»Klingt wie ein typischer Musikagent, wenn du mich fragst. Und auf keinen Fall wie jemand, mit dem du nicht fertig wirst.«

Ich hatte den Eindruck, dass er mir hier den Obi-Wan aus *Star Wars* gab, der mir empfahl, lieber mir selbst zu vertrauen, als darauf zu hoffen, dass andere die Antworten auf meine Fragen parat hielten.

»Na gut«, meinte ich. »Soll ich jetzt deine Kofferauswahl begutachten? Justin ist bestimmt nicht begeistert, wenn du einen mit pinkfarbenem Leopardenmuster anschleppst.«

»Ist gut, meine Liebe«, sagte er. »Mach dich auf die Socken – ich bin sicher, du hast wichtigere Dinge zu tun.«

»Es macht wirklich keine Umstände, Patrick.«

Er tätschelte meine Hand. »Wie wäre es, wenn ich dir einfach verspreche, mich an Schwarz zu halten?«

Ich war ein wenig irritiert, als ich ging. Patrick kam mir anders vor, ein bisschen neben der Spur. Vielleicht war der Ruhestand doch nicht so, wie er es sich vorgestellt hatte. Als meine Eltern das Restaurant verkauft hatten, war es ihnen ähnlich ergangen. Eine Jahreskarte vom *National Trust* hatte geholfen, aber ich bezweifelte, dass Patrick mit freiem Zugang zu Großbritanniens denkmalgeschützten Gärten gedient wäre. Immerhin hatte er mit Kreta etwas, worauf er sich freuen konnte.

Ich war enttäuscht, dass Patrick mir nichts Konkretes über Nick hatte erzählen können. Aber wahrscheinlich hatte er recht – ich durfte mich nicht darauf verlassen, dass er mir immer und ewig zu allem seinen Rat geben könnte. Er wollte sich aus dem Geschäft zurückziehen, und ich musste auf eigenen Füßen stehen.

7

Meine Stimmung besserte sich schlagartig, als Simon anrief. Ich hatte mir Sorgen gemacht, dass er wegen des Abends noch sauer wäre, doch er erwähnte es mit keinem Wort, sondern erzählte mir von einer Geschäftsreise, die er am nächsten Tag antreten müsse.

»Ich werde ein paar Tage weg sein«, sagte er. »Aber die gute Nachricht ist, dass, wenn ich wiederkomme, ich in meine neue Wohnung ziehen kann.«

»Was meinst du?«

»Ich habe heute den Mietvertrag unterschrieben. Morgen hole ich die Schlüssel.«

»Großartig, Simon! Herzlichen Glückwunsch! Wo denn?«

»Genau auf der anderen Seite des Kreisverkehrs.«

Ich lachte. »O nein, du wirst jede Stunde an meine Tür klopfen und massenweise Tassen mit Zucker ausleihen.«

Schade, dass er nun ein paar Tage weg wäre, aber immerhin schien zwischen uns alles okay zu sein.

»Tut mir leid, wie der letzte Abend ausgegangen ist.«

»Nein, mir tut es leid, dass ich dich so angefahren habe. Ich war wütend auf Nick – aus vielerlei Gründen. Hauptsächlich aber, weil mir nicht gefiel, wie er dich dauernd betatscht hat.«

»Er hat mich nicht betatscht.«

»Du scheinst ihm aber zu gefallen.«

»Sei nicht albern, Simon. Du hast absolut keinen Grund ...« Ich brach ab, weil ich nicht sicher war, wie ich den Satz beenden sollte. Ich hatte »eifersüchtig zu sein« sagen wollen, doch wäre das nicht vermessen gewesen? Aber wie sonst sollte ich seine Worte interpretieren? Und nachdem er sich immer wieder auf Jessicas Seite geschlagen und Nick vorgeworfen hatte, er wolle ihr schaden, war es schön, wieder selbst das Objekt seiner Sorge zu sein.

»Mach dir keine Gedanken«, sagte ich. »Dieser Nick interessiert mich nicht.«

»Gut.«

In dieser einen Silbe lag sehr viel Gefühl.

Ich strahlte über das ganze Gesicht und war froh, dass er mich durchs Telefon nicht sehen konnte.

»Lass uns nicht weiter über Nick Jones reden. Ich will jetzt nicht an die Arbeit denken.« Allerdings dachte ich gerade sehr wohl an die Arbeit, insbesondere an mein Interview mit Jonny Delaney morgen und ob Nick auch da sein würde.

»Magst du noch auf einen Drink bei mir vorbeikommen?«, fragte er.

Es war verlockend, aber ich musste für das Interview einen klaren Kopf bewahren. »Ich muss morgen früh raus.«

»Wie schade. Ich dachte, wir könnten meine neue Wohnung feiern.«

»Lass uns richtig Einweihung feiern, wenn du wieder da bist.«

»Gott, ich freue mich so darauf, endlich wieder in meinen eigenen vier Wänden zu wohnen. Diese Hotelzimmer gehen mir mittlerweile ziemlich auf die Nerven, egal, wie toll das Bett in diesem hier auch ist.«

»Was ist denn so toll in deinem Bett?« Sobald die Worte aus meinem Mund waren, bereute ich sie. Beziehungsweise merkte ich, wie anzüglich sie klangen.

Er lachte leise. »Nach all den Jahren fragst du mich das endlich ...«

Ich habe Millionen Male an dich in deinem Bett gedacht, welches auch immer, wollte ich schreien. Aber das wäre wohl ziemlich uncool gewesen.

»Das heißt, du willst mir jetzt endlich deine Kratzbildersammlung zeigen?«

»Es ist meine letzte Nacht im Hotel. Ich dachte, vielleicht möchtest du sie mit mir gemeinsam verbringen.«

Plötzlich rauschte mir das Blut in den Ohren – und auch andere Körperteile pulsierten mehr als deutlich. Aber dies war eine Entscheidung, die ich mit dem Kopf treffen musste, und der war heftig dagegen.

»Du hast eine Geschäftsreise vor dir und ich morgen früh ein wichtiges Interview.« Das waren lahme Gründe, das wusste ich, aber meine echten Einwände hätten sogar noch lahmer geklungen: Ich musste mir die Achseln rasieren, möglicherweise hing noch ein Rest Thunfisch vom Mittagessen zwischen meinen Zähnen, und ich trug die reinste Lustkiller-Unterwäsche: graue, am Hintern ausgeleierte Pantys und einen senffarbenen BH (zu meiner Verteidigung: Er war um die Hälfte reduziert gewesen).

»Dann ein anderes Mal.«

Mir war der Mund trocken geworden, aber trotzdem schaffte ich es irgendwie, zu antworten. »Klar, ein anderes Mal ... Unbedingt!«

Kapitel 19

 Nowhere to Run

Um 6:45 Uhr stieg ich an der Station Waterloo aus der U-Bahn. Vor lauter Panik, zu verschlafen, hatte ich mir zwei Wecker gestellt, und jetzt war ich für mein Interview mit Jonny Delaney eine Viertelstunde zu früh dran. Hatte ich es zunächst für rücksichtsvoll gehalten, dass Nick es so zeitig anberaumt hatte, um mir nicht zu viel von meinem Arbeitstag zu nehmen, fühlte es sich jetzt eher nach Psychospielchen an.

Aus Nicks SMS war nicht herauszulesen gewesen, ob ich Jonny allein oder mit ihm zusammen treffen würde, aber ich sah die Antwort nun vor mir. Die Hände in den Taschen und den Kopf der Sonne zugewandt, stand Nick gegen eine Wand gelehnt.

Als er mich entdeckte, richtete er sich auf und sah mich skeptisch an. »Ich war nicht sicher, ob Sie kommen würden.«

»Ich konnte Jonny doch nicht enttäuschen.« Auf der Suche nach Besagtem sah ich mich um. »Wo ist er?«

»Gehen wir ein Stück.«

Er marschierte los, ich folgte.

Er räusperte sich. »Ich war am Telefon wohl ein bisschen schroff. Ich hätte einfach nur das sagen sollen, was ganz nebenbei auch die Wahrheit ist: Ich war nicht derjenige, der den Paparazzi am Sonntagabend den Tipp gegeben hat.«

Seine Reue wirkte echt, aber was wusste ich schon? Und spielte es überhaupt eine Rolle, ob er die Wahrheit sagte oder nicht? Mit Simon war wieder alles gut, und das war das Einzige, was für mich zählte.

»Was passiert ist, ist passiert«, erwiderte ich nüchtern. »Ich bin hier, um Ihren Klienten zu interviewen, ansonsten hoffe ich, dass wir uns erst wieder sprechen, wenn Sie mir mitteilen, wann und wo ich das Interview mit Marcie Tyler führen kann.«

Er zog eine Augenbraue hoch. »Wie? Kein Geplauder zwischendurch?«

»Wir sind wirklich alles andere als Freunde, Nick. Ich bin sicher, Sie sind bestimmt nett und so was, aber wir sind Geschäftskollegen, das ist alles.«

Er legte den Kopf schief. »Fehlt mir da jetzt eine Seite aus dem Drehbuch?«

»Egal«, sagte ich und wünschte, ich hätte mir Simons Einschätzung, dass Nick was an mir liege, nicht zu Herzen genommen. »Falls Sie einen falschen Eindruck bekommen haben, ist das auch mein Fehler, weil ich Sie gebeten hatte, meinen Freund zu spielen. Aber das war eine einmalige Sache, und es war nur vorgetäuscht.«

Er hob abwehrend die Hände. »Ich habe nur getan, was Sie gesagt haben.«

Ich nickte. »Wunderbar. Dann wäre das ja geklärt.«

Er sah mich fragend an. »Dann sind Sie und Simon ...?«

»Das geht Sie nun wirklich nichts an«, entgegnete ich, »aber ja, irgendwie schon.«

Ich weiß nicht, warum ich nach der ersten Satzhälfte nicht einfach die Klappe gehalten hatte. Na gut, ich wusste es doch: Ich war zu neugierig, denn die Gegenfrage lag mir schon auf der Zunge. »Und sind Sie und Marcie ...?«

Er wirkte verblüfft. »Nein! Wie kommen Sie denn darauf?«

Ich wedelte mit der Hand vage durch die Luft. »Weil Sie ein Gesicht haben, zu dessen Huldigung antike Zivilisationen Tempel errichtet haben. Und Marcie eine Legende ist.« Von den Gerüchten ganz zu schweigen.

Ich ritt mich immer tiefer rein, wusste aber nicht, wie ich da wieder rauskommen sollte. »Soll heißen: Niemand würde Ihnen das verübeln.« Um nicht zu sagen: *alle*. »Hören Sie, vergessen Sie, dass ich es überhaupt erwähnt habe. Tut mir leid.«

Er nickte. »Okay, dann wäre das auch geklärt.«

»Wo ist Jonny?«, fragte ich und war zum ersten Mal in meinem Leben froh, über *ihn* zu sprechen.

»Er wartet an Ort und Stelle.«

Ich sah mich um. »Und was ist das für ein geheimnisvoller Ort?«

Nick stupste mit seiner Schulter an meine und deutete zum Himmel.

Über Big Ben flog ein Flugzeug. »Jonny sitzt in einem Flugzeug? Aber wir sind meilenweit vom Flughafen entfernt.«

»Ich meine nicht das Flugzeug. Ich meine das London Eye.«

»Sie wollen, dass ich das Interview im Riesenrad führe?«

»Das war Jonnys Idee, und ich fand das irgendwie witzig.«

»Da ist es doch immer voll, oder nicht?«

»Ich habe eine Gondel reserviert.«

Natürlich.

Nick sah auf die Uhr. Es war eine dieser glänzenden Schweizer Ungetüme, mit zu vielen Knöpfen und Zifferblättern. »Wir sollten jetzt rübergehen.«

Jonny wartete vor dem Kasseneingang, zusammen mit unserem Fotografen David, den ich gestern noch verständigt hatte. Offensichtlich hatte Nick ihn hierherbestellt. Zwei Security-Männer standen diskret in einigem Abstand, und David sah sich irgendwas auf Jonnys Handy an. Er nickte grinsend über das, was auch immer da zu sehen war, hielt jedoch abrupt inne, als er mich entdeckte – wie ein Schuljunge, den die Lehrerin mit einem Erotikmagazin erwischt hatte.

»Jonny hat mir gerade sein neues Motorrad gezeigt.«

Alles klar. Nick musste meine Gedanken gelesen haben, denn er streckte die Hand vor, und Jonny legte pflichtschuldig sein Handy hinein. Stirnrunzelnd betrachtete Nick den Bildschirm. »Wer kauft, bitte schön, eine Ducati in Neongrün? Ich hatte mal eine Katze, die hat in der Farbe geschissen.«

Sein derber Ton irritierte mich, aber Jonny schien sich nicht weiter daran zu stören, denn er grinste nur. »Das ist eine Spezialanfertigung, du Pisser. Davon gibt's auf der ganzen Welt nur zwölf Stück.«

»Reizend«, kommentierte David, der ebenso erleichtert schien wie ich, dass Nicks Kommentar offensichtlich nur lockeres Geplänkel gewesen war.

Jonny nahm das Handy wieder an sich und betrachtete erneut das Display.

»Ich will dieses Schätzchen nachher abholen, also könnten wir bitte anfangen?«

»Mir nach«, sagte Nick.

An der Einstiegsschleuse standen ein paar Leute, überraschenderweise keine Hands-Down-Fans. Wie hatte Jonny nur widerstehen können, den Termin nicht über Twitter zu verbreiten? Ein paar junge Japanerinnen interessierten sich mehr für ein Polizeischiff auf der Themse als für den Popstar mit Millionenverkäufen. Nicht einmal Jonnys knallorange Bikerjacke erregte gesteigerte Aufmerksamkeit.

Wenn er damit bald auf der Ducati säße ... Das könnten nur Farbenblinde ertragen!

Das langsam rotierende Riesenrad schien stillzustehen, und wir vier wurden in eine leere Kabine geleitet. Sobald die Tür sich schloss, war es in dem gläsernen Kokon bemerkenswert leise.

David bugsierte Jonny an den Rand und schoss ein paar Fotos, während Nick sich mit dem Rücken zu ihnen auf die Mittelbank setzte.

Ich suchte mir einen Platz auf der anderen Seite, so weit wie möglich von ihnen entfernt. Mit den Glaswänden und all den Stahlstreben um uns herum kam ich mir vor wie im Cockpit des Millennium-Falken. Nur, dass ich statt eines Weltraums voller Sterne den blauen Himmel über und ... die schlammtrübe Themse unter mir hatte.

Scheiße, wann waren wir so hoch gestiegen?

Ich stemmte eine Hand gegen die Scheibe und stellte mich breitbeinig hin, um Halt zu finden.

Hat die Kabine etwa gerade geschlingert?

Der Mittelpunkt des Riesenrads lag weit über uns, und wir waren in ein Netz aus Hunderten von Stahlstreben eingebettet.

Ich schloss die Augen und atmete tief durch. Das war doch lächerlich. Wir schlingerten kein bisschen; wir bewegten uns ja kaum von der Stelle. Mein Gehirn gaukelte mir etwas vor.

»Zoë?« Plötzlich stand Nick neben mir. »Wir sollten jetzt langsam mit dem Interview anfangen.«

Ich öffnete die Augen und schloss sie gleich wieder. Jetzt waren wir aber wirklich schon sehr hoch.

»Zoë? Alles in Ordnung?«

»Mir geht's gut. Ich bin nur leicht verkatert.«

Ich drehte mich um und bemühte mich, das Innere der Kabine zu fixieren, aber es nützte nichts – ich war nur von Glas umgeben. Wie sollte ich ausblenden, dass ich Gott weiß wie viele Meter über dem Boden in einer filigranen Glaskugel hing, die jede Sekunde aus ihrer Verankerung springen konnte? Schweiß perlte mir über den Rücken, und meine Hände wurden feucht.

»Hey, Nick!«, rief Jonny aus scheinbar meilenweiter Entfernung. »Da ist so ein dicker nackiger Freak am Ufer, der allen Ernstes ins Wasser will!« Nick ging zu Jonny hinüber, aber ich hielt meinen Blick fest auf Big Ben gerichtet. Erst zehn nach sieben. Wir hatten noch vierzig Minuten vor uns. Mit schlackernden Knien arbeitete ich mich zur mittleren Bank vor.

»Ach nee, guck, seine Turnschuhe hat er angelassen!«, rief Jonny jetzt. »Das muss ich fotografieren!«

Ich setzte mich hin und richtete ein stummes Dankgebet an den nackten Schwimmer, der mir diesen kurzen kostbaren Moment schickte, um mich zu fangen.

Es war lächerlich. Ich hatte keine Höhenangst! Und das mit dem Kater war natürlich gelogen. Dann wurde es mir schlagartig bewusst: Das hier war Klaustrophobie.

Aber es war trotzdem absurd. In einem Aufzug – einem beengten, abgeschlossenen Raum – Panik zu bekommen, war eine Sache, aber eine Angstattacke in einer verglasten Kabine, die mindestens so groß war wie mein Schlafzimmer? Wie bescheuert war das denn?

Ich würde hier gleich durchdrehen. Im Beisein von Jonny Scheißtyp Delaney. Aber wehe mir, wenn ich ihm gegenüber irgendwelche Anzeichen von Schwäche zeigte! Ich musste mich einfach nur auf meine Aufgabe konzentrieren. Mein Herz puckerte wie bei einem verängstigten Vögelchen, aber ich biss die Zähne zusammen. Es ging um die Zukunft von *Re:Sound*, verdammt nochmal. Die nächsten neununddreißig Minuten würde ich mich ja wohl noch zusammenreißen können!

Jonny setzte sich neben mich. Er hob sein Handy hoch, um mir das Foto zu zeigen, das er gemacht hatte. Ich lächelte freundlich, war mir aber nicht sicher, ob das verschwommene Bild auf seine mangelnden Fotokünste zurückzuführen war oder ob meine Augen vor lauter Panik schon nicht mehr fokussierten. Genauso gut hätte er mir das Ungeheuer von Loch Ness zeigen können.

Ich zog mein Diktiergerät aus der Tasche und versuchte, mich auf dessen Display zu konzentrieren, das jedoch auch verschwamm.

»Hey, Kumpel«, rief Nick von der anderen Seite. »Man hat hier einen tollen Blick auf die Houses of Parliament. Da musst du mit aufs Foto. Die Amis werden es lieben!«

Jonny sprang auf, und ich schwöre, dass die ganze Kapsel hin und her schaukelte. Panisch sah ich mich um, aber niemand schien es zu bemerken. Ich ballte die Hände zu Fäusten und entspannte sie wieder. Ich atmete ein und aus. David kommandierte, wie Jonny sich drehen solle, damit die Beleuchtung stimmte, aber bei jedem Klick seiner Kamera klopfte mein Herz nur noch lauter. Ich wollte schreien, aber vor allem wollte ich hier raus.

Nick kam zu mir, und der Boden schwankte bedenklich auf und ab. Allerdings tat Nick so, als sei alles in Ordnung. Warum merkten die anderen nicht, dass dieses Ding schlingerte wie eine Schiffsschaukel?

In aller Gemütsruhe setzte er sich neben mich auf die Bank. Ich schloss die Augen und versuchte zu atmen, aber es war, als würde mir jemand auf der Brust sitzen und jegliche Sauerstoffzufuhr verhindern.

»Wie gut sind Sie mit Hauptstädten?«

Ich drehte mich um. »Reden Sie ... mit mir?«

Er nickte. »Ich war neulich bei einem Pub-Quiz. Können Sie sich vorstellen, dass niemand in meinem Team die Hauptstadt von Australien wusste? Und bevor Sie fragen: Nein, ich war nicht mit Hands Down unterwegs.«

Mein Mund war wie ausgedörrt, aber ich schaffte ein Lächeln. »Es ist Canberra.«

»Das habe ich auch gesagt, aber ich wurde niedergeschrien.«

»Aha.«

Die Kabine schwankte erneut, und wieder reagierte niemand. Nick schien ganz in Gedanken an sein blödes Pub-Quiz versunken. Ich hielt den Atem an und wartete ab, ob unsere Kapsel erneut zu schlenkern anfinge. Vielleicht war es nur ein Windstoß gewesen?

»Und sie haben Auckland als Hauptstadt von Neuseeland genannt.«

»Wie bitte?«

»Auckland anstatt Wellington. Ist das zu fassen?«

Ich schüttelte den Kopf, und Nick fuhr gleichermaßen entrüstet fort: »Am Ende einigten wir uns darauf, dass Rio die Hauptstadt von Brasilien ist.«

»Das ist aber Brasilia«, presste ich zwischen zusammengebissenen Zähnen hervor.

Er runzelte die Stirn. »Sind Sie sicher?«

»Ja.«

»Die Spielleiterin hat mir den Punkt aber gegeben.«

»Das möchte ich wetten!«

Er sah mir in die Augen, und ich merkte, dass ich ein paar Sekunden lang meine Panik vergessen hatte. Dieses ganze Gerede über Hauptstädte hatte meinem Gehirn Ablenkung verschafft.

Der Druck auf meinen Lungen war verschwunden, und ich konnte wieder atmen.

Nick schüttelte den Kopf. »Ich weiß nicht, worüber ich mehr beleidigt sein sollte: dass Sie denken, ich wüsste nicht, wie die Hauptstadt von Brasilien heißt, oder dass ich flirten würde, um ein Pub-Quiz zu gewinnen.«

»Sie haben gewonnen? Dann müssen die anderen Teams aber wirklich blöd gewesen sein.«

»Das stimmt. Man sollte meinen, Bono und The Edge wüssten, dass Dublin die Hauptstadt von Irland ist.«

Das war ein Scherz, oder? »U2 waren nicht bei Ihrem Pub-Quiz.«

Er lächelte, und ich merkte, dass ich zurücklächelte.

Gerade als ich dachte, der Himmel würde uns doch nicht auf den Kopf fallen, kam Jonny angestapft, und um mich herum wurde es wieder eng.

»*Hallo?*«, trötete er. »Erde an Liebestäubchen ... Ich bin schon seit fünf Minuten fertig. Machen wir jetzt endlich dieses Interview, oder was?«

Ich wollte aufstehen, aber meine Beine reagierten nicht. Jonny starrte mich an und wartete auf eine Antwort, aber das Einzige, was an meinem Körper zu funktionieren schien, war der Würgereflex. O Gott, das fehlte gerade noch! Ich schluckte schwer und sah Nick an, aber der achtete gerade nur auf Jonny.

»Wir sind nur für die Fotos hier. Zoë wird dich nicht interviewen.«

Ach nein?

»Warum zum Teufel ist sie dann hier?«

Gute Frage.

»Weil du, lieber Jonny, darauf bestanden hast, die Chefredakteurin von *Re:Sound* noch einmal von Angesicht zu Angesicht zu treffen, und das habe ich arrangiert. Das bedeutet nicht, dass du dir aussuchen kannst, wer dich interviewt.«

»Und wann machen wir dann das Interview?«

»Nachher.«

Jonny verzog das Gesicht. »Aber nachher muss ich die Ducati abholen.«

»Dann wird die Ducati warten müssen.«

Ich hätte eingreifen und ihnen sagen müssen, dass ich das Interview durchziehen würde, aber Nick war so überzeugend, dass ich fast glauben mochte, so sei von Anfang an der Plan gewesen und Jonny nicht der Einzige, der unzureichend informiert war.

Nick spähte über unsere Köpfe hinweg zur Tür. »Wir sind sowieso schon fast wieder unten.«

Tatsächlich: nur noch wenige Meter bis zum Festland. Schlagartig fühlte sich die Kabine weniger klein und beengt an. Unten standen jetzt jede Menge Menschen und sahen zu uns hoch. Darunter auch etliche sehr aufgeregte Mädchen, die wohl da waren, weil Jonny die Fotos des nackten Schwimmers wahrscheinlich postwendend auf Instagram gepostet hatte.

Als die Tür aufschwang, verschaffte mir die frische Luft einen Energieschub wie nach einer Dosis Koffein. Ich betrat festen Boden, und mit jedem Schritt schwand das wacklige Gefühl in meinen Beinen mehr. Jonny wurde schlagartig von der Menge geschluckt, doch dann kamen seine Security-Männer und brachten ihn abgeschirmt zu einem wartenden Range Rover, so dass David, Nick und ich die enttäuschten Fans abwimmeln mussten.

Was aber nicht lange dauerte. Die meisten der Mädchen merkten schnell, dass das Objekt ihrer Begierde in eine andere Richtung verschwunden war, und mit uns wollten sie ihre Zeit nicht verschwenden.

Eines der letzten war ein brünettes Mädchen in Schuluniform, das wie dreizehn aussah. Ihr abschließender Kommentar in ziemlich erwachsener Sprache lautete, dass Jonny sicher kein Interesse »an so einer alten Schrunze« wie mir habe und ich mich »verdammt nochmal vorsehen« solle.

Reizend.

David versprach, bis zum nächsten Morgen eine Auswahl an Fotos parat zu haben, und machte sich auf den Weg zur U-Bahn. Dann war ich mit Nick allein. Es gab so einiges, das ich ihm sagen wollte, und dies war die perfekte Gelegenheit. Aber bevor ich sprechen konnte, ging Nick zur Straße und hob den Arm, um ein Taxi zu rufen.

»Jonnys Fans sind ja ganz schön abgedreht«, sagte ich, während ich ihm folgte.

»Sie haben ja keine Ahnung.« Das Taxi, das er hatte anhalten wollen, fuhr vorbei. Er sah auf die Uhr und schnitt eine Grimasse. Offenbar hatte er es eilig, aber ich wollte ihn nicht wegfahren lassen, ohne kurz darüber zu reden, wie sehr mir sein Beistand geholfen hatte.

»Ich möchte Ihnen danken«, sagte ich, als ich ihn endlich eingeholt hatte. »Dafür, dass Sie … na, Sie wissen schon.«

»Dass ich das Interview organisiert habe?«

»Nein. Na ja, doch. Aber nicht nur dafür.«

Die rechten Worte wollten nicht kommen. Und dass er mich jetzt so eindringlich ansah, half mir auch nicht weiter. Sein Blick, mit dem er die Straße nach freien Taxis abgesucht hatte, ruhte ganz allein auf mir. Das Weiß seiner Augen war wirklich sehr weiß, was seinen Blick noch intensiver machte. Ich hätte mich am liebsten gewunden und zappelnd daraus befreit, aber ich konnte nicht. Wo waren die fanatischen Hands-Down-Fans, wenn man sie brauchte?

Endlich wandte ich den Blick ab, um auf meine Uhr zu sehen. Ich könnte ihm ja auch per Mail danken.

»Wollten Sie mir für die kleine Auffrischungsübung zu den Hauptstädten der Welt danken?«

Ich schaute wieder auf. Er sah mich immer noch so eindringlich an, doch nun lächelte er dabei fast.

»Ja, genau. Das war ...«

»... gut getimt?«

Ich schluckte. »Exakt.«

»Machen Sie sich darüber keinen Kopf.«

Ein Taxi kam und hielt neben Nick, ohne dass er irgendein Zeichen gegeben hätte. Musste ich seiner Liste an Talenten nun auch Telepathie hinzufügen?

Er öffnete die Tür. »Warum nehmen Sie das nicht? Jonny wird um sechs zum Interview in meinem Büro sein. Schicken Sie jemanden, der es übernimmt. Ich vermute, Sie werden so kurzfristig nicht verfügbar sein.«

Ich stieg ein und drehte mich ihm wieder zu, um ihm zu danken, doch dazu blieb keine Zeit mehr, denn in dem Moment schlug er die Tür zu, was der Fahrer als Zeichen zum Losfahren nahm.

Zurück in der Redaktion, bat ich Lucy, das Interview mit Jonny durchzuführen. Sie wirkte wenig begeistert.

Als ich aus der Mittagspause kam, hörte ich, wie sie es mittels *Schnick, Schnack, Schnuck* an Gavin übertragen wollte.

»Das soll wohl ein Witz sein«, beschwerte er sich. »Warum sollte ich die Wahrscheinlichkeit, dass ich dieses dämliche Interview mache, von null auf eins zu drei erhöhen?«

»Weil ich dir dafür unendlich dankbar wäre«, flötete sie zurück.

Vielleicht war es im Büro auch einfach nur sehr warm, aber ich hätte schwören können, dass Gavin errötete.

Kapitel 20

 Everybody Hurts

Am späten Freitagnachmittag bestieg ich in der Victoria Station den Zug zu Alices Junggesellinnenabschiedswochenende in Brighton. Ihre anderen Freundinnen hatten schon früher anreisen können, und so war ich die Letzte, die in der Pension eincheckte. Sie bot einen Meerblick, was ein unerwarteter Bonus war, lag jedoch näher an Hove als an Brighton. Trotzdem konnte sich auch eine waschechte Londonerin wie ich daran erfreuen, wie die Wellen mit einem befriedigend rhythmischen Rauschen auf den Kieselstrand schlugen.

Alice hatte mir per SMS verraten, wo sie waren – in einer Bar am Pier. Ich stellte meinen Koffer zwischen den Paisley-gemusterten Vorhängen und dem Bett auf den Boden – dem einzigen Platz, wo er noch hinpasste –, setzte mich auf die Bettkante und durchstöberte mein Handy in der Hoffnung, noch eine neue Nachricht à la »Wir sind jetzt müde und gehen schlafen« zu finden. Allerdings war es noch nicht einmal acht Uhr, und selbst Alice würde an diesem besonderen Wochenende die Nacht zum Tage machen wollen.

Ich ließ Jeans und Converse an und zog nur ein frisches, lockeres Baumwolloberteil über, das mir für einen Ausflug ans Meer passender erschien. Aber nach kaum fünf Schritten aus der Tür machte ich sofort wieder kehrt, um meine Jacke zu holen. Beim Schlendern an britischen Küsten spaziert man nicht gemütlich unter Schatten spendenden Palmen, sondern muss standfest orkanartigen Windböen trotzen. Bis ich den Pier erreicht hatte, brannten mir die Wangen, und mein Haar hatte sein Volumen verdoppelt, als wäre ich in den Luftstrom des Strahltriebwerks einer Boeing 747 geraten.

Alice und die anderen saßen zusammengepfercht in einer Sitznische, die bequem für sechs Personen ausgelegt war, eher unbequem jedoch für neun, wie ich feststellte, als ich mit einer frischen Flasche Wein dazustieß. Annette und Helen kannte ich bereits, die anderen fünf noch nicht. Annette, die das Wochenende organisiert hatte, stand sofort auf, als ich mich setzte.

»Alle mal herhören, das ist Zoë Frixos, Alices zukünftige Schwägerin.« Höfliches Hallo – zum Glück waren sie noch nicht alle komplett knülle. »Ihr wisst, was zu tun ist, Mädels!«

Die Frau links von mir schlug ein Mal mit beiden Fäusten auf den Tisch und klatschte, und der Rest der Gruppe sang: »Laura!« Die Frau neben ihr schlug zwei Mal auf den Tisch, klatschte zwei Mal, und alle riefen: »Seema.« So ging es in der Runde weiter bis zu mir, und ich hatte mittlerweile begriffen, dass ich neun Mal auf den Tisch hauen und dann klatschen musste, während alle meinen Namen tröteten.

»Und jetzt noch mal andersrum!«, wies Annette uns an, und wie bei einer La-Ola-Welle schwappte alles wieder zurück.

Ich muss zugeben, dass es ein toller Trick war, um sich Namen zu merken. Ich war kaum zehn Minuten dabei und kannte sie alle: Laura, Seema, Flo, Sally, Vicky, Helen, Annette und Alice. Vielleicht sollte ich das beim nächsten Geschäftsessen vorschlagen, bei dem ich wieder krampfhaft versuchen würde, allen Gesichtern die passenden Namen zuzuordnen.

Ich war außerdem froh, dass ich nicht als Einzige ungestylt hier saß. Laura und Seema sahen aus, als wären sie direkt von der Arbeit gekommen, mit hochgeschlossenen Blusen und büromäßigen Röcken. Am augenfälligsten war allerdings Flo. Sie trug Ohrringe, die ihr bis auf die Schultern reichten – eine Ansammlung von Sternen an dünnen Goldsträngen, die im Licht glitzerten, wann immer sie den Kopf bewegte. Sie musste die Schmuckdesignerin sein, von der Alice mir erzählt hatte. Pete hatte bei ihr heimlich eine Kette für den großen Tag in Auftrag gegeben – eine untypisch umsichtige Idee meines Bruders.

»Wir haben eine Kleinigkeit für dich, liebe Alice«, verkündete Annette und zog ein ziemlich phallusförmiges Päckchen unter dem Tisch hervor. Bemerkenswerterweise hatte sie bisher darauf verzichtet, vorzuschlagen, dass wir uns falsche Brüste umhängten und Tiaras aufsetzten, wie das bei Junggesellinnenabschieden teilweise üblich war, da konnte ich ihr einen Dildo wohl verzeihen. Ich hoffte nur, dass es Alice nicht zu peinlich war.

Sie fing an, das Geschenk auszuwickeln, und es wurde immer dünner und dünner; Annette musste etwas aus dem Anfängerbereich ausgesucht haben. Aber als Alice die letzte Verpackung entfernte, machte sie ebenso erstaunte Augen wie ich. In der Hand hielt sie eine Zuckerstange mit spiralförmigen fliederfarbenen und weißen Streifen. Eingearbeitet war der zu lesende Text *Alice und Pete*. Nicht *Alice luvs Pete* oder *Pete + Alice 4ever*, sondern einfach nur *Alice und Pete*.

»Die haben wir extra anfertigen lassen«, erklärte Annette nach unserem spontanen Applaus.

Alice sah aus, als würde sie vor Glück gleich weinen – und das nicht nur, weil sie sich nicht für einen Plastikpenis bedanken musste. Sie war ehrlich gerührt.

»Auch noch in genau den richtigen Farben«, flüsterte sie.

Annette grinste stolz. »Aber das ist noch nicht alles. Wir haben einhundertfünfzig Stück machen lassen, die du euren Gästen zur Erinnerung schenken kannst.«

Alice schlang Annette die Arme um den Hals und weinte nun tatsächlich. »Danke, danke – danke vielmals!«

Der Moment wurde durch das Eintreffen zweier Flaschen Champagner samt Flöten gekrönt. Annette hatte an alles gedacht.

Weniger begeistert war ich allerdings, als sie uns alle zum Tanzen aufs Parkett scheuchte und dann beim Discjockey diese nervtötenden Nummern bestellte, zu denen es feste, idiotensichere Choreographien fürs Volk gab, die sie uns aufzwang.

»YMCA« fand ich noch ganz lustig, mit »Saturday Night« war ich weniger glücklich, und als Billy Ray Cyrus sein »But don't tell my heart, my achy breaky heart« leierte, ging bei mir gar nichts mehr. *Wer kann sich all so was merken, zum Teufel?* Bei »Gangnam Style« stieg ich endgültig aus und verzog mich auf die Toilette.

Ich spritzte mir Wasser ins Gesicht, um mich abzukühlen. Hier war es leiser, und es tat gut, mal ruhig durchzuatmen. Das Lokal bebte. Ich hatte zwar ein paar Gläser getrunken, war aber zwischendurch immer wieder klar genug, um daran zu denken, dass wir hier mit mehreren Hundert anderen tranken, tanzten und feierten und uns nur ein paar morsche Pfähle auf einem Steg über dem kalten Kanal hielten.

Ein paar Augenblicke später kam auch Alice. »Du verpasst ›The Loco-Motion‹.« Sie grinste.

»Verdammt.«

»Ich werde dafür sorgen, dass du es bei der Hochzeit nachholen kannst.«

»Da bin ich mir sicher.«

Alice verzog sich in eine Kabine, und ich sah aus Gewohnheit auf mein Handy. Ich hatte einen Anruf von Justin verpasst, aber ohne Nachricht. Wann hatte er es versucht? Um zehn. Komisch – stritten er und Patrick sich schon wieder über italienisches Olivenöl? Da klingelte es erneut, und Justins Name erschien auf dem Display.

»Hallo?« Die Verbindung war schlecht, und ich hörte nur verzerrte Stimmen.

Ich legte auf, aber kurz danach klingelte es wieder. Diesmal hörte ich, wie jemand meinen Namen sagte.

»Justin? Bist du das? Ich kann nichts verstehen. Ich ruf dich gleich zurück.«

Alice war in der Kabine fertig und wusch sich die Hände. Als sie mein Gesicht sah, hielt sie inne. »Alles in Ordnung?«

Die wiederholten Anrufe waren beunruhigend. War etwas Schlimmes passiert?

Alice sah mich erwartungsvoll an.

»Ich bin sicher, es ist nichts«, sagte ich. »Aber ich gehe trotzdem mal raus und schaue, ob ich irgendwo besseren Empfang habe. Dauert nicht lange.«

Ich drängelte mich nach draußen in die frische Nachtluft. Der Wind hatte sich gelegt, doch es war kälter geworden. Mein Baumwolltop bot nicht den geringsten Schutz gegen die kühle Seeluft, und ich bekam eine Gänsehaut auf den Armen. Mit zitternden Fingern wählte ich Justins Nummer.

Er war sofort dran. »Zoë?«

Endlich verstand ich ihn besser. »Ist alles in Ordnung, Justin? Du hast ein paarmal angerufen …«

»Es geht um Patrick.« Seine Stimme versagte. »Er hatte einen Herzinfarkt.«

7

Auf meinem Rückweg in die Bar nahm ich nichts um mich herum mehr richtig wahr. Auf der Tanzfläche saßen die Leute in Reihen hintereinander und mimten eine Paddelbootfahrt. Ein paar Takte von »Oops Upside your Head« drangen in mein Bewusstsein. Annette winkte mir von der Tanzfläche aus zu, wo sie aus irgendeinem Grund auf dem Bauch lag, aber ich ging weiter bis zu unserem Tisch. Laura und Seema lächelten mich an. Ich lächelte schwach zurück und nahm meine Sachen.

»Ich muss gehen«, sagte ich. Noch während ich es aussprach, war ich mir selbst nicht sicher, was ich meinte. Wohin wollte ich gehen?

»Bist du okay?«, fragte eine der beiden, doch ich antwortete nicht. Ich setzte nur einen Fuß vor den anderen. Ich musste in Bewegung bleiben.

Als ich schon halb über den Pier war, holte Alice mich ein.

»Zoë-Schatz, was ist passiert? Du zitterst ja!« Sie befreite die Jacke aus meiner Hand und legte sie mir um. »So kannst du nirgendwo allein hingehen. Sag mir, was passiert ist.«

»Patrick hatte einen Herzinfarkt. Er wird gerade operiert. Ich muss nach London.«

»Ach du Schreck. Das ist ja furchtbar. Aber du kannst nicht allein fahren. Lass mich mitkommen.«

Ihre Worte holten mich aus meiner Benommenheit. »Das ist unglaublich lieb von dir, Alice, aber dies ist dein Junggesellinnenabschied. Du kannst nicht einfach wegfahren.«

»Ich kann dich aber wenigstens bis zum Hotel bringen. Komm, ich ruf uns ein Taxi. Keine Widerworte.«

Das Taxi stank nach Nikotin. Der abgestandene Zigarettengeruch verursachte mir Übelkeit. Hätte die Fahrt nur eine Minute länger gedauert, hätte ich mich auf den Rücksitz übergeben. So aber spuckte ich auf den Bürgersteig, während Alice den Fahrer bezahlte. Ich weiß nur noch, dass mich das Muster der Spritzer auf dem Asphalt an die Sternschnuppen an Flos Ohrringen erinnerte.

❣

Am nächsten Morgen war ich noch immer wie betäubt. Am Bahnhof in Brighton hatte ich mir einen Tee gekauft, aber nur ein paar Schlucke runterbekommen. Das kleine Portionsdöschen Milch, das ich reingekippt hatte, hatte an der Farbe kaum etwas verändert, und während der ganzen Fahrt Richtung London schwappte die dunkle Brühe trübe und unappetitlich im Becher hin und her.

Im Hotel hatte Alice mich angezogen in meine Bettdecke gewickelt und einen Zug für mich rausgesucht. Ich saß reglos auf dem Bett und nahm erst wieder etwas wahr, als mein Handy klingelte: Es war Justin, der mich informierte, dass Patrick aus dem OP kam. Er war stabil, aber noch in kritischem Zustand.

Patrick lebte!

Die Nachricht war wie Sauerstoff; endlich bekam ich wieder Luft. Ich wollte nicht in Brighton bleiben – ich würde den anderen nur den Spaß verderben –, aber ich versprach Alice, bis zum Morgen mit meiner Abreise zu warten.

Kurz vor Mitternacht klopfte sie an meine Tür. Ich hatte nicht geschlafen, sondern nur ins Leere gestarrt.

Sie gab mir eine Tafel dunkle Schokolade. »Pete meinte, das ist deine Lieblingssorte. Als ich mit ihm gesprochen habe, klang er ziemlich fertig.«

Mir kamen wieder die Tränen. Geschäftig strich und zupfte Alice die Bettdecke glatt, um mir ein paar Sekunden zu geben, mich zu fangen, ehe sie sich setzte. »Er hat mir schon mal von Patrick erzählt – ich wusste, dass ihr euch kanntet, aber mir war nicht bewusst, dass er bei euren Eltern Stammgast war.«

Ich räusperte mich, um Alice meine brüchige Stimme zu ersparen. »Er hatte das Büro über unserem Lokal gemietet, aber an manchen Tagen verbrachte er mehr Zeit bei uns als oben – vor allem im Winter. Was unter anderem an der Wärme unseres Holzkohleofens lag.«

»Pete meinte, es sei das selbst gemachte Zaziki eurer Mutter gewesen.«

Zum ersten Mal seit dem Anruf konnte ich lächeln. Es war ein schönes Gefühl, sich zu erinnern; die Gedanken an damals wärmten und trösteten wie eine kuschlige Decke. »Er hat mir immer seine Ausgabe von *Re:Sound* gegeben, wenn er sie ausgelesen hatte, und wir haben stundenlang über Bands diskutiert. Ohne Patrick wäre mein Leben mit Sicherheit anders verlaufen.«

»Pete meinte mal, deine Eltern wollten, dass du Anwältin wirst.«

»Alle Immigranten wollen, dass ihre Kinder ordentliche Berufe bekommen, das kann man ihnen nicht verübeln. Mein Vorteil war, dass Pete mit seinem Steuerbüro glücklich und zufrieden war, das hat den Druck von mir genommen. Als ich dann verkündete, ich wolle Englisch studieren, dachten sie wohl, ich könne ja immer noch Lehrerin werden. Sie wollten mehr für uns als die tägliche Schufterei in der Gastronomie. Aber ohne ihr Restaurant hätte ich Patrick nie getroffen.«

Nachdem Alice gegangen war, konnte ich nicht schlafen. Die Stunden verstrichen, und ich wartete nur darauf, dass mein Handywecker klingelte.

Im Zug döste ich dann ein bisschen. Zum Glück war Wochenende, sonst hätte ich keinen Sitzplatz bekommen. Auf dem letzten Stück der Fahrt starrte ich nur gedankenverloren aus dem Fenster.

Jetzt saß ich mit vor Müdigkeit schmerzenden Knochen auf einem meiner harten Küchenstühle, kaute mechanisch einen Toast und zwang mir einen Kaffee rein, um irgendwie in die Gänge zu kommen.

Ich wollte ins Krankenhaus fahren – er würde doch wohl Besuch empfangen dürfen, oder? Aber dürfte ich ihn überhaupt sehen? Ich gehörte nicht zur Familie und hatte nie jemanden aus Patricks Verwandtschaft kennengelernt, nicht einmal dem Namen nach, weil er nie über sie gesprochen hatte. Justin war der Einzige, den ich kannte.

Ich musste daran denken, dass Patrick mir erst vor wenigen Tagen bei unserem Treffen im Kaufhauscafé erzählt hatte, wie sehr er sich darauf freue, mehr Zeit auf seinem Weingut auf Kreta zu verbringen. Er wollte lernen, wie man Wein produziert, und ich hatte ihn aufgezogen, dass er wahrscheinlich den ganzen Tag damit verbringen würde, ihn zu trinken. Bei der Vorstellung, dass er vielleicht nie mehr nach Kreta reisen könnte, wurde mir schon wieder übel.

Ich musste etwas unternehmen. Ich konnte nicht einfach nur dasitzen.

Ich googelte das Krankenhaus, das Justin mir genannt hatte; es lag irgendwo nahe der Harley Street. Ob sie mich zu ihm ließen oder nicht, würde ich dort sehen. Ich musste es auf jeden Fall versuchen.

7

Als ich am Oxford Circus aus der U-Bahn kam, nieselte es. Ich zog mir die Kapuze über und ärgerte mich, dass ich keinen Schirm eingesteckt hatte.

Trotz des Regens ging ich langsam. Immer wieder trieb ich mich an, schneller zu gehen, aber am Ende brauchte ich bis zum Krankenhaus fast zwanzig Minuten. Dann musste ich erst noch herausfinden, in welchem Flügel er lag, und bis ich endlich am richtigen Eingang stand, war ich eine volle halbe Stunde zu Fuß gelaufen. Meine Hände waren eiskalt und meine Turnschuhe durchgeweicht.

Der Empfangsbereich war leer, und hinter der geschwungenen Mahagonitheke saßen nur eine Angestellte und ein Sicherheitswärter.

Meine nackten Füße quietschten in den nassen Schuhen, als ich auf sie zuging. »Ich möchte zu Patrick Armstrong.«

Die Empfangsdame tippte etwas in ihren Computer, doch bevor sie mir Auskunft geben konnte, öffnete sich die Fahrstuhltür, und Justin kam heraus. Er brauchte nichts zu sagen, sein aschfahles Gesicht sprach Bände. Als er mich sah, schüttelte er den Kopf.

Es war zu spät. Patrick war tot.

Ich spürte, dass ich schwankte, und streckte den Arm aus, um mich an der Wand abzustützen. Justin kam auf mich zu. Ich musste heftig blinzeln, um ihn deutlich sehen zu können.

Irgendwann merkte ich, dass Justin etwas sagte und mich behutsam am Arm berührte. »Zoë«, wiederholte er. »Du stehst unter Schock. Wir alle.«

Seine Worte rissen mich aus meiner Trance. »Es tut mir so leid, Justin. Dass du ihn verloren hast ... dass ich nicht früher hier war.«

»Keiner von uns hätte irgendetwas tun können.« In seinen Augen glänzten Tränen. Er musste mit seiner eigenen Trauer fertig werden; ich war da nur im Weg.

♩

Die nächsten Tage lebte ich wie unter einer Glocke. Ich tat, was ich immer tat, wenn ich gestresst war: Ich stürzte mich in die Arbeit und trank zu viel.

Simon war immer noch auf Geschäftsreise, und wir facetimten, sooft es ging, aber manchmal kam ich abends zu spät nach Hause, um ihn noch zu erwischen, so dass mich nur unsere SMS über den Tag brachten.

Am vierten Tag nach Patricks Tod kam eine Postkarte von Zak Scaramouche.

Liebes Fanclub-Mitglied,

ich bin nicht mehr als ein schlichter Rock'n'Roller und nehme das Leben wie einen Jack Daniel's nach dem anderen, und doch habe ich über die Jahre einiges gelernt: Dieses eine Leben, das wir haben, ist kostbar, daher sollten wir jeden einzelnen Moment davon genießen und die Menschen um uns herum wertschätzen.

Ich bin nicht sehr gut darin, meine Gefühle zu zeigen - lieber

lasse ich meine Gitarre sprechen –, aber Du sollst wissen, dass ich
an Dich denke und dass mir das Herz blutet, weil ich weiß, dass
Deines gerade gebrochen ist.

Manchmal ist es schwer, den Fandango zu tanzen. Manchmal
braucht man all seine Kraft, um einfach einen Fuß vor den ande-
ren zu setzen. Aber ich bin an Deiner Seite.

Immer.

Zak x

Am Abend vor der Beerdigung rief ich Simon an und fragte ihn, ob er mitkomme.

»Es tut mir schrecklich leid, Frixie. Ich wünschte, ich könnte für dich da sein, aber da muss ich zu einem Meeting, das ich auf keinen Fall verschieben kann.«

Ich versuchte, es nicht persönlich zu nehmen; es ging ja nicht gegen mich, und Simon hatte Patrick auch nie kennengelernt.

Ich glaube, es wunderte ihn, dass sein Tod mich überhaupt so mitnahm.

Ich bemühte mich, es ihm zu erklären. »Er steht für eine Zeit, in der alles noch einfacher war – eine glückliche Zeit. Verstehst du?«

»Das verstehe ich, aber du musst nach vorn schauen, Frixie. Das würde Patrick bestimmt auch wollen.«

Er hatte natürlich recht, aber es war im Moment nicht das, was ich hören wollte.

❧

Die Beerdigung jagte mir mehr Angst ein, als ich mir anmerken ließ. Ein Teil von mir hätte gern gekniffen, aber ich wusste natürlich, dass ich mir das nie vergeben würde.

Irgendwie haderte ich mit meiner Trauer um Patrick, ich hatte noch kein einziges Mal geweint und fühlte mich deswegen ganz schrecklich. Machte mich das zu einem Monster?

Die Trauerfeier fand am Freitagmorgen statt, aber ich stand ganz früh auf und ging erst noch in die Redaktion, um zu sehen, ob irgendetwas Wichtiges anlag. Mike war ebenfalls da, was mich erst wunderte und dann beunruhigte.

Bevor ich ging, streckte ich meinen Kopf durch seine Bürotür. »Alles klar bei dir, Mike?«

Er behielt den Blick auf seinen Monitor gerichtet. »Ja, alles in Ordnung. Und bei dir?«

»Geht schon.«

Er hörte auf zu tippen und sah mich an. »Scheiße. Tut mir leid. Du trägst Schwarz. Heute ist die Beerdigung, und ich hab's vergessen.«

Ich zog meinen Rock glatt. »Ist schon okay. Ich werde nicht lange bleiben.«

»Nimm dir so viel Zeit, wie du brauchst, Zoë. Hier ist nicht viel los.« Er lehnte sich vor. »Wird Marcie auch da sein?«

»Darüber habe ich ehrlich gesagt nicht nachgedacht.«

»Wenn ja – wirst du mit ihr reden?«

»Du willst, dass ich ihr bei einer Beerdigung auf die Pelle rücke?«

Die Dinge mussten schlimmer stehen, als er sich anmerken ließ; so war Mike normalerweise nicht drauf.

»Du hast gesagt, du würdest alles tun, was nötig sein wird.«

»Und dabei trotzdem noch Mensch bleiben.«

Er schien mich weder gehört noch meinen Ärger bemerkt zu haben. Er fuhr fort: »So viel kann Patrick ihr ja nicht bedeuten. Immerhin hat sie ihn gefeuert, oder?«

Ich atmete tief durch, um mich zu beruhigen. »Tja, dann wird sie wohl auch nicht zur Beerdigung kommen.«

7

Immer noch leicht grollend erreichte ich die Kapelle am Friedhof Kensal Green. Was war nur mit Mike los, verdammt? Wie konnte er so was überhaupt vorschlagen? Doch dann wich mein Ärger der Sorge: Die Lage des Magazins musste schlimmer sein als befürchtet. Am liebsten wäre ich auf und davon gelaufen. Ich wollte nicht auf der Beerdigung meines Mentors sitzen, während der Untergang des von uns beiden so geliebten Musikmagazins am Horizont lauerte.

Inzwischen war ich jedoch in der Kapelle angelangt; mehrere Leute hatten mich bereits gesehen, und die Trauerfeier würde gleich beginnen. Es waren allerdings weniger Gäste gekommen, als ich erwartet hatte, und mit einem kurzen Blick in die Runde vergewisserte ich mich, dass Marcie tatsächlich nicht unter ihnen war. Ich war erleichtert, zugleich aber auch traurig.

Hatten sie sich so entzweit?

Aber natürlich war auch Presse hier, und deswegen hätte sie wahrscheinlich nicht einmal kommen können, wenn sie es gewollt hätte.

Justin hielt die Ansprache mit lauter, fester Stimme. Er war mal Sänger gewesen und geübt darin, bei Auftritten unpassende Gefühle zu unterdrücken. Er schaffte es nicht nur, seine Tränen zurückzuhalten - er brachte sogar ein paar lustige Anekdoten, die selbst meinen Kummer für ein paar Augenblicke linderten.

Auf dem Weg zum Grab hielt ich mich ein wenig abseits. Es war windig geworden, und über uns ballten sich graue Wolken am Himmel zusammen. Hier zeigte sich die Realität des Todes. Nicht in der blumenübersäten Kapelle, sondern in dieser Kälte, bei der die sechs Sargträger Patrick ernst und würdevoll in das Loch in der kalten, harten Erde absenkten. Es war einfach nicht fair. Wie konnte ein Mann mit einer solchen Energie und Dynamik so plötzlich sterben? Die Trauer lastete schwer auf mir, dennoch wollten die Tränen noch immer nicht kommen.

Der Leichenschmaus fand in einem nahen Pub statt. Ich kauerte unbehaglich auf einem Stuhl und versuchte, ein paar Worte mit Leuten zu wechseln, mit denen ich normalerweise herumalberte und mich betrank. Heute jedoch nicht. Nach einer halben Stunde verabschiedete ich mich. Hier war es mir zu munter; ich brauchte Ruhe.

Draußen steuerte ich dann kurz entschlossen nicht die Bushaltestelle an, sondern kehrte auf den Friedhof zurück.

Ich versuchte mich, so gut es ging, an die Wege zu halten, denn wann immer ich das Gras betrat, sank ich mit den Absätzen tief in die Erde. Ich ging langsam und las die Namen und Daten auf den Grabsteinen. Vera Edwina Edmunds, geliebte Ehefrau und Mutter von James und Rosemary, war erst vierunddreißig gewesen, als sie starb – im selben Alter also wie jetzt ich.

Ich ging immer weiter, ohne darauf zu achten, welche Richtung ich einschlug. Nach ein paar Minuten merkte ich, dass ich kurz vor Patricks Grab angekommen war. Sie hatten es mittlerweile zugeschaufelt, es blieb eine braune, rechteckige Narbe im grünen Gras.

Davor stand eine Frau, die ich nur von hinten sah. Sie trug einen langen dunklen Mantel, und ihr Haar war unter einem Filzhut verborgen, der mir vage bekannt vorkam. Dann wandte sie leicht den Kopf, und ich erstarrte.

Marcie Tyler.

Kapitel 21

 You've Got a Friend

Im Umkreis von etwa hundert Metern war kein anderer Mensch zu sehen. Marcie stand wenige Schritte entfernt und hatte mir den Rücken zugedreht. Ich schloss die Augen in der vagen Hoffnung, ich könnte sie dadurch auf magische Weise verschwinden lassen. Wäre eine von uns nicht mehr hier, dann müsste ich jetzt nicht diese schreckliche Entscheidung treffen. Denn egal, wie sauer ich auf Mike wegen seines Vorschlags gewesen war – jetzt, wo sie direkt vor mir stand, konnte ich nicht einfach weggehen und die – wenn auch nur geringe – Chance vertun, dass sich all meine beruflichen Sorgen durch ein kurzes Gespräch mit ihr schlagartig lösen ließen. Alles, worum ich sie zu bitten brauchte, wäre eine Stunde ihres Lebens an einem Ort und zu einer Zeit ihrer Wahl. Wäre es wirklich so schlimm, sie anzusprechen?

Ich ging einen Schritt auf sie zu, dann blieb ich wieder stehen. Sie trauerte. Ich sollte sie nicht stören.

Aber diese Gelegenheit bot sich vielleicht nie wieder, und ich würde es mir nie verzeihen, wenn ich es nicht wenigstens versucht hätte.

Ich machte noch einen zögerlichen Schritt und noch einen, doch sie musste mich gehört haben, denn sie fuhr herum wie eine aufgeschreckte Katze und fixierte mich mit zusammengekniffenen Augen.

Ich erstarrte. Ich konnte weder vor noch zurück.

Sie brach das Schweigen als Erste. »Sie! Die Klavierspielerin. Was wollen Sie hier?«

Ihre Stimme klang rauer als letztes Mal, und die Worte erstarben mir auf der Zunge.

Sie zog die Augenbrauen weit über den Rand ihrer Sonnenbrille hoch und wartete auf eine Antwort. In diesem Moment brachen Sonnenstrahlen durch die Wolken, und ich sah auf einer ihrer Wangen eine Träne glitzern.

»Ich, äh ... dachte, ich hätte meinen Regenschirm vielleicht hier vergessen.«

Marcie runzelte die Stirn, aber ich wartete ihre Antwort nicht ab, sondern machte kehrt und ging in die Richtung zurück, aus der ich gekommen war. Das Herz schlug mir bis zum Hals, und ich hielt die Fäuste tief in den Taschen vergraben.

Ich fuhr in die Redaktion zurück, obwohl ich noch meine schwarzen Klamotten anhatte und die Schuhe an den Zehen drückten. Es war Mittagszeit, und die meisten waren irgendwo beim Essen – einschließlich Mike. Ich hatte noch nicht entschieden, ob ich ihm das mit Marcie erzählen würde oder nicht. Wenn er mich direkt fragte, sollte ich dann lügen?

Der Nachmittag verging langsam, aber die anderen merkten, dass ich mit niemandem reden wollte, und ließen mich in Ruhe. Ayisha verschwand irgendwann und kam mit einem Marsriegel zurück, den sie mir schweigend zuschob. Von irgendeinem Branchenblatt rief jemand an und bat um einen Nachruf auf Patrick, aber ich ließ ihn auf den Anrufbeantworter sprechen.

Um sechs war ich die Einzige auf unserer Etage. Es gab nur noch mich und das leise Surren eines Dutzends schlafender Computer.

Das Pling des Fahrstuhls bedeutete, dass die Reinigungskräfte kamen – für mich das Zeichen, dass ich gehen sollte. Aber wohin? Ich wollte nicht in meiner leeren Wohnung sitzen. Mein Kopf fühlte sich wattig an, mein Körper aber wie elektrisiert, als würden die zwei nicht zusammengehören.

Es klopfte. Die Tür zwischen unserem Büro und dem Flur war immer offen – warum sollte jemand klopfen?

Ich sah auf. Nick lehnte im Türrahmen. Er trug einen schwarzen Anzug mit schwarzer Krawatte.

Mist. Er war also auch bei der Beerdigung gewesen.

Würde er mir jetzt eine Standpauke halten, weil ich es gewagt hatte, mich Marcie zu nähern?

Er wirkte zwar nicht verärgert, aber er ließ seine Emotionen sowieso nie erkennen. Seine professionelle Seite behielt stets die Oberhand – kein Fussel auf dem Hemd, keine Falte im Anzug. Ein Mann, der sein Leben im Griff hatte, während meines im Chaos versank. Ich war nicht sicher, ob ich die Kraft hätte, es in diesem Augenblick mit ihm aufzunehmen.

Er kam rein und deutete auf Gavins Sessel. »Darf ich?«

Ich nickte. Was blieb mir anderes übrig? Aber anstatt sich hinter Gavins Schreibtisch zu setzen, rollte er den Stuhl neben meinen. Und erst als er sich hinsetzte, sah ich, dass er eine Flasche Gordon's in der Hand hielt.

»Patricks Lieblingsgin«, krächzte ich mit einem Kloß im Hals.

»Ich dachte, wir könnten ihm die Ehre erweisen und damit auf ihn anstoßen.« Er griff in seine Innentasche und zog zwei Plastikbecher hervor. »Das war das Einzige, was ich auf die Schnelle organisieren konnte. Ich schätze, Sie haben hier nicht zufällig irgendwelche Kristallgläser rumstehen?«

»Unser Kristall ist leider gerade zum Polieren außer Haus.«

Er schmunzelte. »Dann müssen wir hiermit vorliebnehmen.«

Er stellte die Becher auf den Tisch, neben einen Fahnendruck von *Die lausigsten Lyrics aller Zeiten*. Beim Blick auf die reißerische Überschrift zuckte ich zusammen; sie kam mir plötzlich respektlos vor. Hatte Nick sie gesehen? Offenbar nicht. Er schien ganz auf sein Tun konzentriert: die Flasche aufschrauben und uns beiden großzügig einschenken.

Er reichte mir einen der Becher. »Auf Patrick.«

»Auf Patrick.«

Ich war kein Fan von purem Gin, und er brannte in der Kehle, aber zumindest löste sich dadurch dieses blöde taube Gefühl ein wenig.

»Ich habe Sie heute gesehen«, sagte er und schwenkte seinen Gin im Becher. »Auf dem Friedhof.«

Würde er mir jetzt vorwerfen, ich hätte Marcie erneut verfolgt?

»Da haben wir uns wohl verpasst«, erwiderte ich etwas angespannt.

Nick beobachtete, wie ich noch einen Schluck warmen Gin trank, ließ seinen Becher jedoch auf meinem Schreibtisch stehen. »Ich möchte Ihnen danken.«

Danken? »Wofür?«

»Marcie brauchte heute Ruhe, und das haben Sie respektiert.«

Ich hatte Marcie gegenüber richtig gehandelt, das war das Wichtigste, aber aus irgendeinem Grund hielt ich es für ebenso wichtig, dass Nick es zu schätzen wusste.

Er sah müde aus und nicht ganz so perfekt rasiert wie sonst. »Es geht ihr nicht besonders gut.«

Ohne nachzudenken, legte ich eine Hand auf sein Knie. »Das tut mir leid.«

Nick zuckte nicht zurück; er zeigte keine Reaktion. Seine Augen hatten dasselbe Grün wie die Ginflasche und kamen mir auf einmal schmerzlich vertraut vor.

Sein Blick beunruhigte mich. Ich musste mich auf etwas anderes konzentrieren als sein Gesicht.

»Wir haben da diesen lustigen Artikel über fiese Songtexte geplant: *Die lausigsten Lyrics* ...«

Nein, das funktionierte auch nicht.

Er wandte den Blick ab und leerte den Rest seines Gins. Beim Schlucken tanzte sein Adamsapfel. »Sie haben zu tun«, sagte er. »Ich sollte gehen. Ich wollte nur nachsehen, wie es Ihnen geht.« Er stand auf, und plötzlich hätte ich sehr gern gewollt, dass er blieb.

»Ich brauche vielleicht noch einen Schluck, bevor Sie die Flasche wieder mitnehmen.«

»Sie gehört Ihnen«, erwiderte er. »Es war Patricks ...«

»... Lieblingsorte, ich weiß.«

»Nein, es ist Patricks Flasche.«

Alles blieb stehen. »Das ist ... *seine* Flasche?«

Er nickte. »Er hat sie vor Jahren mal Marcie geschenkt. Ich habe sie für Sie rausgeschmuggelt.«

Ein Kloß verschloss mir den Hals. Ich bekam kaum noch Luft.

Heiße Tränen schossen mir in die Augen, und bevor ich sie aufhalten konnte, strömten sie mir schon über die Wangen. Ich senkte den Kopf, damit Nick mich nicht weinen sähe.

Er war aufgestanden, doch anstatt zu gehen, griff er nach meiner Hand, zog mich auf die Füße und nahm mich in die Arme.

Ich hielt mich an ihm fest, während ich jetzt richtig schluchzte. Doch mit jeder Träne fühlte ich mich leichter. Nicht, weil es meine Trauer leichter machte, sondern weil endlich mein Widerstand gebrochen war, sie rauszulassen. Endlich, endlich konnte ich weinen, und die Erleichterung war überwältigend. Ich hatte nicht gemerkt, wie sehr mir eine simple Umarmung gefehlt hatte. Bei der Beerdigung hatte man sich auf die Wangen geküsst und tröstend auf den Rücken geklopft, aber das war immer nur ein flüchtiger Körperkontakt gewesen. Nicks Umarmung war fest und warm.

Sein makelloses Jackett wurde von meinen Tränen durchnässt, doch es schien ihm egal. Nach einigen Minuten löste er behutsam die Umarmung.

»Der Gin ist bei Ihnen besser aufgehoben als bei Marcie – einer genesenden Alkoholikerin.«

Ich schaffte ein Lächeln und wischte mir über die feuchten Wangen.

»Danke, Nick.«

7

Ich blieb noch eine Stunde im Büro und starrte dumpf auf meinen Bildschirm, ohne irgendetwas zuwege zu bringen. Jedes Mal, wenn mein Blick auf die Flasche Gordon's fiel, spürte ich inneren Frieden, auch wenn ich mir nicht erklären konnte, warum.

Die Angst, die sich in mir breitgemacht hatte, ließ nach, und obwohl ich ursprünglich in der Redaktion hatte bleiben wollen, weil ich mich vor meiner leeren Wohnung fürchtete, sehnte ich mich nun nach einem Rückzugsort – weit weg von dieser Redaktion, in der mich zu viele Dinge daran erinnerten, dass uns das Ende drohte.

Auf dem Handy hatte ich einige Anrufe verpasst, unter anderem mehrere von Simon, aber ich hatte nicht die Kraft, jemanden zurückzurufen. Zur Abwechslung wollte ich mich einmal nur um mich kümmern. Ein warmes Bad und früh ins Bett zu gehen waren das Verlockendste, was ich mir jetzt vorstellen konnte.

Ich war wohl erschöpfter gewesen, als ich dachte, denn in der U-Bahn schlief ich ein und wachte erst an der Endstation in Ealing Broadway wieder auf. Ich musste also den ganzen Weg bis Shepherd's Bush wieder zurückfahren und kam erst um acht Uhr völlig erledigt in meiner Wohnung an.

Als ich merkte, dass ich nicht allein war, stöhnte ich innerlich auf.

Ich hätte meine Nachrichten doch noch lesen sollen, dann hätte ich gewusst, dass Simon früher zurückgekommen war. So aber war es eine ziemliche Überraschung, dass er in meiner Küche stand und in meiner neuen Jamie-Oliver-Pfanne Knoblauch und Tomaten anschmorte.

»Simon! Was machst du denn hier?«

»Eine miese Bolognese.« Er grinste jungenhaft. »Ich habe zwölf Stunden frei, also habe ich mir einen Flug von Edinburgh aus gebucht. Morgen früh um sechs muss ich wieder zurück sein.«

Mir kamen die Tränen. »Das ist so lieb von dir. Danke.«

Prompt schämte ich mich dafür, dass mich seine Anwesenheit spontan genervt hatte.

»Tut mir leid, dass ich nicht rechtzeitig zur Beerdigung hier sein konnte, Frixie.«

»Ist schon okay. Zak hat geholfen.«

Er kam zu mir und schloss mich in die Arme. Es war tröstlich, seine Umarmung zu spüren, und anders als am Abend bei Georgia war keine Spannung, kein Prickeln zwischen uns. Aber es war genau das, was ich brauchte.

»Du siehst erschöpft aus«, sagte er, als wir uns voneinander lösten.

»Das bin ich auch.«

»Warum gehst du nicht und lässt dir ein Bad ein? Ich brauche hier noch mindestens eine halbe Stunde.«

»Bist du sicher?«

»Klar, geh nur, und wenn du wiederkommst, ist alles fertig.«

Ich drückte seine Hand. »Danke, Simon.«

In der Badewanne würde ich nur einschlafen, also entschied ich mich für eine heiße Dusche. Ich fand noch ein Körperpeeling mit Grapefruitduft und rubbelte mir Arme und Beine ab, bis sie brannten. Nach dem Abtrocknen fühlte ich mich ein wenig frischer als zuvor.

Es war kälter geworden, also kramte ich einen Flanellschlafanzug raus und wickelte mich zusätzlich in den dicken Frotteebademantel, den ich nur anzog, wenn es mir wirklich schlecht ging.

Ich setzte mich zu Simon an den Küchentisch. Er hatte gedeckt und eine dampfende Schüssel mit Nudeln und gekühlten Wein bereitgestellt. Die Kombination aus würziger Soße und frischem Sancerre war genau das Richtige, um mich wieder als Teil der menschlichen Spezies fühlen zu lassen.

Nach dem Essen überraschte ich uns beide, als ich ein zweites Glas Wein ausschlug.

»Lieber einen Becher Tee?«, fragte Simon nach.

Ich nickte und wollte aufstehen, aber er bestand darauf, dass ich mich auf dem Sofa entspannte, während er einen kochte.

Ich ließ eine Playlist mit soften Neunziger-Jahre-Hits laufen. Die alten Songs erinnerten mich an meine Schulzeit, in der ich keine Verantwortung tragen musste und meine größte Sorge war, ob der rote Fleck an meinem Kinn zu einem richtigen Pickel mutieren würde oder nicht.

Als Simon mit zwei Bechern Tee reinkam, kam gerade »Never Ever« von All Saints.

»Toller Song«, sagte er und setzte sich neben mich.

»Wie läuft es denn auf deiner Geschäftsreise?«, fragte ich, weil mir plötzlich auffiel, dass wir die ganze Zeit nur über mich geredet hatten.

Er runzelte die Stirn, während er trank. »Lass uns nicht von der Arbeit reden«, bat er dann. »Ich werde mit dem Alter allmählich langweilig, glaube ich, denn in Stockholm hat mich ein Kunde zu einem Heavy-Metal-Konzert mitgeschleppt, und ich habe mich tatsächlich sagen hören: ›Das ist doch keine Musik!‹. Genau wie dein Dad, immer wenn wir ›Smells Like Teen Spirit‹ auflegten.«

Ich schmunzelte. »Und wir haben das *oft* aufgelegt.«

»Wer hätte gedacht, dass Metal in Skandinavien so beliebt ist?«

»Tatsächlich war mir das bekannt.«

»Du zählst aber nicht.« Er grinste.

Um halb elf ging er. Ich hatte ihm angeboten, auf dem Schlafsofa zu übernachten, aber er bestand darauf, nach Hause zu gehen.

»Ich muss in …«, er sah auf die Uhr, »viereinhalb Stunden aufstehen. Wäre blöd, wenn ich dich dann wecke. Schlaf gut, Frixie.«

7

In den nächsten Tagen schrieb ich zwei Nachrufe auf Patrick – einen für ein Branchenblatt und einen für *Re:Sound*.

Dann, am Donnerstagmorgen, erhielt ich in der Redaktion eine Textnachricht von Nick:

Marcie heute Abend 18 h – schaffen Sie das?

Heilige Scheiße.

Ich tippte ein aufgewühltes *JA* und starrte auf meinen Computerbildschirm, um zu entscheiden, wie ich vorgehen sollte. Ich öffnete die Datei, die ich vor Monaten angelegt und in der ich Fragen für Marcie gesammelt hatte. Würde es nun endlich passieren?

Wenige Minuten später vibrierte mein Handy mit einer neuen Nachricht. Es war eine Adresse in St. John's Wood, wo sie wohnte, soweit ich wusste. Das wurde immer surrealer.

Dann eine dritte SMS:

Schicke später heutiges Passwort.

Als der Rest des Teams da war, stand ich auf und bat um Aufmerksamkeit.

»Ratet, wer ein heißes Date mit Marcie Tyler hat!«

Gavin runzelte die Stirn. »Richard Branson – laut seiner Biographie.«

Lucy gab ihm einen freundschaftlichen Klaps auf den Hinterkopf. »O mein Gott, Zoë. Du meinst dich selber, oder?«

Ich nickte, und alle begannen laut zu jubeln, so dass auch Mike angelaufen kam, was mir den Gang in sein Büro ersparte.

»Na, heute Nacht werde ich gut schlafen«, sagte er, bevor er wieder ging.

Bis 16:30 Uhr überprüfte ich mehrfach, ob mein Diktiergerät geladen war und ausreichend Speicherkapazität besaß. Dann druckte ich meine Fragen aus und machte mich auf den Weg.

Um 17:30 Uhr war ich in St John's Wood, wo jedes zweite Haus renoviert wurde. Die Bautafeln hingen an schmiedeeisernen Toren, während die Bagger dahinter Erde für Kellergeschosse aushoben. Es hieß, dass Paul McCartney in dieser Gegend nahe der Abbey Road Studios ein Haus hatte. Ob er und Marcie sich wohl schon mal in einem der Eckläden über den Weg gelaufen waren, in der ein kleines Wasser 2,60 Pfund kostete? Bestimmt hatte Marcie Assistenten, die für sie einkaufen gingen, wenn sie kein Klopapier mehr hatte. Aber berühmte Leute sind auch nur Menschen. Ich war mal Jerry Hall begegnet, als sie um Mitternacht in einem Lebensmittelladen in Richmond einen Becher Häagen-Dazs kaufte. Bei der Lust auf was Süßes sind wir alle gleich.

Immer wieder sah ich auf mein Handy, voller Angst, dass Nick doch noch absagte oder vergaß, mir das Passwort zu schicken. Um zehn vor sechs kam dann die Nachricht:

Sie sind Bonnie – fragen Sie nach Clyde.

Ich bedankte mich und stellte mein Handy auf stumm.

Marcies Haus war von einer zweieinhalb Meter hohen roten Backsteinmauer umgeben. Auf den ersten Blick wirkte alles ganz harmlos – bis ich die oben angebrachten Sicherheitskameras entdeckte. Es war nicht das größte Haus in der Straße, aber genau konnte man das von der Straße aus nicht erkennen. Eine schwarze Tür in der Mauer schien der einzige Eingang, und selbst von dort aus kam man zunächst nur in den Vorgarten.

Um Punkt 18:00 Uhr drückte ich auf den Klingelknopf der Sprechanlage. Es war kein Geräusch zu hören; er blinkte nur blau auf.

Sekunden vergingen, und nichts passierte. Ich hob den Finger wieder an den Knopf, um erneut zu drücken, doch in diesem Augenblick ertönte eine leicht verzerrte Stimme. »Kann ich Ihnen helfen?«

Es war eine männliche Stimme, was mich überraschte. Aber hatte ich wirklich gedacht, Marcie würde ihre Tür selbst öffnen?

Zeit, Nicks Vertrauenswürdigkeit zu testen. »Hier ist Bonnie.«

»Wie bitte?«

Über den blechernen Lautsprecher hörte ich ein schwaches Bellen.

Ich räusperte mich. »Hier ist Bonnie, und ich würde gern Clyde besuchen.«

Stille. Jede Sekunde würde mir die Stimme sagen, dass die Polizei schon unterwegs sei. *Jede Sekunde ...*

»Kommen Sie rein, Bonnie.«

Mit einem Klicken öffnete sich die Tür. Ich konnte es nicht glauben und erwartete fast, dass sie sich gleich wieder verriegelte. Vorsichtig drückte ich dagegen, und sie schwang auf. Das Bellen wurde lauter. Toll. Jetzt ließen sie die Hunde los, und ich würde von einer Horde wütender Bestien zerfleischt werden.

Ziemlich verkrampft stapfte ich über den Kiesweg und versuchte, mich zu erinnern, was in all diesen Hundeflüsterersendungen geraten wurde, wie man Dominanz ausstrahlte und verhinderte, zu Tode gebissen zu werden. Dann rief eine weibliche Stimme ein scharfes »Aus!«, und das Gebell verstummte.

Der Weg führte zu einem mit Stuck verzierten Gebäude mit Rundbogenfenstern im georgianischen Stil und einer glänzend schwarz lackierten Tür. Zu meinen beiden Seiten war der Rasen akkurat gemäht, und aus dem Augenwinkel sah ich eine alte steinerne Sonnenuhr.

Ich stieg zwei Stufen hoch und hob die Hand, um an die Tür zu klopfen, doch ehe ich mich versah, öffnete sie sich knarrend, und ein Staffordshire Terrier schob seine Schnauze durch den Spalt. Sein Maul war genauso breit wie sein Schädel, und seine Zähne troffen vor Speichel. Er knurrte mich an, und ich erstarrte.

»Komm SOFORT hierher, Saffron.«

Der Hund zog sich zurück, und an seiner Stelle erschien eine hochgewachsene Gestalt, barfuß und in einem langärmeligen schwarzen Kleid.

»Keine Angst vor Saffron, sie ist harmlos.«

Marcie war größer, als ich sie in Erinnerung hatte. Und dünner. Als sie sich zur Seite drehte, um mich durchzulassen, fielen mir ihre hervortretenden Schlüsselbeine auf.

Wir gingen durch eine riesige Eingangshalle mit Fischgrätparkett, das glänzte wie Kastanien und bestimmt über hundert Jahre alt war. Und wahrscheinlich hatte jedes meiner Musikidole diesen Boden schon einmal betreten. Eines davon stand jetzt in Fleisch und Blut vor mir und bot mir etwas zu trinken an.

»Ich habe gerade eine Flasche Wein aufgemacht.«

Moment mal …

Sie kam frisch aus der Entzugsklinik und sollte überhaupt keinen Alkohol trinken. Würde ich ihre Sucht befördern, wenn ich jetzt mittrank? Vielleicht war es alkoholfreier Wein …

»Was für Wein?«, erkundigte ich mich.

Nachdenklich runzelte sie die Stirn. »Roter, glaube ich.«

Das war ein Witz, oder?

Sie bedeutete mir, ihr zu folgen, und wir gingen durch einen Flur, an dessen Wänden rechts und links Goldene Schallplatten hingen. Im hinteren Teil des Hauses konnte man auf einen noch größeren Garten als den nach vorn gelegenen hinaussehen. Diskret spähte ich durch jede Tür, an der wir vorbeikamen.

War das da ihre seeschaumgrüne Fender Telecaster, die an dem Bücherregal lehnte? Die E-Gitarre, die sie auf dem Cover von *Day By Day* tief vor der Hüfte trug – der ersten LP, die ich je gekauft hatte? Meine Fresse!

Ich beeilte mich, sie wieder einzuholen, und stand plötzlich in der Küche. Saffron lag zusammengerollt in einem Körbchen neben einem extragroßen Aga-Herd. Marcie saß an einer Frühstückstheke mit schwarzer Granitplatte und nickte zum Platz ihr gegenüber, wo schon ein Glas Rotwein auf mich wartete.

Die Flasche war fast leer, also ganz bestimmt nicht gerade erst geöffnet.

Ich schob mich auf den Barhocker und stieß dabei mit den Knien gegen die Theke, so sehr, dass es einen lauten Knall gab und höllisch wehtat, aber Marcie reagierte nicht. War ihr Blick etwa schwammig? Ich holte das Aufnahmegerät aus meiner Tasche. »Ist das okay?«

Marcie lächelte, und ich war wiederum verblüfft, wie schön sie war. Hohe Wangenknochen, perfekte Haut, glatte, glänzende dunkle Haare. »Das brauchen Sie nicht.«

Das gefiel mir gar nicht. Ich hatte schon Interviews ohne Diktiergerät geführt, aber es war nicht ideal. Wie es aussah, blieb mir jedoch keine Wahl. »Kein Problem, dann mache ich mir einfach Notizen.«

»Auch keine Notizen.«

Ich hatte schon die Hand in der Tasche und suchte nach Block und Stift, doch nun hielt ich inne.

»Keine Notizen? Sie wollen, dass ich aus dem Gedächtnis schreibe?«

»Sie werden nichts von dem, was wir heute besprechen, irgendwo wiederholen.«

Wie meinte sie das? »Nick sagte, Sie hätten einem Interview zugestimmt.«

»Das stimmt so nicht.«

Meine Hoffnung sank. Ich würde ihn umbringen, verdammt nochmal! »Warum haben Sie dann eingewilligt, mich zu sehen?«

»Dies ist ein Test-Interview vorab. Wir werden einfach ein bisschen plaudern, und wenn Sie mir gefallen, werde ich Ihnen erlauben, mich richtig zu interviewen.«

Na gut, vielleicht war das Ganze ja doch nicht so übel. »Das heißt, ich kann Sie danach dann aufnehmen?«

Sie trank einen großen Schluck Wein. »Nun ja, ich brauche zunächst etwas Zeit zum Überlegen.«

Meine Nackenmuskeln verspannten sich. »Wie viel Zeit?«

»Ein paar Tage, ein paar Wochen. Wir werden sehen.«

Scheiße. Ich hatte keine »paar Wochen«. Und Nick hatte mir ausdrücklich gesagt, ich könne Marcie interviewen. Er würde mir einiges erklären müssen.

»Wir haben uns schon mal gesehen, oder?«

Ich nickte. Sprach das jetzt für oder gegen mich? »In dem Klaviergeschäft. Ich habe etwas für Sie gespielt.« Dies war wohl nicht der richtige Moment, um zu erwähnen, dass wir uns auch auf dem Friedhof begegnet waren.

Sie reagierte nicht. Stattdessen trank sie ihren Wein aus und griff nach der Flasche. Der restliche Inhalt reichte gerade noch für ein halbes Glas. Sie hielt die Flasche kopfüber und klopfte auf den Boden, um die letzten Tropfen hervorzulocken.

Ach herrje.

»Ich gehe mal und hol noch eine Flasche. Geben Sie mir zwei Sekunden.« Damit schwebte sie aus dem Raum.

Ich atmete tief aus. Jetzt konnte ich wirklich einen Drink gebrauchen. Und sie definitiv nicht! Ich massierte meine Schläfen und überlegte. Was in drei Teufels Namen sollte ich bloß tun? Ich nahm mein Handy und suchte Nicks Nummer raus, aber noch ehe ich anrufen konnte, hörte ich Schritte. Schnell legte ich das Telefon weg und schwang herum. Aber natürlich war es nicht Marcie. Sie war ja barfuß. Diesen Typen hatte ich noch nie gesehen – vermutlich war er derjenige, mit dem ich über die Sprechanlage kommuniziert hatte. Er trug eine weiße Yogahose und Clogs mit Korksohle.

Er nickte mir zu und machte sich daran, eine Dose Hundefutter zu öffnen. »Ich bin übrigens Ronan«, sagte er über die Schulter, während mir der Fleischgeruch von Pedigree Pal in die Nase stieg. »Ich bin der Koch.« Er verteilte das Futter auf zwei Schüsseln; anscheinend hatte Saffron noch einen Bruder oder eine Schwester. »Ich hoffe, Sie haben Hunger.«

Meinte er die Hunde oder mich?

»Oh, ich habe schon gegessen«, behauptete ich, ohne mit der Wimper zu zucken.

Ronan ließ die Schultern hängen. »Wie schade.« Er widmete sich wieder seiner Aufgabe.

Plötzlich streifte etwas mein Bein, und ich fuhr zusammen. Ein weißer Pudel sah mich erwartungsvoll an, aber Ronans Schüsselgeklapper lockte ihn hinüber.

»Da bist du ja, Noodle. Ich wusste, dass du auftauchst, sobald du das Futter riechst.« Er drehte sich wieder zu mir. »Der schläft sonst den ganzen Tag.«

Saffron in ihrem Körbchen streckte sich und schnupperte in die Luft. »Na kommt, ihr zwei Hübschen«, sagte Ronan. »Ich bring euch das Futter nach draußen. Marcie hat heute einen Gast.« Er ging durch die Terrassentür, und beide Hunde trotteten hinter ihm her.

Ich sah auf die Uhr. *Mist!* Es war schon nach halb, und offiziell hatte ich nur eine Stunde. Wo blieb Marcie nur?

Wenn es ganz dumm lief, war sie irgendwo eingeschlafen. Dass sie betrunken war, war kaum zu übersehen gewesen, und zwar nicht nur ein bisschen, sondern offensichtlich total angeschossen. So blöd das jetzt auch war, ich musste dieses Vorgespräch bestehen, und sie musste nüchtern genug sein, um sich später daran erinnern zu können. Mir fiel eine leuchtend rote Nespresso-Maschine ins Auge. Vielleicht könnte ich ihr einen Kaffee machen und das Ganze noch retten?

Ich stand auf und streckte mich erst einmal demonstrativ, um die Lage zu peilen. Ronan war nirgends zu entdecken, was hoffentlich bedeutete, dass er mich ebenso wenig sehen konnte. Ich könnte versuchshalber durch die Tür gehen, durch die Marcie verschwunden war, und nach ihr rufen, dann erinnerte sie sich vielleicht wieder an mich.

Ich kam in ein Wohnzimmer, das mir fast den Atem stocken ließ, aber dies war wohl kaum die Zeit, die tolle Einrichtung zu bewundern, auch wenn der Teppich sich, verdammt nochmal, unglaublich weich anfühlte. Es war ein superflauschiger, dicker Wollteppich, nicht das billige Nylonzeug, das ich zu Hause hatte. In der Mitte des Raumes standen sich zwei cremefarbene Ledersofas gegenüber – nicht etwa zum Fernseher ausgerichtet –, genau so, wie sie es in diesen Hochglanz-Einrichtungsmagazinen immer zeigten. Eine Kommode unterhalb eines Schiebefensters sah aus, als würde sie in den Hampton Court Palace gehören – das Holz war fast schwarz, so alt musste es schon ein. Alles hatte auf eine angenehme Weise Klasse und Stil; keine Spur von Designerstühlen aus Acryl oder ultramodernen Schränken.

Es war das Zimmer einer erwachsenen Frau, und egal, wie diese Sache mit dem Interview ausgehen würde, fand ich es schön, zu wissen, dass Marcie Geschmack hatte.

Aber noch während ich da stand und bewunderte, wie edel alles aussah, erschien Marcie im Türrahmen und rülpste. Sie trug eine karierte Skimütze und einen Arsenal-Schal und merkte, dass ich sie anstarrte.

»Im Keller war es ein bisschen kalt.« Sie hob zwei verstaubte Weinflaschen wie Trophäen in die Höhe. »Geh mal und hol einen Korkenzieher, Bonnie-Schätzchen. Da ist irgendwo einer in der Küche.«

»Ich dachte, wir könnten eine Trinkpause einlegen.«

»Nun sei mal kein Spielverderber. Wein zählt ja wohl kaum als Alkohol.« Sie hielt mir die Flaschen entgegen. »Komm, beeil dich. Ich hab Durst, und wir haben nicht den ganzen Tag Zeit.«

Kapitel 22

 Goodbye Yellow Brick Road

Den Wein in den Händen, trottete ich in die Küche zurück und musste aufpassen, dass mir die staubigen Flaschen nicht ebenso entglitten wie die Situation.

Verdammt! Was sollte ich bloß tun?

Vor allem musste es mir gelingen, einen klaren Kopf zu bewahren, ohne Marcie merken zu lassen, dass ich nichts trank. Mein noch unberührtes Glas stand auf der Theke; ich leerte es in die Spüle, füllte Wasser nach und trank es in einem Zug leer in der Hoffnung, dass das allen nachfolgenden Alkohol schon mal verdünnen würde.

Aber was war mit Marcie? Ich wollte sie keinesfalls zum Trinken ermutigen, aber würde sie auf mich hören, wenn ich versuchte, sie davon abzubringen? Wahrscheinlich würde sie mich eher rauswerfen.

Am besten wäre vermutlich, wenn ich ihr zwar ein Glas brächte, sie dann aber vom Trinken abhielte, indem ich sie ständig ausfragte. Das Problem war nur, dass ich nicht wusste, wie viel Sinnvolles ich jetzt noch aus ihr rauskitzeln konnte – wo sie mich schon Bonnie nannte.

Ich schenkte zwei Gläser ein und ging damit ins Wohnzimmer zurück. Marcie hatte es sich auf einem der Sofas bequem gemacht und die Füße unter den Körper gezogen. Sie hielt die Augen geschlossen, aber als die Weingläser beim Abstellen auf die Tischplatte klirrten, machte sie sie wieder auf.

»Ich dachte schon, du hättest dich verlaufen, Bonnie.«

Ich setzte mich. »Ich heiße nicht Bonnie, sondern Zoë, und ich bin hier wegen des Interviews für *Re:Sound*.«

Sie stemmte sich in eine aufrechte Position. »Ich weiß ganz genau, wer du bist«, sagte sie scharf. »Aber es besteht keine Eile. Erst können wir noch was trinken.«

»Ich dachte, ich hätte nur bis sieben Zeit, und es ist fast Viertel vor.«

»Wer hat dir das gesagt?«

»Ihr PR-Manager.«

»Ach, das ist Blödsinn. Ich hab nichts anderes vor, und Ronan wird das Essen frühestens um acht fertig haben. Du musst bleiben – er macht Scaloppine.«

Sie bat mich, zum Essen zu bleiben? Das war immerhin ein gutes Zeichen.

»Dann bleibe ich gern – danke.«

»Hm«, grunzte sie zustimmend und griff nach ihrem Glas.

Nicht gut ...

»Vielleicht können wir uns den Wein fürs Essen aufheben«, schlug ich vor. »Ich vertrage nicht so viel.«

Sie winkte ab. »Du meine Güte, Kindchen, ein paar Gläschen können doch nicht schaden.«

O doch – vor allem der Leber einer Alkoholkranken.

Auf der Suche nach neutralem Gesprächsstoff sah ich mich um. »Ein schönes Haus haben Sie.«

»Danke.«

Ich hatte gehofft, sie würde es weiter ausführen.

»Sammeln Sie Kunst oder Antiquitäten? Die Kommode in der Ecke sieht jakobinisch aus.«

»Das kommt daher, weil sie tatsächlich aus der Zeit stammt.«

»Wie lange haben Sie sie schon?«

»Viele, viele Jahre. Ein Geschenk von irgendeinem Grafen.«

Oha, das klang vielversprechend. »Einem Grafen?«

»Hab seinen Namen vergessen. Italiener. Hatte Alopezie.«

Sein Haarausfall interessierte mich nun weniger. »Gab es einen bestimmten Grund für das Geschenk?«

Sie nahm ihr Weinglas. »Wahrscheinlich habe ich mal auf einer Party für ihn gesungen. Das war in den Achtzigern – da haben wir so was öfter gemacht.«

»Wissen Sie noch, wo die Party stattfand?«

Gedankenverloren starrte sie in die Ferne. Mit etwas Glück erinnerte sie sich gerade an einen Maskenball in einer jahrhundertealten Burg in den Dolomiten und einen verliebten kahlen Grafen, der an ihren Lippen hing.

»Im Konferenzraum eines Hotels in den Midlands.«

Oh. Ich versuchte, meine Enttäuschung zu verbergen.

Sie schwenkte ihren Blick wieder zu mir. »Hat Nicky dich geschickt?«

Nicky? Von wem redete sie? »Meinen Sie Nick Jones?«

Sie nickte. »Er hat gesagt, er schickt jemanden vorbei.«

Hatte sie nun schon Erinnerungslücken? Ich dachte, mein größtes Problem wäre, sie davon abzuhalten, sich unter den Tisch zu trinken. »Ja, das stimmt. Nick hat das hier vereinbart. Ich heiße Zoë und würde Sie gern für *Re:Sound* interviewen.«

»Zoë?«

»Ja, von *Re:Sound* ...«

»Kein Grund, so zu reden, als wäre ich bescheuert.« Sie trank einen Schluck. »Ich mag zwar achtundfünfzig sein, aber ich bin noch lange nicht schwachsinnig.« Sie lächelte. »Na ja, laut Wikipedia bin ich dreiundfünfzig.«

»Tut mir leid, ich wollte nicht ...«

Auf einmal wirkte sie traurig. »Sie haben Patrick gekannt.«

Uh, heikles Thema. Ich griff nach meinem Wein.

»Der liebe, gute Patrick«, flüsterte sie. »Es kam so plötzlich.«

Ich brauchte ein paar Schlückchen, um mir genug Mut für die Frage anzutrinken, die ich schon immer hatte stellen wollen.

»Warum haben sich Ihre Wege eigentlich getrennt?«

»Er hat aufgehört zu arbeiten.«

»Aber Sie haben sich schon Jahre zuvor von ihm getrennt.«

Sie schüttelte den Kopf. »Könnten wir über was anderes reden?«

Unter anderen Umständen hätte ich sie womöglich gedrängt, über ihren Ex-Manager auszupacken, aber nicht, wenn ebendieser mein toter Freund war. Außerdem wollte sie offensichtlich nicht über ihn reden.

Zu allem Unglück sah es jetzt noch so aus, als wollte sie überhaupt nicht mehr reden. Sie legte den Kopf gegen die Lehne und schloss die Augen. War sie eingeschlafen?

Ich hüstelte.

Nichts.

Dann sah ich, dass sie mit dem Zeigefinger im Rhythmus gegen ihren Schenkel klopfte. Fieberhaft suchte ich nach einem Thema, mit dem ich sie wieder in unser Gespräch zurückholen könnte.

Das Kleid war ihr bis zur Wadenmitte hinaufgerutscht, und ich entdeckte ein kleines Tattoo an ihrem Knöchel, das mir vorher nie aufgefallen war.

»Ein interessantes Tattoo. Haben Sie das schon lange?«

Sie öffnete ein Auge. »Ja.«

»Was ist das?«

Sie setzte sich wieder gerade. Wie schön, dass ich ein Thema gefunden hatte, über das sie reden wollte. Wer hätte gedacht, dass Marcie auf Tattoos stand? Ich wusste so viel über sie, aber das nicht.

Sie schob den Stoff zur Seite, damit ich es besser sehen könnte. »Das ist ein kleines Seepferdchen. Schön, was?«

Es war dunkelgrün mit roten Augen, fast ein bisschen drachenähnlich, aber auf freundliche Art. Und irgendwie kam es mir bekannt vor.

»Wann haben Sie das stechen lassen?«

Sie winkte ab. »Ach, vor langer Zeit.«

»Hat es eine besondere Bedeutung?«

Sie runzelte die Stirn. »Verdammt, mein Wein ist schon wieder leer. Trinken Sie Ihren nicht?«

Sie lehnte sich vor und nahm mein Glas, bevor ich sie davon abhalten konnte.

Über dieses Tattoo wollte ich mehr wissen. Mein Instinkt drängte mich, sie weiter am Reden zu halten. »Warum ein Seepferdchen?«

»Ich mag die einfach. Ich hatte mal eine Kette mit genau so einem Anhänger. Die habe ich aber verloren.«

Spontan hatte ich das Bild vor Augen: In dem französischen Lokal, in dem Jessica sich hatte übergeben müssen, hatte sie eine Kette mit einem Seepferdchenanhänger getragen. Aber das war sicher nur Zufall gewesen. Oder?

Ich spürte mein Herz klopfen. »Wann haben Sie sie verloren?«

Ich drückte innerlich die Daumen, dass sie weiterredete. »Vor ungefähr zehn Jahren. Ich war damals auf Tour.«

Jetzt wurde ich ganz kribbelig. Das war die Zeit, in der Jessica mit ihr auf Tournee gewesen war. Bestand etwa die Möglichkeit, dass Jessica sie gestohlen hatte?

»Die Kette muss Ihnen viel bedeutet haben.«

Marcie nickte und sah seltsam verletzlich aus. »Ich habe seitdem kein einziges Lied mehr geschrieben. Manche Dinge, die man verliert, sind für immer verloren.« Ihre Augen füllten sich mit Tränen, die sie hastig wegwischte. »Ich möchte, dass Sie jetzt gehen. Ich bin müde.«

Ihre Worte trafen mich wie ein Schlag. »Ich dachte, ich soll zum Essen bleiben. Und jetzt werfen Sie mich raus?«

»Es ist nicht meine Aufgabe, Sie durchzufüttern, junge Dame.«

Ehe ich protestieren konnte, hörte ich die Haustür ins Schloss knallen und aufgebrachte Männerstimmen im Flur. Hatte sie irgendeinen unsichtbaren Alarmknopf gedrückt? Würden mich gleich ihre Sicherheitsleute rauswerfen?

Marcie schien den Lärm nicht zu bemerken; sie horchte erst auf, als die Hunde bellten.

»Was ist das für ein Aufruhr?« Sie stemmte sich hoch.

Die Schritte wurden lauter, und plötzlich kam Nick durch die Tür, dicht gefolgt von Ronan und den zwei Hunden, die aufgeregt an ihm hochsprangen.

Nick beachtete mich zunächst gar nicht. Sein Blick war auf Marcie und die zwei leeren Weingläser gerichtet. Die Hunde drückten ihre Schnauzen in den Teppich und schnüffelten um ihre nackten Füße herum.

»Nicky!«, rief sie und stand auf. Die Hunde wichen zurück, da sie offenbar spürten, dass ihr Frauchen nicht ganz standfest war. Sie winkte übertrieben, verlor die Balance und plumpste wieder aufs Sofa. Bei ihrer Landung quietschte das Leder. Gäbe es Oscars für die beste Betrunkenenszene, hätte sie ihn sich locker geholt. Doch leider musste sie nichts vortäuschen.

Ich erhob mich halb, um ihr zu helfen, hielt jedoch inne, als ich merkte, wie Nick mich ansah. Er war stinksauer. Um ihn herum schien die Luft vor Zorn zu knistern. Und all sein Zorn richtete sich auf mich.

»Moment mal ...« Für das hier würde ich keine Schuld auf mich nehmen.

Er ignorierte mich und half Marcie auf die Füße. Dann kam Ronan, und zusammen brachten sie Marcie aus dem Zimmer, ohne mich nur eines weiteren Blickes zu würdigen. Lediglich die Hunde registrierten meine Anwesenheit und schnüffelten am Saum meiner Hosenbeine.

Ich streichelte Noodle. Was fiel Nick nur ein, sauer auf mich zu sein? Wenn irgendjemand das Recht hatte, sauer zu sein, dann doch wohl ich! Draußen knarrten Treppenstufen, und die Hunde nahmen das zum Anlass, sich zu verziehen. Während sie aus dem Raum trippelten, kam Nick anmarschiert.

»Ist Ihnen auch nur eine Sekunde in den Sinn gekommen, dass es keine gute Idee sein könnte, wenn Marcie Alkohol trinkt?«

Mir wurde heiß. »Natürlich! Wofür halten Sie mich?«

»Warum haben Sie dann um Wein gebeten?«

Ich lachte kurz auf und schüttelte den Kopf. »Nick. Wie wenig Sie Ihre Klientin doch kennen! Sie war schon halb betrunken, als ich hier ankam.«

»Das glaube ich Ihnen nicht.«

»Dann lassen Sie es bleiben.«

»Ronan hat strikte Anweisung, sicherzustellen, dass Marcie nicht trinkt.«

»Dann sollten Sie mit ihm sprechen und nicht mit mir.« Ich sagte ihm nicht, dass Ronan zu beschäftigt mit den Hunden gewesen war, um auf Marcie zu achten.

»Eine Stunde bevor Sie kamen, habe ich noch mit ihr gesprochen. Da schien sie völlig in Ordnung.«

Jetzt reichte es aber. »Dann haben Sie nicht richtig hingehört. Sie war betrunken, als ich hier ankam. Wagen Sie es bloß nicht, mir das anzuhängen!«

Ein Hauch von Zweifel huschte über sein Gesicht. Er wandte den Blick ab, um seine Manschetten zu richten. Ich wartete darauf, dass er eingestand, sich geirrt zu haben, doch die Sekunden vergingen, ohne dass er etwas sagte.

Ich hätte platzen können vor Wut. »Sie sind derjenige, der lügt, Nick! Marcie hat einem Interview nie zugestimmt, nicht wahr?«

»Ich habe Ihnen ein Date mit ihr verschafft. Wenn Sie sie dabei nicht überzeugen konnten, ist das Ihr Problem.«

Das war doch wohl die Höhe! »Ach, jetzt ist es meine Schuld? Habe ich nicht den nötigen Charme versprüht? Sie sind ihr PR-Manager – Sie sind dazu da, solche Termine zu ermöglichen, aber anscheinend fehlt es Ihnen an den notwendigen Fähigkeiten.«

Er schluckte. Offenbar hatte ich einen wunden Punkt getroffen. Vielleicht war das unfair gewesen, aber seine Worte hatten mich verletzt. Ich musste meine Interviewpartner nicht bezirzen, um gute Arbeit abzuliefern, wobei es natürlich ein netter Bonus war, wenn sie mich mochten. Aber im Moment hätte ich auf jedermanns gute Meinung von mir verzichtet, wenn nur Marcie mich gemocht hätte. Dass sie das nicht tat, war schwer zu verdauen.

Nick sagte noch immer nichts. Er strich die Krawatte glatt und kratzte sich im Nacken. Als er zum zweiten Mal an seinen Manschetten zog, reichte es mir.

»Danke für die klärenden Worte«, sagte ich trocken. »Wenn Sie glauben, dass das Interview mit Jonny in Druck gehen wird, haben Sie sich geschnitten.«

»Tja, ich schätze, dann haben wir einander nichts weiter zu sagen. Wo die Tür ist, wissen Sie ja.«

7

Exakt eine Stunde nach dem Betreten von Marcies Haus stand ich frustriert und hilflos wieder davor.

Ich kramte mein Handy hervor und schickte Mike eine SMS:
Wir müssen reden.

Es dauerte eine Weile, bis ich mich allmählich beruhigte. Das *Crown* war eine altmodische Kneipe nahe Paddington Station, von wo aus Mike immer den Zug nahm. Wenn man etwas anderes als Bier bestellte, erntete man schiefe Blicke. Davon bekam ich heute Abend einige, denn ich hatte Wein geordert – die einzige Auswahl bestand aus »weiß« oder »rot« –, aber die Gäste im Biergarten kümmerten sich ansonsten um ihre eigenen Angelegenheiten. »Biergarten« war tatsächlich recht optimistisch ausgedrückt: Wir saßen auf einer kleinen Terrasse, und das einzige Grün war das Moos in den Ritzen zwischen den grauen Steinplatten.

Mike hielt sich an seinem halbdunklen Bier fest und dachte über das nach, was ich ihm gerade mitgeteilt hatte. Ich hatte lange gebraucht, um mein Treffen mit Marcie zu schildern, und kein Detail ausgelassen.

»Warum hat sie dich Bonnie genannt?«, hakte er nach.

»Damit bin ich überhaupt erst reingekommen; ich musste sagen, ich sei Bonnie und wolle Clyde sehen.«

»Der Name muss ihr irgendwas bedeuten.«

»Ich hatte mir nichts weiter dabei gedacht und einfach angenommen, Nick hätte das ausgeheckt, aber wenn ich genauer darüber nachdenke, hing auch ein gerahmtes Poster von Warren Beatty und Faye Dunaway an der Wand – aus dem Film *Bonnie und Clyde*. Sie scheint überhaupt ein Filmfan zu sein, denn da hingen auch Plakate von *Vom Winde verweht* und *Butch Cassidy and the Sundance Kid*.«

»Interessant.«

»Findest du?«

»Es ist immer gut, Informationen über den Feind zu besitzen«, sagte Mike.

Das war kein Scherz. Sein militärischer Hintergrund verlieh Mike eine ganz eigene Perspektive auf unseren komplizierten Umgang mit Künstlern, und über die Jahre hatte ich gelernt, ihm zu vertrauen. »Das Seltsamste habe ich aber noch gar nicht erzählt.«

Mike lehnte sich vor. »Ich bin ganz Ohr.«

»Bevor sie mich rauswarf und Nick reinmarschiert kam, erwähnte sie eine Halskette, die sie verloren hätte.«

»Was ist daran so bedeutsam?«

»Die Kette hatte einen Anhänger, der genau wie ihr Tattoo aussah, wobei sie sonst nicht viel darüber erzählt hat. Ich habe noch mal nachgehakt, und genau in dem Moment hat sie beschlossen, dass es genug sei und ich gehen solle.«

»Dann hast du einen wunden Punkt getroffen?«

Ich nickte. »Nenn es einen siebten Sinn. Eine solche Halskette habe ich nämlich gerade vor Kurzem erst gesehen.«

»Zufall?«

»Möglich. Aber die Person, die sie trug, gehörte um die Zeit, als die Kette verloren ging, zu Marcies Bekanntenkreis.«

Wir schwiegen einen Moment und lauschten dem Dröhnen der Busmotoren.

»Also hast du jetzt eine interessante Geschichte über eine Kette und ein Tattoo«, meinte er schließlich. »Warum schreibst du nicht darüber?«

»Sie hat ausdrücklich betont, dass ich nichts von unserem Gespräch veröffentlichen darf. Sie meinte, sie würde im Anschluss entscheiden, ob sie mir ein Interview gibt oder nicht.«

»Na, ich bin sicher, du hast einen guten Eindruck hinterlassen. Bestimmt wirst du bald Nachricht von Nick erhalten, wann du sie interviewen kannst.«

Ich nickte zwar, teilte seine Zuversicht jedoch nicht im Geringsten.

Es war fast acht, als ich den Pub verließ. Die ganze Sache lag mir schwer im Magen, doch ich zwang mich, optimistisch zu bleiben. Vielleicht könnte ich ein mitfühlendes Porträt über Marcie schreiben. Würde sie gegen eine Veröffentlichung ihrer vertraulichen Äußerungen vorgehen, wenn der Text sie in gutem Licht erscheinen ließ?

Solch ein Artikel könnte mir zwar fürs Erste meinen Job retten, aber wenn Marcie uns verklagte, wäre ich in noch größeren Schwierigkeiten.

Und überhaupt: Wem wollte ich etwas vormachen? Wie könnte ich Marcie anders beschreiben als betrunken? Meine einzige Chance war Nick – indem ich ihn überzeugte, dass ich nicht für Marcies Absturz verantwortlich war. Und um ein reguläres Interview zu vereinbaren. So bald wie möglich! Das war er mir schuldig.

Ich nahm mein Handy und wählte.

Beim zweiten Klingeln war er dran. »Zoë? Ich wollte Sie gerade anrufen. Um mich zu entschuldigen.«

»Oh.« Dass er sich so schnell wieder beruhigte, hatte ich nicht erwartet.

»Wo sind Sie?«

»Schon fast in der Redaktion.«

»Um diese Uhrzeit?«

»Da gehe ich immer hin, wenn ich gestresst bin.«

»Möchten Sie vielleicht etwas essen gehen?«

An Essen hatte ich seit Stunden nicht mehr gedacht, aber jetzt merkte ich, dass ich beinah am Verhungern war. »Okay.«

»Es gibt da einen Nudelladen in der Nähe vom Golden Square.«

»Den kenne ich«, sagte ich. »Ich mache mich auf den Weg.«

7

Ich war schon eine Viertelstunde später da und saß am beschlagenen Fenster, auf dem weißen Tischtuch vor mir eine Kanne grüner Tee.

Mein Magen grummelte, wann immer der Geruch würziger Nudelsuppe zu mir herüberwehte. Es saß nur noch ein Pärchen im Restaurant; der Rest von Soho hatte sich in die Pubs verzogen oder war nach Hause gegangen.

Die Tür schwang auf, Nick stand auf der Schwelle. Er ließ seinen Blick durch den Raum schweifen, und als er mich entdeckte, setzte er sich in Bewegung.

Er hatte dunkle Ringe unter den Augen, die mir vorher nicht aufgefallen waren, und sein Kragen saß schief über der Krawatte.

Er nahm mir gegenüber Platz. »Wie geht es Ihnen?«

»Gut, danke.« Es war eine automatisierte Antwort und nicht das, was ich fühlte.

Ein Kellner kam mit zwei laminierten Speisekarten, aber ich brauchte nicht draufzugucken.

»Die Nudelsuppe, die Sie hier eben vorbeigetragen haben, hat wunderbar geduftet – die nehme ich.«

»Machen Sie zwei draus«, sagte Nick.

»Wie geht es Marcie?«, fragte ich, als der Kellner gegangen war.

»Sie schläft.«

»Ich kann nichts dafür, dass sie getrunken hat, Nick.«

Er atmete tief aus. »Ich weiß.«

Zumindest darüber mussten wir uns nicht mehr streiten.

Ich trank meinen Tee, und obwohl es ein so lauer Abend war, hatte seine Wärme etwas Tröstliches.

»Es tut mir leid, wie das heute gelaufen ist, wirklich. Aber Sie müssen mir noch eine Chance mit Marcie geben.«

»Ich bin der letzte in einer langen Reihe von PR-Agenten, die Marcie nicht davon überzeugen konnten, mit der Presse zu reden. Sie hat einfach kein Interesse daran, Interviews zu geben.«

Meine noch immer angegriffenen Nerven reagierten prompt gereizt. »Dann haben Sie die ganze Zeit mit mir gespielt? All die Reifen, durch die ich für Sie springen sollte – und Sie wussten genau, dass das nichts bringt?«

»Das war nicht umsonst. Immerhin sind Sie in ihr Haus gekommen, oder nicht? Das ist weiter, als es seit langer, langer Zeit ein Journalist je geschafft hat.«

»Ich bin hingegangen, um ein Interview zu führen, und nicht, um das schöne Mobiliar zu bewundern.«

»Je mehr Sie dafür tun können, dass Jessica wieder mit Marcie spricht, umso größer werden Ihre Chancen auf ein richtiges Interview.«

»Denken Sie etwa, dass ich Ihnen diese komische Geschichte immer noch abnehme?«

»Es ist die Wahrheit.«

»Aber dann will ich die *ganze* Wahrheit wissen. Warum machen Sie so ein Geheimnis daraus, was genau Marcie getan hat, wofür sie sich entschuldigen will?«

Nick strich einmal längs über seine Krawatte. War das nur ein Tick oder außerdem ein Zeichen, dass er gleich lügen würde?

»Nachdem sie herausgefunden hatte, dass Jess und Benedict miteinander schliefen, warf Marcie sie aus der Tour. Patrick versuchte es ihr auszureden, und da hat sie auch ihn gefeuert.«

Als er Patricks Namen nannte, war es, als hielte er eine Flamme an eine offene Wunde. »Wehe, das ist gelogen!«

Er hielt meinem Blick stand. »Über Patrick würde ich niemals lügen.«

Wieder strich er sich über die Krawatte. Vielleicht war es ein Zeichen, dass er die Wahrheit sagte?

»Marcie sorgte außerdem dafür, dass Jessica auch überall sonst auf der schwarzen Liste stand – bei Agenturen, Musikzeitschriften, Plattenlabels. Sie hat Jessicas Karriere zerstört – mit Absicht. Und muss seither mit dieser Schuld leben.«

Ich lehnte mich zurück, um das Gesagte zu verdauen. Es klang lächerlich, ergab jedoch vollkommen Sinn.

»Marcie muss Ihnen ganz schön vertrauen, dass sie Ihnen so was erzählt.«

Er runzelte die Stirn. »Das ist kein so großes Geheimnis. Der engste Kreis um sie herum hat es immer gewusst. Ich staune, dass Patrick Sie nicht eingeweiht hat.«

Hatte er nichts gesagt, weil er wusste, dass es meinen Glauben an mein Idol erschüttern könnte? Das war rührend, aber manchmal hatte Patrick wohl vergessen, dass ich nicht mehr die blauäugige Vierzehnjährige war, die er vor all den Jahren kennengelernt hatte.

»Und warum haben Sie mir das nicht von Anfang an gesagt?«

»Es ist nicht die Art von Story, die ich in der Musikpresse breitgetreten wissen will.«

»Warum hat Jessica dann nichts erzählt? Es wäre doch genau die Story gewesen, mit der sie ihre Karriere wieder hätte anschubsen können.«

»Vielleicht liegt es daran, dass sie mit Benedict geschlafen hat. Oder an der Halskette.«

Jetzt waren wir also wieder bei der Seepferdchenkette. »Wie meinen Sie das?«

»Nun, ich kann nur spekulieren, aber ich nehme an, Jessica hat sie Marcie gestohlen, um sich an ihr zu rächen. Und wer könnte ihr das unter den Umständen schon verübeln?«

Da konnte ich ihm nur zustimmen. »Und wie gehen wir jetzt vor?«

»Ich bin bei Jessica nicht mehr sonderlich beliebt«, sagte Nick. »Aber wenn Sie sie überzeugen könnten, mit Marcie zu sprechen, wäre diese wiederum Ihre Freundin fürs Leben. Dann würde sie Ihnen wahrscheinlich gleich nächste Woche ein Interview geben, wenn Sie wollen.«

»Plagt ihr schlechtes Gewissen sie wirklich so sehr?«

»Seit Patricks Tod ist es sogar noch schlimmer geworden – er hat auch die Erinnerung an Benedicts Tod wieder hochgeholt«, sagte er. »Und eben auch das, was sie Jessica vor all den Jahren angetan hat.«

Der Kellner kam mit unseren Suppen, aber ich konnte spüren, dass Nick mehr hatte sagen wollen. Und dass der Kellner dann noch drei weitere Male kam, um zwei verschiedene Gewürze zu bringen, meine Teekanne mitzunehmen und aufgefüllt wiederzubringen, war auch nicht gerade hilfreich. Unterdessen fing ich schon mal an zu essen und stellte erfreut fest, dass die Suppe genauso gut schmeckte, wie sie roch.

»Patrick ist gestorben, bevor Marcie sich mit ihm versöhnen konnte. Sein Tod hat sie mehr mitgenommen, als Sie sich vorstellen können.«

Klang Nicks Stimme belegt, oder bildete ich mir das nur ein? »Geht es Ihnen gut, Nick?«

Ich sah, wie sich sein Brustkorb hob und langsam wieder senkte. »Marcie ist gerade in einer sehr düsteren Verfassung. Wir lassen sie nie lange allein, und das nicht nur, weil sie trinkt.«

»Was wollen Sie damit sagen?«

Er schluckte. »Wir hatten sie im Bad gefunden ... mit einer Rasierklinge. Das Blut ...« Seine Stimme versagte. »So etwas habe ich noch nie gesehen«, fuhr er flüsternd fort.

Ich schlug die Hand vor den Mund. »Das tut mir furchtbar leid, Nick.«

»Marcie braucht Hilfe, Zoë. Und mit Jessica haben Sie eine Chance, die sonst keiner von uns hat. Sie würden damit weitaus mehr retten als nur Ihr Magazin.«

Kapitel 23

 I Can't Make You Love Me

Das Druckwochenende stand bevor, und ich hatte hundert Dinge zu erledigen: Korrekturfahnen überarbeiten, letzte Fakten überprüfen, ganz zu schweigen vom Eintreiben der Rezension eines Albums, die ein fester Freier noch immer nicht geschickt hatte. Am Ende würde alles rechtzeitig fertig werden – wie jedes Mal –, und trotzdem dachte ich am nächsten Morgen immer wieder an mein Gespräch mit Nick zurück. Marcie hatte versucht, sich umzubringen? Hatte sie deshalb ein langärmliges Kleid getragen? Im Vergleich dazu schien mein eigener Stress unerheblich. Es tat mir furchtbar leid für sie und auch für Patrick, der sich eine Versöhnung mit ihr so sehr gewünscht hatte und diese nun nie würde erleben können.

Ich hatte Nick diese Geschichte, dass Marcie sich mit Jess versöhnen wollte, die ganze Zeit nicht wirklich abgekauft, doch auf einmal schien sie erschreckend plausibel. Er mochte seine Chancen bei Jess vertan haben, aber ich könnte vielleicht noch etwas bewirken. Und diesmal suchte ich den Weg nicht über Simon, sondern schrieb ihr selbst eine Nachricht und fragte, ob wir uns treffen könnten. Sie antwortete postwendend und lud mich für Sonntag zu einem frühen Abendessen in ihre Wohnung ein. Dass sie so schnell darauf ansprang, war mir fast ein bisschen peinlich; wahrscheinlich ging sie davon aus, dass ich sie für das Magazin interviewen wollte – und nicht, dass ich schmerzhafte Erinnerungen wecken könnte.

Bis fünf Uhr hatte Ayisha alle fehlenden Bildunterschriften nachgetragen und Rob den ersten Schwung Dateien finalisiert und zur Druckerei geschickt. Trotzdem war die Stimmung in der Redaktion für einen Druckwochendienstag ungewöhnlich gedämpft. Lucy und Gavin hatten sich den ganzen Tag angeschwiegen, was mir jedoch gerade erst aufgefallen war. Normalerweise kommentierten die beiden alles, was der oder die andere tat, vorzugsweise mit Bemerkungen unterhalb der Gürtellinie. Als Lucy früher ging, ohne sich von ihrem dumpfbackigen Kollegen zu verabschieden, wusste ich, dass etwas nicht stimmte.

Mit trübseligem Gesichtsausdruck sah Gavin ihr nach.

»Alles okay, Gavin?«

Sein Nacken färbte sich rötlich, was einen beißenden Kontrast zu seinem orangefarbenen T-Shirt bildete.

»Ich hab einen Anruf von einer Bekannten gekriegt, die in der Fotoredaktion einer Überregionalen arbeitet«, antwortete er. »Sie hat gesagt, sie hätte ein paar Fotos von Jonny Delaney, die mich interessieren könnten.«

Ich spürte, wie sich meine Nackenhaare sträubten. »Und warum?«

»Man sieht ihn darauf mit einer Frau mit rosa Haaren.«

»Was ist so schlimm daran?«

Er rutschte betreten auf seinem Stuhl herum. »Die Frau und Delaney küssen sich.«

Ich runzelte die Stirn. »Lucy und Delaney haben sich *geküsst*?« *Das konnte doch nur irgendein blöder Scherz sein.*

Er zuckte die Schultern. »Das wäre schon ein komischer Zufall, oder? Sie hat ihn letzte Woche interviewt.«

»Ja, aber im Büro von Pinnacle. Keine Chance, dass sie sich da irgendwohin mit ihm verdrückt und rumgeknutscht hätte *und* sich dabei noch hätte fotografieren lassen.« *Oder?*

»Vielleicht kennst du sie nicht so gut, wie du denkst, Zoë.«

Er klang echt angepisst. »Hast du sie denn gefragt?«

Gavin zog seine Jacke von der Stuhllehne. »Nein, das geht mich nichts an. Aber jetzt werde ich mich nach allen Regeln der Kunst abschießen. Wenn du mich brauchst, ich bin im *Coach.*«

Wenn Gavin sich diesen speziellen Pub aussuchte, um seine Sorgen zu ertränken, stand es wirklich schlecht. Der Laden war höllisch deprimierend, und die einzigen Gäste waren alte Knacker mit verdächtigen Flecken auf den Hosen.

Ich spürte einen Adrenalinschub. Diese Fotos mit Lucy könnten ein Riesenproblem werden. Man hatte uns auf Twitter geshitstormt, nur weil wir ein paar kritische Kommentare über Jonnys Musik veröffentlicht hatten. Wie würde seine Schar von Fans erst auf eine Frau reagieren, die es gewagt hatte, ihn zu küssen? Seine Fans teilten sich in zwei Gruppen: diejenigen, für die er auf ewig Single bleiben musste, und diejenigen, die seine Beziehung zu der Schauspielerin Jeanette Jerome feierten und gruselige Fotomontagen erstellten, wie ihre gemeinsamen Babys wohl aussehen würden. Beide Parteien waren gleichermaßen bekloppt wie fanatisch. Lucy würde Benzinbomben durch ihren Briefschlitz geworfen kriegen. Und dann würde alles erst richtig eskalieren.

Ich spielte mit dem Gedanken, sie selbst anzurufen, aber was genau sollte ich ihr sagen? Besser wäre es, zunächst die Faktenlage zu sichern.

Sollten diese Fotos tatsächlich existieren, würde Nick es wissen.

Ich wählte seine Nummer, und er nahm ab, kurz bevor die Mailbox anging. »Zoë?« Er klang außer Atem. »Wenn Sie jetzt schon gute Neuigkeiten haben, bin ich schwer beeindruckt.«

»Tut mir leid, Nick, es geht um was ganz anderes.«

»Schießen Sie los.«

»Ich habe von etwas beunruhigenden Fotos gehört.«

»Fotos?«

Mit ein bisschen Glück würde er mich gleich auslachen, aber ich bekam trotzdem ein flaues Gefühl im Magen. Ich schlich in die Küche. »Fotos von zwei Leuten, die Sie und ich gut kennen – und die sich küssen.«

In der Spüle lagen drei Teebeutel aufgetürmt auf einem Löffel, umgeben von einem Fleck braunem Wasser. Nick nahm sich Zeit für seine Antwort, und mein Unbehagen wurde umso stärker, je länger die Stille andauerte.

»Scheiße«, sagte er dann. »Wie haben Sie davon erfahren?«

Ich musste mich an der Theke abstützen. »Dann stimmt es?«

»Es tut mir leid, Zoë. Wer hat es Ihnen erzählt?«

Ich nahm die Teebeutel und warf sie in den Mülleimer. »Was spielt es für eine Rolle, wer es mir erzählt hat? Wenn Sie von diesen Fotos wissen, warum haben Sie mir nichts davon gesagt?«

»Das wäre ziemlich taktlos gewesen, finden Sie nicht?«

»*Taktlos?* Mir eine Vorwarnung zu geben, wäre doch nicht taktlos gewesen. Sondern das Mindeste, das Sie hätten tun können! Die Klatschpresse wird sie durch den Wolf drehen, und Gott weiß, was Jonnys Armee durchgeknallter Fans alles einfällt. Lucy ist nicht so tough, wie sie aussieht.«

»Wieso Lucy? Wovon reden Sie eigentlich?«

»Bilder von Jonny und einer jungen Frau mit rosa Haaren, die sich küssen. Sie meinen, es ist nicht Lucy?«

»Davon weiß ich nichts.«

»Von was für Bildern reden wir dann, Nick?«

Er stöhnte. Er hatte mir etwas verraten, das ich nicht hatte wissen sollen, und mein erster Impuls war, ein triumphierendes »Ha!« auszustoßen. Allerdings war mir ganz und gar nicht nach Triumphieren zumute.

»Nick?«

Schweigen.

»Was für Fotos, Nick?«

Noch mehr Schweigen.

»Scheiße nochmal – Nick!«

»Fotos von Jess und Simon.«

Ich schluckte. »Ich verstehe.«

»Tut mir leid.«

Ich griff nach dem Topfschwamm und fing an, über den braunen Fleck in der Spüle zu rubbeln. »Wann wurden sie aufgenommen?«

»Das weiß ich nicht.«

Ich hielt inne. »War das an dem Abend, als wir alle im Lokal an der London Bridge waren? Sie haben ziemlich dicht nebeneinandergestanden, das weiß ich noch, aber sie haben sich definitiv nicht geküsst.«

Er antwortete nicht.

»Nick?«

»Sie sind danach aufgenommen worden.«

»Wann danach?«

»Spielt es wirklich eine Rolle?«

»Ich bin nur neugierig, das ist alles.«

»Ich kann es rausfinden, wenn Sie wollen.«

»Nein, nein, ist schon okay.« Ich drehte den Wasserhahn auf, um mir die Hände zu waschen. Ich musste dieses Gespräch so schnell wie möglich beenden.

»Ich sehe, was ich wegen der anderen Fotos tun kann. Aber ich habe eine Idee, woher sie stammen könnten, und wenn ich recht habe, dann ist es nicht Lucy auf den Bildern, sondern Jeannette Jerome mit einer Perücke von einer Party vor ein paar Wochen. Ich überprüfe das und melde mich wieder bei Ihnen.«

Die Geschichte mit den Rosa-Haare-Fotos schien auf einmal eine Ewigkeit her zu sein. »Ja. Danke, Nick. Das wäre nett.«

Ich schlich wieder an meinen Platz und ließ mich auf den Stuhl sinken.

Simon und Jess hatten sich geküsst.

Scheiße.

Mit klammen Fingern öffnete ich meinen Twitter-Account und suchte nach Jessica.

Nichts.

Ich ging zu ihrem Instagram-Account, fand aber nur die üblichen Fotos der Klamotten, die sie gerade gekauft, und der kulinarischen Köstlichkeiten, die sie gegessen hatte. Gerade wollte ich die Seite schließen, da fiel mir etwas an einem Bildhintergrund auf.

Wann war Jessica nach Stockholm gereist? War das nicht auch eine der Stationen von Simons Geschäftsreise gewesen?

Das flaue Gefühl in meinem Magen wurde stärker. Die Hinweise häuften sich.

Ein Teil von mir hatte immer geahnt, dass da mehr zwischen den beiden war, und zwar der scharfsinnige Teil. Allerdings war stets der naive Teil von mir am Ruder gewesen und hatte konsequent Kurs auf Leugnen genommen.

Aus einer Laune heraus textete ich Simon und fragte, ob er Lust habe, nach der Arbeit ein bisschen Abendsonne am Golden Square zu tanken. Wenn er Ja sagte, würde ich ihn geradewegs darauf ansprechen. Wenn nicht, würde ich das als Zeichen nehmen, dass ich die Dinge einfach laufen lassen sollte. Ein Kuss bedeutete ja wohl nicht die Welt, oder? Er und ich hatten uns auch geküsst, und er hatte es sofort heruntergespielt. Der Gedanke hätte mich trösten sollen, aber bei der Erinnerung an den Abend in Georgias Garten ging es mir noch schlechter.

Mein Handy plingte fast augenblicklich:

Super! Bin um 6 da.

Mist. Jetzt würde ich tatsächlich mit ihm reden müssen.

Als ich sah, dass Ayisha und Rob sich ebenfalls auf den Weg machten, fing ich sie ab und fragte, ob sie kurz nach Gavin sehen könnten. Die Vorstellung, dass Gavin seine Sorgen ganz allein in diesem Elendspub ertränkte, behagte mir ganz und gar nicht.

7

Ich kam zu spät zum Golden Square, weil ich blöderweise um zehn vor sechs in der Redaktion noch einen Anruf entgegengenommen hatte und jemandem endlos lang erklären musste, wie er an einen lebensgroßen, hoch aufgelösten Pappaufsteller von Lady Gaga käme. *Leg endlich auf,* wollte ich schreien, *der Weg zu meiner einzig wahren Liebe muss in genau diesem Moment geebnet werden. Alles, was du brauchst, ist ein guter Fotokopierer.*

Als ich ankam, hatte Simon es sich bereits zwischen einer Horde verschwitzter Biker in Lederklamotten und einem Mädchentrio in luftigen Sommerkleidchen, die sich mehr um ihre Handys kümmerten als umeinander, auf dem trockenen Gras bequem gemacht.

»Hey, Frixie.« Er stand auf und küsste mich auf beide Wangen. Er roch phantastisch, selbst in dieser Hitze. Eines der jungen Mädchen blickte von seinem Handy auf und musterte Simon kurz von oben bis unten. Ich konnte es ihr nicht verübeln; er sah umwerfend aus in seinem dunkelblauen Hemd und den hellen Chinos. Seine Haare standen ihm sexy strubbelig vom Kopf ab, und natürlich hatte er die zum Look passenden Bartstoppeln.

Ich setzte mich zu ihm, vergebens auf der Suche nach etwas mehr Privatheit für unser Gespräch, da nun die ganze Gruppe der Social-Media-fixierten Millennials bewundernde Blicke in Simons Richtung warf.

Er redete von seiner Arbeit und der Geschäftsreise, und ich versuchte, an den richtigen Stellen zu nicken, so als würde ich aufmerksam zuhören. Innerlich sah ich jedoch immer wieder den Namen *Jess* in Neonschrift aufleuchten, der mich für alles andere blind machte.

Dann fragte Simon nach meinem Tag, und ich verschaffte mir noch ein bisschen Zeit, indem ich ihm von dem Lady-Gaga-Anruf erzählte. Er lächelte höflich, auch wenn es eine erbärmliche Anekdote war. Kaum war sein falsches Lächeln versiegt, startete ich mein Verhör.

»Simon, ich weiß, das kommt jetzt etwas plötzlich, aber was läuft da eigentlich zwischen dir und Jessica?«

Er runzelte die Stirn. »Wie meinst du das?«

»Sie war eine Weile verreist, während du auch weg warst. Habt ihr euch getroffen?«

Er betrachtete eingehend ein Gänseblümchen, das tapfer aus dem gelben Gras ragte. »Ja, lustig, sie war zufällig auch in Schweden, als ich da meine Konferenz hatte. Sie hat ein paar Konzerte gegeben – Rydell waren ja damals total angesagt in Skandinavien.«

Ich schluckte. »Und habt ihr ...« O Gott, warum hatte ich mir das nicht vorher überlegt? »War es ein Fall von ›Was in Schweden passiert, bleibt auch in Schweden‹?«

»Frixie, du sprichst in Rätseln.«

Er sah so fassungslos aus, dass ich für einen Moment Hoffnung schöpfte. Vielleicht hatte Nick sich mit den Fotos doch geirrt.

»Das klingt jetzt vielleicht verrückt, aber es gibt anscheinend Paparazzifotos, auf denen ihr euch küsst.«

Es klang definitiv verrückt. Gleich würde sich das alles als großes Missverständnis herausstellen.

»Es tut mir leid. Ich hätte es dir erzählen sollen.«

Was hatte er gerade gesagt? Warum lachte er nicht über mein lächerliches Gestammel? Und warum sah er mich so ernst an?

Ich kicherte hysterisch.

Ich kicherte nie – und schon gar nicht hysterisch, zum Teufel.

»Das war nur ein Kuss, du musst mir gar nichts erzählen«, hörte ich meine Stimme, während mein Hirn noch zwei Schritte hinterherhinkte: *Soll ich dir eine lustige Geschichte über einen Lady-Gaga-Fan erzählen?*

»Es war nicht nur ein Kuss, Frixie.«

Alles um mich herum versank. Und mein Gehirn holte endlich auf.

»Oh.«

»Wir hatten auf der Uni was miteinander, und irgendwie fühlte es sich immer so an, als sei die Sache nicht ganz vorbei. Ich schätze, wir wollten einfach sehen, ob wir noch eine Chance haben.«

Aber was ist mit mir?, wollte ich rufen. *Wolltest du denn gar nicht sehen, ob* wir *noch eine Chance haben?*

»Ich dachte, du wolltest alles erst mal langsam angehen?« Ich bemühte mich, nicht bitter zu klingen, was mir mit Sicherheit nicht gelang.

»Die Sache mit Jess hat mich einfach überrumpelt.«

Ach ja?, wollte ich schreien. *Alle anderen haben das schon lange kommen sehen.*

Ich schluckte und zögerte, etwas zu sagen, aus Angst, dass mir die Stimme versagte. Doch die Worte sprudelten gegen meinen Willen hervor. »Aber was ist mit uns, Simon?«

Er sah mich überrascht an. »Du und ich sind beste Freunde, Zoë. Das wird sich niemals ändern. Ich mag dich viel zu sehr. Ich meine, ich weiß, da war dieser Abend mit der Mottoparty, aber wir hatten ja beschlossen, dass das nicht der richtige Weg für uns ist.«

Mein Herz zersprang in tausend Stücke.

Wir haben beschlossen, es langsam anzugehen, wollte ich sagen. *Wann hatte* er *entschieden, dass es nicht der richtige Weg für uns ist?* Aber nichts davon konnte ich laut aussprechen, ohne dass es anklagend geklungen hätte, und sein schockierter Blick, wenn ich ihm gesagt hätte, dass ich sehr wohl mehr wollte, wäre zu demütigend gewesen.

Ich nickte und zwang meine Mundwinkel in ein Lächeln. Hätte ich ihn merken lassen, wie verletzt ich war, hätte ich ihm nie wieder gegenübertreten können.

Ich fühlte mich erbärmlich.

Und plötzlich so allein wie noch nie in meinem Leben.

Ich verabschiedete mich, so schnell ich konnte, und schob eine vergessene Verabredung vor. Ich hasste mich dafür, dass ich weglief, aber es hätte mir den Rest gegeben, auch nur einen Moment länger zuzuhören, wie Simon in seinen Erinnerungen mit Jessica schwelgte.

Meine Verabredung hatte ich mit einer Flasche Wein im selben elenden Pub wie Gavin. Rob und Ayisha waren auch noch da und leisteten Gavin Gesellschaft, und eine Weile konnten ihre Gespräche mich ablenken.

Um halb zehn saßen nur noch Gavin und ich trübsinnig auf der rissigen Lederbank und versuchten, dem Blick eines schielenden Typen auszuweichen, der mit einem imaginären Queue Snooker spielte.

Das Gute an Gavin war, dass er nicht ständig das Bedürfnis hatte, Gesprächspausen mit Konversation zu füllen. Also saßen wir einfach da und tranken und gaben dem Snooker-Heini das Daumenhoch-Zeichen, wann immer er uns erzählte, er habe gerade die Schwarze versenkt.

Hätte ich Simon nicht gefragt – wann hätte er mir von sich aus von Jessica erzählt?

Es war nicht so, dass er mir irgendwas versprochen hätte, aber es hatte ein stillschweigendes Einverständnis zwischen uns gegeben – *oder etwa nicht?* Ich hasste es, dass mich das so fertigmachte. Ich war doch kein verschüchterter Teenager mehr. Ich war eine selbstsichere, unbekümmerte Frau, die nur sehr selten versuchte, ihre Meinung durch das lässige Zurückwerfen ihrer Haare durchzusetzen. Okay, Letzteres war ein bisschen kindisch, aber trotzdem … Ich war selbstsicher. Ausgeglichen. Reif. Attraktiv (zumindest etwas in der Richtung). *Oder?*

Ich musste den Ausweg aus diesem gedanklichen Teufelskreis

finden, sonst würde ich noch heillos in Selbstmitleid versinken, in dem ich ohnehin schon bis zu den Knien steckte.

Gavin sah noch deprimierter aus als in der Redaktion, und als ich uns die fünfte Runde Bier geholt hatte, erfuhr ich auch, warum.

»Ich liebe sie«, verkündete er, während er sein Glas auf den Tisch knallte. »Aber sie interessiert sich nicht für mich.«

Armer Gavin – so was hatte ich vermutet. »Lucy?«

Er nickte finster. »Seit sie das erste Mal in diesem komischen Mantel zu uns reinkam. Erinnerst du dich?«

Ich konnte gut verstehen, warum sich Gavin in sie verliebt hatte. An ihrem ersten Tag hatte sie einen bodenlangen Schaffellmantel mit ziemlich strengem Geruch getragen. Ich weiß noch, wie ich dachte: *Wie kann Schaf bloß so stinken?* Gavin hatte sie mit einem Blöken begrüßt, und ich war auf ihre Reaktion gespannt gewesen – überzeugt, sie würde entweder anfangen zu heulen oder ihm eine vor den Latz knallen. Doch sie hatte nichts davon getan, sondern nur den Kopf in den Nacken gelegt und gelacht. Ich glaube, an dem Tag verliebten wir uns alle ein bisschen in sie.

Ich rieb seine Schulter. »Hast du es ihr gesagt?«

»Das brauche ich nicht. Sie würde nie was von mir wollen. Außerdem steht sie ja auf einen anderen.«

Ich setzte mich aufrecht. Zumindest in dieser Hinsicht konnte ich helfen, warum fiel mir das erst jetzt ein? »Das ist nicht Lucy auf diesen Fotos mit Jonny, Gavin. Ich hätte es dir gleich sagen sollen.« Was seine Leber definitiv geschont hätte. »Ich habe seinen PR-Manager angerufen.«

»Und wennschon! Sie steht trotzdem auf ihn.«

»Auf keinen Fall. Für so was hab ich ein Gespür.« Für mein eigenes Liebesleben war das glatt gelogen, doch darum ging es ja nicht.

»Aber warum ist sie dann heute früher gegangen?«

Ich lachte. »Das beweist gar nichts. Sie könnte überall sein. Das heißt doch nicht, dass sie sich mit Jonny Delaney trifft.«

»Wart's nur ab – er wird noch heute irgendwas auf Twitter veröffentlichen.«

»Du bist bescheuert. Er ist doch ganz offiziell mit dieser Superheldinnenschauspielerin zusammen.«

»Jeannette Jerome? Das ist nur ein Alibi, um gewisse gleichgeschlechtliche Neigungen zu vertuschen.«

»Wenn er schwul wäre, würde er sich doch erst recht nicht für Lucy interessieren.«

»Jonny ist das Alibi für Jeannette – *sie* ist lesbisch.«

Das war mir neu.

»Nach dem Interview hat Lucy nicht mehr aufgehört, von ihm zu schwärmen. Er hat ihr ein paar neue Tracks vorgespielt, und die fand sie brillant. Ja, wir reden hier von Lucy! Und dann waren sie noch zusammen essen.«

Auch das war mir neu, aber um Gavins willen versuchte ich, nicht überrascht zu wirken. »Ich bezweifle, dass die beiden allein waren. Wahrscheinlich hat er sie zu einem Gemeinschaftsessen mit seiner ganzen Entourage mitgeschleift.«

Gavin sah nicht überzeugt aus. »In ihrem Artikel hat es vor sexueller Spannung nur so gebitzelt.«

»Das bildest du dir ein.«

»Sie hat die türkisen Ringe in seiner Iris gerühmt und wie das Licht über die Sommersprossen seiner Arme hinwegflickerte.«

»Quatsch, hat sie nicht!«

»Das stand in der ersten Fassung, die sie mir gezeigt hat. In der Endversion ist das alles nur noch angedeutet.«

»Dann hat sie dich auf den Arm genommen, Gavin. Da waren null schmachtende Passagen in ihrem Artikel, glaub mir.«

Snooker-Heini versenkte wieder die Schwarze und schenkte uns ein zahnloses Grinsen. Wir hoben die Gläser und prosteten ihm zu.

Ein paar Minuten lang sagten wir beide nichts. Dann schüttelte Gavin den Kopf. »Ich habe keine Chance. Sie hält mich für eine Witzfigur.«

Er mochte Lucy wirklich. Und ich war zu sehr mit meinem eigenen Kram beschäftigt gewesen, um es zu bemerken. »Du solltest es ihr sagen.«

Er schüttelte den Kopf. »Was soll dabei schon rauskommen?«

»Das weißt du erst, wenn du es probierst.« Ich war eine Heuchlerin – ich selbst hatte es auch nicht geschafft, Simon meine Gefühle zu gestehen.

»Wahrscheinlich findet sie mich sowieso zu dick, zu kahl oder zu klein.«

Jetzt vergrub er sich so richtig in sein Unglück.

»Du bist nichts davon.« Ich sah ihn an. »Aber wenn es dir hilft: Ich bin in jemanden verknallt, der mich nur als gute Freundin sieht.«

Er machte große Augen. »Echt jetzt? Etwa dieser Nick?«

»Nein, natürlich nicht.«

»Wer denn dann?«

»Niemand, den du kennst.«

»Was sind wir beide nur für trübe Tassen.«

Himmel! Da versucht man, jemandem zu helfen …

»Ach, weißt du … in ein paar Tagen ist das bestimmt alles wieder vergessen.«

Er sah mich windschief an. »Wenn du in den Typen verknallt bist, braucht es seine Zeit, bis du darüber hinweg bist. Bei Liebeskummer gibt es keine Abkürzung. Durch die Gefühle muss man durch.«

Was, wenn ich diese Gefühle nicht fühlen wollte?

Ich versuchte zu lächeln. »Ansonsten gibt's ja immer noch Alkohol.«

Gavin lächelte nicht zurück; er wirkte nachdenklich. Warum war er plötzlich so ernst geworden? Ich brauchte kein Mitleid. Meine Gesichtsmuskeln schmerzten zwar schon, aber ich lächelte trotzdem. Alle anderen Gefühle wurden in der hintersten Ecke gut verstaut ... Nichts zu sehen.

Etwas ungelenk tätschelte er mein Knie. »Du bist immer für uns da, Zoë, egal, was uns passiert. Du sollst wissen, dass wir auch für dich da sind.«

Warum ließ er die Sache nicht endlich auf sich beruhen? »Jetzt übertreibst du aber, Gavin. Es ist nichts, womit ich nicht allein klarkomme.« Wenn ich ihn überzeugen könnte, dann vielleicht auch mich.

»Bull's Eye!«, kam ein Ruf aus der Ecke. Snooker-Heini war zu imaginären Darts übergegangen. Er drehte sich einmal um sich selbst und reckte eine Faust in die Höhe. Der Typ wirkte in seiner kleinen Traumwelt ausgesprochen glücklich.

Bestand die Chance, dass dort auch Platz für zwei war?

Kapitel 24

 Don't Speak

Viel zu bald wurde es Sonntag, und um vier Uhr nachmittags fand ich mich plötzlich mit einer Flasche Wein vor Jessicas Wohnungstür in Clapham wieder. Ich klingelte. Die Sache mit Simon war zwar schiefgegangen, aber ich konnte zumindest versuchen, das Interview mit Marcie zu retten. Dafür musste ich nichts weiter schaffen als Jess dazu zu bringen, jemanden zu treffen, den sie zehn Jahre lang wie die Pest gemieden hatte.

Ganz einfach also.

Als Jess die Tür öffnete, hielt sie einen in eine Plastiktüte gewickelten Fleischklopfer in der Hand. Du liebe Zeit! Hatte sie meine wahren Absichten etwa durchschaut und würde mich gleich klopferschwingend davonjagen?

Ich musste entsprechend entsetzt geguckt haben, denn sie zog mich mit der freien Hand zu sich und nahm mich in den Arm. »Ich habe gerade das Fleisch geklopft. Schön, dich zu sehen, Zoë.«

Ich folgte ihr durch den Flur, durch den ein warmer Duft von Rosmarin schwebte, in eine schicke Designerküche, in der alle Küchengeräte von deutschen Herstellern und die Arbeitsflächen aus Granit waren.

»Möchtest du den Wein in den Kühlschrank stellen oder gleich aufmachen? Ich hätte sonst eine frisch angesetzte Bowle, wenn du magst.«

Sie nickte in Richtung einer Glaskaraffe mit rotem Inhalt, auf dem geschälte Orangenscheiben schwammen. Es schien mir eine Menge Bowle für zwei Personen. Genau genommen schien alles überreichlich vorhanden zu sein: zwei Pfannen auf dem Herd, zwei in der Spüle und irgendwas im Ofen. Entweder neigte sie genau wie meine Mutter zum kulinarischen Überfluss, oder sie erwartete noch weitere Gäste.

Simon zum Beispiel.

Na toll. Als wäre es nicht auch so schon schwer genug, müsste ich nun so tun, als fände ich es super, dass die beiden zusammen waren.

»Kann ich bei irgendwas helfen?«, erkundigte ich mich. Normalerweise hoffte ich in so einem Fall auf ein Nein, nicht jedoch diesmal, denn eine Aufgabe würde mich davon ablenken, die Wohnung nach Spuren jüngster männlicher Präsenz abzusuchen – etwa einem Paar abgewetzter Turnschuhe oder einer einzelnen schwarzen Socke.

Die Vorstellung der beiden als Paar verursachte mir Atemnot. Hatte er in Unterhose in dieser Küche gestanden und ihr Frühstück ans Bett serviert?

Hör auf damit, Zoë! Konzentrier dich auf den Grund deines Besuches.

»Nein, danke, passt schon«, sagte Jess. »Sau dir auf keinen Fall dein Kleid ein, es ist so hübsch, und Lila steht dir hervorragend.«

Es war bunter als alles, was ich sonst trug. Auch mädchenhafter – ärmellos, mit V-Ausschnitt und weit schwingendem Rockteil. Nicht, dass ich den Versuch unternommen hätte, mit Jess zu konkurrieren. Sie trug hautenge schwarze Jeans, ein schwarzes Oberteil und hochhackige Schuhe. Auf mühelose Art sexy. Kein Schmuck.

Ich hatte die vage Hoffnung gehegt, sie würde die Seepferdchen-kette tragen, damit ich sie einfach darauf ansprechen konnte.

Na gut. Ich war sicher, ich würde unser Gespräch auch so irgend-wann auf die Kette – und auf Marcie – lenken können.

Ich schenkte mir von der Bowle ein. »Du hast da neulich eine sehr hübsche Kette getragen.«

»Welche meinst du?«

»Ich glaube, mit einem Muschelanhänger oder so was.«

Sie drehte mir den Rücken zu und fing an, Petersilie zu hacken. »Ich habe keine Kette mit einer Muschel.«

Ich atmete einmal tief durch. »Ach nein, das war auch keine Mu-schel, sondern ein Seepferdchen, glaube ich.«

Super, Zoë ... sehr geschickt.

»Das alte Ding.«

»Wo hast du das her?«

»War ein Geschenk.«

»Von wem?«

Sie erstarrte. »Das weiß ich nicht mehr.«

Es war offensichtlich, dass sie sich unwohl fühlte.

Ich ging einen Schritt auf sie zu. »Wirklich?«

Sie fuhr herum, und ihr Messer blitzte im Licht der Küchenlampe auf. »Ich weiß genau, worauf du abzielst, Zoë.«

»Warum dann diese Geheimnistuerei?«

»Ich mache daraus kein Geheimnis. Benedict Bailey hat sie mir geschenkt. Aber ich habe keine Ahnung, wieso dich das interessie-ren könnte.«

»Marcie denkt, du hättest sie ihr gestohlen.«

Jessica lachte auf. »Na klar. Und was immer die heilige Marcie sagt, ist Gesetz, oder wie?«

Es war ein Fehler gewesen, gleich mit der Tür ins Haus zu fallen. Ich war hier, weil ich helfen wollte, die Sache zwischen ihr und Marcie zu bereinigen, und nicht, um sie wegen irgendetwas zu beschuldigen. Aber ich hatte schnell zur Sache kommen müssen, denn sobald Simon käme, würde er diesem Thema bestimmt den Riegel vorschieben.

»Marcie hat mir erzählt, was sie dir und deiner Karriere damals angetan hat.«

Jess drehte den Wasserhahn auf, um das Messer abzuspülen. »Das ist mittlerweile Geschichte.«

»Ihr geht es wirklich sehr schlecht damit, und sie würde sich gern mit dir versöhnen.«

Jess drehte sich wieder zu mir. »*Ihr* geht es schlecht? Das ist wirklich ein starkes Stück! Hat sie auch nur irgendeine Vorstellung, wie es *mir* damit gehen könnte?«

Uh, das wurde ja immer schlimmer. »Sie würde es gern wiedergutmachen, Jess.«

Sie lachte bitter. »Kann sie die Zeit zurückdrehen? In ein paar Monaten werde ich fünfunddreißig. Glaubst du wirklich, es besteht dringender Bedarf an einer Sängerin, die auf die vierzig zugeht? Auf der Tour war ich fünfundzwanzig, das war die *eine* große Chance, die ich hatte. Natürlich habe ich auch Fehler gemacht. Ich war jung und dumm, und Benedicts Aufmerksamkeit hat mir geschmeichelt. Und ja, aus irgendeinem Grund weißt du, dass Benedict mir die Kette gegeben hat. Aber das hatte nichts mit Marcie zu tun. Weißt du, mit wie vielen Männern Marcie im Bett war, während sie immer behauptete, Ben treu zu sein?«

»Ich will sie ja gar nicht verteidigen. Aber sie will es aufrichtig wiedergutmachen.«

»Wieso ist dir das so wichtig? Diese Geschichte kann dir doch völlig egal sein.«

Ich griff nach meinem Glas, um ihrem Blick auszuweichen. Hatte Simon ihr von meinem Deal erzählt? Das wäre bitter, aber es brachte auch nichts, die Empörte zu geben. Ich war nicht aus reiner Nächstenliebe zu ihr gekommen.

Ich versuchte eine andere Taktik. »Marcie hat so viele Beziehungen. Warum lässt du dir jetzt nicht von ihr helfen?«

»Helfen? Sie hasst mich. Sie würde mich nicht mal anspucken, wenn ich in Flammen stünde.« Sie seufzte schwer und strich ihr T-Shirt glatt, wie um sich zu beruhigen. »Lass uns deswegen nicht streiten, Zoë. Ich habe keine Ahnung, was für eine rührselige Geschichte sie dir aufgetischt hat, aber es gibt absolut nichts, das sie tun könnte, damit ich ihr vergebe, und wenn du denkst, das müsste ich, dann hat sie dir nicht alles erzählt, was damals auf der Tour passiert ist.«

Sie hielt meinen Blick fest, und auf einmal erkannte ich ihren ganzen Schmerz. Es ging um weitaus mehr als ihre Karriere. Aber Marcies Schuld hatte so groß geklungen, dass mir nie in den Sinn gekommen war, es könnte sich um eine bereinigte Version der Geschichte handeln.

Jessica zitterte. Ich goss ihr ein Glas Bowle ein, und sie nahm es mit unsicherer Hand entgegen.

»Es tut mir leid. Das geht mich alles gar nichts an.«

Nach ein paar Schlucken lächelte sie. »Ist schon okay. Du hast in bester Absicht gehandelt. Aber jetzt kein Wort mehr über Marcie – ich möchte, dass wir einen schönen Abend verbringen.«

Es klingelte, und sie fuhr zusammen. War das Simon? Sie deutete auf eine geschälte Gurke. »Könntest du die eben klein schneiden, während ich zur Tür gehe?«

Der Messergriff war noch warm und die Gurke unter meinen Fingern eiskalt. Ich hatte es gründlich vermasselt. Meine Nase in fremde Angelegenheiten zu stecken würde Marcie nicht die ersehnte Versöhnung mit Jessica bescheren.

Während ich schnippelte, versuchte ich zu hören, was an der Tür gesprochen wurde. Es klang nicht nach Simon. Wer auch immer gekommen war, schien mit Jess zu streiten.

Sollte ich hingehen und helfen?

Doch ehe ich mich rühren konnte, stürmte Jessica mit hochrotem Kopf in die Küche. »Wo ist meine Tasche? Und der Autoschlüssel.«

Ohne mich anzusehen, griff sie nach ihrer Handtasche, die über der Stuhllehne hing. »Ich muss mal eben zum Geldautomaten. Bin in spätestens zehn Minuten zurück.«

Sie stürmte wieder aus der Tür, und ich sah ihr mit offenem Mund nach. Als ich mich aus meiner Schockstarre lösen konnte, folgte ich ihr zur Haustür und öffnete sie. Jess hatte ihren alten Renault Clio schon gestartet, und im Wegfahren röhrte der Auspuff.

Was zum Teufel war da los?

Auf der gegenüberliegenden Straßenseite parkte ein weißer BMW, der mehr funkelte und strahlte als alle anderen Wagen, die hier standen. Der Motor lief, und der Fahrer ließ seinen tätowierten Arm aus dem Fenster hängen.

War das ihr Drogendealer?

Ich wusste, dass sie gern feierte, aber würde sie wirklich an einem Sonntagnachmittag mitten beim Kochen losfahren, um ihre Vorräte aufzustocken?

Ich kehrte in die Küche zurück und trank meine Bowle aus. Während ich mir nachschenkte, wurde die Haustür geöffnet, und eine männliche Stimme rief: »Hallo!«

Diesmal war es tatsächlich Simon – er hatte einen Haustürschlüssel. Meine ohnehin schon schlechte Stimmung sank weiter. Meinen Schlüssel hatte er auch noch.

»Oh, hi«, sagte er. »Jess hat mir erzählt, dass du kommst, um sie für euer Magazin zu interviewen. Wie schön!«

Ich war nicht in der Stimmung, seinen Irrtum zu korrigieren, also nickte ich nur.

»Wo ist sie?«

»Ist eben schnell zum Geldautomaten gefahren, um ihren Dealer zu bezahlen.«

Ich wartete darauf, dass Simon lachte oder fragte, ob ich Witze mache. Aber anscheinend war ein sonntagnachmittäglicher Drogendeal im Baxter-Honeywell-Haushalt nichts Ungewöhnliches.

»Irgendetwas riecht hier gut«, sagte er und nickte in Richtung Ofen.

»Ja«, erwiderte ich schlapp.

»Hör zu, ich weiß, du meinst es gut, Frixie, aber Jess hat erzählt, dass du wieder mit dieser Marcie-Geschichte angefangen hast.«

Das war noch nicht mal zehn Minuten her. Hatten sie etwa alle dreißig Sekunden Kontakt?

»Das ist ja fast schon zwanghaft«, sagte er. »Wie eine Schallplatte mit Sprung.«

Seine Wortwahl tat weh. »Du weißt, wie wichtig das für unsere Zeitschrift ist.«

»Und du weißt, wie sehr es Jess mitnimmt. Warum fängst du immer wieder davon an? Als hättest du da irgendeinen Wahn.«

Warum sagte er so etwas? Als sei mein Interesse an Marcie in irgendeiner Weise ungesund. Ich war mit ihrer Musik groß geworden, und Simon war dabei gewesen und hatte genau wie ich am

Ende einer CD wieder auf *Play* gedrückt. Er sollte mich besser verstehen als jeder andere.

Blöde, alberne, demütigende Tränen schossen mir in die Augen. Ich wandte mich wieder der Arbeitsfläche zu, damit er nicht sehen konnte, wie sehr seine Worte mich verletzten.

Er schenkte sich etwas zu trinken ein, ohne zu fragen, ob ich auch noch etwas wollte. Als wäre ich unsichtbar. Als ich Jessicas Wagen vor der Tür knattern hörte, war ich sogar erleichtert.

»Ich bin wieder da-ha«, flötete sie in die Wohnung und schlug die Tür hinter sich zu. Mit breitem – und möglicherweise durch chemische Substanzen motiviertem – Grinsen kam sie in die Küche. »Wer will jetzt was futtern?«

Der Rest des Abends gestaltete sich naturgemäß unerfreulich. Ich musste Kopfschmerzen vorschützen, um mein Schweigen zu rechtfertigen, und Jessicas gerühmte Kochkünste erwiesen sich als reichlich defizitär. Ich hatte keine Ahnung, ob sie ein paar Pillen eingeworfen oder eine Line gezogen hatte, aber sie war zu dicht, um sich darum zu scheren, dass das Fleisch zäh und der Reis matschig war.

Selbst der Apfelkuchen aus dem Ofen war innen noch gefroren und entpuppte sich spätestens damit als fertig gekauft – wäre mir nicht schon vorher die achtlos auf eine Arbeitsfläche geworfene Verpackung aufgefallen.

Nicht, dass ich so ein Snob wäre, aber Simon lobte jeden einzelnen verdammten Gang. Seine Einschätzung ihrer kulinarischen Fähigkeiten war entweder durch seine Gefühle für sie oder seine eigene Bedröhntheit deutlich getrübt. Beim Anblick der tiefen Ringe um seine geröteten Augen war ich überzeugt, dass auch er von welchen Substanzen auch immer genascht haben musste, die Jess bei ihrem vorherigen Herrenbesuch erstanden hatte.

Mich hatte Jessica übrigens auch gefragt, ob ich ein wenig »Beistand« gebrauchen könne, aber ich hatte höflich abgelehnt und sie das Angebot nicht wiederholt.

Um die Zeit herum, in der normale Gäste einer Runde Kaffee zugestimmt hätten, stand ich auf. »Ich fahre lieber mal nach Hause.« Niemand bemühte sich, mich davon abzuhalten.

Wir verabschiedeten uns lau, und dann war ich draußen. Die Tür fiel ins Schloss, noch ehe ich den Gehweg erreicht hatte.

Ich sah nach rechts und links und versuchte, mich zu erinnern, in welche Richtung es zur U-Bahn ging, aber es war noch früh, und ich hatte eigentlich überhaupt keine Lust, nach Hause zu fahren.

Als ich das Handy rausnahm und überlegte, wem ich von diesem grässlichen Abend erzählen könnte, scrollte ich, ohne nachzudenken, zu N.

Wäre es blöd, Nick jetzt anzurufen?

Nach mehrmaligem Klingeln ging er ran.

»Zoë? Ist alles in Ordnung?«

»O ja, alles bestens«, antwortete ich automatisch.

Er schwieg einen Moment. »Wollen Sie darüber reden?«

Anscheinend hatte er aus meiner Stimme etwas herausgehört, denn seine klang nun durchaus beunruhigt.

Auf einmal fühlte ich mich schrecklich. »Ich bin in Clapham und komme gerade von Jessica.«

»Möchten Sie, dass ich Sie abhole?«

»Nein, nein, nicht nötig. Ich dachte nur, ich könnte vielleicht mit Ihnen reden.«

»Das ist die Linie, die über Waterloo fährt, richtig?«

Ich nickte, bis mir einfiel, dass er mich nicht sehen konnte. »Ja, stimmt.«

»Okay, wir treffen uns bei Waterloo, in einer halben Stunde. Dann können wir irgendwo hingehen und reden – und nicht im London Eye, versprochen!«

»Danke, Nick.«

7

Die Bahn kam schon nach zehn Minuten bei Waterloo an, und ich schickte Nick eine Nachricht aus einem Coffeeshop.

Mit starrem Blick trank ich meinen Tee. *Was für ein Scheiß!* Schlimm genug, dass Simon nicht mitkriegte, wie schwer es für mich war, ihn mit Jess zusammen zu sehen. Aber dann noch zu behaupten, ich hätte in Sachen Marcie einen Wahn, war eine Nummer zu groß. Das hatte wehgetan.

Er hatte so gefühllos geklungen. Und ich hatte keine Ahnung, ob er das auch nur ansatzweise bereut haben könnte, denn für den Rest des Essens hatten wir kaum miteinander gesprochen.

Ich war noch ganz in Gedanken, als Nick reinkam, und fast hätte ich ihn nicht erkannt. »Sie haben ja Jeans an«, stellte ich fest, als wüsste er das nicht selbst.

»Hatten Sie einen Dresscode ausgegeben?« Dazu trug er ein schwarzes Longsleeve mit Knöpfen. Die oberen waren offen. »Kann ich Ihnen noch was mitbringen?«

Ich schüttelte den Kopf, und er ging zum Bestellen an die Theke.

Es war komisch, ihn mal nicht im Anzug zu sehen, aber es war eine willkommene Ablenkung von meinen Grübeleien über Simon. Nicks Jeans waren ausgebleicht und abgetragen, und ich stellte mir vor, dass sie unfassbar weich wären, wenn ich darübergestrichen hätte. Allerdings hatte ich keine Ahnung, wieso ich darüber nachdachte, über Nicks Bein zu streichen. Das junge Mädchen, das ihn bediente, kicherte nervös, als es seine Bestellung aufnahm. Er bedankte sich lächelnd, und sie kicherte noch lauter, so dass die anderen Mitarbeiterinnen den Kopf schüttelten. Auch Nicks Haare waren anders. Strubbeliger, er musste unter der Woche Wachs benutzen, um es zu glätten.

Er setzte sich mit seinem sicher hingebungsvoll zubereiteten doppelten Espresso mir gegenüber, und die ihn anschmachtende Barista war sicher enttäuscht, nur noch seinen Hinterkopf zu sehen.

»Was haben Sie heute gemacht?«, fragte ich ihn, plötzlich neugierig geworden.

Er zuckte die Achseln. »Ich bin aufgestanden und eine Runde gelaufen, dann habe ich Wäsche gewaschen.«

»Sind Ihre Anzüge alle in der Reinigung?«

»Im Gegensatz zu dem, was Sie vielleicht denken mögen, lebe ich nicht rund um die Uhr für meine Arbeit. Manchmal vergeht sogar eine ganze Stunde, ohne dass ich an sie denke.«

Es war ein bisschen gemein von mir, ihm zu unterstellen, er würde niemals abschalten. Dass er jetzt in Sachen Arbeit unterwegs war, lag ja schließlich an mir.

»Sie spielen sonntagmorgens also nicht mit Freunden Fußball oder irgendwelche Videospiele?« Warum hatte ich ausgerechnet diese zwei Sachen erwähnt? Nicht alle Männer waren wie mein Bruder.

»Fußball ist was ziemlich Britisches.«

»Welche Sportarten hatten Sie denn in der Schule?«

»Leichtathletik, hauptsächlich. Und ein bisschen Badminton und Tennis.«

»Haben Sie auch mal getanzt? Ballett oder so?«

Ich hatte keine Ahnung, warum ich diese Fragen stellte. Vielleicht, weil ich nie darüber nachgedacht hatte, was er außerhalb der Arbeit machte. Wahrscheinlicher war jedoch, dass ich mich davor drückte, von meiner Pleite mit Jessica zu berichten.

»Wie kommen Sie darauf?«

»So, wie Sie sich bewegen ...«

»Ich mache ein bisschen Yoga.«

Ja, das ergab Sinn. Warum hatte ich Ballett gesagt? Jetzt stellte ich ihn mir mit einer engen Hose über den muskulösen Beinen und mit Suspensorium vor. Was stimmte nicht mit mir?

»Also, was ist heute bei Jessica passiert?«, wechselte er abrupt das Thema. »Darf ich raten? Sie wird nicht mit einem Blumenstrauß in der Hand bei Marcie aufkreuzen und sich überschwänglich entschuldigen.«

»Nein. So ist es leider nicht gelaufen. Jess hatte auch Simon eingeladen, deswegen musste ich das Thema Marcie unbedingt vor seiner Ankunft ansprechen.«

»Erzählen Sie.«

»Ich habe es überstürzt – bin quasi mit der Tür ins Haus gefallen, und ihre Reaktion hat mich ziemlich schockiert. Sie meinte, hinter der Geschichte stecke noch mehr, als Marcie uns erzählt hat. Jedenfalls mehr, als ich weiß.«

Ich hielt inne, um zu sehen, wie er darauf reagierte. Er sah mich mit ungerührter Miene an – aber tat er das nicht immer?

»Ich habe Ihnen erzählt, was Marcie mir erzählt hat.« Es klang aufrichtig, aber was wusste ich schon? »Warum mussten Sie es so überstürzen? Wollte sie noch irgendwohin?«

»Nein, ich wollte es nur erledigt haben, bevor Simon dazukam. Er und Jess sind jetzt zusammen.«

»Wie geht es Ihnen damit?«

Ich zwang mich zu einem Lächeln. »Sie sind beide erwachsen. Warum sollte es eine Rolle spielen, was ich denke?«

»Weil Sie in ihn verliebt sind.«

Mein Gesicht wurde heiß. Ich trank einen Schluck Tee und hoffte, der Becher würde meine roten Wangen verdecken. »Nein, bin ich nicht. Wir sind beste Freunde, mehr nicht.«

Der überwiegende Teil dieses Satzes stimmte.

Er trank seinen Espresso aus und starrte ins Leere.

Wenn er jetzt irgendeine romantische Weisheit von sich gab, konnte er sich verpissen.

»Ich habe viel nachgedacht in den letzten Tagen«, sagte er. »Wirklich ziemlich viel.«

»Worüber?«

»Ich werde nicht länger als Marcies PR-Agent arbeiten.«

Kapitel 25

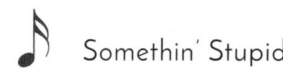 Somethin' Stupid

Ich knallte meine Tasse auf den Tisch. »Meinen Sie das ernst? Sie kommen aus dem Nichts, landen diesen Traumjob bei Marcie, und nun wollen Sie abhauen?«

Über Nicks Gesicht huschte ein Anflug von Irritation. »Traumjob? Der Grund, weshalb ich Marcie am Hals habe, ist, dass kein anderer sie auch nur mit der Kneifzange anfassen wollte. Die wussten alle nur zu gut, wie viel Ärger das einbringen würde.«

Dass Marcie solch ein Alptraum war, hörte ich nicht gern. Für mich würde sie immer die Heldin meiner Jugend bleiben.

»Und was wollen Sie dann machen?«

Er zuckte die Achseln. »Irgendwo neu anfangen, schätze ich.«

Wir schwiegen einige Minuten. Dumpfe Lautsprecheransagen untermalten die Stille.

Nachdem ich den ersten Schock überwunden hatte, konnte ich Nicks Sicht der Dinge, wenn auch widerstrebend, nachvollziehen. Marcie war ohne Zweifel anstrengend – und eine Frau, die den Halt im Leben verloren hatte.

»Möchten Sie noch einen Tee?«, erkundigte er sich.

»Nein, danke. Ich sollte lieber gehen.«

»Ich kann Sie mitnehmen.«

»Sie sind mit dem Auto da?«

»Ich hab den Wagen meines Chefs ausgeliehen und suche einen Vorwand, um damit herumzufahren.«

Ich wurde neugierig. »Wieso das denn?«

Eine Antwort erhielt ich erst in der Tiefgarage am Bahnhof. Nick drückte den Türöffner des Autoschlüssels, und die Lichter eines Aston Martin in British Racing Green blinkten auf.

»Wow!«, meinte ich. »Ist das ein DB9?«

»Stehen Sie auf Autos?«

»Nicht ich, mein Bruder. So was färbt ab.« Ich ging zur Beifahrertür. »Ich bin noch nie in einem Aston gefahren.«

»Dann steigen Sie ein.«

Das ließ ich mir nicht zweimal sagen. »Sie können mich an irgendeiner Station der Central Line absetzen«, sagte ich. »Bloß keine Umstände.«

»Das sind keine Umstände.« Er zog sein Portemonnaie aus der Hosentasche. »Ich gehe das Ticket bezahlen.«

Ich schmunzelte, während er zum Automaten joggte: Nur ein Nicht-Londoner fuhr an einem Sonntag in die Parkgarage, wo man doch umsonst an einer Parkuhr oder an den gelb markierten Straßenrändern parken konnte. Andererseits: Wenn man einen Aston fuhr, war man bei der Parkplatzwahl vielleicht ein bisschen vorsichtiger.

Die Innenausstattung war so edel, wie ich sie mir vorgestellt hatte. Ich sank in einen Sitz aus weichem Leder, das Armaturenbrett war aus poliertem Holz und die mit Leder bezogene Frontablage mit kontrastfarbigen Nähten abgesteppt. Nick kam zurück und schob sich auf den Fahrersitz.

Als er den Startknopf drückte, hallte die Parkgarage vom Aufröhren des Motors wider.

Leicht schuldbewusst grinsten wir einander an. »Musik in meinen Ohren«, sagte er und bog schwungvoll im Rückwärtsgang aus der Parklücke.

Das Auto roch nach ihm, fiel mir plötzlich auf. Vielleicht lag es aber auch daran, dass wir so nah beieinandersaßen.

Unter freiem Himmel klang der Motor nicht mehr ganz so aufdringlich. Über dem leisen Brummen sang Marvin Gaye.

Als Nick das Handschuhfach öffnete, streifte er mit seinem Unterarm mein Knie. Es fühlte sich wie ein kleiner Blitzschlag an.

Scheiße. Was war das für eine Reaktion? Gar nicht gut. Nicht, wenn wir mindestens die nächste halbe Stunde in dieses Sexgefährt eingepfercht waren.

Dass Marvin Gaye sein unwiderstehliches »I Want You« dazu sang, machte die Sache nicht besser.

»Suchen Sie Ihre Rennfahrerhandschuhe?«, fragte ich scherzhaft, um die Situation zu entschärfen. Nicht, dass Nick so aussah, als hätte er Entschärfung nötig. Das, was da plötzlich zwischen uns war, konnte sich nur in meinem Kopf abspielen. Wahrscheinlich.

»Sonnenbrille«, sagte er, fischte ein cooles Modell von Oakley raus und setzte es auf.

Auch das trug mitnichten dazu bei, dass meine Unbehaglichkeit sich legte. Hatte er auch nur eine Ahnung, wie umwerfend er gerade aussah? Wie gut, dass er überhaupt nicht mein Typ war.

»Haben Sie eigentlich eine Freundin?«

Ups. Wie war mir das denn entschlüpft? Ich fühlte mich nicht im Mindesten betrunken, aber genau das musste ich wohl sein.

Der Wagen machte einen kleinen Hüpfer, als hätte Nick die Kupplung zu schnell kommen lassen.

Durch die Sonnenbrille konnte ich nun noch weniger sehen, was er dachte, als ohnehin schon. Vielleicht hatte er mich nicht gehört.

»In Mexiko war ich mit jemandem zusammen.«

Vergangenheitsform. »Was ist passiert?«

Er sah mich kurz an. »Ist das eine Therapiesitzung?«

»Ich wollte nur Konversation betreiben.«

Wieder Schweigen.

»Sie ist mit einem Stierkämpfer durchgebrannt.«

»Ach du Scheiße!«

»Na ja, er war Schauspieler und spielte einen in einer Telenovela. Aber Stierkämpfer klingt besser.«

»Mexikanische Telenovela klingt aufregend.«

»Das dachte ich früher auch.«

Mühsam unterdrückte ich ein Schmunzeln. Nick sah mich an. »Wie schön, dass Sie meinen Kummer so amüsant finden.«

»Tut mir leid, Nick. Sie haben recht. Das ist nicht lustig. Aber es hätte noch schlimmer kommen können. Wäre Ihre Freundin in England mit einem Soap-Darsteller durchgebrannt, hätten Sie jedem erzählen müssen, sie hätte Sie für einen dreimal geschiedenen Arzt verlassen.«

»Toll, jetzt fühle ich mich schon viel besser.«

»Man muss irgendwie drüber lachen. Was bleibt einem sonst übrig?«

»Sich in Arbeit zu vergraben. Auf Beziehungen zu pfeifen.« Er sah mich an. »Hin und wieder ein kleines Abenteuer.«

Ich hielt meinen Blick starr geradeaus gerichtet. »Klingt gut, wenn Sie mich fragen.«

Hatte ich ihm gerade zu verstehen gegeben, ich sei bereit für ein Abenteuer? Der Gedanke war auf einmal regelrecht verlockend. Bedin-

gungsloser Sex mit Nick, damit ich diesen Simon-förmigen Klumpen im Magen vergessen konnte.

Er sagte nichts und konzentrierte sich stattdessen auf die Straße. Mein Blick wanderte zu seinen Händen; die eine lag auf dem Schalthebel, die andere ruhte locker auf dem Lenkrad. Er hatte schöne Hände. Groß, aber keine Pranken. Kein dunkler Flaum auf den Fingern. Hände, die gewiss wussten, was zu tun war. Die einen erst sanft und zärtlich streichelten und dann forscher wurden, drängender …

O Gott, ich bekam gleich einen Herzinfarkt in meiner Unterhose.

Ich sah aus dem Fenster, um die Bilder aus meinem Kopf zu vertreiben. Die neben Händen auch Lippen zeigten … und Haut … *viel* Haut … nackte Haut …

Ich räusperte mich. »Wollen wir noch was trinken gehen?« Ich hatte mich bemüht, es ganz lässig klingen zu lassen, das Ergebnis hörte sich jedoch eher an, als hätte ich ihn in meine Wohnung eingeladen, um ihm das Hirn aus dem Kopf zu vögeln.

In diesem Moment verschwand die Sonne hinter einer dunklen Wolkenbank. Ich versuchte, nicht zu viel hineinzuinterpretieren. Wir hielten an einer roten Ampel. Er nahm die Sonnenbrille ab und hakte sie in seine Brusttasche.

»Oder wir machen was ganz anderes«, sagte er rau.

Ich schluckte. Dachte auch er an nackte Haut? Selbst ohne die Brille konnte ich seinen Gesichtsausdruck natürlich wieder mal nicht deuten.

Er schaltete in den ersten Gang, und wir überholten mühelos die anderen Autos. *Ruhig, Brauner,* lag mir auf der Zunge. *Ich habe noch nicht Ja gesagt.*

Spoiler Alarm: Ich würde definitiv Ja sagen.

»An was denken Sie?«

»Überraschung. Vertrauen Sie mir.«

Mein Hals kribbelte. »Könnten Sie nicht etwas spezifischer sein?«

»Ich will Ihnen keine Angst machen, aber ... haben Sie gern Publikum?«

Ein übler Perversling! Das war's – bei der nächsten Ampel würde ich rausspringen. Er war nicht der Einzige, der Hände hatte. Ich selbst besaß ein recht geschicktes Paar davon und dazu ein Schlafzimmer, in dem ich mich ganz allein vergnügen konnte.

»Wissen Sie was, Nick? Ich fühle mich außerordentlich geschmeichelt, aber Sie sollten heute doch lieber eine andere für ein Abenteuer suchen.«

Wir waren bislang mit ruhigen fünfzig Stundenkilometern gefahren, aber nun schwenkte er unvermittelt in eine Seitenstraße und trat auf die Bremse. Instinktiv griff ich mit beiden Händen ans Armaturenbrett.

Er schnallte sich ab und stützte seinen Unterarm auf die Mittelkonsole. Was bedeutete, dass er mir gefährlich nahe kam. Durch seine dichten Wimpern blickte er mich an. »Sie werden morgen als eine andere Frau aufwachen.«

O Gott, das war die übelste Anmache, die ich je gehört hatte. Ich schämte mich für ihn.

»Moment mal, Nick ...«

Weiter kam ich nicht. Er lächelte. Nein, er grinste. Ziemlich dreckig sogar.

Oh.

Konnte es wohl sein, dass ich vorschnelle Schlüsse gezogen und Nick mich voll hatte auflaufen lassen?

»Karaoke. Ich lade Sie in eine Karaokebar ein.« Er grinste wieder.

»Was dachten Sie denn, was ich meine?« Er schien es richtig zu genießen.

»Sie wissen haargenau, was ich dachte«, entgegnete ich, aber meine Entrüstung flaute bereits ab. »Und das haben Sie mit Absicht gemacht.«

Mit gespielt unschuldigem Blick sah er mich an. »Ich habe absolut keine Ahnung, wovon Sie reden.« Sein Blick wanderte zum Rücksitz, dann langsam wieder zu mir. Ganz und gar nicht unschuldig.

Oje!

Mein Atem beschleunigte sich. Das war übel.

Oder verscheißerte er mich schon wieder?

»Na dann los«, sagte ich und fügte vorsichtshalber hinzu: »Wo ist denn diese Karaokebar?«

Antwort: in einem Keller nahe Victoria Station. Ein hell ausgeleuchteter Keller, wie ich erfreut feststellte. Die Wände waren gepolstert, aber es wirkte gemütlich und nicht wie eine Irrenanstalt in einem Hollywood-Film. Das einzige Problem bestand darin, dass alles auf Japanisch war.

»Würden Sie mir wohl mit der Getränkekarte helfen? Ich bin sicher, Sie können auch Japanisch.«

»Sagen Sie mir, was Sie wollen, dann bestelle ich für Sie.«

»Weißwein wäre super. Je trockener, desto besser.«

»Alkohol wird hier nicht serviert.«

Das war nicht sein Ernst, oder? »Diese Getränkekarte hat acht Seiten. Was steht da? Jede Sorte Cola, die je erfunden wurde?«

»Tatsächlich stellen sie hier eigene Grüntee-Cola her. Coca-Cola hatte so was mal für den japanischen Markt entwickelt, ist aber nicht gut gelaufen. Ich bestelle uns eine.«

Ich packte ihn am Arm, bevor er sich dem Barmann zuwenden konnte. »Sie erwarten doch wohl nicht, dass ich das hier nüchtern mache? Vor all den Leuten?«

Ich deutete vage in den Raum. Meine Beschwerde wurde allerdings durch die Tatsache entkräftet, dass dort nur drei Personen saßen. Zwei von ihnen telefonierten, und die dritte schlief entweder oder befand sich in einem Cola-induzierten Zuckerkoma.

»Ach, kommen Sie, erzählen Sie mir nicht, dass Sie sich in die Hose machen. Lassen Sie mal locker.«

»Ich bin locker, danke. Und ich mache mir nicht in die Hose.«

»Beweisen Sie's.«

Ich verschränkte die Arme. »Ich brauche gar nichts zu beweisen.«

Er lehnte sich wieder vor. Und kam mir noch näher, als er mir im Auto gewesen war, nahe genug, dass ich sein Katzenminze-Aftershave wahrnahm. »Dies hier ist aber genau das, was Sie brauchen.«

Konnten wir bitte aufhören, davon zu reden, was ich brauchte?

Auf einmal spürte ich seine warme Hand in meiner. »Was haben Sie vor?«

Er lächelte und zog los, und ich hatte keine andere Wahl, als mitzugehen. Verdammt, er marschierte tatsächlich zur Bühne. Einer der Handy-Typen sah interessiert auf. Vor ihm stand ein aufgeklappter Laptop, und ich folgerte, dass er der DJ war. Außerdem lagen drei Kabelmikrophone auf dem Tisch.

Nick hielt immer noch meine Hand. Er reichte mir ein Mikro und nahm sich selbst auch eines.

»Ich werde nicht singen«, protestierte ich.

»Nein, ich singe«, sagte er. »Aber Sie unterstützen mich beim Refrain.«

Bevor ich fragen konnte, bei welchem Song, dröhnten die ersten Töne von Def Leppards »Pour Some Sugar on Me« durch die Lautsprecher.

Der Barmann begann, im hämmernden Rhythmus mit dem Kopf zu nicken. Die anderen sahen nicht einmal auf.

Nick ließ meine Hand los, doch ehe ich ausbüxen konnte, schlang er einen Arm um meine Taille und zog mich an seine Seite.

Ich spürte, wie sich die Muskeln seines Oberkörpers anspannten, als er mit leicht vibrierender Stimme loslegte und eine ziemlich genaue Imitation des röhrenden Joe Elliott ablieferte. Das Einzige, was fehlte, war der Vokuhila.

Auf einem Bildschirm vor uns verfolgte ich den Text. Die Worte ergaben keinen rechten Sinn und waren unsäglich blöde, doch ihre Bedeutung war klar. Das ganze Lied handelte von Sex. Und dass ich Nicks gut gebauten Körper unmittelbar an meinem spürte, während er seinem inneren Rockstar freien Lauf ließ, verursachte mir an gewissen Stellen meiner weiblichen Anatomie eigenartige Gefühle.

Verdammt, jetzt kam der Refrain. Mein Einsatz. »*Pour some sugar on maaaaaay – ooh, in the name of love!*«

Ich hätte schwören können, dass Nick zusammenzuckte. *Tja, Süßer, selbst schuld, wenn mein Mund deinem so leicht zu beleidigenden Ohr zu nahe ist.*

Bei der zweiten Strophe legte er noch mehr Drama in seinen Gesang, seine Stimme wurde jetzt so richtig warm. Ich schwang die Hüften zum Takt der Musik von rechts nach links – wobei mir gar nichts andres übrig blieb, weil wir quasi seitlich zusammenklebten. Wir kamen zum finalen Crescendo, und mein Refrain wand sich um Nicks Klage, wie heiß und klebrig süß er sei …

Beim letzten Trommelschlag stießen wir zeitgleich eine Faust in die Luft. Und dann schien es das Natürlichste der Welt, dass wir uns umarmten.

Seine Wange an meiner fühlte sich kühl an, aber sein Körper war warm, ja, es schwappten regelrechte Hitzewellen zu mir herüber. Vielleicht war es aber auch meine eigene Hitze, die zwischen uns pulsierte.

Als ich mich, immer noch ein wenig außer Atem, von ihm löste, musste ich grinsen.

Er grinste zurück. »Na, wie war das?«

Ich versuchte, die richtigen Worte zu finden. »Besser als ...«

»Sagen Sie jetzt bloß nicht ›Sex‹!«

Sieh mal einer an, wer hatte jetzt schmutzige Gedanken? »Besser als erwartet.«

»Gut.«

»Und ein supercooler Song zu zweit«, fügte ich hinzu.

»Den nächsten suchen Sie aus«, sagte er.

Ich stöhnte. »Ach, kommen Sie, Nick. Sie wollen noch mal?«

»Dachten Sie wirklich, ich sei ein Mann, der nur einmal kann?«

Mir stockte der Atem. In diesem Moment konnte ich nichts anderes denken, als dass er hoffentlich ein Mann war, der es auch im Stehen kann. Immerhin waren alle Wände gepolstert.

Diesen Gedanken behielt ich allerdings für mich und sagte stattdessen: »Krieg ich erst noch einen Drink?«

»Nö.«

Was stimmte mit dem Kerl bloß nicht? Mit ein wenig Alkohol konnte ich erheblich geschmeidiger herumschäkern. Er verdarb sich hier seinen eigenen Spaß.

»Nur einen«, bat ich und versuchte, nicht verzweifelt zu klingen.

»Ich habe Ihnen doch gesagt, dass diese Bar keinen Alkohol aus-schenkt.«

Stimmte das tatsächlich? Kein Wunder, dass es hier so leer war.

»Aber ich mache Ihnen ein Angebot.«

»Und das wäre?«

»Wir nehmen uns eine Privatkabine.«

Er redete kurz mit dem Barmann, und wenige Minuten später führte er mich in einen kleinen Nebenraum mit einer eigenen Ka-raokeanlage. Erst jetzt begriff ich, dass die gepolsterten Wände der Schalldämmung dienten.

Sobald Nick die Tür schloss, war aus dem Barraum nichts mehr zu hören. Und das war gut so, denn kurz zuvor hatte jemand mit »New York, New York« losgelegt, und zwar in einer für das mensch-liche Ohr bislang unbekannten Tonart.

Für eine Privatkabine war der Raum ziemlich groß. Auf den Leder-bänken rundum hätten mindestens fünfzehn Leute Platz gefunden.

Nick setzte sich vor den Bildschirm und scrollte durch die Song-liste.

»Soll ich einen für Sie aussuchen?«

»Im Ernst jetzt? Sie wollen, dass ich allein singe?«

»Warum sind wir sonst hier?« Diesmal lag kein flirtender Unter-ton in seiner Stimme. »Sie haben gesagt, es hätte Ihnen gefallen. Sie werden es noch mehr genießen, wenn Sie allein singen.«

»Und Sie werden einfach dabeisitzen?«

»Ich kann auch stehen, wenn Ihnen das lieber ist.«

Er drückte ein paar Knöpfe, und plötzlich erklang das Intro zu »Love in an Elevator«.

Gott, wie bescheuert! Er wusste doch, dass ich Aufzüge hasste. Aerosmith, na herzlichen Glückwunsch.

Er reichte mir ein Mikro. »Ich dachte, der könnte Ihnen gefallen.«

»Sehr witzig«, brummte ich, während er sich hinsetzte.

Abgesehen davon, dass es wirklich witzig war, war es wieder ein sehr anzüglicher Song mit Doppeldeutigkeiten über »unten« und »oben« und »stecken bleiben«. Ganz offensichtlich hatte er ein Faible für geschmacklosen Achtziger-Glam-Metal, den ich insgeheim teilte.

Was dann folgte, war nicht schön. Steven Tyler ist eine der großen Stimmen des Modern Rock, und jeder, der ihn nachahmen will, wird per se grässlich klingen. Ich war noch dazu abgrundtief schlecht. Die hohen Töne konnte ich nicht treffen, bei den tiefen war ich allerdings auch nicht besser. Außerdem hatte ich den Text mein ganzes Leben lang wohl falsch verstanden, denn was da auf dem Bildschirm blinkte, war mir völlig neu. Was um alles in der Welt war »Sassafras«?

Endlich, endlich kam der Break, und ich war noch nie so froh gewesen, ein zweitklassiges Gitarrensolo von Joe Perry zu hören. Eine wertvolle Verschnaufpause. Bisher hatte ich nur auf den Text gestarrt, jetzt wagte ich einen Seitenblick zu Nick.

Er hielt die Augen geschlossen und schlug mit den Händen den Takt auf seine Oberschenkel.

Nun, da ich wusste, dass er mich nicht beobachtete, fühlte ich mich weniger verunsichert und gab beim restlichen Song alles. Ich machte sogar ein paar Tanzbewegungen. Ich konnte zwar nicht singen, aber mit dem Hintern wackeln konnte ich sehr wohl!

Als ich das nächste Mal aufblickte, hatte Nick die Augen geöffnet.

Toll, jetzt sah es so aus, als hätte ich nur für ihn eine kleine private Tanznummer hingelegt. Ich drehte mich wieder um und versuchte, den Song mit dem gleichen Selbstbewusstsein wie zuvor zu beenden.

Meine Stimmbänder fühlten sich zwar wie geschreddert an, aber es hatte wirklich etwas von Katharsis, aus voller Lunge ein verdammt gutes Lied zu grölen.

Nick klatschte. »Bravo!«

Ich legte eine theatralische Verbeugung hin. »Herzlichen Dank.«

»Ich meine, Sie haben sich zwar angehört, als würde Ihnen jemand einen Schraubendreher unter die Fingernägel treiben, aber volle Punktzahl fürs Durchziehen!«

Ich riss in gespielter Empörung den Mund auf. »Sie Mistbacke!«

Er grinste. »Noch mal?«

»Nachdem Sie mich gerade mit so einem Lob überschüttet haben?«

»Ich stelle auf Random, und wir gucken mal, was kommt.«

Das Gerät surrte ein paar Sekunden, dann erklang der langsame Swing von Frank Sinatras »I've Got You Under My Skin«. Nicks Lächeln versiegte. Stattdessen sah er mich an, als müsse er gerade irgendwas entscheiden.

Ich zog die Schultern hoch, weil ich plötzlich das Gefühl hatte, wie unter dem Mikroskop begutachtet zu werden.

Dann kam er zu mir und nahm mir das Mikro aus der Hand. »Genug gesungen.«

Ich schluckte. »Sie meinen, wegen des stumpfen Schraubendrehers?«

Er warf das Mikro auf die Sitzbank. »Darf ich bitten?«

Ohne meine Antwort abzuwarten, nahm er meine Hände, legte sich eine auf die Schulter und umfasste die andere mit seiner. Gleichzeitig fuhr er mit der rechten Hand auf meinem Rücken an die richtige Position, und ich spürte die Wärme der federleichten Berührung durch meinen dünnen Kleiderstoff hindurch.

Er war jetzt nah genug, dass ich die dunklen Flecken in seinen grünen Augen sehen konnte. Nah genug, um die kleinen Fältchen in seiner Unterlippe auszumachen, nah genug, um die schwarzen Pünktchen seines Bartschattens zählen zu können ...

Ich fühlte mich so merkwürdig außer Atem, wandte das Gesicht ab und lehnte stattdessen meinen Kopf gegen sein Brustbein. Das hatte ich gemacht, um ihn nicht mehr ansehen zu müssen, aber mir war nicht klar gewesen, wie intim es sich anfühlen würde. Oder wie gut.

Sein Brustkorb hob und senkte sich nur langsam, ich dagegen musste mich anstrengen, um meine Atmung flach zu halten. Am liebsten hätte ich heftig nach Luft geschnappt, es war eindeutig nicht genug Sauerstoff im Raum. Da war überhaupt nichts mehr im Raum. Nur noch Nick.

Mein erster Fehler war, dass ich wieder hochsah. Mein zweiter, dass mein Blick auf seinen Mund fiel. Seine Lippen waren leicht geöffnet, und plötzlich legte sich bei mir ein Schalter um.

Ich zog seinen Kopf zu mir heran, und er schlang beide Arme um meinen Körper. Unsere Lippen berührten sich. Begierde flammte in mir auf, als ich den Kuss vertiefte. Ich ließ meine Hände über seinen Rücken gleiten. Er drängte sich an mich, und ich spürte Hitze und Härte und Verlangen. Ich nestelte meine Finger unter den Saum seines T-Shirts, strich über seine nackte Haut und verlor jegliches Zeitgefühl.

Himmel – der Mann konnte küssen.

Der Teil meines Hirns, der noch funktionierte, war nicht weiter überrascht. Schockierend war allerdings meine Reaktion darauf. Mir zitterten die Knie, und mein Herz setzte immer wieder einen Schlag aus. Und war das ich, die diese kleinen seufzenden Geräusche von sich gab? Vermutlich, denn nach einem etwas lauteren Exemplar beendete Nick den Kuss und sah mich an.

»Alles in Ordnung?« Seine Stimme klang so sexy, dass ich ihm am liebsten das Shirt mit den Zähnen vom Leib gerissen hätte.

Bevor ich diesem oder irgendeinem anderen meiner Impulse folgen konnte, die sich allesamt um einen nackten Nick drehten – vorzugsweise in meiner Wohnung, aber die gepolsterte Zelle hier wäre auch kein Ausschlusskriterium –, ging die Tür auf, und ein Kellner trat ein.

Wir fuhren auseinander.

Scheiße, waren hier Kameras installiert? War er gekommen, um uns rauszuschmeißen? Der Kerl wirkte allerdings nicht sonderlich an uns interessiert, sondern konzentrierte sich vielmehr auf das Tablett in seinen Händen. Ach ja, die Drinks, die wir bestellt hatten – vor ungefähr siebenundzwanzig Stunden.

Vorsichtig schob er einen Krug mit Cola, auf dem ein paar Minzblätter trieben, auf den Tisch, dazu zwei Untersetzer, zwei Gläser und zwei Strohhalme aus Bambus. Anstatt dann aber endlich zu gehen, schenkte er Cola in die Gläser und schaffte es dabei, über den ganzen Tisch Eiswürfel zu verteilen.

Ich schielte kurz zu Nick, der größte Mühe hatte, sich das Lachen zu verkneifen. Er sah völlig entspannt aus; sein Haar war leicht zerzaust, und auf beiden Seiten seines strahlenden Lächelns bildeten sich attraktive Grübchen.

Wie konnte er sich bloß binnen fünf Sekunden von höllensexy in absolut liebenswert verwandeln?

Moment mal. Hatte ich gerade wirklich gedacht, dass ich Nick liebenswert fand? Das war nicht okay. Es sollte hier höchstens darum gehen, dass ich Simon eine Weile vergaß.

Endlich verließ der Kellner den Raum, und ich griff nach meinem Glas und trank es in einem Zug leer. Alles war besser, als sich mit all diesen verwirrenden Gefühlen herumzuplagen. Die Cola war eiskalt auf meinen von den glühenden Küssen noch brennenden Lippen.

Die Karaokemaschine wählte per Zufall den nächsten Song, und die ersten Flötentöne von »My Heart Will Go On« durchzogen den Raum.

Ich erstarrte.

O Gott. Das war ein Zeichen.

Auf einmal war ich kein bisschen mehr verwirrt. Ich wusste genau, was ich zu tun hatte.

Ich knallte mein Glas auf den Tisch. »Ich ... ich muss jetzt gehen.«

Er sah mich verblüfft an. »Jetzt sofort?«

Mein Drang, hier wegzukommen, war so stark, dass ich Schwierigkeiten hatte, einen zusammenhängenden Satz zu formulieren. »Ich hab da noch was.«

»Aha. Du hast was.« Ich nickte und vermied es dabei, ihn anzusehen. »Und das musst du jetzt erledigen?«

Ich wusste, es klang bescheuert, aber das war mir gerade egal. »Ich fürchte, ja.«

Ich drehte mich um und wollte gehen, aber sein behutsamer Griff an meinem Arm hielt mich zurück.

»Sag mir, was los ist, Zoë.«

Seine freundliche und verständnisvolle Stimme war kaum zu ertragen. Hätte er wenigstens verärgert oder zickig geklungen, hätte ich kein Problem damit gehabt, einfach abzuhauen.

So aber drehte ich mich doch noch einmal zu ihm um. »Das war alles ein schrecklicher Fehler.«

»Für mich fühlte sich das ziemlich richtig an.«

Warum konnte er sich nicht wie ein Arschloch benehmen? Wenn wir stritten, wusste ich eher, woran ich mit ihm war.

»Ich bin einfach nicht interessiert. Tut mir leid, wenn ich einen falschen Eindruck erweckt habe.«

Ich musste mich unglaublich zusammennehmen, um nicht fluchtartig hinauszustürzen. Stattdessen murmelte ich Tschüs und stolzierte betont aufrecht hinaus.

Draußen beschleunigte ich meine Schritte und war nach gefühlt wenigen Sekunden an der U-Bahn.

Ich passierte die Sperre am Eingang, sauste die Rolltreppe hinunter und erreichte den Bahnsteig wie auf Autopilot. Ein Stoß heißer Luft kündigte die einfahrende U-Bahn an.

Die Türen glitten auf, ich stolperte hinein und suchte mir einen Platz abseits der anderen Sonntagabendpassagiere.

Erst das Anfahren des Zuges schubste mich aus dem tranceartigen Zustand, in dem ich die letzten Minuten noch einmal durchlebt hatte.

Tut mir leid, wenn ich einen falschen Eindruck erweckt habe?

Du meine Güte! Wieso hatte er mir nicht geradewegs ins Gesicht gelacht? Ich hatte ihm praktisch meine Zunge in den Hals gerammt. Welchen Eindruck hätte er denn bekommen sollen?

Simon mit Jess zusammen zu sehen hatte mir den Verstand vernebelt. Zum Glück war gerade noch rechtzeitig der Song gekommen. Ich lächelte, spürte wieder das Ziehen von damals in meinem einst zu Célines Klängen verstauchten Knöchel und dazu ein warmes, wohliges Gefühl im Bauch.

Was um alles in der Welt hatte ich mir nur dabei gedacht, Nick zu küssen?

Du hast jede Sekunde in vollen Zügen genossen – das hast du dir dabei gedacht, feixte eine hinterhältige Stimme in meinem Kopf.

Nun, ich genoss es auch, mit einem Becher Cookie-Dough-Eiscreme vor dem Fernseher zu sitzen und Quizshows anzusehen. Das bedeutete nicht, dass ich das jeden Abend machen wollte.

Ich fuhr nicht sofort nach Hause, sondern noch ein paar Stationen weiter, und ging zu meinen Eltern. Es war nach neun. Ich wusste, dass sie schon gegessen haben und jetzt fernsehen würden. Wahrscheinlich *The Durrells in Corfu* – meine Mum schwärmte ein bisschen für den Darsteller des Spiros Halikiopoulos.

7

Nach einem Teller aufgewärmtem *Távas* – eines meiner Lieblingsgerichte: Schweinefleisch, Kartoffeln, Zwiebeln und Tomaten, im Ofen gebacken und mit Kreuzkümmel gewürzt – saß ich mit ihnen im großen Wohnzimmer, das früher nur genutzt wurde, wenn wir Besuch hatten. Ich wusste, dass sie ein bisschen gestresst wegen Petes Hochzeit waren. Aus ihrer Perspektive hatte ich es bisher gar nicht betrachtet: Ihr ältestes Kind heiratete, das war eine große Sache. Und mich um die Sorgen anderer zu kümmern war im Moment viel verlockender, als mich mit meinen eigenen turbulenten Gefühlen auseinanderzusetzen.

»Wie geht es euch?«

»Ach, gut. Gut. Uns geht es gut.« Dads Standardantwort auf Fragen nach seinem Befinden.

Ich versuchte es noch einmal: »Gibt es irgendwas, wobei ich euch helfen kann? Eure Handys? Computer?«

»Ich glaube, unser Facebook ist kaputt«, sagte Mum. »Wir sehen da immer nur dieselben Leute.« Meine Eltern liebten ihren gemeinsamen Facebook-Account, den ich ihnen eingerichtet hatte – Frixos1234. Mum war beleidigt gewesen, dass ihr Wunsch-Benutzername Frixos123 schon an einen Typen in Melbourne vergeben war, den Fotos nach ein kopfloser Torso mit beeindruckend sonnengebräunten Bauchmuskeln.

»So ist das eben bei Facebook«, versicherte ich ihr. »Vielleicht solltest du den Leuten, die zu viel von sich posten, einfach nicht mehr folgen.«

»Und nur ich und deine Tante Styliani haben dieses Video mit der Sirtaki tanzenden Ziege gelikt, das ich eingestellt habe.«

Wenn meine Eltern im Internet surften, dann suchten sie mit achtprozentiger Wahrscheinlichkeit nach den Öffnungszeiten der Gärten und Parks des National Trust und mit zweiundneunzigprozentiger Wahrscheinlichkeit nach »lustigen Bauernhoftieren«.

»Ich like das nachher auch noch, Mum«, versprach ich schuldbewusst.

Wir mussten nicht ständig reden, um uns miteinander wohlzufühlen, merkte ich. Es war einfach schön, mit ihnen zusammen zu sein. Ich hatte Glück, dass meine Eltern so dicht in meiner Nähe wohnten. Die Eltern vieler meiner Londoner Freunde lebten Hunderte von Meilen entfernt oder stritten sich andauernd. Das war vielleicht ein Grund, weshalb so viele von ihnen in unglücklichen oder mittelmäßigen Beziehungen verblieben – Einsamkeit war ein zu hoher Preis.

Andersherum gesehen, erklärte es vielleicht auch, warum ich nicht so wild darauf war wie manch andere, einen Partner zu finden. Natürlich würden Mum und Dad nicht für immer da sein, aber das war umso mehr ein Grund, sie zu schätzen, solange ich sie noch hatte.

Zur Verabschiedung gab es eine extradicke Umarmung, und als ich dann irgendwann endlich zu Hause war, war ich wegen Simon zwar noch immer verletzt, und meine Gefühle Nick gegenüber waren nach wie vor viel zu verwirrend, um sie aufzudröseln, aber es ging mir mit diesem völlig verrückten Tag schon deutlich besser.

Kapitel 26

 I Don't Want to Talk About It

Am Montagmorgen schleppte ich mich schon früh in die Redaktion und zwang mich erneut in die Rolle der Krisenmanagerin, nun allerdings mit Fokus auf die Mission, die tatsächlich meine ganze Aufmerksamkeit benötigte: das Magazin. Die Arbeit half mir dabei, meine Gefühle für Simon zu sortieren. Denn – ich konnte es nicht leugnen – mich plagte schrecklicher Liebeskummer. Simon war das Letzte, woran ich vor dem Einschlafen dachte, und das Erste, was mir morgens in den Sinn kam. Gavin hatte recht gehabt. Manchmal musste man einfach durch seine Gefühle durch.

Ich musste mit Mike reden, blieb aber noch eine Weile an meinem Schreibtisch sitzen, um genügend Mumm dafür aufzubringen. Ich las Lucys Interview mit Jonny Delaney noch einmal, um sicherzugehen, dass sie nicht zum Fangirl mutiert war, wie Gavin geunkt hatte.

Natürlich war dem nicht so. Ich hätte nie an ihr zweifeln sollen.

Lucy hatte Jonny ein paar interessante Einzelheiten entlocken können, und er klang beinahe vernünftig, was nur bewies, was für eine gute Journalistin sie war.

Ich legte den Fahnendruck beiseite und atmete tief durch. Dann machte ich mich auf den Weg in Mikes Büro.

Er sah morgens immer ausgesprochen fröhlich aus, obwohl er um fünf Uhr aufstand und vor der Arbeit noch fünf Meilen joggte. Ich verabscheute mich dafür, dass ich ihm nun die gute Laune verderben musste.

Ich trat ein, und Mike sah auf die Uhr.

»Meine Güte, Zoë. Hat jemand zum Spaß deinen Wecker verstellt? Es ist noch nicht mal acht.«

Ich schüttelte den Kopf und setzte mich. »Wir brauchen einen Plan B. Das Interview mit Marcie ist gestorben.«

»Ich dachte, du kämst mit diesem Nick Jones jetzt klar?«

»Schon, aber dem sind Grenzen gesetzt. Marcie will einfach nicht, und ich war bescheuert genug, zu glauben, ausgerechnet ich könnte sie vom Gegenteil überzeugen.«

Ich spürte Tränen hinter meinen Augen brennen. *Komm schon*, schalt ich mich selbst. *Reiß dich zusammen.* »Es tut mir leid, Mike. Ich habe dich hängenlassen.«

Mike verzog keine Miene, trotzdem wich ihm alle Farbe aus dem Gesicht. »Irgendwelche Ideen für diesen Plan B?«

»Nur eine. Wir schmeißen uns radikal auf Hands Down – als Cover Story.« Herrje, hatte ich das wirklich gerade vorgeschlagen? Zähneknirschend fuhr ich fort: »Lucy hat ein tolles Interview mit Jonny Delaney hingelegt. Wir sollten auch mit den anderen reden und beten, dass sie was Interessantes zu sagen haben.«

»Ich dachte, du wärst strikt dagegen?«

»Ich bin erwachsen geworden.«

»Null Hoffnung mehr auf Marcie?«

Ich seufzte. »Vielleicht kannst du sie überzeugen, wenn ihr neuer PR-Manager in Amt und Würden ist.«

Mike runzelte die Stirn. »Nick ist raus?«

Ich zögerte. »Das hätte ich dir wahrscheinlich noch nicht erzählen dürfen. Er hat es mir im Vertrauen gesagt.«

»Okay«, sagte Mike. »Dann lass mal die Boyband-Puppen tanzen.«

Ein paar Stunden später, als auch der Rest des Teams eingetrudelt war, berief ich eine außerordentliche Sitzung ein. Bei Mike war mir das Überbringen der schlechten Nachricht leichter gefallen, weil ich den anderen gegenüber nie hatte durchblicken lassen, wie verzweifelt ich mich um das Interview mit Marcie hatte bemühen müssen.

»Schöne Scheiße!«, fluchte Lucy.

»Ein echter Tritt in die Eier«, meinte Gavin.

Ich versuchte, ihre Laune zu heben, indem ich daran erinnerte, dass wir ja zu Lucys Geburtstag in zwei Tagen eine kleine Feier im Büro abhalten wollten. Ihre private Party würde am Wochenende steigen, aber am Mittwoch wurde sie vierundzwanzig, und ich hätte es blöd gefunden, an dem Tag nichts Besonderes zu machen. Es war vielleicht der letzte Geburtstag, den wir zusammen erleben würden.

Ich hatte für das Überleben des Magazins alles auf Marcie gesetzt und war gescheitert. Wenn die Ausgabe mit Hands Down unseren Umsatz nicht steigerte, waren unsere Tage gezählt. Der Gedanke verursachte mir Panik.

»Ich könnte ein paar Spiele mitbringen«, schlug Gavin vor.

»Nur, wenn du willst, dass ich dir die Eier abschneide«, gab Lucy zurück.

»Lucy, rufst du den PR-Typen von Hands Down an und machst Termine für die Interviews? Und gib ihm auch Davids Nummer, damit sie das Fotoshooting vereinbaren können.«

Ich tat so, als würde ich etwas in meiner Schublade suchen, und wappnete mich dabei für die Frage, warum ich Nick nicht selbst anrief. Doch sie willigte sofort ein und nahm anschließend wieder ihre Beschäftigung auf, Gavin zu terrorisieren.

7

Am Abend vor Lucys Geburtstag schlug ich alle Einladungen zu Trinkgelagen aus, denn ich hatte andere Pläne: Ich wollte einen Geburtstagskuchen backen. Bei meiner letzten Shoppingtour hatte ich spontan ein Kochbuch erstanden und ein paar Zutaten in den Einkaufskorb geworfen und war nun hoch motiviert, es durchzuziehen. Mit vierunddreißig Jahren würde ich meinen ersten Kuchen backen. War das nun peinlich oder beeindruckend?

Erst mal lief alles easy, bis ich merkte, dass ich nur normalen Zucker hatte und keinen Puderzucker. Würde das einen Unterschied machen? Um sicherzugehen, rief ich Alice an.

»Tut mir leid, Zoë, da muss was mit der Leitung nicht in Ordnung sein, denn es klang, als würdest du einen Kuchen backen wollen.«

»Ich weiß, es ist unglaublich, aber du hast richtig gehört.«

Sie klärte mich auf, dass man Zuckerguss nur mit Puderzucker herstellen könne und mit Streuzucker eine traurige und absolut ungeeignete griesige Pampe bekäme.

Das bedeutete einen weiteren Gang zum Supermarkt, aber ich hatte wohl keine andere Wahl.

»Ich könnte dir welchen vorbeibringen«, bot sie an. »In zehn Minuten wäre ich da.«

»Ehrlich?«

»Ich will mit eigenen Augen sehen, wie meine Schwägerin eigenhändig Kuchen backt. Möglicherweise muss ich das sogar fotografieren, weil Pete mir sonst niemals glauben wird.«

7

Zwei Stunden später schleckten wir die Schüssel leer, während im Ofen brav der Kuchen aufging.

»Wie läuft's bei der Arbeit?«, erkundigte sich Alice, als ich mich an den Abwasch machte.

»Nicht so toll.« Ich seufzte schwer und pustete dabei den Spülschaum als Schneegestöber durch die Luft. »Wir bringen jetzt ein dickes Ding über Hands Down.«

»Aber das ist doch cool!«

Ich lächelte. Ich hatte vergessen, dass Alice heimlich für die Band schwärmte.

»Na ja, es wird den Absatz vorübergehend pushen, aber ob das unsere Eigentümer überzeugen wird, uns zu behalten, ist eine andere Frage.«

»Ich glaube an dich«, sagte sie.

Bei diesen Worten bekam ich direkt einen Kloß im Hals.

»Genug von mir«, sagte ich. »Erzähl mir von Petes letztem Hochzeitsplanungsdebakel. Mum meinte, er hätte die falschen *Stéfana* bestellt!«

Stéfana waren kleine Kronen, Reifen oder Kränze, die Braut und Bräutigam bei der orthodoxen Hochzeitszeremonie als Zeichen aufgesetzt wurden, dass die beiden nun zusammengehörten und sozusagen als König und Königin ihr eigenes Reich regierten.

Alice kicherte. »Er hat sie online gekauft und damit angegeben, ein Schnäppchen gemacht zu haben. Wie sich dann herausstellte, waren es keine Kronen, sondern Serviettenringe. Aber er hat versprochen, am Wochenende nach Southgate zu fahren und dort höchstpersönlich welche zu kaufen.«

7

Backen, dazu in guter Gesellschaft, erwies sich als ein erstklassiges Gute-Laune-Rezept, denn am nächsten Tag ging es mir schon bedeutend besser. Der Kuchen hatte die Fahrt in der Central Line heil überstanden und stand jetzt sicher verwahrt in Mikes Büro.

Jody und Ayisha hatten Luftballons und Konfettikanonen mitgebracht und Rob eine *Birthday Girl*-Girlande.

In der Mittagspause nahm Gavin mich beiseite. »Ich muss masochistisch veranlagt sein«, meinte er, »ich hab für unsere kleine Party heute Abend noch was organisiert.«

»Sag jetzt nicht, du hast ein neues Brettspiel gekauft.«

»Nein, schlimmer. Du weißt ja, dass wir die Interviews mit Hands Down zusammen gemacht haben, oder? Na ja, ich habe mit Nick Jones gesprochen, und er will die Band überreden, dass sie heute Abend vorbeikommt und für Lucy singt.«

Ich schluckte. »Das ist wirklich lieb von dir. Hat Lucy sich jetzt tatsächlich vollends zum Fan bekehren lassen?«

Er nickte. »Guck mal auf ihre Spotify-Playlist, von oben bis unten Hands Down. Und die Typen sind eigentlich ganz okay. Nur Jonny ist ein bisschen ein Arschloch – wahrscheinlich, weil er dank seiner berühmten Freundin so viel Aufmerksamkeit bekommt.«

»Wie läuft es denn sonst so?« Ich sah mich kurz um, ob uns auch niemand belauschen konnte. »Hast du Lucy gesagt, was du für sie empfindest?«

Gavin schüttelte den Kopf. »Daran arbeite ich noch.«

Kurze Zeit später ging ich los, um Kerzen zu kaufen, und rief spontan Alice an. »Hast du Lust, heute Abend in die Redaktion zu kommen? Du solltest auch was von dem Kuchen probieren, bei dem du mitgeholfen hast.«

»Aber ich kenne das Geburtstagskind doch gar nicht.«

»Das ist egal. Ich würde dich gern allen hier vorstellen. Immerhin bist du die einzige Schwägerin, die ich je hatte.«

Alice klang ganz gerührt, als wir uns verabschiedeten. Ich hatte ihr nicht verraten, dass Hands Down kommen würden, weil ich sie überraschen wollte. Sie würde sich bestimmt riesig freuen, und der Gedanke daran machte mich glücklich. Ich war die letzten Tage weiß Gott mies genug drauf gewesen.

Gavin und Robin verabschiedeten sich noch mal kurz, um Wein und Knabberzeug zu holen, und um sechs schalteten wir die Computer aus und versammelten uns um Gavins Schreibtisch, wo er Getränke verteilte. Ich hatte seit Sonntag keinen Alkohol mehr getrunken und eigentlich auch noch keine Lust darauf, aber es würde komisch aussehen, jetzt einen Drink abzulehnen, also trank ich sehr langsam und hielt mich von Gavin fern, der eifrig allen nachschenkte.

Als Alice kam, stellte ich sie allen vor. Sie unterhielt sich mit jedem Einzelnen und fand heraus, dass sie und Robs Freundin eine gemeinsame Bekannte hatten.

Dann half sie mir beim heimlichen Anzünden der Kerzen, kehrte mit mir wieder ins große Büro zurück und stimmte die erste Runde »Happy Birthday« an.

Gavin hatte sich mit den Jungs von Hands Down – die ohne Jonny kamen – abgesprochen, und sobald Lucy die Kerzen ausgepustet hatte, stürmten sie herein.

Lucy quiekste und hüpfte vor Freude auf und ab, aber ich sah nur auf Alice, die puterrot wurde und sich setzen musste. Sie fing meinen Blick auf, formte mit den Lippen ein lautloses »Danke schön« und sah wieder wie magnetisiert zu Guy Williams, der – wie ich zufällig wusste – ihr Lieblingssänger bei Hands Down war. Die Band legte eine ziemlich gute A-cappella-Version von Seals »Kiss From a Rose« hin – auch wenn ich wetten mochte, dass keiner von ihnen schon auf der Welt gewesen war, als der Song damals erschien.

Ich hatte mich so sehr auf Alices glückliches Gesicht konzentriert, dass mir Nicks Anwesenheit ganz entgangen war. Jetzt sah ich ihn plötzlich am anderen Ende des Raumes neben Mike sitzen. Er trug seine übliche Uniform aus Anzug und Krawatte, und neben ihm lag ein riesiger Blumenstrauß.

Im Gegensatz zu Simon hatte er seit Sonntag einige Male angerufen, aber ich war nie rangegangen, und er hatte keine Nachricht hinterlassen. Es war absolut kompliziert mit uns, und ich hatte genug anderes um die Ohren. Aber ich musste zugeben, dass es nett von ihm war zu kommen und dass er die Jungs überredet hatte, für Lucy zu singen.

Das letzte Mal war er nach Patricks Beerdigung hier gewesen. Ich schluckte. Patrick fehlte mir so sehr. Ein Teil von mir glaubte sogar daran, dass es nur folgerichtig wäre, wenn ich meinen Job verlor, weil ich ohne Patricks guten Rat über kurz oder lang sowieso Mist bauen würde. Warum das Unausweichliche unnötig hinauszögern?

Plötzlich blitzte ein Licht auf, und ich drehte mich um und sah David, der Fotos von den Jungs machte. Bilder von Hands Down in unserer Redaktion wären natürlich ein nettes Extra für das Magazin. Gut, dass jemand – wahrscheinlich Mike – daran gedacht hatte, unseren Fotografen einzuladen.

Nick hatte den Platz gewechselt und unterhielt sich jetzt mit Lucy und Gavin. Nun waren nur noch zehn Meter zwischen uns statt zwanzig. Das war zu nah, um noch angenehm zu sein, also verzog ich mich auf die Toilette. Ich musste Zeit schinden. Am liebsten wäre ich nach Hause gegangen, aber es war viel zu früh, um mich zu verabschieden.

Als ich ins Büro zurückkehrte, veranstalteten Lucy und Gavin gerade ein Armdrücken. Wie konnte sie nicht merken, dass er sie mochte? Er zeigte alle typischen Anzeichen, außer dass er an ihren Zöpfen gezogen hätte und weggerannt wäre. Klugerweise ließ er sie gewinnen, wonach sie sich auf einen Stuhl stellte und zur Königin der Welt erklärte.

Ich lächelte, und in genau diesem Moment trafen sich Nicks und mein Blick. Er lächelte nicht zurück, aber zumindest hatte ich dadurch unbeabsichtigt das Eis gebrochen. Im nächsten Augenblick stand Alice neben mir.

»Dieser Nick scheint ganz nett zu sein«, sagte sie. Auch sie hatte wohl das Lächeln gesehen.

»Hast du mit ihm gesprochen?«

»Ja, er hat sich sehr für mein Pilates-Studio interessiert. Er hat mal mit einem Yogi in Indien trainiert.«

»Oh, da musst du aber einen guten Draht zu ihm haben – mir hat er das noch nicht verraten.«

»Wahrscheinlich war das nur höfliche Konversation. Er scheint sich hier nicht ganz so wohlzufühlen.«

Ich wusste nicht, wie ich darauf antworten sollte. Es war kaum der richtige Moment, um Alice über unser Geschmuse in der Karaokebar zu informieren.

»Aber du scheinst dich ja gut zu amüsieren«, sagte ich.

Sie strahlte mich an. »Danke, dass du mich eingeladen hast. Ich hab sogar ein paar Selfies mit der Band gemacht. Peinlich, oder?«

»Überhaupt nicht peinlich. Ich freue mich, dass du so glücklich bist.«

Kurz danach gingen wir. Ich hatte nicht mit Nick gesprochen, aber zum Glück hatte niemand das Schweigen zwischen uns bemerkt.

7

Ich war froh, dass es nicht spät geworden war, denn am nächsten Abend fand die einzig wirklich glamouröse Branchenveranstaltung statt, die ich jedes Jahr besuchte, ein Ball von der Plattenfirma *Sigma*.

Es überraschte mich immer wieder, dass die Leute sich an den Dresscode hielten – als freuten sie sich heimlich über einen Grund, ihre übliche Kluft aus Jeans und Turnschuhen abzulegen und sich als elegante Erwachsene zu verkleiden.

Ich trug ein bodenlanges rotes Etwas, das ich im Winterschlussverkauf bei TK Maxx erstanden hatte. Es war mir gleich ins Auge gefallen, obwohl ich eigentlich nur kurz nach Strümpfen hatte gucken wollen, und sah ziemlich hinreißend aus: roter Samt und ein eingearbeitetes Korsett, so dass ich nach dem Duschen und Schminken nicht wie wild durch meine Wohnung toben und nach dem einzigen trägerlosen BH suchen musste, der nicht ausgeleiert war.

Ich halte mich ja gern für schwer zu beeindrucken, aber dieses Jahr fand der Ball im Naturkundemuseum statt, und unter dem riesigen Skelett eines Blauwals zu stehen, dessen Kiefer so groß war wie meine gesamte Wohnung, ließ mich einfach nur mit offenem Mund nach oben starren und staunen. Ich wäre mir wahrscheinlich blöd vorgekommen, hätten neben mir nicht mindestens vier andere Leute gestanden – darunter auch ein minderrangiges Mitglied der Königsfamilie – und dasselbe gemacht.

Gavin stand neben mir und kratzte sich beim Anblick des riesigen Dings den Kopf, dann sah er aber gleich wieder zu Lucy, die unsere Jacken weggebracht hatte und nun wiederkam. Er schien wie hypnotisiert von ihrem Fünfziger-Jahre-Kleid, dessen weiter Rock durch den schwarzen Petticoat beim Gehen auf und ab wippte. Dass er bis über beide Ohren verliebt war, war offensichtlich – der arme Kerl.

Würde Lucy ihm heute gebührende Aufmerksamkeit schenken? Ein Smoking konnte im Hinblick auf männlichen Sex-Appeal Wunder wirken, und Gavin trug sein Pinguinkostüm mit Stil – auch wenn er dazu ein Paar Vintage-Sneakers von Adidas angezogen hatte.

Ehe sie uns erreichte, neigte er sich zu mir rüber. »Ich geh mal was Alkoholisches holen, bevor die guten Sachen alle weg sind.«

Stirnrunzelnd sah Lucy ihm nach.

»Alles in Ordnung, Lucy?« Ich versuchte zu deuten, ob sie wegen Gavins Verschwinden die Stirn in Falten legte oder aus einem anderen Grund. »Gavin geht schon mal und holt uns was zu trinken.«

»Er hätte vorher ruhig fragen können, was ich will«, meinte sie.

»Es wird sicher was Alkoholisches sein – das wäre dann doch in Ordnung, oder?« Ich stupste sie freundschaftlich mit der Schulter an, aber die Bewegung brachte mich auf meinen selten getragenen High Heels ins Taumeln, so dass ich mich an ihr festhalten musste, um nicht hinzufallen.

»Meine Güte, Zoë, hast du etwa schon vorgeglüht?«

»Findest du nicht, dass Gavin in seinem Smoking eine gute Figur macht?«

Sie sah mich mit großen Augen an. »Jetzt bin ich definitiv sicher, dass du schon betrunken bist.« Nach einer kurzen Pause fügte sie hinzu: »Und unbedingt mal zum Augenarzt musst. Hast du seine grässlichen Schuhe gesehen?«

Ich lächelte, aber bevor ich etwas erwidern konnte, stakste sie in entgegengesetzter Richtung davon, und ich stand allein und ohne Drink da.

Also begab ich mich auf die Suche nach Wodka.

Kurz darauf mit einem doppelten bewaffnet, durchstreifte ich die beeindruckend hohe Hintze Hall, bestaunte die Säulen und Rundbogen und die gewölbte Glaskuppel. Die Fenster an der Schmalseite ähnelten denen einer Kathedrale – ein echter Sakralbau der Wissenschaft. Die Ausmaße hatten mich schon als Zehnjährige bei meinem ersten Ausflug mit der Schule hierher beeindruckt. Jetzt als Erwachsene wieder hier zu sein, die mit weißen Tischtüchern bedeckten Tafeln und alles in stimmungsvolles Licht getaucht zu sehen, verwandelte mich wieder in eine staunende Zehnjährige. Und versetzte mich in einfachere, glücklichere Zeiten zurück.

Drei Tage waren vergangen, und ich hatte noch immer nicht mit Simon gesprochen. Dass er sich nicht mehr gemeldet hatte, tat weh. Ich wusste nicht, was ich dagegen tun sollte, denn meine Angst, ihn anzurufen, war zu groß. Diese Ungewissheit war die Hölle, doch ich sah momentan keinen Ausweg.

Es wäre schön gewesen, wenn ich mich hier einfach hätte sinnlos betrinken und alles vergessen können, aber es bestand die Chance, dass Nick auftauchte, und der Gedanke machte mich nervös. Allerdings waren mindestens tausend Leute anwesend, so dass es nicht allzu schwer werden dürfte, ihm aus dem Weg zu gehen.

Ich quatschte mit ein paar Freunden und Bekannten, und als ich mich zum Essen an unseren Tisch setzte, war mir schon ein bisschen wohler. Ich entdeckte Nick auf der anderen Seite der Halle mit einer gertenschlanken Blondine an seiner Seite. Ein bisschen zu nah an ihm dran.

Nach Dessert und Kaffee dünnte die Menge der Gäste etwas aus, und er schien verschwunden zu sein. Wahrscheinlich war es das Beste, dachte ich. Ob die Blondine mit ihm gegangen war, konnte ich nicht erkennen.

Lucy saß mir gegenüber, und als Mike aufstand, um eine zu rauchen, kam sie zu mir und ließ sich auf den frei gewordenen Stuhl fallen.

»Alles in Ordnung?«

»Wo ist Gavin hin?«, wollte sie wissen.

Ich hatte nicht mitbekommen, dass er weggegangen war, aber sein Stuhl war leer. »Vielleicht tanzen?«

In einem angrenzenden Raum hatte ein DJ sein Pult aufgebaut, und etliche Leute strebten zur Tanzfläche.

Lucy verdrehte die Augen. »Gavin und tanzen? Der würde doch nur irgendein unbezahlbares Ausstellungsstück umschmeißen, und wir kriegen auf Lebenszeit Hausverbot.«

Ich schmunzelte und griff nach dem Stück Minzschokolade, das Mike auf seiner Untertasse hatte liegen lassen.

»Du und Gavin, ihr seid ja ganz schöne Streithähne«, sagte ich im selben scherzhaften Tonfall wie sie. »Man könnte auch sagen: ein schönes Paar.«

Sie zog die Stirn kraus. War ich zu weit gegangen? Immerhin hatte sie nicht sofort losgelacht, das war ja schon mal gut.

»Das Problem mit Gavin ist: Er ist Mr Darcy.«

Wie bitte? »Du vergleichst Gavin mit Darcy aus *Stolz und Vorurteil*?«

»Ja«, sagte sie. Ihr schien nicht im Mindesten aufzufallen, wie merkwürdig sich das anhörte.

Seit wann war es ein Problem, wenn ein Mann zu sehr wie Mr Darcy war? Meinte sie damit, Gavin sei übermäßig stolz oder übermäßig arrogant?

»Da komme ich nicht mit, Lucy. Ich sehe überhaupt keine Ähnlichkeit.«

»Er ist immer so ernst. Ist nie ausgelassen oder nimmt die Dinge mal auf die leichte Weise. Süß, aber ein bisschen langweilig. Verstehst du? Er ist Darcy, aber ich hatte schon immer eine Schwäche für den Draufgänger Wickham.«

Es hätte eigentlich bescheuert klingen müssen, dass sie Gavin mit einem Kniebundhosen tragenden Jane-Austen-Helden verglich, doch es ergab tatsächlich Sinn. Ausgelassenheit und Spaß zogen auch mich viel mehr an als Bodenständigkeit und Sicherheit. Aber man denke nur daran, bei wem Lizzy Bennet am Ende landete.

Lucy wollte tanzen gehen. Unser Gespräch hatte mich zum Nachdenken gebracht, daher machte ich mich auf die Suche nach einem ruhigen Plätzchen und fand es recht unerwartet an der Bar. Bei so viel Wein zum Essen und einer Armada von Kellnern, die nur darauf warteten, alle Gläser nachzufüllen, brauchte sich kaum jemand selbst etwas zu trinken zu holen, also setzte ich mich auf einen der Barhocker und bestellte einen Wodka.

Während der Barkeeper ein hohes Glas mit Eis, Tonic und Limette bestückte, schob sich eine Frau mit schwarzer Satinhose und rückenfreiem Oberteil auf den Hocker neben mir. Sie hatte lange blonde Haare, und ich erkannte in ihr die Blondine von vorhin an Nicks Seite. Sie lächelte schwach, und ich bemerkte, dass ihre Wimperntusche verschmiert und ihre Augen tränennass waren. Als sie zu schniefen begann, konnte ich sie kaum ignorieren.

»Alles in Ordnung?«

Die Frau zog ein zerknautschtes Taschentuch aus der teuer aussehenden Clutch und schnäuzte sich unbekümmert geräuschvoll die Nase. Schön für sie.

»Man sollte meinen, dass ich mich an diesem großartigen Ort besser amüsieren würde.«

Sie war Amerikanerin.

»Tut mir leid«, entgegnete ich, ganz das Klischee einer Britin. Aber was sollte ich sonst sagen? Ich war zu neugierig, ob sie Nicks neue Auserkorene war.

Sie lehnte sich zu mir. »Lassen Sie sich nie mit einem Kerl ein, der vergeben ist.«

»Zu spät.«

Warum hatte ich das gesagt?

Sie grinste. »Ich bin Pippa.«

»Zoë. Nett, Sie kennenzulernen.«

Sie seufzte. »Männer sollten Warnhinweise tragen, finden Sie nicht auch? *Beziehungsgestört, Schürzenjäger, Heimlich schwul.*«

Jetzt wurde ich richtig neugierig. Verstieß ich gegen die weibliche Solidarität, wenn ich verschwieg, dass ich das Objekt ihrer Beschwerde kannte?

Sie runzelte die Stirn, als wollte sie abwägen, ob sie mir eine Frage stellen könne. Dann zog irgendetwas hinter mir ihren Blick an. »Darf ich mir kurz Ihren Drink borgen?«

Sie wartete meine Antwort nicht ab, sondern schnappte sich mein Glas und sprang auf die Füße.

Ich drehte gerade noch rechtzeitig den Kopf, um zu sehen, wie sie meinen Wodka Tonic einem sehr überraschten – und gleich darauf sehr nassen – Nick ins Gesicht schleuderte.

Kapitel 27

 Total Eclipse of the Heart

Dem Barkeeper fiel vor Schreck ein Glas in die Spüle, aber selbst das laute Klirren konnte mich nicht ablenken. Pippa ließ mein leeres Glas einfach dumpf zu Boden fallen. Betont höflich sagte sie: »Tut mir sehr leid um Ihren Drink, Zoë«, wies mit ihrem Kinn Richtung Nick und fügte hinzu: »Das Arschgesicht hier wird Ihnen einen zweiten ausgeben.«

Dann stolzierte sie erhobenen Hauptes davon, während wir anderen unsere Kinnladen wieder einrenkten.

Nick reagierte als Erster. Er schüttelte ein paarmal den Kopf – entweder vor Verblüffung oder um möglichst viel Wodka Tonic loszuwerden. Sein Gesicht war nass vom Scheitel bis zum Kinn, an dessen dekorativer Kerbe noch ein einzelner Tropfen hing. Sein Hals glänzte, und die Flüssigkeit war bis in den Kragen und vorn in sein Hemd gesickert.

Und da war ein grüner Fleck. Irritiert sah ich genauer hin.

Eingeklemmt zwischen Fliege und steifem Kragen hing ein Limettenschnitz.

Ich konnte nicht mehr.

Ich musste mich wieder Richtung Bar drehen, damit Nick nicht mitbekam, dass ich vor Lachen hätte platzen können. Brüllendes Gelächter wollte aus mir raus, und meine Beherrschung brachte die

Nähte meines Kleides fast zum Bersten. O Gott, was, wenn es aufriss? Ich versuchte mich abzulenken, indem ich stumm alle Ginsorten zählte, die in den Regalen aufgereiht standen.

Links von mir nahm ich eine Bewegung wahr, und als ich hinschaute, saß Nick neben mir. Er hakte einen Finger zwischen Kehle und Kragen und löste seine Fliege. Der Limettenschnitz kullerte langsam zwischen uns in Richtung Boden, wobei er einen sanften Bogen beschrieb, und wir verfolgten seine Bahn so aufmerksam, als wäre er eine Handgranate mit gezogenem Stift.

Ich wagte einen kurzen Blick nach oben, und kaum sah Nick mein Gesicht, fing auch er an zu grinsen. Nun war es um mich geschehen.

Herzhaftes Lachen platzte aus mir heraus und wurde immer schlimmer. Ich krümmte mich, lag mit dem Gesicht fast auf der Theke und schnappte nach Luft. Erst hielt ich mir den Bauch, aber dann klemmte ich vorsichtshalber meine Daumen unter die Achseln, um mein Kleid festzuhalten, damit nichts rausfallen konnte. Der arme Barkeeper wusste nicht mehr, wohin er gucken sollte, und entdeckte plötzlich einen Stapel Servietten, der dringend neu sortiert werden musste.

Nick lachte ebenfalls, wenn auch leise, und winkte den Barkeeper zu uns heran.

»Ich bin dieser Frau einen Drink schuldig.«

Der Mann blickte unsicher von ihm zu mir. »Wodka Tonic?«

Ich nickte nur, weil ich nicht wusste, ob ich schon wieder sprechen konnte.

»Machen Sie zwei«, sagte Nick. »Mit extra viel Limette.«

Ich prustete wieder los. Nick seufzte und schüttelte den Kopf. »Diese Geschichte wirst du mir ewig unter die Nase reiben.«

»Nach dem, was Pippa sagte, hattest du es verdient.«

Er bekam große Augen. »Was hat sie dir erzählt?«

»Wir haben uns ausgiebig über dich unterhalten.« Das war gelogen, aber das wusste Nick ja nicht. Außerdem war es schön, zu sehen, wie er zusammenzuckte.

»Willst du meine Version denn gar nicht hören?«

»Vielleicht solltest du dir weniger Sorgen darum machen, ob ich alle Fakten deines Liebesdesasters genauestens kenne, und dich lieber darum kümmern, dass du dich mit deiner Freundin versöhnst.«

»Sie ist nicht meine ...«

»Hat sie dich etwa mit jemandem verwechselt? Na ja, ihr Typen seht hier ja alle gleich aus in euren Smokings, da kann das schon mal passieren. Das nächste Mal solltest du besser im Clownskostüm kommen.«

»Wir hatten im Büro eine Eintrittskarte übrig, und ich habe sie gefragt, ob sie mitkommen will. Das war kein Rendezvous oder so was.«

»Du wiederholst dich. Aber mir ist es sowieso egal. Wieso sollte es mich interessieren, mit wem du rummachst?«

Diese Härte in meiner Stimme hatte er nicht verdient.

Er blickte starr geradeaus und schwieg.

Der Barkeeper wuselte hinter der Theke herum, um unsere Drinks zuzubereiten, womit wir unsere Aufmerksamkeit auf etwas anderes richten konnten als auf unsere spröde Unterhaltung. Zuerst schob er zwei Papieruntersetzer mit Kräuselrand vor uns hin, dann holte er die zwei Wodka Tonics – beide mit Limette – und kehrte ein weiteres Mal mit zwei Cocktailstäbchen aus durchsichtigem Plastik zurück.

»Möchten Sie Oliven dazu?«, erkundigte er sich.

Ich schüttelte den Kopf, und Nick sagte: »Nein, danke.«

»Und? Was gibt's sonst so bei dir?«, fragte ich nach einigen weiteren Momenten des Schweigens.

»Ich bin nicht mehr Marcies PR-Manager.«

»Oh. Dann hast du deinen Vertrag mit ihr wirklich gekündigt?«

Er sah mir in die Augen. »Ich konnte die Person, die ich durch die Arbeit für sie geworden war, nicht sonderlich leiden.«

Ich wusste nicht, was ich erwidern sollte. Unser Schweigen war mit einer Flut von Ungesagtem beladen – all den Dingen, die ich gefühlt, aber nie ausgesprochen hatte. Etwa, wie ich mich bei der flüchtigen Berührung seiner Hand im Aston Martin gefühlt hatte ... oder als ich beim Singen so dicht neben ihm gestanden hatte ... oder als wir uns geküsst hatten. Bei der Erinnerung daran wurde mir heiß, und meine Gedanken schwirrten durcheinander. Ich wandte den Blick ab und trank einen Schluck meines glücklicherweise ausgesprochen starken Drinks.

Dann wagte ich erneut einen Blick und sah, dass Nick auf sein eigenes Glas starrte. Sein oberster Hemdknopf war geöffnet, die Enden seiner Fliege hingen ihm lose um den Hals, und sein feuchtes Haar glitzerte im Schummerlicht.

Sein Anblick ließ meinen Atem ins Stocken geraten.

Es war mir schon immer klar gewesen, wie umwerfend er aussah, aber plötzlich fühlte es sich gefährlich an.

In Reaktion auf diese Gefahr beschleunigte sich mein Herzschlag, ein Kampf-oder-Flucht-Instinkt in voller Aktion.

Aber ich wollte keines von beidem.

Als er wieder zu reden anfing, sah er mich nicht an. »Zoë ... es gibt da Dinge von mir, die du nicht weißt ...«

Ich wartete darauf, dass er weitersprach, aber er hielt seinen Blick auf die Flaschen in den Regalen vor uns gerichtet. Oder vielleicht auch auf den Spiegel hinter den Flaschen, denn darin schien sich eine lebhafte Szene zu entspinnen.

Er presste die Kiefer zusammen. »Scheiße.«

Unvermittelt fuhr er herum, und ich drehte mich ebenfalls nach hinten, um zu sehen, was er meinte. Ein Typ in Jeans debattierte mit einer Frau in einem Fünfziger-Jahre-Kleid. Ich hatte hier zuvor niemanden in Straßenkleidung gesehen, aber das Kleid gehörte definitiv Lucy.

Dann drehte sich der Mann herum, und ich erstarrte. *Was wollte Jonny Delaney denn hier?*

Jonny musste wohl gespürt haben, dass ihn jemand beobachtete, denn auf einmal sah er zu uns herüber. Ich beobachtete, wie Lucy ihn zurückhalten wollte, aber er schüttelte sie ab und marschierte wutschnaubend in unsere Richtung.

Nick stand auf und stellte sich zwischen mich und Jonny, was ich ziemlich blöd fand, weil ich ihn so nicht mehr sehen konnte. Weswegen war Jonny so sauer?

Aber ich würde es bestimmt gleich erfahren.

»Ich hab ein Wörtchen mit Ihnen zu reden«, bellte er noch im Gehen.

Ich hielt mein Glas in der Hand und verspürte einen Moment lang den Impuls, auch Jonny den Inhalt über seine blöde Haartolle zu kippen.

»Guten Abend, Jonny. Wie immer ein Vergnügen, Sie zu treffen.« Dazu lächelte ich übertrieben, nur für den Fall, dass ihm das Konzept des Sarkasmus nicht vertraut sein sollte.

Nick sah von mir zu Jonny und versuchte offenbar, die Lage zu peilen.

»Es macht Ihnen wohl Spaß, Karrieren zu ruinieren, wie?«

»Was meinen Sie?«

Er verdrehte theatralisch die Augen. »Stellen Sie sich nicht blöd.«

Nick ging einen halben Schritt nach vorn. »Hör auf damit, Jonny.«

»Nein, nur zu«, widersprach ich genervt. »Was hat sich Ihr Erbsenhirn denn jetzt wieder für eine Blödheit zurechtgelegt, die Sie mir anhängen wollen?«

»Lucy streitet es ja ab, aber ich weiß, dass Sie es waren. Sie haben mich von Anfang an gehasst.«

Lucy und Gavin standen mittlerweile hinter ihm.

»Es stimmt, Boss! Wie ich gesagt habe!«, rief Gavin aufgebracht.

»Was stimmt?« Was redeten die alle? Keiner von ihnen sagte etwas, das auch nur halbwegs Sinn ergab. »Könnte mir *bitte* mal jemand erklären, was zum Teufel hier los ist?« Ein paar Männer im Smoking waren dazugekommen und beobachteten die Szene, aber die kümmerten mich nicht weiter.

»Halt die Klappe, Gavin«, zischte Lucy.

Auch das: nicht hilfreich. »Was stimmt, Gavin?«

»Lucy hat was mit Jonny.«

Das erklärte rein gar nichts.

»*Was?*«, raunzte Jonny.

»Sei nicht blöde, Gavin«, murmelte Lucy. »Wir haben nur ein Mal geknutscht.«

»Du hast mit Jonny geknutscht?« Ich richtete diese Frage an Lucy, sah aber zu Nick. Er hatte bislang kaum reagiert, und sein Gesicht blieb ausdruckslos. Warum schien ihn das alles nicht sonderlich zu überraschen?

»Könnten wir bitte wieder zum Punkt kommen, scheiße nochmal!«, fluchte Jonny. »Und der wäre, dass Zoë Bentos mir mein Leben ruinieren will.«

Eines Tages würde sich dieser kleine Scheißer meinen richtigen Namen noch merken! »Und wie genau stellt sie das an?«

»Sie haben als Erste durchsickern lassen, dass ich die Band verlasse.«

»*Bitte?* Das ist doch lächerlich! Davon weiß ich gar nichts.«

»Sie haben mich im London Eye belauscht.«

»Das sind doch Hirngespinste. Wo genau soll ich das, bitte schön, verbreitet haben?«

»Das ganze Internet ist voll davon – in BuzzFeed kommt es sogar schon als Quizfrage.«

»Und warum sollte ich so etwas tun?«

»Sie konnten mich noch nie leiden.«

Nick machte noch einen Schritt nach vorn. »Schluss jetzt, Jonny.«

Jonny sah ihn an und lachte. »Und wo warst du, als dieser ganze Scheiß passiert ist?«

Ich sah an Nicks Hals eine Ader pochen. »Zoë hat rein gar nichts mit der Sache zu tun.«

»Ach ja? Bist du sicher? Oder warst du nur zu sehr damit beschäftigt, die Schlampe zu poppen, als dass du's hättest merken können?«

Allen Anwesenden von *Re:Sound* blieb vor Schreck der Mund offen stehen. Ob wegen Jonnys Wortwahl oder der Unterstellung selbst, war nicht auszumachen.

Nick schüttelte den Kopf und sah zu mir. Er lächelte, aber sein Blick war finster. »Erinnerst du dich noch an Carl?«

Wovon redete er? Der einzige Carl, der mir einfiel, war unser Boxercise-Trainer.

Oh.

OH!

Jonny hatte keine Ahnung, was er hier lostrat. Seine recht jämmerliche Taktik schien darin zu bestehen, Nick zu provozieren.

»Na komm schon, du Schwuchtel!«

»Sie können ihn nicht Schwuchtel nennen, wenn Sie behaupten, er hätte mit einer Frau geschlafen«, brummte Gavin, der das Ganze allzu wörtlich nahm.

Nick hatte die rechte Hand schon zur Faust geballt, doch sein Arm hing noch locker herunter. *Noch* konnte er sich beherrschen.

»Entschuldige dich bei Zoë«, sagte er ruhig.

»Oder was?«

»Ich werde dich kein zweites Mal bitten, Jonny.«

»Ach, fick dich doch.«

Nick zuckte kurz die Achseln, so als hätte ihm der Barista seines Vertrauens gerade mitgeteilt, dass sein bevorzugter Haselnuss-Sirup leider aus sei.

Der Schlag, mit dem er Jonny zu Boden schickte, schien in Zeitlupe zu erfolgen. Nicks Ellbogen fuhr zurück, dann landete seine Faust in Jonnys Gesicht. Jonny krachte zu Boden, als hätte ihm jemand alle Knochen aus den Beinen entfernt.

Carl wäre stolz gewesen.

Ich verfolgte das Geschehen starr vor Staunen und in dem Bewusstsein, wie albern das Ganze doch war. Ein Mann hatte gerade einen anderen Mann zu Boden geschlagen, um *mich* zu verteidigen. Ich kam mir vor wie die Maid Marian bei Robin Hood oder Guinevere an der Seite von König Artus.

Nick stand drohend über Jonny, als könnte dem jeden Moment

in den Sinn kommen, wieder aufzustehen und zurückzuschlagen. »Ich habe diese Nachricht verbreitet.«

»*Was*?« Diese mehr oder weniger intelligente Nachfrage hatte auch mir auf den Lippen gelegen, aber Jonny war mir zuvorgekommen.

»Ich habe das verbreitet«, wiederholte Nick. Er war noch nicht mal außer Atem, wohingegen ich merkte, dass ich keuchte. Nick hatte aus irgendeinem Grund das Gerücht verbreitet, dass Jonny Hands Down verlassen würde?

»Du Scheißkerl!«, keifte Jonny. »Du bist gefeuert, scheiße nochmal!« Damit wollte er Nick wohl einschüchtern, aber aus seiner Position am Boden wirkte das eher lächerlich, vor allem, weil seine Nase ziemlich rot war und die Wange gerade anschwoll. Er sah aus wie ein wütender Hamster.

Von irgendwoher kamen nun zwei riesige Kerle auf uns zugestürmt. In Jonnys Gesicht spiegelte sich eine gewisse Befriedigung, als die zwei Typen mit tief sitzenden Jeans, grellweißen Turnschuhen und übermäßig viel Goldschmuck behängt herannahten: Jonnys Security-Männer – ich erkannte sie von unserem Termin im London Eye wieder. Ohne ein weiteres Wort stellten sie sich rechts und links von Nick auf, packten ihn an den Armen und bugsierten ihn schnurstracks Richtung Ausgang.

Alle Umstehenden starrten ihnen nach. Das war kein Spaß mehr. Was würden die beiden da draußen mit ihm anstellen? Das war nicht in Ordnung. Und alles wegen mir.

Ich folgte ihnen, aber sie hatten ein ordentliches Tempo drauf, so dass ich sie erst kurz hinter der Drehtür einholte. Diese blöden Schuhe – vom Kleid ganz zu schweigen – waren nicht für Verfolgungsjagden geeignet.

Meine Befürchtungen waren berechtigt. Noch während ich mich durch die Tür schob, sah ich, wie Zwiddeldum Nick aufrecht hielt und Zwiddeldei ihm einen Schlag in die Magengrube versetzte. Nick krümmte sich zusammen, gab jedoch keinen Laut von sich – im Gegensatz zu Jonny, der kläglich gewinselt hatte.

»Hey, lassen Sie ihn in Ruhe!«, rief ich.

Der Typ, der ihn geschlagen hatte, flüsterte Nick etwas ins Ohr, dann ließen die beiden ihn los, und er sackte auf die Knie. Mit ausdruckslosen Mienen marschierten die Männer an mir vorbei.

Ich lief zu Nick und kniete mich neben ihn.

»Bist du okay?«

Er nickte.

»Bist du sicher? Der Kerl hat dich ganz schön erwischt.«

»Ich hab's verdient.«

»Jonny hätte sich selbst mit dir prügeln sollen, anstatt seine Aufpasser zu schicken.«

»Sie haben sich bei mir entschuldigt.«

»Wie zivilisiert!«

Er grinste, verzog dann aber doch schmerzerfüllt das Gesicht. »Ich befürchte, diese Rippe wird morgen höllisch wehtun.«

»Immerhin haben sie dir nicht ins Gesicht geschlagen. Jonny wird morgen ein hübsches Veilchen haben.«

»Das hätte ich schon längst machen sollen.«

»Stimmt es, was du gesagt hast, oder wolltest du Jonny nur provozieren? Hast du jemandem diese Info zugespielt?«

Er nickte.

Ich erschauerte. »Wieso?«

Nick beugte sich vor und versuchte, das Jackett auszuziehen. Er fluchte verhalten.

»Was machst du da?«

»Du frierst«, sagte er, als wäre das eine Erklärung. »Ich will dir mein Jackett geben.«

»Könntest du mir wohl einfach eine Antwort geben? So eine Info vorab zu verbreiten ... Dir muss doch klar gewesen sein, dass dich das deinen Job für Hands Down kosten würde. Und nach Marcie grenzt das geradezu an Selbstzerstörung.«

»Ich habe es für dich getan.«

»Jetzt komme ich nicht mehr mit.«

»Diese Fotos, wegen derer du mich angerufen hattest – sie waren von Lucy und Jonny. Ich habe den Bildredakteur von *The Post* gebeten, sie nicht zu veröffentlichen. Aber dafür wollten sie was anderes ... eine andere Sensationsstory.«

»Und warum hast du das gemacht?«

»Wie du ganz richtig sagtest: Lucys Leben wäre komplett auf den Kopf gestellt worden, wenn die Boulevardpresse ausgeschlachtet hätte, dass sie zwischen Jonny und Jeanette steht. Eine Flut von Reportern vor dem Haus, ganz zu schweigen von den Hasstiraden der Fans ...«

»Das ist wirklich edel von dir, Nick, aber warum riskierst du deinen Job für Lucy, die du nicht mal richtig kennst?«

»Ich habe es für dich getan, Zoë«, wiederholte er.

Ich runzelte die Stirn. »Wie meinst du das?«

»Ich habe mitbekommen, wie sehr du dich für deine Mitarbeiter ins Zeug legst. Du kümmerst dich um alle, als wären sie deine Familie. Wenn es einem von ihnen schlecht geht, geht es dir auch schlecht. Du bist loyal, anständig und mutig. Jemanden wie dich habe ich noch nie getroffen.«

Wo kam das jetzt her?

Er registrierte meinen verwirrten Blick und schüttelte hilflos den Kopf. »Für eine so schlaue Frau bist du ganz schön schwer von Begriff.« Er wandte kurz den Kopf, dann sah er mich wieder an. »Ich liebe dich, Zoë. Ich liebe alles an dir.«

Kapitel 28

 Love Is For Suckers

Ich war vorübergehend sprachlos. Hatte ich richtig gehört?

»Ich weiß nicht, was ich sagen soll.« Womit ich nur das Offensichtliche konstatierte. Ich nahm einen zweiten Anlauf. »Natürlich fühle ich mich sehr geschmeichelt.«

In seinem Gesicht spiegelte sich eine Mischung aus Enttäuschung und Resignation, und es war wie ein Stich ins Herz. »Geschmeichelt« war so ziemlich das Blödeste, was ich hätte sagen können. Ich war bescheuert. Ich fühlte mich nicht geschmeichelt, sondern mehr als das, aber ich konnte dieses Gefühl nicht genau bestimmen.

Sein Blick war ohne jede Erwartung, dennoch fand ich nicht die passenden Worte. Sein Geständnis hatte mich so überrumpelt, dass ich mich nicht traute, weitere spontane Kommentare von mir zu geben.

Loyal, anständig und mutig – hatte er das alles wirklich über mich gesagt?

»Danke«, sagte ich. Weil ich es genau so meinte – aber auch dieses Wort war unzureichend.

»Zoë, ich ...«

Bevor ich etwas sagen konnte, kamen Gavin und Lucy angerannt.

»O mein Gott«, rief Lucy. »Das war der Wahnsinn. Jonny ist so ein Arschloch!«

Selbst Gavin schien beeindruckt. »Das hat dieser Mistkerl echt verdient«, meinte er nachdrücklich. Lucy reagierte nicht darauf, aber vielleicht hatte sie ihn nicht gehört. Nick kam langsam auf die Füße, und ich trat an seine Seite für den Fall, dass er Unterstützung brauchte.

»Wo ist Jonny hin?«, wollte ich wissen. Sollte er auch nur versuchen, in unsere Nähe zu kommen, würde ich ihn eigenhändig umhauen. Ich fühlte mich wie eine Löwin, die nicht nur ihr Team beschützen würde, sondern auch Nick. Wobei ich auch dieses Gefühl nicht genauer analysieren wollte.

»Na, für Ihre Karriere war das allerdings nicht gerade der Bringer«, kommentierte Lucy taktlos.

»Ich wusste, dass sie mich wegen des Leaks feuern würden. Dass ich ihn schlagen durfte, war ein unerwarteter Bonus.«

»Warum haben Sie es dann gemacht? Verraten, dass er die Band verlässt, meine ich«, hakte sie nach.

Nick sah mich kurz an, und mir stockte der Atem.

»Ich dachte, es wäre die beste Taktik, um seine Solokarriere in Gang zu bringen.«

Gavin nickte weise. »Das ergibt Sinn. Auch wenn ich Delaney lieber scheitern sehen würde.«

»Und ich war echt ganz schön bescheuert«, sagte Lucy. »Weshalb ich mich heute Nacht noch so richtig volllaufen lassen werde.«

»Es ist fast Mitternacht«, sagte ich.

»Eben. Die Nacht ist noch jung«, verkündete sie. »Wir fahren mit ein paar Leuten Richtung Old Street. Kommst du mit?«

»Ich glaube, für mich ist der Abend vorbei.«

»Was ist mit Ihnen, Nick?«, fragte Gavin. Er sah dabei mich an, als wäre das meine Entscheidung.

»Nein, ich glaube, ich habe für heute auch genug.«

Gavin und Lucy wirkten irgendwie erleichtert, als sie abzogen, und Nick und ich waren wieder allein. Wie oft hatte ich schon so dicht neben ihm gestanden und mir nichts weiter dabei gedacht. Jetzt war irgendwas anders geworden, und ich *sollte* darüber nachdenken, aber ich war zu sehr davon abgelenkt, dass ich am ganzen Körper zitterte. Und das kam nicht von der Kälte.

Nick nahm das jedoch an, denn er legte einen Arm um mich. Dann nahm er den anderen Arm dazu und hüllte mich ganz und gar in seine Umarmung ein. Seine Stirn war nur wenige Zentimeter von meiner entfernt.

»Ich denke nur noch an dich«, flüsterte er. »Ich bin in den letzten Tagen fast verrückt geworden, weil ich dachte, du hasst mich.«

»Ich hasse dich nicht, Nick.«

Es war, als würden all meine Nervenenden vibrieren. Seine Nähe, seine Wärme, sein Geruch … von alldem wurde mir fast schwindelig.

Mein Becken presste sich wie von selbst an ihn. Nun spürte ich seinen Körper in voller Länge. Er hielt mich um die Taille fest, und meine Hände lagen rechts und links unterhalb seiner Achseln.

Ich atmete seinen Duft ein und spürte einen Frieden, wie ich ihn schon lange nicht mehr empfunden hatte.

Doch dann vibrierte es in meiner Handtasche.

Und riss mich wieder in die Realität. Ich brauchte Luft … eine Pause, um nachzudenken …

Ich wich einen Schritt zurück. »Tut mir leid, ich sollte da eben rangehen …« Ich wusste, das war plump, aber ich musste mich von ihm lösen. Ich nahm das Handy aus der Tasche: auf dem Display stand *Simon*. Warum rief er nach so vielen Tagen des Schweigens ausgerechnet jetzt an?

Mich überkam eine düstere Vorahnung, und ich nahm den Anruf entgegen. »Simon?«

»Zoë, Gott sei Dank! Hier ist Jess.« Sie klang aufgeregt.

»Ist alles in Ordnung?«

»Es geht um Simon. Der Notarzt hat ihn abgeholt. Er ist im Krankenhaus. Atemstillstand.«

In mir stieg Panik auf. »Was ist passiert? Atmet er denn jetzt wieder? Er ist doch nicht ...« Ich konnte die Frage nicht beenden.

»Er ist stabil, aber nicht bei Bewusstsein. Ich dachte, du solltest das wissen. Ich schaffe das nicht mit Krankenhäusern. Vielleicht könntest du mal hinfahren und nach ihm schauen?«

»Welches Krankenhaus, Jess?«

Nick biss sich auf die Lippen und runzelte besorgt die Stirn.

»Das in Paddington.«

»St. Mary's?«

»Weiß ich nicht mehr.«

»Habt ihr was getrunken?«

»Hmm?« Sie klang verwirrt.

»Hat Simon irgendetwas eingeworfen? Habt ihr Drogen genommen?«

»Du bist ein Schatz, Zoë. Ich muss jetzt weg.«

Sie legte auf, ohne meine Frage zu beantworten.

»Scheiße!«

»Was ist passiert?«, wollte Nick wissen.

Unsere Umarmung schien ein Leben lang her zu sein. »Es geht um Simon. Klingt nach einer Überdosis oder so etwas.« Ich brachte die Worte nur mühsam hervor. »Er liegt in Paddington auf der Intensiv ... soweit ich weiß. Jess konnte mir nichts Genaues sagen.«

Ich versuchte, mich zu konzentrieren. *Ja, St. Mary's – das hatte sie gesagt.*

Nick sah mich mitfühlend an. »Geht es ihm gut?«

»Ich weiß nicht. Ich muss zu ihm.«

»Natürlich. Ich fahre dich.«

»Nein, nein.« Ich suchte auf meinem Handy bereits die App von Uber. »Ist schon okay. Du musst dich schonen.« Ich brabbelte irgendetwas, ohne nachzudenken. Ich musste mich nur vergewissern, dass es Simon gut ging. Bei der Vorstellung, dass er nicht mehr da sein könnte, wurde mir vor Angst eiskalt.

Ich musste zu ihm.

7

Weil so wenig Verkehr war, konnte mein Taxi von South Kensington aus am Hyde Park vorbei bis Marble Arch fahren, ohne auch nur ein einziges Mal anhalten zu müssen. Wenige Minuten später stieg ich vor der Notaufnahme des St. Mary's in Paddington aus.

Normalerweise wäre ich mir blöd vorgekommen, in einem Abendkleid mit Karacho über die Linoleumflure eines Krankenhauses zu pesen, aber es war mir egal.

An der Rezeption holte ich keuchend Luft und erfuhr, dass Simon jetzt in einem Einzelzimmer lag und ruhte, dass er aber für ein paar Minuten Besuch empfangen durfte. Ich brauchte eine Weile, um den Flügel für Privatpatienten und dann sein Zimmer zu finden.

Vor der Tür hielt ich kurz inne. Was würde ich dahinter vorfinden?

Simon sah aus, als ob er schliefe; sein Brustkorb hob und senkte sich in gleichmäßigem Rhythmus. Er sah blasser aus als sonst, aber eigentlich ganz okay. Leise schlich ich zum Bett. Ich hatte einerseits

Angst, ihn wach zu machen, andererseits fürchtete ich, er könne nie wieder aufwachen. Niemand hatte mich über seine Prognose informiert – würden dauerhafte Schäden bleiben?

Unter dem Fernseher stand ein gepolsterter Stuhl an der Wand. Ich hob ihn an und rückte ihn vorsichtig näher ans Bett, damit ich Simon besser beobachten konnte.

Ich setzte mich und zog den Rockteil meines Kleides unter meinem Hintern glatt.

»Simon?«

Er reagierte nicht, aber ich hatte fast unhörbar geflüstert.

Behutsam berührte ich seine Hand. Sie war kalt und klamm.

Ich räusperte mich und versuchte es erneut. »Simon?«

Ich drückte seine Hand, und er öffnete blinzelnd die Augen.

Mich überkam eine überwältigende Erleichterung. Hätte ich nicht sowieso schon gesessen, hätten meine Knie nachgegeben.

Er brauchte einen Moment, bis er mich sah, aber dann öffnete er seine ausgetrockneten Lippen und lächelte.

»Frixie.« Es war ein heiseres Flüstern. »Du bist gekommen.«

»Natürlich bin ich gekommen, Simon.«

Er sah auf meinen Aufzug. »Hübsches Kleid.«

»Ich hab weder Kosten noch Mühen gescheut.«

»Du siehst toll aus.«

»Und du ziemlich beschissen.« Ich lachte nervös.

Er schnitt eine Grimasse. »Ich war ein Idiot.«

»Was ist passiert?«

»Die haben mir den Magen ausgepumpt.« Er schauderte. »Das war nicht lustig.«

»Und wie ist es dazu gekommen?«

»Ich kann mich an nicht mehr viel erinnern. Ein paar Bier, ein bisschen Wein, und dann hat Jess vorgeschlagen, dass wir ein paar Pillen einwerfen. Sie haben mich gefragt, als ich herkam, aber ich habe keine Ahnung, was für ein Zeug das war. Du glaubst gar nicht, wie bescheuert ich mich gefühlt hab.«

»Denk nicht mehr daran. Das einzig Wichtige ist jetzt, dass es dir wieder besser geht.«

»Hab bloß kein Mitleid mit mir, Frixie, das könnte ich nicht ertragen. Die haben mir sogar einen Seelenklempner geschickt, der wissen wollte, ob ich depressiv bin und absichtlich eine Überdosis genommen habe.«

Er begann zu husten. Ich stand auf und schenkte ihm etwas Wasser aus einem Krug ein, der auf dem Nachttisch stand.

Er trank in kleinen Schlucken, bis der Husten nachließ.

»Es war mir zu peinlich, zuzugeben, dass ich nur versucht habe, mit Jess mitzuhalten ... sie zu beeindrucken ... Gott weiß, warum! Sie ist verrückt. Warum habe ich so lange gebraucht, um das herauszufinden?«

»Ist das eine rhetorische Frage?«

»Ich habe wirklich keine Ahnung.«

»Das ist nicht so schwer nachzuvollziehen. Du bist ihr verfallen. Vom ersten Moment an, als du sie kennengelernt hast. So was kann jedem mal passieren.«

»Aber du bist immer für mich da gewesen. Warum habe ich nicht gesehen, was ich direkt vor Augen hatte?«

Wieder eine rhetorische Frage, aber diesmal mochte ich ihm nicht antworten.

Er schob sich halb zum Sitzen hoch. »Du bist wunderbar, Frixie. Weißt du das eigentlich?«

»Du bist aber auch nicht schlecht.«

»Ich meine es ernst, Zoë. Mir wird jetzt klar, was mir schon vor Jahren hätte klar werden müssen. Ich liebe dich. Ich *liebe* dich.«

Ich konnte kaum atmen. Sprachen da die Drogen aus ihm, die er noch intus hatte?

»Ich bin nicht sicher, dass du gerade ganz du selbst bist.«

Nun setzte er sich aufrecht hin und nahm meine Hand in seine. »Haben wir zwei noch eine Chance?«

Bevor ich antworten konnte, kam eine Krankenschwester herein.

»Legen Sie sich mal schön wieder hin, Mr Baxter. Sie dürfen sich nicht anstrengen.«

»Ich strenge mich nicht an«, entgegnete er. »Ich bin verliebt.«

Ich wurde so rot wie mein Kleid.

»Tja, dann herzlichen Glückwunsch«, sagte sie und sah von ihm zu mir. »Sie geben ein hübsches Paar ab.« Ich zupfte einen überflüssigen Faden vom Saum meines Kleides, während sie ihm den Puls maß. Sie schien nicht ganz zufrieden, denn sie runzelte die Stirn und sah ihn streng an. »Immer noch ziemlich schwach. Es ist besser, wenn Sie sich jetzt ausruhen, Mr Baxter. Wenn Sie morgen entlassen werden, können Sie Ihre Freundin sehen, so lange Sie wollen.«

Simon blickte mich erwartungsvoll an.

Ich nickte. »Na klar. Ruh dich jetzt aus, und wir sehen uns morgen.« Ich verließ das Zimmer, bevor er eine Antwort auf seine erste Frage einforderte.

⸙

Es war kurz nach zwei Uhr nachts, als ich zu Hause ankam. Ich zog die hohen Schuhe aus, setzte mich in die Küche und versuchte, das Ganze zu verarbeiten.

Was für ein Abend! Hatte ich mir das nur eingebildet, oder hatten mir tatsächlich zwei Männer ihre Liebe gestanden? Das war ja wie an der Bushaltestelle: Erst wartet man ewig, und dann kommen zwei Busse auf einmal.

Es kam mir so vor, als wäre Nicks Geständnis schon eine Woche her – oder als hätte ich es nur geträumt.

Schuldgefühle machten sich breit. Ich hätte ihn nicht einfach so stehenlassen dürfen. Es war schon zu spät, um ihn anzurufen und um Entschuldigung zu bitten – aber sollte ich ihm vielleicht eine Nachricht aufs Band sprechen? Ich holte mein Handy und suchte seine Nummer.

Mein Daumen verharrte über seinem Namen. Was um alles in der Welt sollte ich sagen? Ich sollte lieber noch einmal darüber schlafen. Vielleicht würden mir morgen die richtigen Worte einfallen.

Ich zog mich aus und schlüpfte in mein übergroßes Schlafshirt. Dann schlurfte ich ins Bad und machte mich mit Wattepads und Make-up-Entferner über mein Gesicht her.

Warum dachte ich nur andauernd an Nick?

Nach all den Jahren hatte Simon endlich gesagt, was ich schon immer hatte hören wollen. Das war es doch, worum jetzt alle meine Gedanken kreisen sollten.

Warum war es dann nicht so?

Vielleicht lag es daran, dass ich mir trotz seines Bekenntnisses doch wie die zweite Wahl vorkam. Und obwohl er aus seiner Scheidung angeblich gelernt haben wollte, hatte er sich Hals über Kopf in eine Beziehung mit Jessica gestürzt – nachdem er mich geküsst und dann so getan hatte, als wäre das nie passiert. Erst jetzt, wo es mit Jessica nicht gut lief, erinnerte er sich wieder an mich. So verhielt man sich, wenn man von Ängsten getrieben war und nicht von

Liebe. Gehörte Simon zu den Menschen, die einfach nicht allein sein konnten und immer irgendeine Beziehung haben mussten?

Nick hingegen hatte mir gestanden, dass er Beziehungen lieber ganz aus dem Weg ging – das andere Extrem. War jemand mit einer Bindungsphobie denn nun besser?

Vielleicht war keiner für mich der Richtige. Vielleicht sollte ich lieber auf den nächsten Bus warten. Oder mich einfach auf meine eigene Kraft verlassen.

7

Am nächsten Morgen wachte ich um acht Uhr auf. Ich war müde, denn ich hatte die ganze Nacht kaum schlafen können. Wie in Trance absolvierte ich meine übliche Morgenroutine und stellte erst nach dem Duschen und Anziehen fest, dass ich eine Sprachnachricht von Nick hatte.

Ich starrte auf das Display. Wollte ich sie hören? Er hatte sie um sechs Uhr draufgesprochen – zu einer Zeit also, von der er wusste, dass sofort die Voicebox anspringen würde.

Egal.

Ich drückte auf Abspielen.

Seine Stimme klang rau und tief, als hätte er eine Woche lang nicht geschlafen. Sie erinnerte mich an Marcies von Zigarettenrauch mitgenommene Stimme.

Ich hoffe, es geht dir gut und dass Simon auf dem Weg der Besserung ist. Ich habe gestern noch Jess erreichen können, die mir erzählt hat, was passiert ist. Es klang, als hätten sie ihn rechtzeitig ins Krankenhaus gebracht, so dass er wieder ganz genesen sollte. Tut mir leid, dass du einen solchen Schreck bekommen hast.

Stille.

Es wird dich wahrscheinlich nicht überraschen, zu hören, dass ich meiner Aufgaben bei Pinnacle enthoben wurde. Ich habe noch ein paar Kontakte in Südamerika, die mir Aufträge verschaffen können, also gehe ich erst mal dorthin zurück.

Wiederum Stille.

Mach's gut, Zoë.

Kein Wort über Das Geständnis.

Vielleicht sprach er es deshalb nicht mehr an, weil er seine Worte bereute. Vielleicht waren seine Gefühle von zu viel Wein und dem ganzen Abend berauscht gewesen. Vielleicht beglückwünschte er sich heute Morgen, dass er noch mal davongekommen war. Einen kurzen Moment lang wünschte ich, er würde nicht weggehen und wir könnten Freunde sein. Aber könnten wir einfach normal weitermachen und so tun, als hätte er das, was er gesagt hatte, nicht gesagt? Und würde er das überhaupt wollen?

7

Ich hatte mir den Morgen freigenommen, weil ich zur letzten Anprobe unserer Kleider mit Alice verabredet war. Auf dem Weg zum Hochzeitsausstatter kam eine Nachricht von Simon.

Hey, Frixie, wollen wir heute Abend abhängen? Wir könnten auf Netflix einen Marvel-Marathon abhalten.

Meinte er damit, dass wir uns vor dem Fernseher aufs Sofa legten und »chillen« könnten, oder wollte er wirklich *The Avengers* gucken? Ich wusste nicht, was ich antworten sollte, also antwortete ich – sehr erwachsen – gar nichts. Ich stellte das Handy aus und ging zu meiner Verabredung.

Freudestrahlend drehte sich Alice vor dem Spiegel hin und her.

In ihrem elfenbeinfarbenen Kleid mit Schnürkorsett sah sie einfach umwerfend aus – der Inbegriff einer glücklichen Braut. Ich stand in meinem langen Satinkleid neben ihr, und die Verkäuferinnen krochen um uns herum über den Boden, um die Säume abzustecken.

»Haben Sie Ihre Schuhe nicht dabei?«, fragte die Dame vor mir mit Blick auf meine nackten Füße.

»Schuhe?«

»Damit wir die richtige Länge abstecken können.«

Schuldbewusst sah ich zu Alice. Sie hatte mich extra noch mal daran erinnert, die passenden Schuhe mitzubringen, aber durch den Trubel der letzten Nacht hatte ich es vergessen.

»Nein, tut mir leid«, antwortete ich beschämt.

»Vielleicht kann sie sich meine ausleihen?«, schlug Alice vor.

Alice war fast dreißig Zentimeter kleiner als ich und hatte, um das zu kompensieren, extrem hohe Absätze gewählt. Außerdem waren ihre Füße winzig. Ich bezweifelte, dass ich mehr als meine großen Zehen hineinbekäme.

»Ist schon in Ordnung«, sagte die Verkäuferin, die Eloise hieß. »Wir haben eine Auswahl hier, so dass Zoë die Schuhe nehmen kann, die ihren eigenen für den Tag X am nächsten kommen.«

Nachdem ich mir die Schuhe mit den niedrigsten Absätzen ausgesucht hatte, stellte ich mich wieder neben Alice.

»Hey, wie geht es dir? Du siehst müde aus«, sagte sie mit Blick in den großen Spiegel vor uns.

Mir wurde kurz ein wenig schwindelig, und ich sackte zusammen. Eloise steckte gerade eine Nadel in mein Kleid, und durch die plötzliche Bewegung verfehlte sie ihr Ziel und pikste mich.

Ich zuckte zusammen.

»Entschuldigung«, flötete sie, »aber Sie müssen schon stillhalten.«

»Alles in Ordnung?«, wollte Alice wissen.

Eloise war zwar mit ihren Nadeln beschäftigt, aber ich wollte das Thema trotzdem nicht vor einer Fremden erörtern.

»Alles bestens«, erwiderte ich mit gespielter Munterkeit.

»Du verschweigst mir doch etwas.«

Ich wollte ihr nicht länger etwas vormachen, also sah ich sie an und nickte.

Eloise stand auf. »Alles erledigt.«

Gott sei Dank.

Ich zog die Schuhe aus und kehrte in die Umkleide zurück, Alice im Schlepptau. Sie scheuchte die Verkäuferin weg und bat mich, ihr beim Ausziehen zu helfen.

»Also ...« Sie blickte über ihre Schulter zurück, während ich das Kleid aufschnürte. »Was gibt's Neues?«

»Simon wurde ins Krankenhaus eingeliefert.«

Sie riss die Augen auf. »Ach du meine Güte! Was ist passiert?«

Wie viel sollte ich ihr erzählen? Simon wollte sicher nicht, dass alle Leute über ihn Bescheid wussten.

»Simon hatte eine allergische Reaktion auf irgendetwas, aber jetzt geht es ihm wieder besser.«

»Hast du Zeit für einen Kaffee? Ich will alles darüber hören.«

Kurz darauf saßen wir um die Ecke in der *Nordic Bakery*. Alice hielt sich an ihren gesunden Ernährungsplan und bestellte Rooibostee. Ich dagegen brauchte etwas Gehaltvolleres und holte mir einen Americano und einen Muffin, der vor Blaubeeren nur so strotzte.

»Jetzt will ich aber alles wissen«, sagte sie.

»Es war eine chaotische Nacht. Schon vor dem Anruf wegen Simon.«

»Du warst nicht dabei, als er diesen Allergieanfall hatte?«

Ich schüttelte den Kopf. »Ich war auf einer Veranstaltung – einem Ball mit allen möglichen Leuten aus der Musikbranche –, und es gab ziemlichen Krawall ... eine Schlägerei. Meinetwegen.«

Verblüfft sah Alice mich an. »Wieso das denn?«

Ich sah mich um, ob jemand uns hören könnte, aber wir waren die einzigen Kundinnen, und die Espressomaschine zischte so laut, dass auch die Baristas nichts verstehen würden.

»Kennst du Jonny Delaney?«

»Na klar.«

Dumme Frage. »Er hat sich gestern auf die Party gemogelt, um mich anzugiften, und Nick hat ihn ... geschlagen.«

»Geschlagen?«

»Er hat ihn mit einem Schlag umgehauen.« Ich musste grinsen.

»Warte mal ... Nick? Ist das nicht dein Stellvertreter in der Redaktion?«

»Nein, du meinst Gavin. Nie im Leben hätte ich mir träumen lassen, dass Nick sich so für mich einsetzt.«

Sie sah mich an, als warte sie auf mehr. Nach einer Weile begann ich mich unwohl zu fühlen. »Was ist?«

»Wer ist dieser Kerl, dass er so was für dich macht? Der muss dich richtig gernhaben.«

»Ich dachte erst, er mag mich überhaupt nicht mehr, jedenfalls nach letzter Woche, wo ich ...«

»Was?«

»Ich habe ihn geküsst und bin danach weggerannt.«

Sie riss die Augen auf. »Der Kerl muss dich *ziemlich* gern mögen.«

Ich nahm meinen Kaffee und stellte ihn, ohne zu trinken, wieder ab.

»Dieser Faustschlag hat ihn seinen Job gekostet – möglicherweise seine Karriere. Er wurde hinterher von Jonnys Bodyguards nach draußen verfrachtet und zusammengeschlagen, und als ich hinlief, um nach ihm zu sehen, sagte er, er sei in mich verliebt.«

»Ach herrje!«

»Das habe ich auch gedacht – mit ein paar Kraftausdrücken dabei.«

»Ist dann noch was im Krankenhaus passiert?«

»Simon hat gesagt, er würde seine Zeit mit Jess bereuen. Dann wollte er wissen, ob wir zwei noch eine Chance hätten, weil er mich lieben würde.«

»Noch mal im Klartext: Es haben dir an einem Abend zwei Männer ihre Liebe gestanden?«

»Ich weiß, das klingt unglaublich – wie aus einem Groschenroman.«

»Dann jetzt mal eines nach dem anderen: Was hast du Simon geantwortet?«

»Er war noch sehr angeschlagen, und bevor ich etwas dazu sagen konnte, kam eine Krankenschwester. Und eigentlich weiß ich auch gar nicht mehr genau, was ich für ihn empfinde. Ich will nicht seine nächste Übergangsfrau nach der Scheidung werden.«

»Und was hast du Nick gesagt?«

»Eigentlich gar nichts. Ich war sprachlos.«

»Eine sprachlose Zoë Frixos?« Sie lächelte. »Das war dann ja eine Premiere.«

Mein schlechtes Gewissen kehrte zurück. »Ich hätte besser reagieren müssen ... etwas Netteres sagen. Aber dann kam der Anruf von Jess, dass Simon im Krankenhaus liegt.«

»Es war ein Notfall, das wird dieser Nick doch sicher verstehen.«

»Aber ich habe schon vorher blöd reagiert. Was soll ich jetzt nur machen?«

»Seid ihr eng befreundet?«

Gute Frage. »Erst hat er mich wahnsinnig gemacht, aber manchmal kam es mir vor, als wäre er der einzige Mensch, der mich versteht.«

»Warum sprichst du in der Vergangenheitsform von ihm?«

»Es gibt für uns kein Zurück mehr, er ist schon auf dem Weg, woanders neu anzufangen, im Ausland.«

»Das tut mir leid.«

»Ist schon in Ordnung, ehrlich. Genug von mir – wie geht es dir?«

»Ich hatte einen ziemlichen Streit mit meinen Eltern.«

Ich konnte mir nicht vorstellen, dass Alice mit überhaupt jemandem in Streit geraten konnte. »Weswegen?«

»Es wird zur Hochzeit Hühnchen geben, und sie wollten Lamm.«

Mein erster Impuls war, zu lachen. Sie nahm mich auf den Arm, oder? Wie konnte man wegen so etwas streiten? Ihrem Gesicht nach zu urteilen war das allerdings kein Witz.

»Erzähl.«

»Wir hatten uns schon vor Monaten auf Lamm geeinigt, obwohl Pete das absolut nicht ausstehen kann. Ich habe ihn überredet, weil meine Eltern meinten, Hühnchen sei ein bisschen ... nun ja, *gewöhnlich*.« Sie wirkte beschämt.

»Okay, dann also Lamm. Und wo liegt das Problem?«

»Pete sollte auf seiner eigenen Hochzeit nichts essen müssen, was er hasst. Es war falsch von mir, Partei für meine Eltern zu ergreifen.«

»Pete wäre mit Lamm schon klargekommen – es ist doch nur ein einziger Gang.«

»Es geht aber ums Prinzip – es hat mich gestört, und das habe ich ihnen gesagt. Ich hätte Pete nie überreden sollen, dem Lamm zuzustimmen. Stattdessen hätte ich meine Eltern überzeugen müssen, dass Hühnchen vollkommen in Ordnung ist.«

Während Alice von Variationen von Fleisch redete, spürte ich plötzlich so eine Unruhe, verstand aber nicht, warum. Sie stand auf und packte ihre Sachen zusammen, und ich versuchte immer noch zu ergründen, was mich an ihren Worten so nachdenklich gestimmt hatte. Es war verrückt.

»Wir sehen uns morgen«, sagte sie. »Zu unserem griechischen Abend.«

Kapitel 29

 I Can See Clearly Now

Als wir uns verabschiedeten, wusste ich noch immer nicht, was mich hatte aufmerken lassen. Aber ich vertraute meinem Instinkt, der mich nicht Richtung Oxford Street schickte, sondern nach Nordwesten zur U-Bahn Baker Street.

Und dann dämmerte es mir: Ich hatte das überwältigende Bedürfnis, noch einmal mit Marcie zu sprechen. Ihr Haus lag nur eine Haltestelle mit der Jubilee Line entfernt. Ich wusste nicht genau, was ich ihr sagen wollte, aber es ging auf keinen Fall um Hühner- oder Lammfleisch. Ich wusste nur, ich musste mit ihr reden.

Und dann, plötzlich, rückte sich alles zurecht, und was Alice gesagt hatte, ergab Sinn. Ich hätte nie versuchen sollen, Jess zu überreden, Marcie zu vergeben. Stattdessen hätte ich Marcie überzeugen müssen, dass sie Jess' Vergebung gar nicht brauchte.

So wie Alice sich von ihren Eltern hatte einschüchtern lassen und mögliche Widerstände hatte vermeiden wollen, so hatte ich mich von Marcie einschüchtern lassen.

Ich war aufgeregt. Konnte ich das durchziehen? Meine Hoffnung schwand, als mir einfiel, dass ich zunächst einmal ein Passwort brauchte.

Während ich auf dem Bahnsteig wartete, ging eine Frau mit einem bedruckten Stoffbeutel an mir vorbei, auf dem *Bonnie & Clyde* stand.

Ich erstarrte.

Und wenn das Passwort von neulich noch funktionierte? Konnte es so einfach sein?

Ich schöpfte neuen Mut. Warum probierte ich es nicht einfach aus? Ich hatte nichts zu verlieren.

In St John's Wood stieg ich aus und lenkte meine Schritte wie unter Autopilot zu Marcies Haus.

Bevor ich es mir anders überlegen konnte, drückte ich auf den Klingelknopf.

»Hallo, wer ist da bitte?«, ertönte die körperlose Stimme.

»Hier ist Bonnie, und ich möchte Clyde sprechen.«

Ich hielt die Luft an und wartete auf Antwort.

Bitte, bitte, bitte …

»Tut mir leid, da sind Sie wohl am falschen Haus.«

Mist!

Das Passwort war natürlich doch geändert worden.

Frustriert trat ich gegen die Wand.

Aber was, wenn es immer um Filme ging, die Marcie liebte? Ich dachte an die anderen Poster an ihren Wänden: *Vom Winde verweht* und *Butch Cassidy and Sundance Kid*. Ein Fan von Happy Ends war sie anscheinend nicht.

Aber mit wem könnte sie sich wohl eher identifizieren – mit Südstaatenschönheiten oder Outlaws?

Ich räusperte mich und sagte schnell: »Hier ist Butch Cassidy, und ich will zu Sundance Kid.«

Es schien eine Ewigkeit zu dauern, aber dann summte das Tor und sprang auf.

Ha!

Überrascht schlüpfte ich durch den sich öffnenden Spalt und folgte der Zufahrt bis zur Eingangstür.

Ronan stand im Türrahmen, beide Hunde an der Leine. Sie bellten, als ich näher kam.

»Hallo«, sagte ich betont selbstsicher, um weder ihn noch die Hunde meine Aufregung spüren zu lassen.

»Normalerweise kriegen die Leute beim Passwort keine zweite Chance. Aber ich dachte, ich bin Ihnen noch was schuldig. Beim letzten Mal habe ich es verbockt. Ich hätte auf Marcie aufpassen sollen, anstatt neue Rezepte auszuprobieren, und sie hat sich betrunken. Aber Sie haben es für sich behalten, und das weiß ich zu schätzen. Jetzt sind wir allerdings quitt.«

»Danke, Ronan.«

Er trat beiseite, um mich durchzulassen, während die Hunde knurrten, aber das war nur noch Show.

Drinnen zögerte ich. Ich hatte mich bislang nur darauf konzentriert, wie ich reinkommen könnte, aber würde das, was ich sagen wollte, irgendeine Wirkung haben? Ich drehte mich zu Ronan um, der in Richtung Wohnzimmer nickte.

»Sie ist gut drauf.« Er neigte sich vor und flüsterte: »Sie hatte spätnachts noch Besuch, wenn Sie wissen, was ich meine.« Er zwinkerte für den Fall, dass ich es nicht kapierte. Dann erstarrte er. »Verdammt. Sagen Sie das bloß niemandem.«

»Sie können mir vertrauen«, beruhigte ich ihn und dankte Marcies heimlichem Romeo im Stillen, dass er ihre Stimmung zu meinen Gunsten beeinflusst hatte.

Ronan winkte mich in Richtung Wohnzimmer. »Gehen Sie durch. Sie werden schon merken, ob sie mit Ihnen reden will oder nicht.«

Ich blieb in der Tür stehen. Seit dem letzten Mal war Marcie offensichtlich einkaufen gewesen, denn mitten im Raum stand plötzlich genau so ein Flügel aus Mahagoni wie der, auf dem ich im Steinway-Laden für sie gespielt hatte. Im Geschäft hatte er riesig ausgesehen, doch hier in Marcies Haus mit seinen hohen Decken wirkte er völlig normal proportioniert.

Und an den Tasten saß, mit leicht geneigtem Kopf, die Hausherrin selbst.

Ich trat ein, und sie schaute auf. Sie hatte einen gelben Bleistift hinter ein Ohr geklemmt, was jedoch nicht von ihren stark geschminkten Augen ablenkte, aus denen sie mich mit so durchdringendem Blick ansah, dass mir plötzlich die Knie zitterten.

Mein Verstand setzte aus.

Warum war ich noch mal hier? Ach ja: Hühnchen statt Lamm.

Es war verrückt. Vielleicht sollte ich einfach auf dem Absatz kehrtmachen und flüchten.

»Sie haben ganz schön Nerven, hier einfach so aufzukreuzen, junge Dame.«

Mein Mut hatte mich vollends verlassen, aber ich richtete mich zu voller Größe auf. Niemals Schwäche zeigen. Sich niemals anmerken lassen, dass man eingeschüchtert ist. Manchmal lohnte es sich, diese Mantras zu beherzigen.

»Ich weiß, was Sie Jessica Honeywell angetan haben«, sagte ich.

Sie kniff die Augen zusammen. »*Was* haben Sie da gesagt?«

»Sie hat mir erzählt, Sie hätten sie und ihre Band vor zehn Jahren auf die schwarze Liste gesetzt. Aus billiger Eifersucht.«

Marcie erhob sich, und der Klavierschemel scharrte über den Holzboden. »Wie können Sie es wagen!«

Verdammt! Ich hätte nicht »billig« sagen sollen.

Ich atmete tief durch. Nein, das war in Ordnung. Ich war hier, um Klartext zu reden. Und das war längst überfällig.

»Sie müssen zu dem stehen, was Sie getan haben, Marcie. Sie können Ihr Seelenheil nicht von anderen abhängig machen. Wenn Jessica Ihnen in zehn Jahren nicht vergeben hat, dann müssen Sie akzeptieren, dass sie das möglicherweise niemals tun wird. Lernen Sie aus Ihren Fehlern. Suchen Sie sich andere junge Musiker, die Sie unter Ihre Fittiche nehmen, wenn Sie es denn wollen, aber lassen Sie Jessica in Ruhe.«

Sie ging um den Flügel herum, bis sie nur noch einen guten Meter von mir entfernt stand. Sie sah immer noch wütend aus, aber nicht mehr so, als wollte sie mir gleich die Augen auskratzen.

»Das ›billig‹ nehmen Sie zurück!«

Da hatte ich nun so viel gesagt, und an dem einen Ausdruck krallte sie sich fest?

Na gut, sie hatte sich wahrscheinlich etwas Entgegenkommen verdient.

»Okay, ich nehme es zurück. Aber Sie waren eifersüchtig auf ein völlig bedeutungsloses junges Mädchen. Sie dagegen waren die genialste Musikerin des Planeten.«

Meine Besänftigung war damit auf direktem Weg zur Arschkriecherei, aber hier ging es nun mal um Marcie fucking Tyler! Selbst Gott hätte sich beim Songschreiben eine Scheibe von ihr abschneiden können.

»Er war die Liebe meines Lebens.«

»Benedict Bailey?«

Sie nickte, und ich merkte, dass ihr Ärger nachließ. »Schon als ich das erste Mal sah, wie er seine Gitarre hielt, war ich sofort in ihn verliebt.«

Das war vermutlich das Romantischste, was ich je gehört hatte.

Mit verträumtem Blick glitt sie zum Sofa und ließ sich darauf nieder.

Mit vorsichtigen Bewegungen, um sie nicht aus ihren Gedanken zu reißen, setzte ich mich dazu. »Möchten Sie mir von ihm erzählen?«

»Das wird aber kein Interview. Alles, was ich sage, bleibt streng vertraulich. Doch da Sie offensichtlich eine so kritische Meinung zu meinem Leben vertreten, sollten Sie mir zumindest gestatten, meine Sicht der Dinge darzulegen.«

»Das hier bleibt unter uns – versprochen.«

»Ich habe Benedict in einem Tonstudio kennengelernt – das war 1985, und mein vorheriges Album war gefloppt. Wobei es nach heutigem Standard wahrscheinlich eine Nummer eins geworden wäre. Egal … Es wurde entschieden, dass ich jemanden mit neuen Ideen brauchte. Und so schleppte Patrick dann Benedict an, der von Anfang an eine gute Energie mitbrachte. Und mich sofort warnte, bloß nichts mit ihm anzufangen.« Sie lachte. »Benedict war ein hervorragender Studiomusiker, und als ich ihn die Aufnahme von ›Never Let Me Down‹ spielen hörte, wusste ich, dass ich ihn in meiner Band haben wollte. Als ich ihn dann kennenlernte, wusste ich, dass ich ihn auch so haben wollte. Dass er der berühmte Eine war.«

Ich nickte stumm, um sie nicht aus ihren Erinnerungen zu reißen. Und eine ganze Zeit lang schwieg sie einfach.

»Können Sie mir was zu dem Tattoo erzählen?«

Eine derart direkte Frage war zwar riskant, aber möglicherweise meine einzige Chance. Es war ohnehin schon ein Wunder, dass sie mich noch nicht rausgeschmissen hatte.

»Benny und ich waren im Urlaub auf den Bermudas«, sagte sie.

»Nach zwei Jahren ununterbrochener Tournee waren wir ausgebrannt – wie Zombies ... haben den ganzen Tag nur geschlafen und die Nacht über getrunken. Eines Tages überredete uns jemand, schnorcheln zu gehen. Wir hatten beide einen fürchterlichen Kater – Gott allein weiß, warum wir nicht ertrunken sind –, aber wir fuhren zu diesem Wahnsinnskorallenriff und guckten uns eine Stunde lang die wunderbaren Seepferdchen an.

Dieser Urlaub hat uns gerettet. Der Natur so nahe zu sein rückte alles andere in die richtige Perspektive. Wir beschlossen, einen Entzug zu machen und uns beide dasselbe Tattoo stechen zu lassen, als Erinnerung an das Gefühl, was wir geteilt hatten. Aber nachdem ich mein Tattoo hatte, gestand Benny, er hätte Angst vor Nadeln und sich vorher nur nicht getraut, mir das zu sagen.

Ich sagte ihm, ich hätte auch Angst gehabt, es aber gemacht, weil ich dachte, er steht drauf. Wir konnten nicht aufhören zu lachen!«

Sie hielt inne und dachte zurück. Ihre Züge wirkten viel weicher, und sie sah zehn Jahre jünger aus.

»Das haben Sie letztes Mal aber anders erzählt, Marcie. Sie haben gesagt, Sie hätten sich das Tattoo als Erinnerung an die Kette stechen lassen, die Sie verloren haben.«

Sie runzelte die Stirn, und ihr Gesicht wurde wieder hart.

»Weil er sich nicht tätowieren lassen wollte, habe ich ihm die Kette anfertigen lassen. Er sagte, er würde sie immer in Ehren halten.«

»Sie haben ihm die Kette geschenkt?«

»Ist Ihnen das etwa zu feministisch, dass eine Frau einem Mann Schmuck schenkt?«

»Nein, natürlich nicht. Aber warum haben Sie gelogen?«

»Als er die Kette verlor, habe ich ihn verloren.« Sie lachte bitter.

»Es gibt nur weniges, das einem für immer bleibt wie ein Tattoo. Zuerst sagte er, er hätte sie verloren, aber eines Abends, nachdem wir heftig gestritten hatten, sagte er, es sei aus mit uns und dass er die Kette verschenkt hätte. Können Sie sich das vorstellen?«

»Er hat sie Jessica Honeywell geschenkt?«

Sie nickte.

Dann hatte Jess also die Wahrheit gesagt.

»Ich dachte, es zerreißt mir das Herz«, flüsterte sie.

»Das tut mir so leid, Marcie.«

»Dann ist er gestorben, und ich erfuhr, wie es sich wirklich anfühlt, wenn es einem das Herz zerreißt.«

In meinen Augen brannten Tränen, aber ihre blieben trocken. Es lag so viel Qual in ihren Worten, und dennoch klang ihre Stimme ruhig – als hätte sie sich gegen diesen Schmerz gefühllos gemacht. Wer konnte es ihr verübeln?

»Jetzt ist er nicht mehr da, und ich werde nie wiedergutmachen können, was ich ihm angetan habe.«

Jessica hatte angedeutet, dass Marcie es mit der Treue nicht so genau genommen hatte – auch damit hatte sie wohl recht gehabt.

»Sie müssen sich selbst vergeben, Marcie. Auch wenn Sie wie ein in Whiskey balsamierter Engel singen, sind Sie trotzdem nur ein Mensch.«

»Als was haben Sie mich gerade bezeichnet?«

Ups. Vielleicht war ich doch zu weit gegangen.

»Tut mir leid, ich meinte nur, dass Sie eine Legende sind.«

»Ich bin nichts. Seit ich die Halskette verloren habe, habe ich kein einziges Lied mehr geschrieben.«

Es war, als hätte ihre Schallplatte einen Sprung – sie hatte sich diese Lüge so oft selbst erzählt, dass sie sie inzwischen glaubte.

»Aber Sie haben die Kette nicht verloren, Marcie. Benedict hat sich entschieden, sie einer anderen zu geben. Ich weiß, dass das wehtut, aber ehrlich gesagt war das ganz schön schäbig von ihm.«

Sie sah mich mit großen Augen an.

O Gott, jetzt hatte ich die Liebe ihres Lebens niedergemacht – kein besonders cleverer Move. Aber verdammt nochmal: Sie glorifizierte ihn, als wäre er unfehlbar gewesen.

»Wie können Sie es wagen, in meinem eigenen Haus so mit mir zu sprechen!« Sie stand auf und stolperte zur Tür. »Ronan! Schaff diese Frau hier raus!«

Eine zweite Aufforderung brauchte ich nicht. Auch wenn Ronan ein netter Kerl zu sein schien – wenn er gezwungen war, Marcie zu verteidigen, würde er zweifellos die Samthandschuhe beiseitelassen.

Ich lief in die Eingangshalle und wollte zur Tür hinausstürmen, aber das verdammte Ding hatte sieben verschiedene Verriegelungen. Wie bekam ich die nur auf?

Ich hörte Schritte. Mir blieben nur noch wenige Sekunden.

»Wissen Sie, was Sie daran hindert, das alles endlich hinter sich zu lassen, Marcie? Sie haben Benedict auf ein Podest gestellt, und jetzt kommen Sie nicht über ihn hinweg.«

»Raus hier! Machen Sie, dass Sie wegkommen! Raus!« Ihre Stimme überschlug sich fast.

Endlich hatte ich die Tür entriegelt. Ich riss sie auf und stürzte ins Freie.

Als ich sie zuschlagen hörte, drehte ich mich um. Niemand war mir gefolgt.

Ich war in Sicherheit, aber in der Eile hatte ich beim Umschauen nicht darauf geachtet, was vor mir war, und so stolperte ich über einen Pflanzkübel aus Beton. Ich fiel und landete unsanft auf Händen und Knien.

Ein scharfer Schmerz ließ mich zusammenzucken. Auf meinen Handflächen war Blut zu sehen, und unter der Jeans fühlten sich meine Knie verräterisch feucht an.

Ich wälzte mich herum, bis ich auf dem Hosenboden saß. Im Blumenkübel steckte ein dicker Buchsbaum, so dass ich vom Küchenfenster aus nicht mehr zu sehen war.

Allerdings sah ich, wie dort jemand herumging.

Ein Mann mit nacktem Oberkörper stand jetzt mit dem Rücken zu mir und öffnete den Kühlschrank. Er war groß und hatte breite Schultern und duschnasse Haare.

Jetzt schloss er die Kühlschranktür wieder und drehte sich um.

Nick.

Mir blieb fast das Herz stehen.

Er goss sich ein Glas Orangensaft ein. Dann stellte sich eine schluchzende Marcie neben ihn. Er schob ihr das Glas hin, aber sie schüttelte den Kopf. Und dann, als wäre es das Natürlichste der Welt, nahm er sie in die Arme und gab ihr einen Kuss aufs Haar.

Ich duckte mich.

Ich bekam keine Luft mehr.

Marcie und Nick. Er war ihr nächtlicher Besucher gewesen – wie ich es immer vermutet hatte.

Als ihr PR-Manager hatte er gekündigt, aber offensichtlich hatte er schnell eine neue Position gefunden. Oder waren sie tatsächlich die ganze Zeit über zusammen gewesen?

Ich schluckte schwer. Wie passte ich da ins Bild? Hatte irgendetwas von dem, was er mir in der Ballnacht gesagt hatte, gestimmt?

Aber was sollte das, ich hatte ihn abgewiesen – ich hatte keinen Grund, eifersüchtig zu sein. Trotzdem tat es weh.

Das letzte Stück Weg bis zum Tor kroch ich auf allen vieren.

Dann rannte ich, bis ich wie betäubt in der U-Bahn saß. Meine Handballen und Knie brannten, aber sie fühlten sich an, als würden sie jemand anderem gehören. Zwei Bilder hatten sich in meiner Netzhaut festgebrannt: Marcie, weiß wie eine Statue, die mich anbrüllt, und ein halb nackter Nick, der sie umarmt.

7

Am Abend fuhr ich zu Pete. Alice war noch mit ihren Pilateskursen beschäftigt, doch ausnahmsweise war ich froh, mit meinem Bruder allein zu sein. Er redete nicht viel; er bohrte nicht nach, wie es mir ging, sondern machte mir einfach eine Flasche Bier auf und schaltete die Playstation ein.

»Du siehst aus, als könntest du ein bisschen Ablenkung gebrauchen.«

Ich nickte.

Er lud ein Formel-1-Spiel hoch, bei dem ich mich so sehr konzentrieren musste, dass es jeden anderen Gedanken verdrängte.

Die paar Male, in denen sich eine umherschweifende Erinnerung in meinem Gehirn festzusetzen drohte, knallte mein kleiner Rennwagen sofort in eine Absperrung oder fuhr dem Vordermann hintendrauf. Mein Ehrgeiz holte mich immer wieder ins Geschehen zurück. Würde Pete mich in jedem einzelnen Spiel schlagen, würde ich das bis ans Ende meines Lebens zu hören bekommen.

Als mein Bruder in die Küche ging, um uns was in die Pfanne zu hauen – darunter eine erstaunliche Menge an Gemüse –, hatte ich allerdings wieder Zeit, in meinen eigenen Gedanken herumzurühren.

Die Sache mit Nick spielte keine Rolle. Er hatte jedes Recht, seine Nächte mit wem auch immer zu verbringen. Dass er mir vor noch nicht mal vierundzwanzig Stunden gesagt hatte, dass er mich liebe, spielte auch keine Rolle. Ich hatte ihn schließlich abgewiesen, was ich nicht bedauerte. Ich bedauerte höchstens, auf welche Art und Weise ich ihn zurückgewiesen hatte.

Aber der Kuss in der Karaokekabine ...

Scheiße. Da saß ich nun schon wieder und dachte an Nick, wo es doch so vieles anderes gab, worum ich mir Sorgen machen sollte.

Arme Marcie. Was hatte ich mir nur dabei gedacht? Wer war ich, ihr zu sagen, wie sie empfinden sollte?

Plötzlich lief mir ein eiskalter Schauer über den Rücken. Sie hatte schon einmal versucht, sich umzubringen. Was, wenn ich ihr Grund gegeben hatte, es wieder zu tun? Das war unverantwortlich von mir gewesen.

Wie gut, dass Nick bei ihr war. Er würde dafür sorgen, dass sie sich von Rasierklingen oder was auch immer fernhielt. Denn sollte Marcie etwas passieren, könnte ich mir das nie vergeben.

Da war das Wort schon wieder. Vergebung.

Was wusste ich schon von Vergebung? Simon hatte ich ja auch nicht vergeben können – nicht einmal, als er halb komatös im Krankenhaus lag.

7

Wieder zu Hause, rief ich ihn an.

»Tut mir leid, dass ich mich nicht schon eher gemeldet habe, aber ich war mit Hochzeitsvorbereitungen für Pete und Alice beschäftigt.« Ich kreuzte hinter dem Rücken meine Finger. Videospiele zu spielen zählte doch auch irgendwie dazu, solange es Pete davon abhielt, zum tausendsten Mal die Sitzordnung umzuschmeißen, oder?

»Mach dir keinen Stress. Mir tut leid, was ich dir gestern zugemutet habe. Ich hatte Angst, du würdest mich nicht mehr sehen wollen.« Er klang erschöpft, der Ärmste.

»Ich werde immer für dich da sein, Simon.«

Am anderen Ende der Leitung herrschte Stille. »Ich weiß, dass ich mich scheiße benommen habe, Frixie. Ich hasse mich dafür. Was kann ich tun, um es wiedergutzumachen? Du bist der wichtigste Mensch in meinem Leben.«

Ich musste heftig schlucken, um meine Tränen zurückzuhalten.

»Vielleicht könnte ich morgen vorbeikommen und dir wieder eine Moussaka kochen?«, fragte er dann.

»Morgen kommen Alice und ihre Freundinnen zu einem vorhochzeitlichen Mädelsabend zu mir. Tut mir leid.«

»Wie wäre es dann am Nachmittag? Ich könnte dir beim Vorbereiten helfen ...«

Er klang so aufrichtig reumütig und so erpicht darauf, mich zu sehen ... Wie konnte ich da Nein sagen?

Kapitel 30

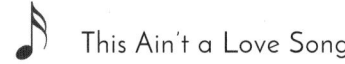 This Ain't a Love Song

Simon kam gegen fünf vorbei, um mir bei den Vorbereitungen für unseren griechischen Mädelsabend zu helfen. Ich übertrug ihm die Verantwortung für das Essen, und er ging in den nächstgelegenen *Waitrose* und suchte munter alles zusammen, was auch nur annähernd griechisch aussah oder klang. In seinem Übereifer packte er auch einige Pakete Samosas dazu, die zwar aus Indien waren, aber auch lecker. Er fuhr sogar extra noch zu *Tesco*, weil er wusste, dass ich die Taramosalata von dort am liebsten mochte, und wie hätte ich bei einer kalten Vorspeise aus gesalzenem Fischrogen schon widerstehen können? Das alles war ausgesprochen reizend von ihm, doch meine Gefühle, gerade noch so heiß und prickelnd, erreichten nicht einmal lauwarme Gefilde.

Gib dir Zeit, sagte ich mir selbst. Ich brauchte nur ein bisschen Spaß, um aus dieser gedrückten Stimmung herauszukommen, dann würde alles bestimmt wieder normal werden.

Alice und Co. trafen überpünktlich ein, und Annette steuerte umgehend den Esstisch an, auf dem Simon das Fingerfood-Büfett aufgebaut hatte.

»Ich bin am Verhungern«, verkündete sie. »Ich hab extra das Mittagessen ausfallen lassen, damit ich mich hier vollstopfen kann.«

Sie sah zu Alice. »Ich hab dich so lieb, aber auf diese Hungerei für deine Hochzeit habe ich absolut keinen Bock.«

»Hätten wir doch Größe zweiundvierzig bestellen sollen? Aber für mich hast du nie danach ausgesehen.«

»Lass mal, Annette in Größe vierzig wird die Show! Ich habe fest vor, jemanden abzuschleppen, also bring deine männlichen Verwandten schon mal in Sicherheit, Zoë.« Ich dachte an meine Cousins aus Zypern ... Annette würde sich bestimmt mit Begeisterung auf sie stürzen.

Wir beluden unsere Teller, und Alice setzte sich neben mich aufs Sofa.

»Wie läuft's? Gab es wieder Kämpfe um deine Ehre?«

»Ach, ein paar Duelle und ein Schwertkampf, aber keine Prügeleien mehr.«

Sie lächelte. »Ist das deine Art, zu sagen, dass du nicht darüber reden willst?«

Ihre Beobachtungsgabe war entwaffnend. Mir war nicht bewusst gewesen, dass ich ihrer Frage ausgewichen war; ich zog alles Ernsthafte so oft ins Lächerliche, dass ich schon gar nicht mehr wusste, wie man aufrichtig damit umging.

»Ich werde dir davon erzählen, aber nicht heute. Heute geht es um dich.«

Annette, die nicht weit entfernt saß und sicher etwas aufgeschnappt hatte, schnitt eine Grimasse. »Ich sag nur: weniger reden und mehr Prosecco!« Sie stand auf, um uns nachzuschenken. »Und lernen wir jetzt griechisch tanzen oder was?«

Ich hatte beschlossen, ihnen zwei Tänze beizubringen: einen schnellen und einen etwas ruhigeren, den traditionell die Freundinnen der Braut vorführen.

»Der Tanz heißt *Kalamatianos*«, erklärte ich. »Wie die Kalamata-Oliven. Übersetzt bedeutet der Name ›aus Kalamata‹, was eine Region in Griechenland ist. Genau den tanzen sie auch am Ende von *My Big Fat Greek Wedding*.«

Wir schoben die Möbel beiseite, so dass wir auf dem Teppichboden einigermaßen Platz hatten. Dann hielten wir uns im Kreis an den Händen, und ich erklärte ihnen die Schritte, die im Grunde darin bestanden ... nun ja: im Kreis zu gehen, und zwar nach einem zwölfschrittigen Muster.

Wir gingen es ein paarmal durch, dann legte ich Musik auf, die allerdings viel schneller war als unser Übungstempo, so dass wir ständig gegeneinanderrempelten.

Helen, die in ihrer noch nicht so weit entfernten Jugend viel Ballett und Stepptanz gemacht hatte, war ein Naturtalent, also überließ ich ihr die Führung und reihte mich unterstützend zwischen Alice und Annette ein.

»Nein, der Schritt nach hinten ist auf zwei, sechs und zwölf«, schalt Helen bei unserem dritten Versuch.

Ich ließ die Mädels allein weiterüben, während ich durch meine Playlist scrollte, um eine langsamere Version zu finden, wobei ich ein traditionelles Lied aus meiner Kindheit entdeckte.

»Okay, lasst uns das hier probieren – ›Maria in Gelb‹«, sagte ich. »Der Text ist allerdings bescheuert – es geht um eine Frau, die sich wünscht, ihr Mann würde zu Stein werden, weil sie in ihren Nachbarn verliebt ist.«

So wenig romantisch es auch war, das Maria-Lied erwies sich als viel eingängiger, und schon beim zweiten Versuch tanzten wir ohne einen einzigen falschen Schritt von vorn bis hinten durch.

»Das war klasse!«, rief Alice und ließ sich erschöpft auf den Boden fallen.

Wir machten die nächste Flasche Wein auf, und sobald wir wieder einigermaßen erfrischt waren, zeigte ich ihnen den zweiten Tanz.

»Der heißt *Susta*, was auch ›hüpfen‹ oder ›springen wie eine Feder‹ bedeutet. Man kann die Geschwindigkeit steigern und ihn zu dem berühmten Sirtaki aus *Alexis Sorbas* tanzen, wo dann bestimmt alle mitmachen. Aber ich warne euch: Es wird wirklich schnell und hopsig.«

»Dann ist es ja gut, dass ich den hässlichen BH mit den ultrabreiten Trägern anhabe«, meinte Annette.

Nachdem ich ihnen die Schritte gezeigt hatte, die wiederum nur aus einer Folge von seitlichen Vor- und Rückwärtsschritten bestanden, stellte ich die Musik an.

»Ach du Schreck, ist das schnell!«, sagte Annette, dann grinste sie. »In hohen Schuhen und trägerlosen Kleidern wird das interessant.«

Ein guter Hinweis. »Ich werde dafür sorgen, dass wir eine langsamere Version kriegen.«

Wir absolvierten ein regelrechtes Cardio-Workout, das mit weniger Alkohol vermutlich besser zu bewältigen gewesen wäre, hatten aber jede Menge Spaß. Und es war genau das, was ich brauchte.

Gegen zehn entschieden wir, dass unser Getanze nicht mehr besser werden würde. Außerdem hatte ich Sorge, dass die Hüpferei meine Nachbarin von unten, Mrs Hargreaves, um den Schlaf bringen könnte. Also öffneten wir noch eine Flasche Wein, warfen uns aufs Sofa und guckten *My Big Fat Greek Wedding* – Annettes Idee. Ich sah immer wieder mal zu Alice, weil ich befürchtete, der Film könnte sie abschrecken, aber sie schien alles sehr gelassen und belustigt zu verfolgen.

Bei der Hochzeit begannen wir kollektiv zu weinen, was vor allem zeigte, wie betrunken wir waren.

Um Mitternacht verabschiedeten sich alle, und ich schlurfte vor mich hin summend durch die Wohnung, um aufzuräumen.

Gerade als ich den letzten Teller in die Spülmaschine stellte, klingelte es an der Tür.

Seltsam.

Hatte eine von ihnen etwas vergessen? Oder hatte Simon beschlossen, mir noch einen Besuch abzustatten? Da ich Letzteres fürchtete, war ich fast schon versucht, das Klingeln zu ignorieren.

Aber ich hatte mir ja vorgenommen, ihm gegenüber großmütig zu sein, also lief ich die Treppe runter und machte auf.

Vor der Tür stand Marcie. Mit einem großen Gitarrenkoffer.

O. Mein. Gott.

Eine Sekunde lang dachte ich, das bilde ich mir nur ein. Aber so betrunken war ich dann doch nicht.

»Schön, dass Sie da sind«, sagte sie. »Ich hab vorhin schon mal geklopft, aber da hat niemand aufgemacht.«

Ich schluckte. »Marcie! Woher wissen Sie, wo ich wohne?«

»Wir haben mindestens einen gemeinsamen Freund. Und ist das wirklich Ihre wichtigste Frage?«

Sie hatte recht. »Weshalb … sind Sie hier?«

»Ich will Ihnen Ihr Interview geben.«

Sie schob sich an mir vorbei und ging die Treppe hinauf. Ihr Gitarrenkoffer rumste dabei immer wieder leicht gegen das Geländer. Es kam mir irgendwie unwirklich vor. Was war kurioser, als dass

Marcie Tyler um Mitternacht an deiner Wohnungstür klingelt? Dass sie mit einer Gitarre im Gepäck klingelt.

Sie ging geradewegs ins Wohnzimmer.

Wahrscheinlich roch es schrecklich nach Fisch, die Taramosalata hatte ihre Spuren hinterlassen.

»Ähm ... Kann ich Ihnen was zu trinken bringen?« *Scheiße – bloß keinen Alkohol!* »Ich meine, ich habe gerade Wasser aufgesetzt ... also für Tee oder Kaffee.«

Hätte irgendjemand meinem jüngeren Ich gesagt, dass es im Alter von vierunddreißig Jahren Marcie Tyler auf seinem IKEA-Sofa sitzen hätte, in der Hand eine angeschlagene Tasse der Exeter-Uni mit Pulverkaffee darin, hätte es denjenigen für verrückt erklärt.

Aber hier war sie, in voller Lebensgröße. Ich war so nervös, dass ich fürchtete, jeden Moment in hysterisches Gekicher zu verfallen.

Ich zwickte mich in die empfindliche Haut an der Unterseite meines Arms. *Reiß dich zusammen, Zoë.*

»Und ... war das ernst gemeint? Das mit dem Interview?«

»Kommt darauf an.«

Ich atmete langsam aus. Schon wieder ein Haken? Immer nur »nah dran« zu sein, machte mich langsam fertig.

»Auf was?«

Sie klappte ihren Gitarrenkoffer auf. Darin lag eine 1970er Zemaitis-Akustikgitarre. Davon gab es auf der ganzen Welt nur ungefähr drei Stück. Sie war angestoßen und zerkratzt, aber das steigerte ihren Wert noch mehr. Allein, sie in der Wohnung zu haben, sprengte vermutlich den Rahmen meiner Hausratsversicherung.

»Ich habe einen Song geschrieben.«

Ich schluckte. »Wirklich?«

»Einiges von dem, was Sie gesagt haben, hat mir zu denken gegeben. Vielleicht habe ich die verdammte Kette wirklich nicht gebraucht, und sie war nur eine Ausrede mir selbst gegenüber, wann immer ich etwas schreiben wollte und nichts dabei herauskam.«

Pure Freude überkam mich. Meine Worte hatten eine zehn Jahre währende Schreibblockade einer der berühmtesten Sängerinnen der Welt gelöst. Jetzt konnte ich in Frieden sterben – ich hatte die Welt verändert.

Sie stellte ihre Tasse ab. Sie hatte kaum etwas getrunken, was ich ihr nicht verübeln konnte. Dieser Nescafé stand schon Gott weiß wie lange im Schrank.

»Ich werde Ihnen den Song vorspielen. Wenn Sie ihn gut finden, können Sie Ihr Interview haben. Wenn nicht, werde ich gehen.«

Das wurde von Minute zu Minute verrückter. Natürlich würde ich Marcies Song lieben. Sie hatte noch nie etwas aufgenommen, das mir nicht sofort gefallen hätte, einschließlich dieses merkwürdigen Duett-Albums mit Val Doonican.

Marcie sah mich durchdringend an. »Und Sie müssen ehrlich sein. Ich werde es merken, wenn Sie lügen.«

Sie nahm die honigfarbene Gitarre, zog den Gurt über ihren Kopf und griff mit der Linken um den Gitarrenhals. Ihr Zeigefinger griff dabei auf ein herzförmiges Inlay aus Perlmutt.

Sie schlug den ersten Akkord an und zupfte danach eine wunderbare und eindringliche Melodie, bei der ich eine Gänsehaut bekam.

Dann begann sie zu singen.

Sie sang mit kristallklarer Stimme – und dann wieder rau und heiser. Es ging ums Loslassen. Sie verabschiedete sich von einem Geliebten, weil sie wusste, dass er nicht zu ihrer Zukunft gehörte.

Und am Ende des Songs wünschte ihr der Geliebte auf ihrem Weg viel Liebe und Glück. Sie ließ ihn ziehen, und er gab ihr seinen Segen.

Der letzte Ton war verklungen, aber in meinen Ohren summte die Melodie noch nach.

Marcie streckte eine Hand aus und wischte mit dem Daumen über meine feuchte Wange. Ich hatte nicht gemerkt, dass ich weinte.

Sie lächelte. »Ich bin froh, dass dir der Song gefällt.«

Sie legte die Gitarre in den Koffer zurück. »Und jetzt machen wir endlich dieses Interview.«

7

Es wurde schon hell, als Marcie ging. Wir hatten bis vier Uhr früh geredet, dann hatte sie Ronan angerufen, damit er sie abholte. Ich winkte ihnen nach, während sie in einem überraschend klapprigen alten Mini davonfuhren. Da ich wusste, dass ich noch nicht schlafen könnte, fuhr ich meinen Laptop hoch, setzte mich an den – mittlerweile Taramosalata-freien – Esstisch und fing an, das Interview zu tippen.

Als ich damit fertig war, mailte ich es Mike und klappte den Rechner zu.

Ich war erschöpft, aber glücklich. Und noch während ich beseelt auf meinem Sofa saß und überlegte, ob ich den Becher, den sie benutzt hatte, jemals abwaschen sollte – *Marcies Lippenstift war darauf!* –, dämmerte mir, dass ich noch was zu erledigen hatte.

Die ganze Zeit hatte etwas an mir genagt, aber ich hatte es beiseitegeschoben und zu ignorieren versucht. Marcies Song jedoch hatte mir alles messerscharf vor Augen geführt.

Ich musste mit Simon sprechen.

Ich duschte und zog mich um und machte mich für die Arbeit fertig. Es war noch nicht mal sieben, aber ich wusste, dass Simon schon wach sein würde.

Als ich unten bei Mrs Hargreaves vorbeikam, blieb ich kurz stehen, um Snowy zu streicheln. Plötzlich schwang ihre Tür auf.

»Morgen, Zoë. Das wird ein heißer Tag heute.«

Ich trug tatsächlich ein Sommerkleid, weil ich ausnahmsweise einmal in die Wetter-App geguckt hatte.

»Ich kann's kaum erwarten«, sagte ich.

»War das eigentlich Marcella Taglioni heute Nacht? Sie hat bei mir geklopft, weil Sie nicht aufgemacht haben.«

Ich runzelte die Stirn. Der Name kam mir irgendwie bekannt vor. *Scheiße, das war Marcies richtiger Name!* »Tyler« war nur ein Künstlername.

»Ich hoffe, wir haben Sie nicht gestört, Mrs Hargreaves.«

»Das war 'ne ganz Freche«, fuhr sie fort. »Hat nie ihr Gemüse gegessen und wollte die ganze Nacht Radio hören.«

Wovon redete sie da? »Sind Sie sicher, dass wir dieselbe meinen?«

»Aber ja! Mein Gedächtnis ist immer noch rasiermesserscharf. Ich war früher ihre Babysitterin.«

Hatte ich richtig gehört, oder war da irgendwas in meinen Ohren? »Sie ... Sie waren ihre Babysitterin?«

»Ja, damals, als ich studiert habe und in Hampstead wohnte.« Sie hob Snowy hoch, die uns immer noch um die Beine strich. »Na, dann wollen wir dich mal füttern, kleine Lady.« Sie wandte sich um. »Also, so was – Marcella Taglioni. Ich frage mich, was sie heute so macht.«

Ihre Unwissenheit schien nicht gespielt. »Das erzähle ich Ihnen ein andermal, Mrs Hargreaves.«

Ich musste lachen. Dass die beiden sich kannten, war echt abgefahren, aber im Rahmen dieser mehr oder weniger surrealen Nacht dann doch nicht weiter verwunderlich.

7

»Frixie!«, begrüßte mich Simon freudestrahlend. »Wie schön, dass du vorbeischaust! Gerade habe ich an dich gedacht.«

Er führte mich in seine Küche. »Ich habe deinen Rat befolgt und Yorkshire-Tee gekauft. Der ist wirklich gut. Komm, ich mach dir einen. Das Wasser hat gerade gekocht.«

Ich nickte und ließ ihn in der Küche herumwerkeln. Er pfiff fröhlich vor sich hin.

Was machte ich hier bloß? Ich war zu übernächtigt, um klar denken zu können. Wie sollte ich sicher sein, dass ich auch wirklich wollte, was ich vorhatte? Doch ich kannte die Antwort. Ich wusste es, seit Marcie ihren Song gesungen hatte. Sie hatte ihn für Benedict geschrieben, aber sie hätte ihn auch für mich und Simon singen können.

»Bitte schön.« Er stellte den Teebecher vor mich hin. »Nicht zu stark – genau, wie du ihn magst.«

Mir zitterten die Hände, als ich nach dem Becher griff.

»Alles in Ordnung, Frixie?«

Vielleicht sollte ich es mir doch noch mal überlegen. Ich könnte ihm sagen, dass ich nur hier war, weil es auf dem Weg lag; ich könnte meinen Tee trinken und dann einfach weiterziehen.

Aber es war zu spät, einen Rückzieher zu machen. Simon sah

mich fragend an – er hatte bereits gemerkt, dass irgendwas nicht stimmte.

Würde ich jetzt alles vermasseln?

Ein Leben ohne ihn konnte ich mir nicht vorstellen, aber ich musste ehrlich zu ihm sein.

Ich nahm seine Hand. »Du bist der Größte, Simon, weißt du das?«

»Na ja, ehrlich gesagt halte ich Mohammed Ali für den Größten.« Er grinste. »Aber mit ›Zweitgrößter‹ wäre ich einverstanden.«

Ich bekam einen Kloß im Hals. »Ich liebe dich, seit ich dreizehn war. Du bist mein ganzes Leben lang für mich da gewesen. An dem Tag, als du wieder nach London gekommen bist und wir zusammen Eis gegessen haben, war ich so glücklich wie schon sehr lange nicht mehr. Nur deinetwegen. Alles mit dir macht Spaß, und du bist witzig und bringst mich immer zum Lachen, und ich will nicht, dass sich das jemals ändert.«

Sein Gesicht wurde starr. Seine Lippen lächelten noch, aber die Fröhlichkeit war aus seinen Augen verschwunden.

»Was willst du damit sagen, Frixie?«

»Das mit uns wird nicht funktionieren, Simon. Es tut mir leid.«

Eine ganze Weile sagte er kein Wort. »Aber du und ich, wir sind doch das Dream-Team, Frixie. Du darfst uns nicht aufgeben.«

»Du warst alles, was ich wollte – für so lange Zeit. Aber ich habe erkannt, dass mein Bild von dir nichts mit der Realität zu tun hatte. Ich habe mich darauf versteift, als ich dreizehn war. Ich bin nicht besser als diese Mädchen, die sich die Augen aus dem Kopf heulen, weil Jonny Delaney die Band verlässt. Ich habe mich in eine Vorstellung verliebt, die ich selbst erschaffen hatte – nicht in eine reale Person.«

»Für mich warst du immer real, Zoë.« Er sprach mit sanfter Stimme, und ich hasste es, dass er meinen richtigen Namen sagte und nicht Frixie. Es war, als würde er eine Mauer um sich herum hochziehen.

»Du hast selbst mal gesagt, wir wären als gute Freunde besser dran. Und sosehr ich deine Aussage auch gehasst habe, erkenne ich jetzt, dass du recht hattest.«

Sein Gesichtsausdruck wurde plötzlich hart. »Gibt es einen anderen?«

Ich schloss die Augen. »Es ist, glaube ich, mein Schicksal, für immer allein zu bleiben.«

Simon lächelte traurig. »So langsam glaube ich, dass du und Twisted Sister mit *Love Is For Suckers* immer recht hattet: Liebe ist wirklich nur was für Weicheier.«

»Ich werde immer deine beste Freundin sein, Simon. Und wenn es dir mal nicht mehr so vorkommt, kannst du Zak Scaramouche auf mich hetzen, damit er mich wieder in die Spur bringt.«

Jetzt musste er schmunzeln. Er lehnte sich vor. »Aber wie kannst du sicher sein? Vielleicht brauchst du nur Zeit, um dich auf diese neue Ebene unserer Freundschaft einzustellen? Die 2.0-Version.«

»Aber Liebe – also die echte, wahre Liebe, die dich zu Songs inspiriert oder dir den Schlaf raubt oder dich jedes Risiko eingehen lässt –, die ist entweder da oder nicht.« Ich war mir meiner Sache inzwischen sicher. »Du musst dich nicht darauf einstellen, und du wächst auch nicht hinein oder so etwas. Wir kennen uns lange genug, Simon. Wenn du mich willst, dann als deine gute Freundin, deine beste Freundin. Die Art von Freundin, die dir hilft, Leichen zu verscharren, ohne Fragen zu stellen.«

»Und ich kann nichts mehr sagen oder tun, um dich zu überzeugen, dass du falschliegst?«

Traurig schüttelte ich den Kopf. »Eines Tages wirst du einsehen, dass ich recht habe.«

Ich stand auf, weil es nun nichts mehr zu sagen gab. Mein Tee stand ungetrunken auf dem Küchentisch, und wir nahmen uns nicht in die Arme und sagten auch nichts mehr, als ich beim Abschied in der Tür stand. Ich drückte ihm noch einmal fest die Hand und ging davon.

7

Ich weiß nicht, wie ich es durch den Tag schaffte. Die Begeisterung über Marcies Interview half natürlich, vor allem, als ich Gavin und Lucy davon erzählte.

»Scheiße nochmal«, sagte Lucy. »Du weißt schon, dass du seit zehn Jahren der erste Mensch bist, der einen neuen Song von Marcie Tyler gehört hat, oder?«

Sie hatte recht, aber in dem Moment war es mir nicht bewusst gewesen. Ich war zu sehr in die Musik vertieft gewesen, um etwas anderes wahrzunehmen als den Schmerz in ihrer Stimme und den Schmerz, den der Song bei mir auslöste.

Rob, unser Art Editor, hatte das Interview mit Marcie schon gelayoutet. Mike hatte mit unseren Investoren gesprochen. Sie hatten einen neuen Vertrag für mich in Arbeit, außerdem sollte es Gehaltserhöhungen und weitere Investitionen geben.

Unsere übliche Auflagenhöhe betrug fünfzigtausend, und ich rief Mike an, um vorzuschlagen, dass wie sie erhöhten.

»Was meinst du? Sollen wir auf sechzigtausend oder vielleicht sogar fünfundsechzig hochgehen?«

Ich hörte ihn leise lachen. »Zoë, in genau diesem Moment holzen sie gerade den halben Regenwald ab, damit wir genug Papier haben. Wir erwarten einen Absatz von hunderttausend.«

Das war echt surreal. Ich meine, um den Regenwald tat es mir natürlich leid, und Mike machte sicher Witze, aber *hunderttausend*? Das war so viel wie zu den besten Zeiten des Magazins in den Siebzigern!

Gut, die Auflage würde bald wieder zu regenwaldfreundlicheren Mengen zurückgefahren werden, und vielleicht würde *Re:Sound* auch nicht bis in die Ewigkeit bestehen, aber ich hatte getan, was ich konnte, um das Überleben zu sichern.

Und wenn der Tag käme, an dem ich meinen Platz räumen müsste, dann würde ich ihn immerhin für Chefredakteur Nummer vierzehn frei machen.

Kapitel 31

♪ You Don't Know What You've Got
(Till It's Gone)

Am Freitagabend vor der Hochzeit war ich mit Alice bei *Selfridges* verabredet, um ein paar letzte Kleinigkeiten zu besorgen. Sie hatte gesagt, sie wolle sich »was zum Drunterziehen« kaufen, und ich fuhr mit ihr in den ersten Stock und dachte, sie wolle vielleicht einen besseren BH oder noch eine Reservestrumpfhose. Umso erstaunter war ich, als sie die gewöhnlichen Marken links liegenließ und schnurstracks zu *Agent Provocateur* marschierte.

»Alice, ich bin schockiert«, sagte ich, halb im Scherz. Die Sachen spielten in einer anderen Liga – und jedes einzelne Stück schien mit passender Augenbinde verkauft zu werden.

Sie lächelte. »Man hat nur eine Hochzeitsnacht.«

»Tu dir keinen Zwang an – aber ohne mich! Ich werde nicht danebenstehen, während du dir Sex-Outfits für meinen Bruder aussuchst. Und hast du die Preise gesehen?«

Ich ließ sie zwischen den durchsichtigen Einteilern und nippelfreien BHs stehen und nahm die Rolltreppe zurück ins Erdgeschoss. Ich konnte einen neuen Lippenstift gebrauchen; meiner ging dem Ende zu, und es war immer gut, einen Ersatz zu haben.

Natürlich stand ich am Ende mit jeder Menge anderem Zeug an der Kasse, etwa Make-up-Primer und Fixierspray, was ich noch nie in meinem Leben benutzt hatte, aber die Frau an der Theke war unglaublich überzeugend gewesen und ihr Lidschatten eine Wucht.

Nein, Blau mit goldenem Highlight auf dem Oberlid habe ich noch nie probiert, aber nur zu, packen Sie das auch noch ein.

Mit noch glühender Kreditkarte spazierte ich durch die Parfüm-abteilung und schnupperte plötzlich etwas Himmlisches. Was war das für ein Duft? Er verursachte mir das Gefühl von Glück und Traurigkeit zugleich und roch dazu seltsam vertraut ...

Oh.

Nick. Das war Nicks Aftershave.

Wieder kam mir ein Schwall seines Dufts entgegen, diesmal noch stärker. Ich drehte mich um. Eine Frau hinter einer Verkaufstheke sprühte für einen Kunden eine Probe auf ein Kärtchen.

Ich ging hin. Auf der Theke standen drei hohe, eckige Flakons. Der, den sie gerade abgestellt hatte, war der ganz rechts. Auf dem weißen Etikett über der bernsteinfarbenen Flüssigkeit stand in diskreter schwarzer Schrift *Serge* und noch irgendwas gedruckt. Die Marke kannte ich nicht.

»Möchten Sie eins probieren? Die sind unisex.« Sie nahm das mittlere Fläschchen. »Das hier ist unser neuester Duft.«

Ich schüttelte den Kopf. »Könnte ich den Duft daneben probie-ren? Den Sie gerade versprüht haben?«

»Natürlich. Auf eine Karte oder auf Ihr Handgelenk?«

»Karte«, erwiderte ich prompt. Seinen Duft auf meiner Haut zu haben, würde ich nicht ertragen. Das wäre mir zu intim.

Die Verkäuferin drückte auf die Zerstäuberpumpe, und ein feiner Sprühnebel benetzte den Pappstreifen. »Das Parfüm hat eine hol-zige Basis mit Kopfnoten von Moschus und Leder auf einem Herz mit schwarzer Johannisbeere«, sagte sie.

Schwarze Johannisbeere? Nick roch aber nicht wie ein schnöder Halsbonbon. Ich nahm ihr die Karte ab, hob sie an die Nase und schloss die Augen.

Die einzelnen Bestandteile konnte ich nicht identifizieren – sie vermischten sich zu einem einzigen olfaktorischen Schmaus. Ich atmete erneut ein – und begann innerlich zu schweben. Seidig und rauchig. Samtig und erdig. Das war Nick.

Aber nicht ganz.

»Gefällt er Ihnen nicht?«

Abrupt landete ich wieder auf der Erde.

»Ich muss es mir noch mal überlegen«, sagte ich und warf die Karte hastig in meine Einkaufstüte.

In der Cafeteria bestellte ich einen Kamillentee – Koffein war das Letzte, was ich jetzt brauchte. Ich setzte mich an einen Ecktisch und versuchte, mich wieder zu fangen.

Du liebe Zeit, da hätte ich mitten im Kaufhaus fast einen Orgasmus gekriegt!

Was war nur los mit mir?

Ich vermisste Nick. Ganz offensichtlich kam ich nicht umhin, mir das einzugestehen. Wir hatten in den letzten Wochen viel Zeit miteinander verbracht.

Doch es ging nicht nur darum, dass ich ihn vermisste. Als ich vorhin so plötzlich seinen Duft wahrgenommen hatte, hatte mich auf magische Weise ein Gefühl puren Glücks erfüllt. Und das kam nicht daher, dass er mir fehlte.

Ich hatte Simon gesagt, wir könnten nicht zusammen sein, weil etwas zwischen uns fehle – und dabei hatte ich genau gewusst, wovon ich sprach, denn eben dies hatte ich mit Nick gespürt.

Die Erkenntnis war erschreckend und wundervoll zugleich. Erschreckend, denn schon wenige Sekunden danach kam die Angst, mir könnte dieses Gefühl wieder genommen werden.

Und wundervoll, weil es sich anfühlte, als könnte ich alles bewältigen. Ich spürte eine grenzenlose Energie, als würde in mir eine Sonne glühen.

Aber ich hatte es versaut. Und jetzt verbrachte Nick die letzten Nächte vor seiner Rückkehr nach Südamerika im Bett einer anderen Frau und verbuchte seinen Ausflug ins Vereinigte Königreich sowie seine vorübergehenden Gefühle für mich unter dem Stichwort *Schwerer Fehler*.

Alice ließ sich mit einem Haufen gelber *Selfridges*-Tüten in den Sessel neben mir plumpsen.

Ich blinzelte ein paarmal, um die drohenden Tränen zurückzuhalten. »Mein lieber Schwan«, meinte ich, »das sind aber große Tüten für ein paar letzte Kleinigkeiten.«

Sie grinste. »Ich hab noch die eine oder andere Sache gefunden.« Sie lehnte sich zu mir rüber. »Aber wie es aussieht, ist auch jemand anders fündig geworden.«

Sie versuchte, in meine Tüte zu linsen, doch ich schnappte sie ihr weg. Es wäre mir zu peinlich gewesen, wenn sie das Parfüm auf der Karte gerochen und vielleicht wiedererkannt hätte und mich für albern und sentimental hielt, weil ich mich an einem Chemiecocktail auf Pappe berauschte.

»Was ist los, Zoë? Hast du was auf dem Herzen?«

Ich schüttelte den Kopf. Es war der Abend vor ihrer Hochzeit, und ich würde ihr jetzt nicht mein Herz ausschütten. Lieber wollte ich für sie da sein, falls sie in letzter Sekunde nervös wurde.

»Ich bin total erschöpft, aber auf gute Weise – ich war die ganze Nacht auf und habe Marcie interviewt.«

»Das ist ja großartig!«

Ich versuchte, ebenso zu strahlen wie sie. »Das ist es.«

Wir schwiegen eine Weile. Ich trank einen Schluck Kamillentee und wünschte, es wäre Wein.

»Da ist doch noch etwas.«

»Nö, da ist nichts.«

»Bitte sag es mir! Ich muss an etwas anderes denken als an die Hochzeit. Gib mir ein bisschen Ablenkung, damit ich mir nicht dauernd vorstelle, wie ich beim Gang zum Altar stolpere oder während der Zeremonie einen Hustenanfall bekomme. Das ist Annettes Schwester passiert, und es war schrecklich. Die Ärmste ist fast blau angelaufen.«

Wie kam es, dass Alice immer genau wusste, was sie sagen musste?

»Ich habe Simon gesagt, dass ich ihn nicht liebe«, gestand ich schließlich.

Sie machte große Augen. »Das tut mir schrecklich leid. Geht es dir gut damit?«

»Na ja, abgesehen davon, dass ich mich grässlich fühle, weil ich ihm das antun musste, weiß ich, dass es so am besten ist.«

Sie rieb meinen Arm. »Bist du sicher, dass es dir gut geht? Du siehst nämlich aus, als würdest du gleich losheulen.«

O Gott. Sie hatte recht. Mein Gesicht fühlte sich ganz heiß an, und plötzlich spürte ich Tränen hinter den Augen brennen.

Alice nahm mich in den Arm, während ich die Luft anhielt und ein Schniefen unterdrückte.

Reiß dich zusammen, Zoë, jetzt ist nicht der richtige Zeitpunkt.

Aber es half nichts. Es war wie ein Dammbruch, und ich konnte die Flut nicht länger aufhalten.

Sie ließ mich eine Weile schluchzen. Dann gab sie mir ein Ta-schentuch und sah mich streng an. »Rede mit mir, Zoë.«

»Es ist Nick«, beichtete ich.

»Du empfindest etwas für ihn?«

Ich nickte und musste erneut schluchzen. Alice wartete geduldig, bis es vorbei war, und hörte sich dann die ganze tragische Ge-schichte an.

»Hast du schon versucht, ihn anzurufen?«

»Nein, aber seit er weg ist, hat er mir nur eine einzige Nachricht hinterlassen – der will bestimmt nichts mehr von mir hören.«

»Aber er weiß überhaupt nicht, wie du empfindest. Und wie soll er auch? Du hast es ja selbst gerade eben erst gemerkt.«

Ich pustete einen Schwall Luft durch die Lippen. »Und was soll ich sagen? ›Hi, Nick, sorry, dass ich dir neulich ins Gesicht gelacht habe und zu einem anderen gerannt bin. Ach, übrigens: Ich bin verrückt nach dir.‹«

Alice lächelte. »Genau das musst du sagen. Mit anderen Worten natürlich.«

»Aber es ist sinnlos. Er hat das Land verlassen. Und war sowieso nie sonderlich erpicht darauf, in England zu leben.«

»Ich wette, er mag England sehr viel lieber, wenn er weiß, was du für ihn empfindest.«

Eine Sekunde lang schien alles so einfach. Nur ein einziger An-ruf …

Ich schob den Gedanken weg, ehe er sich festsetzen konnte. »Er ist sowieso mit einer anderen zusammen.«

Alice zog die Stirn kraus. »Echt jetzt? So schnell?«

»Es war ein schlecht gehütetes Geheimnis in der Musikbranche, dass er mehr oder weniger mit jemandem zusammen war, für den er gearbeitet hat. Besser gesagt: für *die*. Eine ziemliche Berühmtheit ...«

Alice sah mich staunend an. »Etwa Marcie?«

Ich nickte.

Sie hatte ihr Handy auf den Tisch gelegt, und plötzlich vibrierte es. »Entschuldige, das muss ich eben anschauen.« Stirnrunzelnd las sie die Nachricht. »Tut mir leid, aber ich muss los. Ich soll heute bei Annette übernachten, und anscheinend bin ich schon zu spät für das abendliche Verwöhnprogramm, das sie für mich geplant hat.«

»Dann mal los, gute Frau. Morgen ist ein wichtiger Tag.«

Sie stand auf und nahm mich noch einmal in den Arm. »Ruf ihn an. Sag ihm, was du fühlst. Wenn du das jetzt nicht tust, wirst du es ewig bereuen.«

Ich blieb noch eine Weile sitzen, schlürfte meinen Tee und versuchte, nicht zu sehr über all das nachzudenken, was sie gesagt hatte.

Sollte ich Nick wirklich sagen, was ich für ihn empfand? Wollte ich mich unbedingt demütigen lassen?

Zum Glück rief in diesem Moment Pete an, so dass ich mir nicht weiter den Kopf zerbrechen musste.

»Hi, Bruderherz«, grüßte ich mit erzwungener Fröhlichkeit. »Was geht ab?«

»Hier ist die Kacke am Dampfen«, kam die grimmige Antwort.

Kapitel 32

 I Guess That's Why They Call
It the Blues

Eine unverschämt teure Taxifahrt später stand ich vor Petes Tür. Am Telefon hatte er mir unter einer Häufung recht expliziter Flüche erklärt, dass es mit der Band eine Doppelbuchung gegeben habe, was bedeutete, dass sie morgen auf der Hochzeit keine Musik hätten.

Pete führte mich ins Wohnzimmer und gab mir einen dampfenden Becher mit so starkem Tee, dass es mir fast den Schmelz von den Zähnen ätzte.

»Das brauchen wir Alice aber nicht zu erzählen«, sagte er. »Sie wird sich nur Sorgen machen.«

Ich tigerte im Wohnzimmer auf und ab, während er wieder in die Küche verschwand. Wenige Minuten später kehrte er mit einem Teller *Pastitsia* zurück, Mandelmakronen, die es traditionell bei griechischen Hochzeiten gab und von denen ich morgen sicher eine ungesunde Menge in mich hineinstopfen würde.

»Magst du eine?«

»Heute nicht, danke.«

Neben ihm auf dem Sofa lagen aufgeschlagen die Gelben Seiten.

»Was willst du damit?«, fragte ich ihn. »Einen Siebziger-Jahre-Werbespot drehen?«

»Ich versuche, meine Hochzeit zu retten«, entgegnete er brummig.

»Ich weiß ja nicht, wie viele Bands im Telefonbuch stehen.«

»Ich suche keine Band, ich habe jeden Kerl, der da drinsteht und irgendwas mit Musik zu tun hat, im Umkreis von fünfzig Meilen angerufen. Nicht, dass mir das was gebracht hätte. Die sind alle ausgebucht.«

Er würde gleich durchdrehen, und ich musste etwas unternehmen. »Pete, wir brauchen keinen Alleinunterhalter mit mobiler Disco oder so was. Wir können auf dem Laptop eine Playlist erstellen und die dann über die Anlage des Hotels abspielen.«

»Oh, daran habe ich gar nicht gedacht.«

Ich tätschelte seinen Arm. »Ein weiterer Vorteil ist, dass dir kein merkwürdiger Typ mit Fransen-Vokuhila in die Intros deiner Lieblingssongs reinquatscht. Überlass das ruhig mir. Ihr werdet morgen Musik haben, das verspreche ich.«

Pete sah mich ganz komisch an. War mit seinen Kontaktlinsen etwas nicht in Ordnung? Oder wurde er jetzt etwa sentimental? Dann sprach er meinen Namen auf griechische Art aus – mit dem Akzent auf der zweiten statt der ersten Silbe –, und ich wusste Bescheid. »Ich weiß nicht, was ich ohne dich tun würde.«

O nein, wenn mein Bruder jetzt zu flennen anfinge, müsste ich sofort mitheulen, vor allem nach meiner Gefühlsattacke im Kaufhaus.

Zuneigungsbekundungen zwischen uns waren in etwa so selten wie geschmackvolle Weihnachtssongs. Aber nur, weil wir es nicht zeigten, bedeutete das nicht, dass wir uns nicht liebten.

»Dito«, sagte ich.

Pete lachte. »Wie kommt es nur, dass uns beiden dieses griechische Gen fehlt, durch das die anderen sich ständig abknutschen und innigste Liebe bezeugen müssen?«

Ich deutete auf meine Tasse und den Teller mit Makronen. »Wir zeigen das eben mit Essen und Trinken.«

Er nickte.

»Ich bin echt stolz auf dich, Pete.«

»Wieso? Ich hab die *Pastitsia* nicht selbst gemacht – die hab ich von *Green Lanes*.«

Ich knuffte ihn in die Seite. »Ich meine ja auch nicht das Gebäck. Ich bin stolz, dass du diese tolle Frau gefunden hast und so schlau warst, um ihre Hand anzuhalten. In Bezug auf Liebe hast du jetzt alles unter Dach und Fach, und ich freue mich riesig für dich.«

»Du wirst auch noch jemanden finden, Schwesterchen. Sobald du endlich mal aufwachst und einsiehst, dass Simon nicht der Richtige für dich ist.«

Ich versuchte, gelassen zu bleiben. »Wovon sprichst du?« Ich hatte die Absicht, alles zu leugnen, aber so, wie Pete mich ansah – mit einer Mischung aus Verzweiflung und Mitleid –, würde ich mich diesmal wohl nicht rausreden können. Wir hatten nie darüber gesprochen, aber offensichtlich wusste er über meine Gefühle für Simon Bescheid.

»Was hat Alice dir erzählt?«

»Gar nichts. Das war nicht nötig. Du hast schon immer für Simon geschwärmt, auch wenn ich ums Verrecken nicht nachvollziehen konnte, warum.«

Ich runzelte die Stirn und fragte mich, ob ich schon so weit wäre, zu hören, wie jemand Simon schlechtmachte. »Wieso? Was ist mit Simon?«

»Ist er nicht einfach langweilig? Ich meine, er steckt sich das Hemd in die Hose – hallo?«

Ich musste schmunzeln. »Seit wann gehörst du denn zur Style-Polizei?«

»Er ist flatterhaft.«

»Wie bitte?«

»*Flatterhaft* – er zieht nichts richtig durch. Denk mal an mein Panini-Album zur Weltmeisterschaft 98. Als er das sah, hat er sich am nächsten Tag auch eins gekauft, und ich habe mich gefreut, mit jemandem Sticker tauschen zu können. Ich wollte unbedingt einen Zinédine Zidane und kriegte immer nur Thierry Henrys. England war damals ja grottenschlecht, mit Ausnahme von Michael Owen. Echt, aus lauter Frust hätte ich Fußball fast aufgegeben ...«

»Du schweifst ab, Pete.«

»Was ich sagen wollte, ist, dass er nur eine Woche später das Album schon wieder komplett vergessen hatte. Aber so ist er: springt von einer Sache zur anderen. Er lässt sich nie voll und ganz auf irgendetwas ein – oder auf irgend*jemanden*.«

Es fiel mir schwer, dem vertrauten Impuls zu widerstehen, Simon zu verteidigen. »Das finde ich jetzt ein bisschen hart, Pete. Immerhin hat er geheiratet – was zeigt, dass er sich durchaus auf jemanden einlassen kann.«

Pete schüttelte den Kopf. »Ich hatte Fußpilzattacken, die länger dauerten als seine Ehe.«

»Simon hat es nicht leicht gehabt.«

»Ach so, ja, all die harten Jahre im Kohlebergwerk ... Ganz vergessen.« Pete verdrehte die Augen. »Okay, ich weiß, dass seine Eltern sich getrennt haben, als er noch ziemlich jung war, das war sicher schwer. Aber ich konnte immer sehen, dass dir mehr an ihm liegt als ihm an dir. Und als er vor deinen Augen diese Jessica angesabbert hat, hätte ich ihm am liebsten eine verpasst. Ich könnte das immer noch machen, wenn du willst.«

Ich wischte mir schnell über das Gesicht, bevor Pete merken konnte, dass ich Pipi in den Augen hatte.

Er hatte recht. Ich hatte Simon für sein Verhalten mir gegenüber nie zur Rechenschaft gezogen.

Jetzt aber gab es Wichtigeres, nämlich – die Hochzeit meines Bruders zu retten.

»Genug von mir, Pete. Hol jetzt deinen Laptop, damit wir eine Playlist machen können. Aber ich warne dich: Für die Anzahl von Genesis-Songs lege ich eine Obergrenze fest.«

Nach etwa einer Stunde hatten wie eine einstündige griechische und eine fünfstündige allgemeine Playlist, die ich zu Hause noch etwas verfeinern würde.

Als ich Petes Rechner herunterfahren wollte, fiel mir eine andere Playlist ins Auge. Es waren lauter klasse Songs darin, also nicht sein üblicher Geschmack – die meisten etwas langsamer und balladiger, darunter auch mein Lieblingssong von Marcie: »It's too Late for Love«. Allein der Anblick dieses Titels von ihr ließ mich an Nick denken, und die Traurigkeit übermannte mich von Neuem. Würde ich je wieder ein Lied von ihr hören können, ohne an ihn zu denken?

»Was ist das?«, erkundigte ich mich.

Pete grinste. »Das ist eine deiner Playlists. Die hab ich vor Jahren mal auf Spotify gefunden und kopiert. Ich dachte, damit könnte ich Alice beeindrucken, als wir damals zusammenkamen, weil du immer gesagt hast, ich hätte einen völlig unterirdischen Musikgeschmack.«

Der Titel der Playlist lautete kryptisch *WGSNAL*.

»Habe ich die so genannt?«

Pete grinste wieder. »Nee. Als ich sie das erste Mal gehört hab, habe ich sie umbenannt.«

»Und was bedeutet das?«

»*Wer glaubt schon noch an Liebe.*«

»Wieso?«

»Da ist nichts Fröhliches oder Erhebendes in diesen Songs, sie sind alle … na ja … komplett durch mit allem, was mit Gefühlen zu tun hat. Sieh doch: ›I Hate Myself for Loving You‹, ›Everybody Hurts‹, ›Love Is a Battlefield‹. Wäre es so schrecklich für dich, mal ein bisschen Boney M. zu hören?«

Ich runzelte die Stirn. »Hältst du mich für eine Zynikerin?«

»Nicht so wie Scully. Aber wenn es um Liebe geht, schon, ja.«

»Du hast mich anhand einer blöden Playlist psychoanalysiert?«

»Nein, ich habe dich psychoanalysiert, weil ich dein blöder Bruder bin.«

Hatte er etwa recht? Glaubte ich in meinem tiefsten Herzen nicht mehr an die Liebe?

Ich hatte mit Simon herumgewitzelt, dass Liebe nur etwas für Weicheier sei, aber wenn Pete das nun für meine echte Überzeugung hielt, musste ich wohl ernsthaft darüber nachdenken. Vielleicht war wirklich etwas dran – meine Chancen mit Nick hatte ich auf eine Weise vergeigt, die schon an (Selbst-)Sabotage grenzte. »Vielleicht eine Form von Selbstschutz?«

»Ach, eine gesunde Dosis Skepsis ist schon eine gute Sache. Ich habe lieber eine Schwester, die bei der Liebe vorsichtig ist, als dass sie bei jedem Vollhorst schwach wird, der mit Tankstellenblumen um die Ecke kommt. Du trittst einem Typen eher in den Arsch, als dass du dir dein Herz brechen lässt. Und das ist auch gar nicht so schlecht. Das reduziert die Anzahl der Ärsche, in die ich für dich treten muss.«

7

Auf der Heimfahrt Richtung Shepherd's Bush wurde ich mit meinem Playlist-Vorschlag zunehmend unzufrieden. Vielleicht mussten wir für den griechischen Anteil darauf zurückgreifen, aber ich würde doch wohl eine Band finden, die den anderen Teil bestritt! Schließlich kannte ich genug. Und hatte etwas über achtzehn Stunden Zeit. Irgendwer da draußen musste mir doch einen Gefallen schulden.

Ich rief mindestens zwanzig Manager, Agenten und Musiker an. Dann spannte ich Mike, Lucy und Gavin mit ein, und sie versprachen, ihre Kontakte anzumorsen, so dass wir bald eine ganze Horde von Leuten kontaktiert hatten. Wenn ich erst einmal in den professionellen Modus schaltete, lief ich schnell auf Hochtouren. Es blieb mir jedoch nicht verborgen, dass mir diese Geschichte als willkommene Ablenkung vor einer ganz anderen Angelegenheit diente. Aber nachdem ich meine Anrufliste abgearbeitet hatte, war ich immer noch hellwach. Es war nicht ganz elf Uhr – nicht zu spät, um Simon anzurufen. Mir war nicht ganz klar, was ich sagen würde, aber ich spürte das dringende Bedürfnis, ihn zu sprechen, und wusste, ich könnte vorher ohnehin nicht schlafen.

Da ich plötzlich fürchtete, es könnte doch schon zu spät sein, schickte ich ihm erst einmal eine Nachricht.

Können wir reden?

Zu meiner großen Erleichterung antwortete er umgehend.

Brauchst du Gesellschaft? Kann in 10 min da sein.

Ausnahmsweise verbrachte ich die nächsten Minuten nicht damit, mir Gedanken über den Zustand meiner Wohnung oder mein Aussehen zu machen. Ich versuchte, mir darüber klar zu werden, was ich ihm sagen wollte.

Jetzt oder nie.

»Hübsche Blumen«, sagte Simon, als ich ihn sieben Minuten später in mein Wohnzimmer bat. Er musste sich in derselben Sekunde auf den Weg gemacht haben, in der er seine Nachricht geschrieben hatte. Sieben Minuten waren zu kurz gewesen, um mir meine Worte zurechtzulegen – ich würde improvisieren müssen.

»Danke«, sagte ich und freute mich erneut über den Strauß Lilien und Rosen, den Alice mir als Dankeschön für den griechischen Abend geschenkt hatte. »Möchtest du was trinken?«

Simon schüttelte den Kopf. »Ich bin froh, dass du dich gemeldet hast. Ich wollte auch mit dir sprechen.«

Ich hob die Hand. »Dürfte ich als Erste ein paar Dinge sagen?« Ich schluckte. Ich konnte Simon ansehen, dass er nervös war. In gewisser Weise beruhigte mich das aber, denn mein Herz klopfte wie wild. Wie unter einem Anfall von Lampenfieber.

Ich drehte mich in meinem Sessel so, dass ich Simon auf dem Sofa direkt ansehen konnte. »Als ich neulich Morgen bei dir war und sagte, wir könnten nicht zusammen sein, hätte ich noch etwas anderes sagen sollen. Etwas, das du mir, wenn ich es richtig verstanden habe, selbst sagen wolltest, aber ich war nicht bereit, es zu hören.«

Er nickte, und ich fuhr fort. »Die ganze Zeit, in der du mir erzählt hast, du würdest etwas für mich empfinden, hast du dir trotzdem alles offengehalten und Jessica dasselbe erzählt. Und als wir uns an dem Abend geküsst haben, haben wir vereinbart, es langsam anzugehen. Wir haben nie wieder darüber gesprochen, wir haben nie beschlossen, so zu tun, als sei nichts gewesen. Das hast du ganz allein entschieden, Simon. Und es hat wehgetan. Es tut immer noch weh.«

Er bekam feuchte Augen. Es tat mir leid, dass er sich meinetwegen schlecht fühlte, aber wenn ich diese Sache jetzt nicht rausließe, würde sie weiter in mir schwelen. Und ich wollte nicht, dass sie mich oder unsere Beziehung belastete, als wären es Gefühle, für die ich mich schämen müsste.

Ich holte noch einmal tief Luft. »Du und ich sind nicht füreinander bestimmt, das sehe ich jetzt ein. Aber das bedeutet nicht, dass ich einfach so abschütteln kann, wie du mich behandelt hast. Ich möchte einfach daran glauben können, dass dir unsere Freundschaft mehr bedeutet als das.«

Jetzt bekam er Tränen in die Augen. »Ich wollte dich nie verletzen, Frixie. Deine Freundschaft bedeutet die Welt für mich. Meine halbe Kindheit warst du mein einziger Freund – der einzige Mensch, der mir zwischen den Fronten meiner sich streitenden Eltern Halt und Zuflucht gegeben hat. Nur durch dich konnte ich all diese Jahre überhaupt ertragen. Nicht auszudenken, was für ein Wrack ich geworden wäre, wären wir nicht in deine Straße gezogen.«

Jetzt lächelte er, und ich lächelte zurück, weil ich mir ebenfalls nicht vorstellen konnte, wie mein Leben ohne ihn verlaufen wäre.

»Ich habe mich beschissen verhalten«, fuhr er fort. »Das weiß ich jetzt. Ich war vollkommen fertig, als Louise mich verlassen hat – als wäre ich wieder zum Teenager mutiert. Ich bin nur um mich selbst gekreist. Und du bist immer für mich da gewesen, also dachte ich blöderweise ...«

Es war hart, hören zu müssen, was er sagen wollte, also sagte ich es selbst: »Du hast gedacht, ich wäre immer verfügbar.«

Er nickte. »Ich schäme mich so.«

»Ich habe ja auch einfach alles mit mir machen lassen. Es war schlimm, dich mit Jess zu sehen, schlimmer noch als damals deine Heirat, über die ich mich freuen und zu der ich dir gratulieren musste.«

»Ich wünschte, ich hätte das gemerkt.«

»Ich hätte was sagen sollen. Aber dazu fehlte mir der Mut.«

Er sah mich erstaunt an. »Zoë Frixos, du bist der mutigste Mensch, den ich kenne.«

Danach mussten wir beide heulen. Aber jetzt waren es Tränen der Freude. Ich hatte ein bisschen Angst, dass wir Mrs Hargreaves aufweckten, aber zum Glück kam keine Beschwerde.

Kapitel 33

 I Close My Eyes and Count to Ten

Der Tag der Hochzeit begann mit sintflutartigem Regen. Ich rief Pete an, um nachzufragen, ob er gut geschlafen habe. Nein, das war gelogen. Ich rief an, um sicherzugehen, dass er nicht verschlafen hatte oder Opfer eines spätnächtlichen Besuchs seines Trauzeugen Alex geworden war, der damit endete, dass Pete mit abrasierten Augenbrauen auf einem Autobahnrastplatz lag.

Er klang ganz munter. »Ich habe grad mit Mum gesprochen. Sie meinte, früher in ihrem Dorf ist es immer ein gutes Zeichen gewesen, wenn es am Tag der Hochzeit geregnet hat.«

Das war ausgemachter Blödsinn, aber süß, dass Pete so etwas glaubte. Wäre an ihrer Behauptung etwas dran, dann würden aus englischen Sommerhochzeiten die glücklichsten Ehen der Welt hervorgehen.

Ich duschte, frühstückte eine Scheibe Toast und eine Tasse Tee und machte mich fertig. Als ich die *Selfridges*-Tüte aufklappte, um mein neues Make-up rauszuholen, schlug mir eine Welle von Nicks Aftershave entgegen – und mit ihr überkam mich wieder diese exorbitante Traurigkeit.

Für einige Minuten ließ ich meinen Tränen freien Lauf.

Meine Güte, ich nahm mir Gavins »Durch die Gefühle muss man durch« wirklich sehr zu Herzen.

Wie auch immer. Wahrscheinlich war es ohnehin besser, das mit dem Weinen frühzeitig hinter sich zu bringen. Wasserfeste Wimperntusche hatte ihren Namen häufig nicht verdient.

Eine halbe Stunde bevor meine Eltern mich abholen wollten, war ich fertig. Etwas steif saß ich auf meinem Küchenstuhl und passte auf, dass ich nicht zu viele Knitterfalten in mein langes Satinkleid bekam. Zeit zur Muße war in meiner Verfassung keine gute Sache. Alices Vorschlag, Nick anzurufen, ging mir immer wieder durch den Kopf. Es juckte mir tatsächlich in den Fingern, aber jedes Mal, wenn ich kurz davor war, seine Nummer zu wählen, machte ich mir doch zu sehr in die Hosen. Was sollte ich sagen?

Oh, hallo, Nick. Also, falls dir mit Marcie Tyler mal langweilig werden sollte, dann denk an mich – ich wäre liebend gern dein Trostpreis. Bin ja selbst schuld, dass ich dich wegen eines anderen habe stehenlassen.

Ich spielte alle denkbaren Varianten dieser fiktiven Aussprache zehnmal in meinem Kopf durch, bevor eine andere, diesmal eine echte, sie übertönte – nämlich Simons Ansage von letzter Nacht, ich sei der mutigste Mensch, den er kenne. Es wurde Zeit, meine Courage unter Beweis zu stellen und Nick tatsächlich anzurufen.

Ich atmete ein paarmal tief durch und hoffte, dass besagte Courage mich nun erfüllen möge.

Okay, in der Küchenluft war wohl nicht besonders viel Courage enthalten. Vielleicht sollte ich ein Fenster öffnen ...

Nein, verdammt. Das war bescheuert. Was hielt mich ab?

Ich war noch nie gut darin gewesen, Dinge spontan zu tun. Vielleicht sollte ich lieber aufschreiben, was ich sagen wollte.

Ich durchwühlte die Schubladen, bis ich fand, was ich suchte, setzte mich wieder an den Tisch, hielt den Stift über das weiße Blatt Papier und wartete auf die richtigen Worte.

Gleich müssten sie kommen.

Nur Geduld.

Verdammt nochmal! Ich war Journalistin – da sollte ich immerhin schriftlich gut mit Worten umgehen können.

Vielleicht lag es am Stift. Ich hatte schon seit Jahren nichts mehr mit der Hand geschrieben. Vielleicht müsste ich meinen Rechner anwerfen.

Ich sah auf die Uhr. Verdammt, hatte ich wirklich nur noch fünfzehn Minuten? Und ich brauchte noch Zeit, für einen Toilettengang und um mein Make-up zu checken und um erneut zu überprüfen, ob ich in meiner lächerlich kleinen Handtasche auch wirklich alles dabeihatte.

Keine Zeit also, um irgendwas zu schreiben. Ich musste improvisieren.

Ich nahm das Handy, suchte Nicks Nummer und drückte auf *Verbinden.*

Das Herz schlug mir bis zum Hals. Es klingelte. Allerdings war es der internationale Klingelton. Er hatte England bereits verlassen.

Egal.

Es klingelte noch einige Male, dann hörte es auf.

»Hallo?«, krächzte ich.

Keine Antwort. Eine Voice-Mailbox war angesprungen, aber eine von diesen automatischen Konservendingern mit der Stimme der Frau, die auch die Zeitansage spricht. Nicht Nicks normale Mailbox mit seiner eigenen Stimme. War das auch wirklich seine Nummer?

Okay, die Stimme bat mich, eine Nachricht zu hinterlassen.

Ich holte tief Luft. Und los ...

Hallo, Nick, ich bin's. Zoë ... Frixos. (O Gott, wie blöd war das

denn!) *Ich rufe an, weil ich dir alles Gute für deinen neuen Job wün-*
schen wollte. (Nein, will ich verdammt nochmal nicht!) *Tut mir leid,*
streich das. Ich rufe an, um zu sagen, dass es mir leidtut. (Scheiße,
jetzt wiederholte ich mich auch noch!) *Ich war bescheuert. Ich bin*
eine von den Säuen mit den Perlen ... (Was schwafelte ich da für einen ausgemachten Blödsinn?) *Okay, äh ... ich rede Blödsinn.* (Gut
beobachtet.) *Mein Bruder heiratet in einer Stunde.* (Wen interessiert das!) *Und ich wollte dich anrufen, um dir zu sagen, dass ich*
nichts von dem vergessen habe, was du mir in der Nacht gesagt hast.
Du hast gesagt, du hättest noch nie jemanden wie mich getroffen, und
du sollst wissen, dass ich auch noch niemanden wie dich getroffen habe.
Es tut mir leid, dass ich mich so blöd benommen habe. Das hast du
nicht verdient. Danke, dass du mich zum Karaokesingen überredet
hast. Du hattest recht, ich bin als eine andere Frau aufgewacht. Und
ich hatte Angst. Also danke, dass du mich dazu gebracht hast, diese
Angst zu überwinden. Wenn ich Def Leppard höre, werde ich für den
Rest meines Lebens immer an dich denken. Du bist einer der tollsten
Menschen, die ich je kennengelernt habe, und ich werde dich vermissen.
Sehr sogar.

Mist, die Frau quatschte mir dazwischen. Die Voice-Mailbox war
voll.

Es piepste. Dann war die Verbindung unterbrochen.

Geschafft. Alles andere als brillant, aber immerhin war ich losge-
worden, was ich ihm hatte sagen wollen.

Draußen hupte es. Das Taxi mit meinen Eltern war da. Keine Zeit
mehr für Pipi, Tasche-Überprüfen oder Make-up-Kontrolle. Aber
irgendwie war das jetzt auch egal.

Ich nahm die Tasche, schlang mein Tuch um die Schultern und
rannte los.

Zum Glück hatte es aufgehört zu regnen. Vor lauter Aufregung redeten meine Eltern während der ganzen Fahrt.

»Du siehst hübsch aus«, sagte Mum, und Dad nickte.

»Alice wird neidisch sein«, meinte er und zwinkerte.

»Ihr beide seht auch toll aus«, sagte ich. Sie hatten sich mächtig ins Zeug gelegt – Mum trug ein smaragdgrünes Etuikleid, das den kastanienbraunen Schimmer in ihren Haaren betonte, und Dad einen dunkelblauen Anzug, komplett mit Weste.

»Du musst den untersten Knopf aufmachen«, sagte ich, während ich auf dem unbequemen Mittelplatz herumrutschte.

»Warum sollte er das tun?«, fragte Mum entsetzt. »Damit die Leute denken, er ist für seinen Anzug zu dick?«

Dad sah mich gleichermaßen konsterniert an, wobei seine Sorge eher dem Ruf seines Schneiders galt, der ein Cousin zweiten Grades war. »Chris hat den maßgefertigt. Es wäre ziemlich dramatisch, wenn die Leute dächten, er hätte nicht richtig gemessen.«

Beide Argumente waren nachvollziehbar, also verzichtete ich auf den Hinweis, dass man das einfach so machte. Es war ja nun nicht so, dass die Hochzeit in den Boulevardblättern besprochen und in allen Zahnarztpraxen und Friseursalons ausliegen würde.

Die griechische Kirche – oder um sie bei ihrem offiziellen Namen zu nennen: die Cathedral of St Nicholas – lag nur zehn Minuten von meiner Wohnung entfernt, und so hielten wir binnen kürzester Zeit davor an.

Auf dem Gehsteig warteten schon jede Menge Leute, die sorgsam die Pfützen und kleinen Sprühregen von den Bäumen umschifften.

Ich stieg aus dem Taxi, und der lärmende Trubel meiner jetzigen und zukünftigen Familie empfing mich in einer liebenden Umarmung.

»Und du bist die Nächste, Zoë – so Gott will«, sagte jede und jeder Verwandte über dreißig.

Ich nickte und lächelte.

Das würde ein langer Tag werden.

Alice sah umwerfend aus, Pete weinte vier Mal, und vor der Kirche wurde so viel Reis geworfen, dass Hunderte von Tauben um uns herumschwirrten. Die Kirchendiener scheuchten sie immer wieder weg und verwiesen auf die Schilder, die das Werfen von Lebensmitteln untersagten.

Dann stiegen alle in die bereitstehenden Autos und Busse und fuhren zum Hotel am Russell Square.

Ich hatte es fertiggebracht, zwei volle Stunden nicht auf mein Handy zu sehen, aber jetzt musste ich nachschauen. Ich hatte eine Nachricht von Mike, der mir mitteilte, dass Rebel Alliance auf der Hochzeit spielen würden.

Ich grinste. Pete und Alice liebten diese Band.

Weitere Nachrichten hatte ich nicht, aber das war in Ordnung. Es war schließlich ihr Tag, nicht meiner.

Um acht Uhr half ich der Band beim Aufbauen. Sie hatten ihre eigene Anlage dabei, nutzten aber die Mikros vom Hotel. Es gab ein bisschen Hektik, als ein Kabel nicht bis zur Steckdose reichte, doch der Hotelmanager konnte ein Verlängerungskabel auftreiben, nachdem Leadsängerin Sienna ihm Tickets für ihren nächsten Gig in London versprochen hatte.

Sean, der Schlagzeuger, war ein unverbesserlicher Charmeur – er sagte meiner Mum, sie müsse meine Schwester sein, denn sie sei doch wohl keinen Tag älter als vierzig. Meine Mum fühlte sich unendlich geschmeichelt, ich dagegen war weniger begeistert.

Lucy, Gavin und Mike kamen nach dem Abendessen dazu. Pete hatte darauf bestanden, sie noch einzuladen, als er erfuhr, wie sehr sie sich ins Zeug gelegt hatten, um eine Band für ihn zu finden. Mein Dad bequatschte die Kellner, und siehe da: Sie trieben tatsächlich noch drei weitere *Poulets à la provençale* auf.

Ich saß neben der Bühne, als die Band auftrat.

»Wie geht es euch?«, brüllte Sienna, als würde sie vor einem Stadion zahlender Fans stehen. »Sollen wir dieses verdammte Hotel jetzt rocken?«

Ups. Meine Eltern hassten es, wenn man fluchte. Aber als ich zu ihnen rüberguckte, lachten sie und nickten, genau wie alle anderen, mit den Köpfen.

Die Band spielte ein paar ihrer eigenen Songs und wechselte dann zu einem Rolling-Stones-Medley, zu dem sogar die Älteren auf die Tanzfläche gingen. Sie endeten mit »Wild Horses«, bei dem sich alle paarweise zu einem Schieber zusammenfanden, selbst meine Eltern. Pete stand mittendrin und wiegte sich mit Alice im Takt. Als er sah, dass ich Mum und Dad beobachtete, formte er ein lautloses »Wow!«.

Beim Einsetzen des Refrains ließ Lucy sich neben mich auf den Stuhl plumpsen.

»Alles in Ordnung, Lucy?«

Sie atmete hörbar lange aus. »Jo.«

»Danke, dass du geholfen hast, eine Band zu finden.«

»Das hat Spaß gemacht. Alle waren so hilfsbereit. Ich habe bei mindestens fünfundzwanzig Leuten Nachrichten hinterlassen, und alle haben sich tatsächlich binnen einer halben Stunde zurückgemeldet. Alle außer Nick Jones.«

Beim Klang seines Namens erstarrte ich, aber Lucy schien nichts zu merken. »Er hat sich überhaupt nicht gemeldet«, fügte sie hinzu. »Nicht besonders nett.«

»Der ist gar nicht mehr im Lande«, sagte ich, so beiläufig ich konnte.

Sie sah mich an und schwieg.

Die Band war bei der zweiten Strophe von »Wild Horses« angekommen. Einfach ein guter Song.

Gavin saß ein paar Tische weiter und nippte an seinem Drink. Er trug Jeans und Turnschuhe, aber zu seiner Verteidigung muss ich hinzufügen, dass es seine schicksten Jeans und saubersten Turnschuhe waren. Die weißen Sohlen sahen unbenutzt aus.

Als ich mich wieder Lucy zuwendete, sah auch sie zu Gavin rüber und runzelte die Stirn.

Armer Gavin. Lucy war anscheinend nicht im Mindesten an ihm interessiert. Ich wartete darauf, dass sie irgendeinen Kommentar abließ, was er wieder Blödes gemacht hatte, aber stattdessen nahm sie mir mein Weinglas ab, leerte es in einem Zug und ging zu ihm rüber.

Ich konnte nicht hören, was sie sagte, aber das brauchte ich auch nicht. Sein überraschter Blick sprach Bände. Sie zog ihn auf die Füße, ging mit ihm zur Tanzfläche und legte die Arme um seinen Hals. Gavins Gesichtsausdruck hatte sich mittlerweile von ungläubigem Staunen zu reiner Freude gewandelt. Vorsichtig fasste er Lucy um die Taille, und die zwei wiegten sich langsam zum Takt der Musik.

Hätte ich das alles nicht mit eigenen Augen gesehen, hätte ich es nicht geglaubt. Ich fühlte mich auf alberne Weise stolz wie eine Glucke, die dabei zusieht, wie ihre Küken anfangen zu laufen.

Nach dem Song spielte die Band wieder eigene Stücke, und Gavin und Lucy blieben auf der Tanzfläche. Sie hatten die Umarmung gelöst, standen jedoch immer noch dicht beieinander, auch wenn sie jetzt mit Blick zur Bühne tanzten.

Eine Viertelstunde später neigte sich auch dieses Set dem Ende zu, und ich ging zur Anlage in der Ecke, um die Playlist laufen zu lassen. Doch Sängerin Sienna schien andere Pläne zu haben.

»Und jetzt haben wir einen besonderen Leckerbissen für euch«, rief sie über das Stimmengewirr der Hochzeitsgäste hinweg. »Ladys und Gentlemen, ich bitte um Applaus für Marcie Tyler!«

Ich erstarrte.

Was hatte sie gerade gesagt?

Das Publikum raunte und begann zu klatschen, als eine zierliche Person in langem schwarzen Kleid die Bühne betrat.

Wahnsinn. Sie war es wirklich. Marcie Tyler spielte auf der Hochzeit meines Bruders.

Sie strahlte in die Runde. »Was seht ihr alle gut aus!« Sie zeigte auf Pete. »Besonders Sie, junger Mann, aber ich schätze, Sie sind schon vergeben.«

Pete wurde rot, und alle lachten.

»Vielen Dank für die Einladung«, fuhr sie fort, »aber jetzt will ich nicht mehr lange reden, sondern Musik machen. Wie ich hörte, ist das hier ein Lieblingssong der Braut.«

Alice reckte eine zierliche Faust in die Luft. Ich lächelte – ich hatte es tatsächlich geschafft, eine echte Rockgöre aus ihr zu machen.

Der Schlagzeuger zählte vier Schläge mit seinen Drumsticks ein, dann spielte die Band die ersten Akkorde von »It's too Late for Love«.

Mir kam alles unfassbar unwirklich vor.

Alice riss sich vom Anblick der Bühne los und drehte sich zu mir um. »Danke schön«, formte sie lautlos mit den Lippen.

Ich nickte ihr schon zu, hörte aber abrupt auf und schüttelte den Kopf. Mir gebührte kein Dank – Marcies Auftritt war nicht mein Verdienst. Vielleicht Lucys? Oder Gavins oder Mikes?

Nein, das konnte ich mir kaum vorstellen. Keiner von ihnen hätte das so lang geheim halten können, vor allem nicht mit der Menge Wein, die sie inzwischen alle intus hatten.

Ich versuchte, mich auf die Musik zu konzentrieren. Marcies Stimme röhrte über die Gitarren, aber immer fein und kontrolliert, nur eine Haaresbreite davon entfernt, wild und ungehemmt loszulegen. Das war der Grund, weshalb ich immer den Atem anhielt, wenn ich ihr zuhörte. Und jetzt sang sie nur wenige Meter von mir entfernt, die nackten Füße hüftbreit auf der improvisierten Bühne, das rabenschwarze Haar glänzend wie Lack.

Und trotzdem kreisten meine Gedanken immer wieder um diese eine Frage: Wer hatte das Unmögliche geschafft und sie hierhergebracht?

Alle Augen waren auf Marcie gerichtet, doch auf einmal hatte ich das eigenartige Gefühl, dass jemand mich fixierte.

Ich wandte den Blick von der Bühne und sah mich um. Ein Mann im Smoking kam auf mich zu.

Mir blieb fast das Herz stehen.

Diesen Gang mit seinen fließenden Bewegungen hätte ich selbst im Dunkeln erkannt.

Es war Nick.

In mir keimte ein Funken Hoffnung.

Er war gekommen.

Die Musik wurde zum Hintergrundgeräusch, und ich hörte nichts weiter als meinen Puls in den Ohren rauschen.

Ich kniff zweimal fest die Augen zusammen aus Angst, dass diese Erscheinung das Produkt von zu viel Champagner war. Doch als ich die Augen öffnete, war er immer noch da.

Das Herz schlug mir bis zum Hals, und ich merkte, dass ich auf ihn zuging wie von magischen Fäden gezogen.

»O mein Gott«, hauchte ich. »Du bist hier. Und hast Marcie mitgebracht.«

Er nickte. »Ja. Ich war gerade bei Freunden in Paris, aber dann bekam ich zwei interessante Anrufe auf meinem Handy. Einer war von Lucy.«

»Und der andere?«

»Den anderen fand ich ziemlich verwirrend.«

»Darf ich erklären?«

Er nickte, und ich schloss die Augen. Ich hatte ihm so viel zu sagen. So viele Gefühle zu gestehen. Aber wo sollte ich anfangen?

Ich holte tief Luft. »Ich weiß, dass du England jetzt verlassen wirst und dass du und Marcie irgendwas miteinander habt.«

Er fasste mich am Arm. »Moment mal. Was meinst du damit: ›was miteinander habt‹?«

Seine Hand war warm, die Berührung elektrisierend. Ich musste den Blick senken. »Ich habe euch gesehen«, flüsterte ich.

Er hob mein Kinn mit dem Finger an und zwang mich, ihn anzusehen. »Zoë! Wovon sprichst du?«

Ich schluckte. »Du ... empfindest was für sie – Marcie, meine ich.«

»Das stimmt.«

Es brach mir fast das Herz, aber ich zwang mich zu lächeln. »Sie ist eine Wahnsinnsfrau – wer könnte es dir verübeln?«

Er nahm meine Hand. Seine langen, kräftigen Finger umschlossen meine, als wäre es das Natürlichste auf der Welt. »Du hast recht, ich empfinde etwas für Marcie. Das war nicht immer so, aber die letzten Jahre über haben wir an unserer Beziehung gearbeitet.«

Die letzten Jahre über? »Ich verstehe nicht.«

Jetzt fasste er meine beiden Hände. »Sie ist meine Mutter.«

»W... was?«

War ich gerade ohnmächtig oder in ein Paralleluniversum katapultiert worden?

Hatte ich richtig gehört?

»Marcie ist deine *Mutter*?«

Er nickte. »Es tut mir leid, dass ich das nicht schon früher gesagt habe, aber nur eine Handvoll Leute wissen davon. Die Schwangerschaft wurde damals verheimlicht. Sie verbrachte die Zeit am Fuß der Alpen in Italien, fernab der Kameras, und dann ließ sie mich bei meinem Vater.«

»War Benedict dein Vater?«

Er schüttelte den Kopf. »Mein Vater ist Italiener. Er war in Marcie verliebt, aber er musste eine andere heiraten.« Nick sah aus, als sei ihm das Thema unangenehm, und ich wollte nicht weiter nachfragen. Leise fügte er hinzu: »Er stammte aus einer Art von Familie, für die Rockstars keine passenden Ehefrauen abgaben.«

Plötzlich erinnerte ich mich an etwas. »Ist dein Vater etwa der kahlköpfige Graf?«

Er sah mich halb irritiert, halb amüsiert an. »Woher weißt du von ihm?«

»Als ich bei Marcie war, erzählte sie mir, dass sie diese tolle jakobinische Kommode von einem italienischen Grafen geschenkt bekommen hat.«

Jetzt schien er beunruhigt. »Wirklich?«

»Ohne irgendeinen Bezug zu dir, natürlich.« Wir schweiften ab. »Wie oft hast du sie als Kind gesehen?«

»Ich habe erst mit sechzehn erfahren, wer meine Mutter ist.«

»Ach du Schreck!«

»Ja, so ähnlich war auch meine Reaktion. Dazu die Verunsicherung eines Teenagers und jede Menge Geschrei. Ich wollte sie gar nicht kennenlernen, aber das Musikbusiness hatte mich schon immer fasziniert. Ich schwor mir, es ohne ihre Hilfe zu schaffen, also änderte ich meinen Namen in ›Jones‹, damit niemand Rückschlüsse auf meine Eltern ziehen könnte. Als ich mich dann aber bei Pinnacle hochgearbeitet hatte, bat sie mich, ihr in London zu helfen. Ich schätze, es war die richtige Entscheidung. Denn dadurch habe ich dich kennengelernt.«

Er lächelte, und ich bekam weiche Knie. »O Gott, ich war so blöd!«

»Wie die Säue vor den Perlen?«

Ich stöhnte auf. »Bitte sag mir, dass du die Nachricht sofort nach dem Anhören gelöscht hast.«

Er grinste. »Keine Chance.«

»Na gut, aber gib mir noch die eine Chance, dir zu sagen, was ich fühle.«

Er zeigte zur Bühne. »Willst du nicht was von Marcies erstem Gig seit neuneinhalb Jahren mitbekommen?«

»Nein«, antwortete ich. »Denn das ist nicht der Grund, weshalb ich vor Glück gerade ganz kribbelig bin.«

»Was ist es dann?« Seine Stimme war tief und warm.

Jetzt oder nie. »Der Grund bist du, Nick.« Ich schluckte. »Ich möchte vor Scham im Boden versinken, wenn ich daran denke, wie ich mich dir gegenüber verhalten habe. Aber du bist immer wieder auf mich zugekommen. Ich hatte zu große Angst vor meinen Gefühlen, also habe ich sie tief in meinem Inneren vergraben. Ich habe mich von einem falschen, überkommenen Bild von Liebe leiten lassen und mich nie gefragt, was ich denn wirklich brauche, um glücklich zu sein.«

Ich spürte eine nervöse Unruhe und bekam kaum genug Luft, um alles zu sagen, was ich zu sagen hatte.

»Aber jetzt weiß ich es, Nick. Ich hatte es die ganze Zeit vor meiner Nase. Es tut mir leid, dass ich so lange gebraucht habe, aber wenn du mich immer noch willst ...«

Ich hielt den Atem an. Er blickte kurz zur Seite, und ich fürchtete, gleich würde er sagen, dass ich ihn missverstanden hätte und er nicht in dieser Weise für mich empfand. Es war wie ein Schlag in die Magengrube.

»Das war aber mal 'ne Ansprache.«

»Ich meine jedes Wort ernst.«

Er nickte. »Das bringt mich jetzt ein wenig in die Bredouille.«

Scheiße. Meine Befürchtung war berechtigt.

Ich schluckte. »Ich bin ein großes Mädchen, ich kann's verkraften.«

Er sah mich an, und die Begierde in seinen Augen ließ mir den Atem stocken. »Du hast ja keine Ahnung, wie sehr ich dich will.«

Alle Nerven in meinem Körper schienen zu vibrieren. Mein Kleid war mir auf einmal zu eng, und die zehn Zentimeter zwischen uns fühlten sich an wie ein Weltmeer.

»Bredouille deswegen«, fuhr er fort, »weil dort hinten ein schwarz gekleideter Priester mit langem grauen Bart steht, der uns die ganze Zeit anstarrt.«

Warum redete er jetzt von Pater Michalis?

Nick schlang einen Arm um meine Taille und zog mich zu sich. »Wenn du also exkommuniziert werden solltest, übernehme ich die volle Verantwortung.«

»Wofür?«

»Dafür«, sagte er und küsste mich.

Alles um mich herum verschwand, und ich spürte nichts außer seinen Lippen auf meinen.

Ich bebte, als er den Kuss beendete. »Da bedarf es schon mehr, dass ich exkommuniziert werde.«

Er zog eine Augenbraue hoch. »Willst du mich etwa herausfordern?«

Ich nickte, und seine Augen begannen zu funkeln.

Er zog mich in beide Arme und hielt mich noch fester. Dann beugte er sich über mich, und als er mich diesmal küsste, spürte ich brennende Begierde.

Oh-oh. Meine unsterbliche Seele war verdammt.

Aber das war es wert.

Kapitel 34

Zwei Monate später

 I Feel the Earth Move

»O Gott, ich kann nicht fassen, dass du mit einem PR-Heini zusammen bist«, sagte Lucy, während sie unsere Gläser füllte. Wir standen mit etwa dreißig Leuten in unsere Redaktion gepfercht, mit jeder Menge Wein und einem tragbaren Karaokegerät – wessen Idee das wohl war? –, um unsere jüngsten Verkaufsrekorde und die gesicherte Zukunft zu feiern.

»Wie meinst du das?«, fragte ich ein wenig beleidigt. Sie hätte kaum anklagender klingen können, hätte sie statt ›PR-Heini‹ so was wie ›Tory‹ gesagt.

»Du hast selbst immer davon geredet, wie dumm und öde PR-Manager sind.«

»Ich habe eben meinen Horizont erweitert.«

Sie zog eine Augenbraue hoch. »Ach, so nennt ihr Oldies das jetzt also?«

Du meine Güte, seit wann zählte man mit vierunddreißig zu den Oldies? »Als du Nick das erste Mal gesehen hast, fandest du ihn ziemlich – ich zitiere – heiß.«

»Ja, aber heiß zu sein ist ja nicht alles. Sieh dir Gavin an.«

»Ich sehe Gavin jeden Tag. Er sitzt mir gegenüber.«

Sie waren noch nicht einmal zwei Monate zusammen, und irgendwie war Lucy – zehn Jahre jünger als ich und stets darauf bedacht,

464

es mir unter die Nase zu reiben – plötzlich zur Beziehungsexpertin mutiert. Aber das machte mir nichts aus. Meine Stimmung war blendend, und das lag nicht nur an einem gewissen heißen PR-Manager.

Unsere Septemberausgabe war nach zwei Tagen ausverkauft gewesen, und Zeitschriften rund um den Globus hatten uns das Marcie-Interview abgekauft, um es zu veröffentlichen. Selbst das Heft mit Hands Down – das nun also das letzte Interview mit allen fünf Bandmitgliedern enthielt – hatte sich zur Sammlerausgabe gemausert. Alle möglichen Fernsehsender hatten bei ihren Nachrichten unseren Text über die Hintergründe der Auflösung der Band verlinkt, noch dazu hatten wir den ersten Auftritt der neuen vierköpfigen Konstellation bei Lucys Geburtstag dank Gavins geistesgegenwärtiger Handy-Aufnahmen auf Video.

Jonnys Solokarriere befand sich noch in den Startschuhen, aber Hands Down zu viert waren sofort durchgestartet. Mittlerweile hatte man sie gebeten, den nächsten James-Bond-Titelsong zu liefern – ein wahrer Geniestreich von Nick, der dazu führte, dass er seinen Londoner Job behalten konnte.

Alle um mich herum sahen glücklich aus. Gavin lief mit entspannten Schultern herum, anstatt sie wie sonst bis zu den Ohren hochzuziehen, und ich hatte ihn schon bei einem seligen In-sich-hinein-Lächeln erwischt, als er sich unbeobachtet glaubte. Mike hatte das Rauchen aufgegeben und sah zehn Jahre jünger aus. Ein zweiwöchiger Familienurlaub an der Algarve hatte ihm außerdem eine Jeff-Goldblum-Bräune beschert sowie Golfen als neues, kostspieliges Hobby.

Ich hatte vorgeschlagen, heute eine freiwillige Kostümparty zu feiern, was darauf hinausgelaufen war, dass sich nur drei Leute um Verkleidung bemüht hatten. Rob hatte zwei Bongotrommeln mitgebracht und verkündet, er sei Matthew McConaughey, und Gavin hatte einen Piratenhut aufgesetzt und einen Bügelhaken in den Ärmel geklebt. Im Vergleich dazu sah ich aus, als hätte ich mein Punkrocker-Outfit tagelang vorbereitet: zerrissene Strumpfhose unter Jeans-Shorts und Doc Martens, zurückgegeltes Haar und schwarzer Lippenstift.

Auch Simon war da. Er war direkt von der Arbeit gekommen und hatte nicht verstanden, wieso Gavin ihn mit »Ah, Gareth Southgate – cool« begrüßte. Simon hatte echt nicht die geringste Ahnung von Fußball, und ich musste ihm erklären, dass es an seiner Anzugweste lag, die der von unserem Nationaltrainer verdächtig ähnlich sah. »Wie läuft's mit dem Training?«

Simon nickte. »Richtig gut. Ich gehe nachher noch eine Runde laufen.«

Ich war beeindruckt. »Das dritte Mal in dieser Woche – und wir haben erst Donnerstag.«

Nach dem Krankenhausschreck hatte Simon sich auf eine gesündere Lebensweise besonnen und trainierte jetzt für den Londoner Marathon. Früher war er noch nicht mal einem Bus hinterhergerannt, aber sein neuer Trainingsplan schien ihm gut zu bekommen. Er wirkte deutlich ruhiger und ausgeglichener als kurz nach seiner Ankunft in London.

Nun gab er mir einen Kuss auf die Wange. »Ganz genau. Dann gehe ich jetzt mal, wir sehen uns beim Pilates.«

Er war Alices Studio beigetreten, wo wir uns einmal pro Woche trafen. Ich hatte vorübergehend Sorge gehabt, er würde so ein *Eat Pray Love*-Ding durchziehen und Koffein, Kohlenhydraten und Kapitalismus entsagen, aber seine Liebe zu Starbucks, Steaks und dem Spekulieren hielt ihn auf dem Boden.

Ich sah ihm nach und dankte dem Schicksal, dass unsere Freundschaft diesen seltsamen Sommer überstanden hatte. Nachdem ich mit Nick zusammengekommen war, hatte ich befürchtet, dass Simon in seine dysfunktionale Beziehung mit Jess zurückfallen würde, doch er erklärte erstaunlich einsichtig, dass er erst einmal eine Weile Single bleiben wollte.

Selbst von Jess gab es gute Neuigkeiten: Ein paar Wochen nach der Hochzeit meines Bruders rief sie an und bat mich, Kontakt zu Marcie herzustellen. Die beiden telefonierten einige Male, dann lud Marcie sie zu einem Wochenende auf ihr Landgut in Oxfordshire ein, was dazu führte, dass Jessica sich zum Besuch einer Reha-Klinik bereit erklärte, weil sie einsah, dass sie bei ihrem Lampenfieber und Drogen- und Alkoholkonsum Hilfe benötigte. Marcie bestand darauf, die Rechnung zu übernehmen, und beide schienen durch dieses Arrangement eine Art Frieden miteinander gefunden zu haben.

Am Eingang der Redaktion wurde gelacht. Jemand Neues war gekommen, und ich reckte den Hals, um besser sehen zu können. Wer auch immer das war – er trug ein hautenges metallicblaues Hemd und eine tief sitzende Lederhose, die von einem Gürtel mit Glitzersteinen und wohl einer Menge Magie gehalten wurde. Der Größe und dem Gang nach musste es Nick sein, aber ich sah nur seinen Hinterkopf. Offenbar trug er eine Perücke, und zwar aus Haaren, wie man sie normalerweise aus dem Abfluss pulte. Sie glänzte so stark, dass mir das reflektierende Licht der Neonbeleuchtung in den Augen wehtat.

Dann drehte er sich um, und mir war, als würde ein ganzes Orchester einsetzen.

Die obersten drei Hemdknöpfe waren geöffnet, und darunter sah man goldbraune Haut und ein übergroßes Kruzifix. Strähnen der Perücke fielen ihm in die Augen, die mit pechschwarzem Kajal umrandet waren. Eigentlich hätte er in diesem Aufzug total albern aussehen müssen, aber das tat er nicht.

»Heiß« beschrieb es nicht einmal annähernd.

Ich schluckte, als er auf mich zukam. Sein Blick war geradezu hypnotisch. Der schwarze Kajal betonte die verschiedenen Nuancen Grün in seinen Augen. Es hätte mir peinlich sein sollen, wie verzückt ich ihn anstarrte.

Es war nicht zu fassen. Ich hatte Sex mit diesem Mann gehabt. Mehrere Male.

Er sah aus, als wolle er mich etwas fragen. Was es auch sein mochte – ich würde JA sagen.

Glaubst du, die Erde ist eine Scheibe? *Klar.*

Kannst du beweisen, dass die Mondlandung ein Fake war? *Kein Problem.*

Willst du Frontfrau einer Spice-Girls-Coverband werden? *Gib mir ein Mikro.*

Doch ehe er mich erreichen konnte, drängte Lucy sich dazwischen.

»Fangen wir jetzt endlich mit Karaoke an, oder was?«

Ich gab mir Mühe, meine aufwallende erotische Ergriffenheit zu unterdrücken und meinen Blick auf sie zu richten.

»Ähm, klar. Warum singst du nicht als Erste?«

Jetzt war Nick bei mir und schlang den Arm um meine Taille. Er nickte Lucy zu, die ihn mit offenem Mund anstarrte. Wie kam es, dass sie ihn eben erst bemerkt hatte?

»Alles klar bei dir, Lucy?«, fragte er.

Sie nickte und bekam den Mund noch immer nicht zu. »Du siehst aus wie ein Rockstar.«

Nun, das war ein ziemlicher Sprung von ihrer vorherigen Einschätzung »öder PR-Heini«.

Als niemand etwas sagte, fügte sie hinzu: »Im Ernst, Nick: Hast du ein heimliches Rockstar-Gen oder so was?«

Ich erstarrte und merkte, dass auch Nick sich anspannte. Ich hatte niemandem auch nur ein Sterbenswörtchen davon erzählt, wer seine Mutter war. Der einzige Mensch in London, der es wusste, war Justin, Patricks Freund. Und das war vorerst auch genug.

Nick erholte sich als Erster. »Ich habe als Teenager eine recht intensive Glamrock-Phase durchlebt. Haben wir das nicht alle?«

Lucy schien mit der Antwort zufrieden. Hätte er ihr die Wahrheit gesagt, hätte sie ihm sowieso nicht geglaubt.

»Such mal den ersten Song aus«, sagte er dann, »und ich spiel dazu Bongos.«

Lucy tänzelte zur Karaokemaschine, die in der Ecke auf dem Fotokopierer stand.

Nick lehnte sich näher an mich heran und flüsterte: »Du siehst supersexy aus in deinem Outfit.«

Er gab mir einen Kuss und folgte Lucy. Nach kurzer Diskussion wählte sie ein Lied, und kurz darauf dröhnten die unverkennbaren Akkorde von »20th Century Boy« von T. Rex durch die Redaktion.

Ich bekam nicht mit, wie Lucy sang, meine Aufmerksamkeit war völlig von Nick gefesselt.

Er hatte seine Bongos auf einen Tisch gestellt und trommelte perfekt im Rhythmus. Trotzdem klang in meinen Ohren alles irgendwie gedämpft, und ich bekam kaum noch Luft.

Das war nicht Nick, der da mit hypnotisch schwingenden Hüften vor mir stand und beim Singen den Kopf in den Nacken legte. Vor mir stand genau jener Rockstar-Held, den ich vor so vielen Jahren erfunden hatte.

Sein Anblick haute mich schlichtweg um. Ich hatte sein Leben verfolgt, ich hatte ihn vergöttert, er war prägender Teil meiner Kindheit und Jugend gewesen.

So nah wie in diesem Augenblick würde ich dem leibhaftigen Zak Scaramouche nie mehr kommen.

Und während er ganz selbstvergessen dastand und trommelte, wäre ich am liebsten in schallendes Gelächter ausgebrochen.

Nach all den Jahren traf ich ihn höchstpersönlich – Zak Scaramouche war hier.

Vielleicht sah er nicht ganz genau so aus, wie ich es mir vorgestellt hatte, aber vielleicht hatte sich auch meine Vorstellung verändert. Doch alles, was ich in diesem Moment empfand, war pures Glück.

Triff niemals deine Helden, heißt es, und das stimmt wohl. Geh lieber hin und erfinde deine eigenen.

ENDE

Dank

Ich versuche, es kurz zu machen, aber mein besonderer Dank geht an folgende Personen:

Meine Agentin Jemima Forrester, weil sie sofort an mich geglaubt hat und einfach eine klasse Frau und sensationelle Unterstützung ist.

Alle bei Simon & Schuster und Books and the City, vor allem Sara-Jade Virtue und Emma Capron, die meine Schreibe von Anfang an besonders fanden und es einfach mit mir versucht haben. Ohne euch beide wäre ich jetzt nicht hier.

Meine wunderbare Lektorin Rebecca Farrell. Du hast von Anfang an Deine ganze Leidenschaft in dieses Buch gesteckt, und all Deine Anregungen haben es zum Leuchten gebracht. Danke, dass Du Simon den Kopf gewaschen hast, und danke für Deine große Begeisterung und Ermutigung. Du bist meine Heldin, und ich bin froh, dass ich Dich habe.

Anna Davis, Chris Wakling und alle bei Curtis Brown Creative – fürs Jubeln, Anstacheln und selbst fürs Bestechen. Besten Dank auch an meine SchreibgruppenkollegInnen: Lisa Williamson, Maria Realf, James Hall, Paul Golden, Sara-Mae Tuson (für den Titel schulde ich Dir noch einen Cocktail) und Fiona Perrin (Cocktails auch für Dich für die Idee mit dem grandiosen Twist).

Für erhellenden Input, wenn ich den Wald vor lauter Bäumen nicht mehr sah: Donna Hillyer, Gillian Holmes, Hannah Sheppard, Louise Buckley, Allie Spencer, Phoebe Morgan und Eleanor Leese.

Die Romantic Novelists' Association – eine Gruppe sagenhafter Leute, die unermüdlich dafür kämpfen, dass Liebesromane die Anerkennung erhalten, die sie verdienen, und die neue AutorInnen tatkräftig unterstützen. Besonderer Dank gilt dabei Sophie Weston und Joanna Maitland für ihre hervorragenden Workshops.

An alle fabelhaften AutorInnen von Liebesromanen, die mich inspiriert und mir schon so viele vergnügliche Lesestunden beschert haben.

Denise -- danke für deine großartige Unterstützung und dafür, dass ich an deinem Küchentisch schreiben durfte. Entschuldige, dass ich dir die grässliche erste Fassung zugemutet habe, und danke, dass du nie gesagt hast, wie grässlich sie war.

Mum und Dad, weil Ihr mir alles gegeben und im Gegenzug nie etwas gefordert habt (abgesehen von ein bisschen Hilfe mit Euren Handys). Dafür bin ich jeden Tag aufs Neue dankbar.

Kat – Du hast mich auf diese Reise geschickt. Danke, dass Du alles gelesen hast, was ich je geschrieben habe, und dass Du immer an den richtigen Stellen lachst. Dein Vertrauen in mich hat mir all die Jahre über Rückhalt gegeben. Beste Schwester aller Zeiten.

Alex – Du hast mich praktisch über die Ziellinie getragen. Danke, dass Du vor jeder Abgabe die Daumen gedrückt, bei jeder Ablehnung mit mir getrauert und jeden Erfolg mit mir gefeiert hast. Mit keinem anderen hätte ich diese Reise unternehmen wollen. Besten Dank auch, dass Du unser WLAN-Passwort geheim gehalten hast, so dass ich nicht ins Internet konnte und tatsächlich etwas zuwege gebracht habe. Verrätst Du es mir vielleicht jetzt?

LESEPROBE

CHRISTINA
LAUREN

*Zwischen
mir und
dir*

ROMAN

atb

Kapitel 1

Juni, vierzehn Jahre zuvor

Meine Großmutter sah sich in dem Hotelzimmer um. Ihr kritischer Blick wanderte von den Vorhängen über die in Rot- und Cremetönen gehaltene Ausstattung, die Landschaftsgemälde an den Wänden, die antike Kommode, auf der sie vermutlich der Fernseher störte. Ich war in meinem ganzen Leben noch nicht in einem so edlen Hotelzimmer gewesen, und dennoch besagte Nanas Miene unzweifelhaft: *Für den Preis hätte ich mehr erwartet.*

Meine Mutter meinte immer, Nana sehe in diesen Momenten »schrumpelig« aus, was es ziemlich gut traf. Meine Großmutter war erst einundsechzig Jahre alt, doch sobald ihr etwas nicht passte, glich sie einer Trockenpflaume.

Naserümpfend trat sie nun ans Fenster. »Soll das ein Scherz sein? Wenn ich auf eine Straße schauen wollte, hätte ich auch in Guerneville bleiben können.« Ihr Blick fiel auf das Haustelefon, und sie trat entschlossen darauf zu. »Man hat uns ein Zimmer auf der falschen Hotelseite gegeben.«

Wir waren von Oakland über New York nach London geflogen und erst vor einer guten Stunde gelandet. Während des langen Flugs über den Atlantik hatten wir gleich hinter der Trennwand zum Servicebereich gesessen. Neben Nana ließ sich ein gebrechlicher alter Mann nieder, der sich an ihre Schulter lehnte und einschlief; zu mir setzte sich eine Mutter mit einem kleinen quengligen Kind. Nun wünschte ich mir nichts sehnlicher, als etwas zu essen, eine Runde zu schlafen und für eine Weile von den Anwandlungen der Trockenpflaume verschont zu bleiben.

Meine Großmutter besaß in Guerneville ein kleines Restaurant mit Namen »Jude's«. Als ich acht Jahre alt war, waren meine Mutter und ich zu ihr gezogen, und ich hatte es in den letzten zehn Jahren tagtäglich erlebt, wie Nana in der Lage war, Dinge mit Humor zu nehmen. Aber hier war sie weit weg von zu Hause, sie hatte ihre Komfortzone verlassen, und vor allem hasste sie es, für ihr hart verdientes Geld nicht das zu bekommen, was vereinbart gewesen war.

Ich stellte mich ans Fenster und blickte auf die Straße hinunter, über die ein für London typisches schwarzes Taxi fuhr. »Ist doch eine schöne Straße.«

»Ich habe für einen Blick auf die Themse bezahlt.« Nana griff nach dem Telefonverzeichnis des Hotels und ging die Einträge mit dem Zeigefinger durch.

Ich betrachtete sie voller Schuldgefühle. Diese Reise war ein Geschenk für mich und kostete mehr als alles, was wir je zuvor unternommen hatten.

»Und auf Big Ben.«

Ich war sicher, dass meine Großmutter bereits ausrechnete, wie viel sie bei einem preiswerteren Zimmer hätte sparen können.

Wie immer, wenn ich mich unwohl fühlte, wickelte ich meinen Zeigefinger in den Saum meines T-Shirts, so fest, bis das Blut in meiner Fingerspitze pochte. Meine Großmutter schlug auf meine Hand, ich ließ den Saum los. Sie setzte sich an den kleinen Schreibtisch, schnaubte verärgert und hob den Telefonhörer ab.

»Hallo. Zimmer zwölf-achtzig. Ich bin mit meiner Enkelin aus … Ja genau, Judith Houriet ist mein Name.«

Ich sah sie verwundert an. Sie hatte »Judith« gesagt, nicht wie sonst »Jude«.

Jude Houriet kannte ich. Sie kochte, backte Kuchen und kümmerte sich, seit sie ihr Restaurant im Alter von neunundzwanzig Jahren eröffnet hatte, um ihre Gäste. Falls einer von ihnen mal knapp bei Kasse war, konnte er anschreiben lassen. Judith war offenbar die elegante Version von Jude. Judith reiste mit ihrer Enkelin nach London und erwartete, in ihrem Hotelzimmer die Aussicht zu bekommen, für die sie bezahlt hatte.

»Wir sind hier, um den achtzehnten Geburtstag meiner Enkelin zu feiern, und ich habe ausdrücklich ein Zimmer mit Blick auf Big Ben und die Them…« Sie drehte sich zu mir um und flüsterte: »Jetzt bin ich in der Warteschleife gelandet.«

Judith klang überhaupt nicht nach meiner Großmutter. Oder veränderte man sich, wenn man den Kokon seiner kleinen Heimatstadt verließ? Die Frau vor mir besaß zwar Nanas weiche Rundungen und die kräftigen, zupackenden Hände, aber sie hatte eine gut geschnittene schwarze Jacke an, die Jude sich kaum leisten konnte, und ihre gelb-braun karierte Schürze fehlte. Jude trug ihr Haar in einem Knoten, in dem ein Bleistift steckte, Judith hatte eine schicke Föhnfrisur.

Als sich am anderen Ende des Telefons wieder jemand meldete, hatte derjenige eindeutig keine guten Nachrichten. »Das ist nicht akzeptabel«, erklärte Nana. Und »Ich werde mich beschweren« und »Ich erwarte eine Rückerstattung«.

Sie legte den Hörer auf und stieß einen endlos langen Seufzer aus. Das tat sie sonst nur, wenn es tagelang geregnet hatte, ich vor Langeweile unleidlich wurde und sie nicht mehr wusste, was sie mit mir anfangen sollte. Aber wenigstens war ich diesmal nicht der Grund dafür.

»Du weißt nicht, wie dankbar ich dir bin«, sagte ich leise. »Auch wenn dir das Zimmer nicht gefällt.«

Sie seufzte noch einmal und sah mich an. Ihre Miene wurde etwas sanfter. »Na schön.«

Im Geist sah ich zwei Wochen mit Nana in diesem Hotelzimmer vor mir, hörte, wie sie sich über den zu niedrigen Wasserdruck im Bad, die zu weiche Matratze im Bett und die Preise im Hotel beschwerte.

Doch dann sagte ich mir, dass vor mir zwei Wochen in London lagen. Ich würde die Stadt erkunden, Abenteuer erleben und so viele Eindrücke wie nur möglich sammeln, bevor mein Leben wieder klein würde. Zwei Wochen voller Sehenswürdigkeiten, über die ich bisher nur in Büchern gelesen oder die ich im Fernsehen gesehen hatte. Zwei Wochen, in denen ich die besten Theateraufführungen der Welt genießen würde.

Zwei Wochen außerhalb von Guerneville.

Dafür würde ich selbst eine Trockenpflaume in Kauf nehmen. Ich hob meinen Koffer aufs Bett und begann mit dem Auspacken.

Wir machten einen ersten Spaziergang. Dabei überquerten wir die Westminster Bridge und kamen an Big Ben vorbei, dessen schwerer Glockenklang tief in meiner Brust vibrierte. Und noch immer konnte ich kaum glauben, dass ich wirklich hier war.

Nach einer Weile betraten wir einen kleinen dunklen Pub mit dem Namen »The Red Lion«. Dort roch es nach abgestandenem Bier, altem Bratfett und Leder. Nana warf einen Blick in ihr Portemonnaie, um sicherzugehen, dass sie für unser Essen genug Dollar in Pfund getauscht hatte.

An der Theke schrien ein paar Gestalten eine Sportübertragung im Fernsehen an, an einem Tisch am Fenster saßen zwei Männer. Sonst gab es keine Gäste. Es war fünf Uhr nachmittags, vielleicht wollte außer uns noch niemand essen.

Laut und mit deutlich hörbarem amerikanischen Akzent sagte Nana: »Einen Tisch für zwei, bitte. Am Fenster.« Daraufhin stand der ältere der beiden Männer so abrupt auf, dass sein Tisch wackelte.

»Sind Sie auch über den Großen Teich gekommen?«, rief er uns zu. Er war in Nanas Alter, kräftig, hochgewachsen, dunkelhäutig, mit dickem, buschigem Schnurrbart, das Haar grau meliert. »Wir haben gerade erst bestellt. Kommen Sie, setzen Sie sich zu uns.«